福建師範大學文學院百年學術論叢　第八輯

《說文解字》的闡釋體系及其說解得失研究

（修訂版）

蔡英杰等　著

第八輯
總序

　　甲辰春和，歲律肇新。纘述古今之論，弘通文史之思。

　　《福建師範大學文學院百年學術論叢》第八輯，以嶄新的面貌，在臺北萬卷樓圖書公司出版發行，甚可喜也。此輯所涉作者及專著，凡十有五，略列其目如次：

　　　　蔡英杰《說文解字的闡釋體系及其說解得失研究》。
　　　　陳　瑤《徽州方言音韻研究》。
　　　　　　　　　以上文字音韻學二種。
　　　　林安梧《道家思想與存有三態論》。
　　　　賴貴三《韓國朝鮮王朝《易》學研究》。
　　　　　　　　　以上哲學二種。
　　　　劉紅娟《西秦戲研究》。
　　　　李連生《戲曲藝術形態與理論研究》。
　　　　陳益源《元明中篇傳奇小說與中越漢文小說之研究》。
　　　　傅修海《中國左翼文學現場研究》。
　　　　雷文學《老莊與中國現代文學》。
　　　　徐秀慧《光復初期臺灣的文化場域與文學思潮》。
　　　　王炳中《現代散文理論的個性說研究》。
　　　　顏桂堤《文化研究的變奏：理論旅行與本土化實踐》。
　　　　許俊雅《鯤洋探驪——臺灣詩詞賦文全編述論》。
　　　　　　　　　以上文學九種。
　　　　林清華《水袖光影集》。
　　　　　　　　　以上影視學一種。

林文寶《歷代啟蒙教材初探與朗誦研究》。

以上蒙學一種。

知者覽觀此目，倘將本輯與前七輯相為比較，不難發見：本輯的規模，頗呈新貌。約而言之，此輯面貌之「新」處，略可見諸兩端：

一曰，內容豐富而廣篇幅。

如上所列，本輯所收論著十五種，較先前諸輯各收十種者，已增多百分之五十的分量，內容篇幅之豐廣不言而喻。復就諸論之類別觀之，各作品大致包括文字音韻學、哲學、文學、影視學、蒙學等五方面的研究，而文學之中，又含有戲曲、小說、詩詞賦文、現代散文、左翼文學各節目的探討，以及較廣義之文化場域、文藝理論、文學思潮諸領域的闡述，可謂春華競放，異彩紛呈！是為本輯「新貌」之一。

二曰，作者增益而兼兩岸。

倘從作者情況分析，前七輯各論著的作者，均為服務於福建師範大學的大陸學者。本輯作者十五位乃頗不同：其中十位屬福建師範大學文學院，另五位則為臺灣各高校教授，分別服務於成功大學中國文學系、臺灣師範大學國文系、臺東大學兒童文學研究所、東華大學哲學系等高教部門。增益五位臺灣學者，不僅是作者群體的更新，更是學術融合的拓展，可謂文壇春暖，鴻論爭鳴！是為本輯「新貌」之二。

惟本輯較之前七輯，雖別呈新氣象，然於弘揚優秀中華文化，促進兩岸學者交流的本恉，與夫注重學術品質，考據細密嚴謹之特色，卻毫無二致。縱觀第八輯中的十五書，無論是研究古典文史的著述，還是探索現當代文學的論說，其縱筆抒墨，平章群言，或尋文心內涵，或覓哲理規律，有宏觀鋪敘，有微觀研求，有跨域比較，有本土衍索，均充分體現了厚實純真的學術根底，創新卓異的學術追求。

「苟非其人，道不虛行」，高雅的著作，基於優秀學人的「任道」情懷。這是純正學者的學術本能，也是兩岸學界俊英值得珍惜的專業初心。唯其貞循本能，不忘初心，遂足以全面發揮學術研究的創造性，足以不斷增強研究成果的生命力。於是乎本輯十五種專著，與前七輯的七十種作品，同樣具備了堪經歷史檢驗而宜當傳世的學術質量，而本校文學院「百年學術論叢」的十載經營，十載傳播，亦將因之彰顯出重大的學術意義！每思及此，我深感欣慰，以諸位作者對叢書作出的種種貢獻引為自豪。至若臺北萬卷樓圖書公司各同道多年竭力協謀，辛勤工作，確保了叢書順利而高品格地出版發行，我始終懷抱兄弟般的感荷之情！

　　中華文化，源遠流長。歷代學人對中國悠久傳統文化的研討，代代相承，綿綿不絕，形成了千百年來象徵華夏民族國魂的文化「道統」。《易》曰：「觀乎人文，以化成天下。」即言聖人深切注重中華文明的雄厚積澱，期盼以此垂教天下後世，以使全社會呈現「崇經嚮道」的美善教化。嘗讀《晦庵集》，朱子〈春日〉詩云：「勝日尋芳泗水濱，無邊光景一時新。等閒識得東風面，萬紫千紅總是春。」又有〈春日偶作〉云：「聞道西園春色深，急穿芒屩去登臨。千葩萬蕊爭紅紫，誰識乾坤造化心？」此二詩暢詠春日勝景。我想，只要兩岸學者心存華夏優秀道統，持續合力協作，密切溝通交流，我們共同丕揚五千年中華文化的「春天」必然永在，朱子所謂「萬紫千紅」、「千葩萬蕊」的春芳必然永在。願《福建師範大學文學院百年學術論叢》的學術光華，永遠沁溢於兩岸文化學術交融互通的春日文苑！

汪文頂

謹撰於閩都福州

二〇二三年十二月一日

目次

前言

　　漢代人著書，多有一種博人恢宏的氣象，如司馬遷自述著《史記》的宗旨為：「究天人之際，通古今之變，成一家之言。」揚雄的《太玄》則以「玄」為最高範疇，構築宇宙生成模式，探求事物發展規律。許慎著《說文解字》同樣氣魄宏大，不僅「六藝群書之詁，皆訓其意，而天地、鬼神、山川、草木、鳥獸、昆蟲、雜物、奇怪、王制、禮儀、世間人事，莫不畢載」，而且要「理群類，解謬誤，曉學者，達神恉」，進而建構「經藝之本，王政之始，前人所以垂後，後人所以識古」的意義體系，揭示宇宙的生成系統及萬事萬物之間的聯繫，使人們知道天下是一個深邃、廣闊而又聯繫緊密的有機整體。

　　因而《說文解字》不是現代意義上科學解釋字義的一般字典，而是包含作者許慎對整個世界的理解和認知的一部學術著作，具有哲學史、思想史、文化史等多方面的意義。我們看待《說文解字》對字義的闡釋，不能孤立地原子式地拘泥於它的理性意義，而是要深刻理解許慎的世界觀、方法論，以此為基礎，把《說文解字》對字義的闡釋當作一個系統予以觀照與分析，這樣庶幾能把握《說文》的真髓，明察《說文》說解的得失。

一　《說文解字》的字義闡釋體系

　　《說文解字》的意義體系包含一個大系統和若干子系統。這個大系統就是宇宙生成系統。「始一終亥」的部首編排就是《說文》宇宙生成系統的一種反映。《說文解字》的部首以「一」為始，為什麼要始於

「一」呢？這並不是因為「一」在筆畫上最簡單，而是因為「一」代表了宇宙生成的起始點。這一點我們看一下許慎對「一」的解釋就清楚了：「一：惟初太始，道立於一，造分天地，化成萬物。」簡言之，「一」就是陰陽未分、天地未判的混沌的元氣。混沌的元氣「一」分化為陰陽二氣，輕清的陽氣上升形成天，重濁的陰氣下降形成地。陰陽此消彼長、交互作用形成了人和萬事萬物。這就是所謂的「一生二，二生三」。因而許慎對「二」的解釋是「地之數也」，也就是說陰陽二氣中，陽氣又可以「一」來代表，陰氣又可以「二」為代表，地是陰氣下降形成的，因而是「地之數」，也就是陰數。再看許慎對「三」的解釋，「三：天地人之道也。」人為萬物之靈，所謂「天地人」就是「天地萬物」。「天地人之道」就是由一生成二（陰陽、天地），由二（陰陽、天地）生成三（萬物）的宇宙生成系統。在我們現在看來，「一、二、三」都是單純的數目字，許君獨不知乎？他之所以沒把它們解釋為單純的數目字，正是著眼於它們的哲學意義，也就是把它們看作宇宙生成系統的代表符號。單數為陽，偶數為陰，因而《說文》對「四、五、六、七、九」等數字的解釋，也是從其代表的哲學意義出發的。陰氣、陽氣的此消彼長構成了五種狀態，這就是所謂的「五行」，五行以五種物質命名，即木火土金水。木代表的是陰氣漸消、陽氣漸長的生發狀態，火代表的是陰氣衰竭、陽氣增強的旺盛狀態，土代表陰陽中和的狀態，金代表陽氣漸弱、陰氣漸強的收斂狀態，水代表的是陽氣衰竭、陰氣增強的伏藏狀態。所以《說文》多以五行來解釋這五種物質，如：「木：冒也。冒地而生。東方之行。」「火，燬也。南方之行。炎而上。」「金：五色金也。黃為之長。久薶不生衣，百煉不輕，從革不違。西方之行。生於土，從土；左右注，象金在土中形。」「水：準也。北方之行。象眾水並流，中有微陽之气也」。「木」的本義為樹木，《說文》沒有作出這樣的解釋，而是解釋為「冒也」，這是著眼於「木」代表的是五行中的生發之氣。從

字形來看，「金」本象坩堝中的金塊，許君卻分析為「金在土中形」，「水」的中畫本象河道，許君卻分析為「微陽之氣」，這些都是其宇宙生成學說的體現。五行以空間論之，體現為五方——東西南北中，所以《說文》有時會以五行來解釋五方，如「南：艸木至南方，有枝任也。」因為「南」在五行中代表了陽氣較盛的「火」，陽氣盛則草木繁茂，所以解釋「南」為「艸木有枝任」。如果不懂得「南」在五行中為「火」，對這種解釋會覺得難以理解。五行以顏色論之，體現為五色，即青赤白黑黃，所以《說文》多會以五行解釋五色，如：「青：東方色也。木生火，從生丹。」「赤：南方色也。」「白：西方色也，陰用事，物色白。」「黃：地（土）之色也。」許慎不直接解釋「青」到底是一種什麼樣的顏色，而謂之「東方色」，就是從五行的角度做出的解釋。青從字形上來看，應該分析為從丹，生聲；許君分析為從生丹，也是受到了五行學說的影響。五行以人體器官論之，體現為五臟——肝心脾肺腎，所以《說文》悉以五行解釋五臟，如：「肝：木藏也。」「心：博士說，以為火藏。」「脾，土藏也。」「肺，金藏也。」「腎，水藏也。」天干和地支構成了陰陽變化的兩大系統，天干代表的是以太陽為代表的天象變化系統，地支代表的是草木為代表的生物變化系統，所以代表天干、地支的二十二個字都獨立成部。以此觀之，《說文》對天干、地支作出陰陽五行化的解釋，實因其觀念使然，體系使然，體例使然，並非荒誕不經。因為地支的最後一個部首是亥，所以亥也就成了全書的最後一個部首。「亥而生子，復從一起」說明萬物經過一個生命週期以後，終將回歸母體，開始一個新的生命週期。這就是《說文》部首「始一終亥」的意義所在。這個二十二個部放在整部書的最後，可以看作是全書的一個總結，一個縮影。這也提示我們，《說文》是從宇宙生成的角度對全書進行組織結構的。

在宇宙生成這一大系統下，《說文》又包含了上天、大地、人間三個一級子系統。

　　上天系統是由日、月、晶（星）、風、雲、雨、氣等十三部構成的天象系統。《說文》對該系統的意義闡釋體現出如下幾個特點：（一）客觀務實，極少迷信神秘色彩。如：「雲：山川氣也。」「雨：水从雲下也。」「雹，雨冰也。」「霾，風雨土也。」（二）運用陰陽對立統一的觀念解釋自然現象。如：「日：實也。太陽之精不虧。」「月：闕也。太陰之精。」「雷：陰陽薄動雷雨，生物者也。」「電：陰陽激耀也。」（三）闡述天地與萬物的關係，其實也就是天地關係、天人關係。如：「晉：進也。日出萬物進。」「靁：凝雨，說（悅）物者。」「日出萬物進」就是俗語所說的「萬物生長靠太陽」；「悅物」，使萬物喜悅，也就是幫助萬物生長的意思。（四）具有相反相成的樸素辯證法思想。如：「霜：喪也。成物者。」霜使萬物喪失了生機，停止了生長，同時也成就了萬物，促進了萬物的成熟。（五）體現了當時對自然界的認識水平，但未必符合今天的科學認知。如：「星：萬物之精，上為列星。」古人認為，精華會聚才會發光，因而列星為萬物之精華。「朔：月一日始蘇也。」古人認為月有死生，每月的初一月亮死而復生，故稱之為朔，朔就始復蘇的意思。

　　大地系統由土、水、火、地形、礦產、植物、動物等六個二級子系統組成，其實也就是木、火、土、金、水構成的五行系統再加上地形和動物。

　　木（植物）系統由木、中、艸、竹等三十三部組成，火系統由火、炎、焱等三部組成，土系統由土、天、畕、堇等四部組成，金（礦產）系統由金、玉、石、丹、鹽、鹵等六部組成，水系統由水、仌（冰）、川、泉、永等八部組成，地形系統由山、丘、厂、阜、谷等十三部組成，動物系統由龍、馬、牛、羊、熊、鹿、犬、豕、象、兔、鼠、豸、鳥、魚、它（蛇）、龜、蟲、獸等六十一部組成。

　　《說文》對大地系統的意義闡釋體現了如下幾個特點：（一）大地系統中的木、火、土、金、水等部首都給予了五行化的解釋，以強

調它們作為作為萬物的基本構成要素的重要地位。如：「木：冒也。冒地而生。東方之行。」「火：燬也。南方之行，炎而上。」「土：地之吐生萬物者也。」「金：五色金也，黃為之長。九薶不生衣，百鍊不輕，從革不違。西方之行。生於土，從土。」「水：準也，北方之行，象眾水並流，中有微陽之气也。」對「土」的解釋，之所以沒有採用「某方之行」的格式，可能跟詞語的搭配習慣有關。方者，旁也，因而東、西、南、北皆可稱方，唯獨中不可以稱方，因而沒有「中方」這樣的搭配，自然也就沒有「中方之行」這樣的表述了。更重要的是，「土」沒有採用「某方之行」的解釋，是因為「土」在五行中具有特殊地位，具有其它四種物質所沒有的涵養萬物之功，故有「土載四行」、「萬物土中生」、「萬物土中滅」、「土為萬物之母」的說法。（二）在對大地系統的闡釋中，貫穿著人本主義的思想，著眼於萬物與人的關係，以人的眼光看待萬物的功用。如：「梅：可食。」「桂：江南木。百藥之長。」「櫃：木也。可作床几。」「枸：木也。可為醬。」「枋，木。可作車。」「薑：禦濕之菜也。」「藍：染青艸。」「蕿：令人忘憂艸也。」（三）在對大地系統的闡釋中，體現出儒家倫理為主導的價值取向。如「玉：石之美。有五德：潤澤以溫，仁之方也；鰓理自外，可以知中，義之方也；其聲舒揚，專以遠聞，智之方也；不橈而折，勇之方也；銳廉而不忮，絜之方也。」「羊，祥也。」「鳳：神鳥也。天老曰：鳳之象也，鴻前麐後，蛇頸魚尾，鸛顙鴛思，龍文虎背，燕頷雞喙，五色備舉。出於東方君子之國，翺翔四海之外，過崑崙，飲砥柱，濯羽弱水。莫宿風穴。見則天下大安寧。」「鷟：鷟鷟。鳳屬，神鳥也。從鳥。獄聲。《春秋國語》曰：「周之興也，鷟鷟鳴於岐山。」「螟：蟲。食穀葉者，吏冥冥犯法即生螟。」「嶷：九疑山。舜所葬，在零陵營道。」「陶：再成丘也。在濟陰。《夏書》曰：『東至于陶丘。』陶丘有堯城，堯嘗所居，故堯號陶唐氏。」「蟘：蟲。食苗葉者。吏乞貸（索取賄賂）即生蟘。」「蠱：蟲。

食草根者。吏抵冒取民財（貪污、掠取民眾財物）則生。」許慎通過對「玉」的闡釋，宣揚了儒家所倡導的仁、義、智、勇、絜等價值取向；通過對「羊」、「鳳」、「鸞」的闡釋，宣揚了儒家所倡導的和諧安定的政治局面；通過對「嶷」、「陶」的闡釋，表達了對先賢的景仰和紀念；通過對「螟」、「蟘」、「蠱」的闡釋，鞭撻了貪官污吏貪污受賄、掠取民財的腐敗行徑。

人間系統由人體、觀念、器物、衣物、食物、建築、社會、行為、心理、數量、語氣等十一個二級子系統構成。

人體系統由身、面、首、頁、囟、眉、耳、目、口、齒、牙、舌、自、鼻、須、毛、亢、亦、手、足、筋、血、骨、肉、尸、包、色、兒、广等四十九部組成。觀念系統由上、示、鬼、玄、正、是、東、西、大、小、高、厚、青、白、臤、辛等六十部組成。器物系統由鼎、鬲、耒、聿、网、臼、殳、盾、壹、豆、皿、缶、車、斤、戈、矛、弓、弦、卩、印、侖、冊等六十一部組成。衣物系統由衣、帛、巾、冃、市、㡀、絲、糸、素、裘、履等十一部組成。食物系統由食、禾、米、黍、朮、韭、瓜、瓠、皀、鬯、酉、炙等十二部組成。建築系統由宀、穴、宮、广、倉、向、郭、京、邑、冂、囗、亯、㠯、門、戶等十五個部首組成。社會系統由人、夫、男、女、老、兒、兄、我、王、后、司、史、臣、巫、民、辟、豊、里、氏等二十一部組成。行為系統由廾、臼、爪、丮、鬥、殺、畫、放、走、止、辵、彳、行、去、入、見、教、克、有、會、比等一百十八部組成。心理系統由喜、苟、危、思、心、惢等六部組成。數量系統由十、卅、舃、尺、寸、半、网、員等八部組成。語氣系統由只、乃、丂、兮、于、不、冊等七部組成。

《說文》對人間系統的意義闡釋體現了如下幾個特點：（一）以人為中心。這不僅體現在人間系統的部首和文字都是最多的，也體現在對人的歌頌、讚美。如：「人：天地之性最貴者也。」「大：天大地

大人亦大，故大象人形。」（二）對有重大發明的先賢予以記述，以表襃揚和紀念。如：「网：庖犧所結繩，以漁。」「帚：糞也。從又持巾掃冂內。古者少康初作箕、帚、秫酒。」「瑟：禁也。神農所作。」「車：輿輪之總名。夏后時奚仲所造。」「矢，弓矢也。古者夷牟初作矢。」（三）用陰陽五行闡釋人的身體機能和心理現象。如：「肝：木藏也。」「心：博士說，以為火藏。」「脾，土藏也。」「肺，金藏也。」「腎，水藏也。」「魂：陽氣也。」「魄，陰氣也。」「性：人之陽气性善者也。魄：人之陰氣有欲者。」（四）用儒家三綱系統闡釋社會倫理規範。如：「王：天下所歸往也。董仲舒曰：『古之造文者，三畫而連其中謂之王。三者，天、地、人也，而參通之者王也。』孔子曰：『一貫三為王。』」「臣：牽也。事君也。象屈服之形。」「父：矩也。家長，率教者。」「婦：服也。從女持帚，灑掃也。」甚至一些與倫理無關的字眼，許慎在闡釋中也加進了三綱的內容。如：「藹：臣盡力之美。《詩》曰：『藹藹王多吉事。』」毛傳：「藹藹，猶濟濟也。」《爾雅》：「藹藹，萋萋，臣盡力也。」許君不取毛傳而取《爾雅》，乃是其名教的倫理觀念使然。再如：「臥，休也。從人、臣，取其伏也。」臣象豎目形，人臣即人目，會人閉目休息之意，與臣伏無關。許君能從中看出臣伏之意，除了對臣的取象已不甚了了之外，與其頭腦中的倫理觀念當不無關係。（五）體現了民族融合的大一統思想。如：「羌：西戎牧羊人也。從人，從羊，羊亦聲。南方蠻閩從虫，北方狄從犬，東方貉從豸，西方羌從羊：此六種也。西南僰人、僬僥，從人；蓋在坤地，頗有順理之性。唯東夷從大；大，人也。夷俗仁，仁者壽，有君子不死之國。孔子曰：『道不行，欲之九夷，乘桴浮于海。』有以也。」《說文》釋「風」云：「風：八風也。東方曰明庶風，東南曰清明風，南方曰景風，西南曰涼風，西方曰閶闔風，西北曰不周風，東北曰融風。」八方與中國相對，夷、狄、蠻、羌、僰、僬僥等與華夏相對，俱在大一統的天下範圍之內。（六）具有了樸素的語義場的意識，善於

以共性義素為背景種區別個性。如：「皎：月之白也。」「皢：日之白也。」「皙：人之白也。」「皤：老人白也。」「皚：霜雪之白也。」「葩：艸花之白也。」「皦：玉石之白也。」「挈：懸持也。」「拑：脅持也。」「撜：閡持也。」「摯：握持也。」「操：把持也。」「攫：爪持也。」「捦：急持也。」「搏：索持也。」「據：杖持也。」「攝：引持也。」「抍：並持也。」「拚：捪持也。」「挾：俾持也。」「捫：扶持也。」「擥：撮持也。」「攦：理持也。」「握：搤持也。」「撢：提持也。」區分之細，令人嘆為觀止。

二　《說文》的字形闡釋體系

　　《說文解字》雖然給六書都下了定義，但由於轉注、假借並不創造新的結構類型，因而在字形的分析時只使用了前四書，即象形、指示、轉注、假借。每一書所用的術語各不相同，構成了各自獨立字形闡釋系統，四個闡釋系統匯合起來，即構成了《說文》的字形闡釋體系。

（一）象形字的字形闡釋系統

　　用於象形字字形闡釋的系統由以下幾種類型構成：

1　象形

　　只用「象形」二字說明字形結構，這類字為獨體象形字。如：

　　气：雲气也。象形。

　　丩：相糾繚也。象形。

　　又：手也。象形。

　　目：人眼。象形。

　　盾：瞂也。象形。

　　隹：鳥之短羽總名也。象形。

2　象某某

指出字形所描摹的事物。這類字通常為獨體象形字。如：

　　釆：辨別也。象手指爪分別也。

　　止：下基也。象草木出有址，故以止為足。

　　彳：小步也。象人脛之屬相連也。

　　鬲：鼎屬。象腹交文，三足。

　　丮：持也。象手有所丮據也。

　　入：內也。象从上俱下也。

3　「象某某形」或「象某某之形」。

這類字通常為獨體象形字。如：

　　自：鼻也。象鼻形。

　　大：天大地大人亦大。故大象人形。

　　弋：橛也。象折木衺銳著形。

　　八：別也。象分別相背之形。

　　牛：大牲也。象角頭三、封、尾之形。

　　臣：事君也。象屈服之形。

　　米：粟實也。象禾實之形。

　　尗：豆也。象尗豆生之形也。

　　冊：象其札一長一短，中有二編之形。

4　象某某，象某某

指出象形字的不同部分所描摹的事物。如：

丹：巴越之赤石也。象采丹井，一象丹形。
耑：物初生之題也。上象生形，下象其根也。
雨：水從雲下也。一象天，冂象雲，水霝其間也。

這類字通常由前景和背景兩部分組成。前景是該字所要反映的事物。背景則是前景所依附的環境。如「丹」字中的「一」為前景，井為背景；「耑」字中「生」形為前景，「根」形為背景；「雨」字中「水」為前景。「天、雲」為背景。

「象某某，象某某」也可作「象某某；某，某之象也」。如：

井：八家一井。象構韓形，䍃之象也。

「象某某，象某某」，後面的一個「象」有時也可省略。如：
土：地之吐生萬物者也。二象地下、地之中，物出形也。「物出形」當為「｜象物出形」之省。

5　「象形」「象某形」「象某某」＋說明語

先解釋字形總體為象形，再對局部或含義加以說明。如：

韭：菜名。一種而久者，故謂之韭。象形。在一之上；一，地也。
鳥：長尾禽總名也。象形，鳥之足似匕，从匕。
兔：獸名。象踞，後其尾形。
屮：艸木初生也。象｜出形，有枝莖也。

　　包：象人裹妊，巳在中，象子未成形也。

　　率：捕鳥畢也。象絲网，上下其竿柄也。

　　勹：裹也。象人曲形，有所包裹。

　　开：平也。象二干對構，上平也。

　　鳥為總體象形，其足似匕。兔為總體象形（蹲踞），後象露出的尾巴。屮為總體象形，左右象枝莖。包為總體象形，中間的部分象子未成形。率為總體象形。上下部分象竿柄。勹為總體象形，含義是有所包裹。开為總體象形，用對持的干其上齊平的意思表示平。

6　從某，象形（或：象某形、象某之形）

　　從某，說明與某事物有關；象形，說明該字整體或部分是對物體的描摹。如：

　　矢：傾頭也。從大，象形。

　　夭：屈也。從大，象形。

　　肩：髆也。從肉，象形。

　　朵：樹木垂朵朵也。從木，象形。

　　豐：豆之豐滿者也。從豆，象形。

　　巢：鳥在木上曰巢，在穴曰窠。從木，象形。

　　交：交脛也。從大，象交形。

　　叉：手足甲也。從又，象叉形。

　　㡾：敗衣也。從巾，象衣敗之形。

　　尣：曲脛也，從大，象偏曲之形。

　　果：木實也。從木，象果形，在木之上。

　　叉：手指相錯也。從又，象叉之形。

　　眉：目上毛也。從目，象眉之形。

　　這類字可分為兩種情況：一種是該象形字雖與某事物有關，但整體為獨體象形字，如矢、夭、交、叉、冎；一種是與該象形字有關的某事物是其背景，所描摹的部分為其前景，該象形字為合體象形字。如肩、朵、豐、巢、果、眉等。

　　這種格式有時「从某」也可放在後面。如：

　　　帶：紳也。男子鞶帶，婦人帶絲。象繫佩之形。佩必有巾，从
　　　　　巾。

　　如果有直接描述的詞句，有時「从某」也可省略。如：

　　　韭：菜名。一種而久者，故謂之韭。象形。在一之上；一，地
　　　　　也。「在一之上」猶「从一」。

7　从某，某象形（或：某象某形）

　　从某，說明與某事物有關；某象形，說明該部分為對物體的描摹。前者為背景，後者為前景，這類字為合體象形。如：

　　　朿：兩刃臿也。从木，丰象形。
　　　秫：稷之黏者。从禾，术象形。
　　　血：祭所薦牲血也。从皿，一象血形。
　　　倉：穀藏也。倉黃取而臧之。故謂之倉。从倉省，口象倉形。

8　从某某

　　這類字可分為兩種情況：或為獨體象形字的一部分；或為合體象形字。如：

夕：莫也。从月半見。

片：判木也。从半木。

歺：列骨之殘也。从半冎。

卂：疾飛也。从飛而羽不見。

立：住也。从大立一之上。

甲：東方之孟，陽气萌動。从木戴孚甲之象。

俎：禮俎也。从半肉在且上。

支：去竹之枝也。从手持半竹。

　　夕、片、歺，卂均為獨體象形字的一部分；立、甲、俎、支則為合體象形字。

9　从某＋說明語

　　从某，說明與某事物有關；說明語則對其餘部分進行說明。如：

且：薦也。从几，足有二橫，一其下地也。

五：五行也。陰陽在天地間交午也。

七：陽之正也。从一，微陰从中衺出也。

酋：繹酒也。从酉，水半見於上。

回：轉也。从口，中象回轉形。

臽：从臼。臼，器也。中象米；匕，所以扱之。

10　从某某＋說明語

　　「从某某」同「象某某」，說明該字總體為象形，然後再對其部分進行說明。如：

才：艸木之初也。从丨上貫一，將生枝葉。一，地也。

氐：至也。从氏下箸一；一，地也。

毌：穿物持之也。从一橫貫，象寶貨之形。

11　从某、某，或从某，从某

足：人之足也。在下，从止、口。

離：山神。獸也。从禽頭，从内，从屮。

夒：貪獸也。从頁、巳、止、夂，其手足。

夏：中國之人也。从夂，从頁，从臼。臼，兩手；夂，兩足也。

厷：臂上也。从又，从古文ㄥ。

「从某」意同「象某」。這類字分為兩種情況。一種是該字為獨體象形字，但被分解為幾個部分，如足、離、夒、夏。一種是該字為合體象形字，其中一部為為前景，一部分為背景。如「厷」字，即以「又」為背景，古文ㄥ為前景。

12　沒有對字形結構的直接分析，而是在釋義中透露字形結構信息。如：

ㄙ：奸衺也。韓非曰：「倉頡作字，自營為ㄙ。」

午：五月，陰气午逆陽，冒地而出。

豸：長脊獸。行豸豸然，欲有所司殺形。

「自營為ㄙ」其實是暗示ㄙ象自營之形；「陰气午逆陽，冒地而出」意思是說「午，象陰陽交午之形，从一，一，地也」；「欲有所司殺形」即「象有所司殺形」。

（二）指事字的字形闡釋系統

指示字字形闡釋系統由以下幾種的類型構成：

1　指事

直接用「指事」說明結構類型。這類字為純粹用指事符號構成的指事字。如：

上：高也。此古文上。指事也。下：底也。指事。

2　象某某之形

指出所依附的象形字及指示符號所表示的意義，這類字為合體指事字。如：

刃：刀堅也。象刀有刃之形。

3　象某某＋對指事符號的說明

這類字由「象形字＋指事符號」構成。象某某，指出與該字有關的象形字，然後再指出指事符號所表達的意義。如：

之：出也。象艸過屮，枝莖益大，有所之。一者，地也。

4　从某＋對指事符號的說明

這類字多由「象形字＋指事符號」構成。从某，指出與該字有關的象形字，然後再指出指事符號所表達的意義。如：

本：木下曰本。从木，一在其下。
末：木上曰末。从木，一在其上。
正：是也。从止，一以止。
冃：小兒蠻夷頭衣也。从冂；二，其飾也。
畺：界也。从畕；三，其界畫也。

　　毋：止之也。从女，有奸之者。

　　匸：衺徯，有所俠藏也。从乚，上有一覆之。

　　京：人所為絕高丘也。从高省，丨象高形，

5　从某某

　　這種類型情況較複雜。第一種情況是由幾個指事符號構成的疊體字。如：

　　二：地之數也。从偶一。

　　三：天地人之道也。从三數。

　　第二種情況是由象形字＋指事符號構成。从某，先指出與該字相關的象形字，然後再對指事符號的意義加以說明。如：

　　甘：美也。从口含一。

　　豕：豕絆足行豕豕。从豕繫二足。

　　第三種情況也是由象形字加指事符號構成，但說明的順序與前一種相反，先指出指事符號，再說明它與其後的象形字之間的關係。如：巛：害也。从一雝川。

6　从某、某

　　這類字為象形字＋指事符號構成的指事字。「从」後的第一個字為象形字，第二個字為指事符號。如：

　　冃：重覆也。从冂、一。

7　从某，从某

這類字通常由象形字＋指事符號構成。第一個「从」後的字為象形字，第二個「从」後的字多為「一」，為指事符號。如：

干：犯也。从反入，从一。

寸：十分也。人手卻一寸，動脈，謂之寸口。从又，从一。

刃：傷也。从刃，从一。

亏：象气之舒亏。从丂，从一。一者，其气平之也。

8　反某

這類字通過對某字的反向書寫來表意。如：

乏：《春秋傳》曰：「反正為乏。」

己：反丂也。

比：密也。二人為从，反从為比。

9　从反某（或从到某）

這類字也是通過對某字的反向書寫來表意。如：

夂：步止也。从反彳。

匕：相與比敘也。从反人。

身：歸也。从反身。

旡：歙食气屰不得息曰旡。从反欠。

司：臣司事於外者，从反後。

丸：圜傾側而轉者。从反仄。

匕：變也。从到人。

㐬：不順忽出也。从到子。

（三）會意字字形的闡釋系統

會意字字形的闡釋系統有以下類型構成：

1　从某，从某

一般由兩個直接發生意義聯繫的成字構件組成。如：

> 元：始也。从一，从兀。
>
> 祟：神禍也。从示，从出。
>
> 班：分瑞玉也。从玨，从刀。
>
> 芟：刈艸也。从艸，从殳。
>
> 宷：悉也。从宀，从釆。
>
> 吹：噓也。从口，从欠。
>
> 咠：聶語也。从口，从耳。
>
> 啟：開也。从戶，从口。
>
> 右：助也。从口，从又。
>
> 否：不也。从口，从不。

一般說來，這兩個成字構件組合後，人們根據生活經驗容易建立起符合字意的意義聯繫。如艸和殳組合表示割草，口和欠組合表示吹氣，戶和口組合表示開門。口和又（手）組合表示幫助。如果作者覺得二者之間的關係已不夠明確，則通過說明語加以闡釋。如：

> 分：別也。从八，从刀。刀以分別物也。
>
> 介：畫也。从八，从人。人各有介。
>
> 半：物中分也。从八，从牛。牛為物大，可以分也。
>
> 名：自命也。从口，从夕。夕者，冥也。冥不相見，故以口自
> 　　名。

制：裁也。从刀，从未。未，物成，有滋味，可裁斷。

罰：辠之小者。从刀，从詈。未以刀有所賊，但持刀罵詈，則應罰。

如果是由三個成字構件直接組合而成，則採用「从某，从某，从某」的形式。如：

詹：多言也。从言，从八，从厃。

矯：識詞也。从白（自），从亏（於），从知。

簋：黍稷方器也。从竹，从皿，从皀。

僉：皆也。从亼，从吅，从从。

履：足所依也。从尸，从彳，从夊，舟象履形。

三個成字構件之間的關係如不明確，則加以說明。如：丞：翊也。从廾，从卩，从山。山高，奉承之意。

這種類型有的有兩個結構層次，格式為从某，从某、某。第二個「从」字後的兩個成字部件先組合後，再與第一個「从」後的成字部件組合。如：

祝：祭主贊詞者。从示，从人、口。

2　从某、某

一般由兩個直接發生意義聯繫的成字構件組成。如：

雀：依人小鳥也。从小、隹。

罪：覆令鳥不飛走也。从网、隹。

匊：在手曰匊。从勹、米。

> 豦：鬥相丮不解也。从豕、虍。
>
> 豙：豕怒毛豎。从豕、辛。
>
> 旬：徧也。从勹、日。
>
> 逸：失也。从辵、兔。
>
> 熒：屋下燈燭之光。从焱、冂。
>
> 龠：樂之竹管，三孔，以和眾聲也。从品、侖。
>
> 扁：署也。从戶、冊。

這種類型的兩個直接成分之間的關係有的容易理解，如小隹為雀，网隹（用網捕鳥）為罹，勹米（用手捧米）為匊；有的則不易理解，如豕與虍（虎）組合表示豦，豕與辛組合表示豙，勹與日組合表示旬，品與侖組合為龠，戶與冊組合為扁。對於這些不易理解的會意字，許慎有的加了說解。如「豦」字下云：「豕、虍之鬥，不解也。」「龠」字下云：「侖，分理也。」「扁」字下云：「戶冊者，署門戶之文也。」有的則未加說明，如「豙」「旬」。幸賴段玉裁等學者，我們才得以對這些字的內部關係得以瞭解。段玉裁於「豙」下注云：「以毛豎如食辛辣也。」於「旬」字下注云：「日之數十，自甲至癸而一徧。勹日猶勹十也。」

這種類型如果有三個或三個以上的直接成分構成，則採用从某、某、某……的形式。如：

> 尒：詞之必然也。从入、丨、八。八象氣之分散。
>
> 牖：穿壁以木為交窗也。从片、戶、甫。
>
> 廛：一畝半，一家之居。从广、里、八、土。

3 从某某

該類型通常由兩個直接發生意義聯繫的成字構件組成，「从某

某」用來說明兩個直接成分之間的關係。如：

弄：十尺也。从又持十。

窅：深目也。从穴中目。

骨：肉之覈也。从冎有肉。

閏：告朔之禮，天子居宗廟，閏月居門中。从王在門中。

閑：闌也。从門中有木。

婦：服也。从女持帚，灑掃也。

北：乖也。从二人相背。

雈：高至也。从隹上欲出冂。

這種類型最常見的有兩種格式：一是：从某＋動詞＋受事，如：

弄：玩也。从廾持玉。

戒：警也。从廾持戈，以戒不虞。

父：矩也。家長，率教者。从又舉杖。

秉：禾束也。从又持禾。

史：記事者也。从又持中。中，正也。

休：息止也。从人依木。

負：恃也。从人守貝，有所恃也。

一是：从某＋在＋複合方位詞，如：

莫：日且冥也。从日在茻中。

歬：不行而進謂之歬。从止在舟上。

喿：鳥群鳴也。从品在木上。

竄：匿也。从鼠在穴中。

囚：繫也。从人在口中。

安：靜也。从女在宀下。

　　這種類型有的有兩個結構層次，即兩個成字部件先組合後，再與另外一個成字部件組合。如：

廝：拭也。从又持巾在尸下。

糞：棄除也。从廾推華棄采也。

盥：澡手也。从臼水臨皿。

寒：凍也。从人在宀下，以茻薦覆之，下有仌。

帚：糞也。从又持巾埽冂內。

廝，又與巾組合後，再與尸組合；糞。華與采組合後，再與廾組合；盥，臼與水組合後，再與皿組合；寒，宀與茻組合後，再與仌組合。帚：又與巾組合後，再與冂組合。

4　从某＋說明語

　　先指出所依從的一個成字構件，再對另一個成字部件加以說明。如：

虐：殘也。从虍，虎足反爪人也。

盇：仁也。从皿，以食囚也。

內：入也。从冂，自外而入也。

中：內也。从口；丨，上下通。

貞：卜問也。从卜，貝以為贄。

雙：隹二枚也。从雔，又持之。

箕：簸也。从竹，甘象形。

奠：置祭也。从酋，酋，酒也；下其丌也。

巨：規巨也。从工，象手持之。

鼓：郭也。从壴；支，象其手擊之也。

彪：虎文也。从虎，彡象其文也。

5　从某、某，某亦聲；从某某，某亦聲；从某，从某，某亦聲；从某，从某聲

這種類型就是所謂的亦聲字，兩個成字構件中的其中一個既表義，又表音，因而既可以看作會意字，也可以看作形聲字。如：

珥：瑱也。从玉、耳，耳亦聲。

茉：耕多艸。从艸、耒，耒亦聲。

瞑：翕目也。从目、冥，冥亦聲。

牿：以芻莖養牛也。从牛芻，芻亦聲。

患：憂也。从心貫吅，吅亦聲。

字：乳也。从子在宀下，子亦聲。

琀：送死口中玉也。从玉，从含，含亦聲。

胖：半體肉也。一曰廣肉。从半，从肉，半亦聲。

返：還也。从辵，从反，反亦聲。

笱：曲竹捕魚笱也。从竹，从句，句亦聲。

祰：告祭也。从示，从告聲。

釋：解也。从釆，取其分別物也；从睪聲。

（四）形聲字字形的闡釋系統

形聲字字形的闡釋系統包含以下幾種類型：

1　從某，某聲

從某，指出所依據的意義類別，某聲，注明其音讀。這種類型在形聲字字最為常見。如：

> 丕：大也。從一，不聲。
>
> 帝：諦也。王天下之號也。從二（古文上），朿聲。
>
> 禧：禮吉也。從示，喜聲。
>
> 璙：玉也。從玉，尞聲。
>
> 牡：畜父也。從牛，土聲。
>
> 代：更也。從人，弋聲。
>
> 袞：衣帶以上。從衣。矛聲。
>
> 顛：頂也。從頁，真聲。

2　從某莫，某聲；從某，從某，某聲

兩個表意的成字構件先組合，再與表音的成字構件組合。如：

> 碧：石之青美者。從玉、石，白聲。
>
> 蠲：馬蠲也。從虫、目，益聲。
>
> 蕮：推也。從艸，從日，艸春時生也；屯聲。
>
> 嗣：諸侯嗣國也。從冊，從口，司聲。
>
> 奉：承也。從手，從廾，丰聲。
>
> 梁：水橋也。從木，從水，刅聲。

3　象某某之形，某聲

該類型表意部分為非成字構件，表音部分為成字構件。如：齒：口齗骨也。象口齒之形，止聲。

4　从某，象形（象某某，某象形），某聲

兩個表意構件先組合，再與表音構件組合。其中一個表意構件為非成字構件。如：

　　鷰：周燕也。从隹，中象其冠也；冏聲。

　　禽：走獸總名。从厹，象形，今聲。

　　㮨：茶，舀也。从木；八，象形；眀聲。

5　从某省，某聲

由表意和表音的兩個構件組成，表意的構件為省形字。如：

　　寐：臥也。从寢省，未聲。

　　寤：寐覺而有言曰寤。从寢省，吾聲。

　　耆：老也。从老省，旨聲。

　　耇：老人面凍梨若垢。从老省，句聲。

　　屨：履也。从履省，婁聲。

6　从某，某省聲

由表意和表音的兩個構件組成，表音的構件為省聲字。如：

　　羔：羊子也。从羊，照省聲。

　　鶯：鳥也。从鳥，熒省聲。

　　薨：公侯猝也。从死，瞢省聲。

　　匋：瓦器也。从缶，包省聲。

　　缺：器破也。从缶，決省聲。

　　妝：飾也。从女，牀省聲。

7　从某、从某，某省聲

表意部分由兩個成字構件組成，表音部分為省聲字。如：

憲：敏也。从心，从目，害省聲。

8　从某省，某省聲

囊：槖也。从槖省，襄省聲。
橐：囊張大貌。从槖省，匋省聲。

9　从某，某、某皆聲

該類型為雙聲符字，由一個表意成字部件與兩個表音成字構件組成。如：

韰，螇也。从韭，次、弌皆聲。

10　从某，从某；某、某皆聲

該類型為雙聲符字，由兩個表意成字部件組合後與兩個表音成字構件組成。如：

竊：盜自中出曰竊。从穴，从米；禼、廿皆聲。

三　《說文》的字音闡釋（聲訓）體系

本文所說的字音闡釋指的是利用文字之間的語音關係來說明它們的意義關係的訓釋方法，即聲訓。

（一）《說文》聲訓的訓釋方式

1　用一個音同或音近詞對另一個詞訓釋。如：

天：顛也。

帝：諦也。

旁：溥也。

禮：履也。

禍：害也。

士：事也。

葬：藏也。

春：推也。

莛：莖也。

疌：疾也。

歰：進也。

超：跳也。

喪：亡也。

單：大也。

正：是也。

是：直也。

通：達也。

逆：迎也。

造：就也。

遵：循也。

踰：越也。

德：升也。

興：起也。

共：同也。

診：視也。

叢：聚也。

詔：譖也。

爻：交也。

又：手也。

書：箸也。

臣：牽也。

敕：誠也。

政：正也。

眷：顧也。

看：睎也。

羊：祥也。

自：鼻也。

么：小也。

爰：引也。

死：澌也。

笵：法也。

2　音同或音近詞互訓。如：

菲：芴也。

芴：菲也。

蓨：苗也。

苗：蓨也。

走：趨也。

趨：走也。

待：竢也。

竢：待也。

戒：警也。

警：戒也。

詥：諧也。

諧：詥也。

更：改也。

改：更也。

棄：捐也。

捐：棄也。

刉：切也。

切：刉也。

刑：剄也，

剄：刑也。

饟：周人謂餉曰饟。

餉：饟也。

入：內也。

內：入也。

枯：槀也。

槀：木枯也。

築：擣也。

擣：手也。一曰築也。

梡：梱也。

梱：梡，木未折也。

倚：依也。

依：倚也。

老：考也。

考：老也。

顛：頂也。

頂：顛也。

火：燬也。

燬：火也。

溝：小瀆。

瀆：溝也。

汎：浮貌。

浮：汎也。

聰：聆也。

聆：聰也。

揾：掘也。

掘：揾也。

匱：匣也。

匣：匱也。

績：緝也。

緝：績也。

錠：鐙也。

鐙：錠也。

鏶：鍱也。

鍱：鏶也。

隅：陬也。

陬：阪隅也。

隩：水隈，崖也。

隈：水曲，隩也。

3　用亦聲作聲訓

　　《說文》中的「亦聲」指合體字中既可作意符，又可作聲符的成字部件，亦聲除指明該部件音義雙表的特殊性之外，亦兼有聲訓的功

能。如：

禘：大合祭先祖親疏遠近也。从示，从合，合亦聲。

琥：發兵瑞玉，為虎文。从玉，从虎，虎亦聲。

瓏：禱旱玉。龍文。从玉，从龍，龍亦聲。

琀：送死口中玉也。从玉，从含，含亦聲。

珥：瑱也。从玉，从耳，耳亦聲。

瞑：翕目也。从目、冥，冥亦聲。

胖：半體肉也。一曰廣肉从半，从肉，半亦聲。

喪：亡也。从哭、从亡會意，亡亦聲。

返：還也。从辵，从反，反亦聲。

齰：齧骨聲。从齒，从骨，骨亦聲。

齨：老人齒如臼也。从齒，从臼，臼亦聲。

鉤：曲也。从金，从句，句亦聲。

誼：人所宜也。从人，从宜，宜亦聲。

詔：告也。从言，从召，召亦聲。

警：戒也。从言，从敬，敬亦聲。

4　用疊音詞作聲訓

《說文》中有不少地方用疊音詞指明某字的音義來源，亦可看作聲訓之一種。如：

瞞：目旁薄致宀宀也。

肎：骨間肉肎肎箸也。

曼：治稼曼曼進也。

丰：艸盛丰丰也。

狿：艸木實狿狿也。

晛：日行晛晛也。

錄：刻木錄錄也。

蠅：營營青蠅。蟲之大腹者。

坴：土塊坴坴也。

灥：水生崖石間灥灥也。

娏：得志娏娏。

斐：往來斐斐也。

螟：蟲食穀葉者。吏冥冥犯法即生螟。

納：絲濕納納也。

駐：駐駐。馬怒貌。

溟：小雨溟溟也。

瀧：雨瀧瀧貌。

洍：雷震洍洍也。

瀌：雨雪瀌瀌。

潧：水脈行地中潧潧也。

湝：水流湝湝也。

庚：位西方，象秋時萬物庚庚有實也。

5　用訓釋語中的音同、音近字作聲訓。如：

祠：春祭曰祠。品物少，多文詞也。

禜：設綿蕝為營，以禳風雨、雪霜、水旱、癘疫於日月星辰山
　　川也。

祳：社肉。盛以蜃，故謂之蜃。

禁：吉凶之忌也。

王：天下所歸往也。

璪：玉飾。如水藻之文。

莫：日且冥也。

茁：艸初生出地貌。

薰：香艸也。

齗：齒傷酢也。

訥：言難也。

訪：泛謀曰訪。

史：記事者也。

支：去竹之枝也。

殯：死在棺，將遷葬，柩，賓遇之。

罃：備火，長頸瓶也。

罄：器中空也。

桊：牛鼻中環也。

楅：以木有所逼束也。

貢：獻功也。

贈：玩好相送也。

（二）《說文》聲訓的功能

1　闡發學術思想

　　《說文解字》不是一本普通的字典，而是以呈現自己的學術思想為目標，以陰陽五行為綱，天地萬物為目，編織起來的巨大複雜的語義網絡，因而在這個網絡的關鍵節點上，如天地、陰陽、五行代表字、天干地支代表字等，很多都用了聲訓，以揭示其思想意義。如：

天：顛也。至高無上。

陰：闇也。

陽：高、明也。

木：冒也。冒地而生，東方之行。

火：燬也。南方之行，炎而上。

土：地之吐生物者也。

水：準也。北方之行。象眾水並流，中有微陽之气也。

壬：位北方也。陰極陽生，故《易》曰：「龍戰于野。」戰者，
接也，象人裹妊之形。

癸：冬時，水土平，可揆度也。象水從四方流入地中之形。

子：十一月，陽氣動，萬物滋，人以為稱。

丑：紐也。十二月，萬物動，用事。象手之形。時加丑，亦舉
手時也。

寅：髕也。正月，陽气動，去黃泉，欲上出，陰尚強，象宀不
達，髕寅於下也。

卯：冒也。二月，萬物冒地而出。象開門之形。

辰：震也。三月，陽气動，靁電震，民農時也。

巳：巳也。四月，陽气巳出，陰气巳藏，萬物見，成文章，故
巳為蛇。

午：啎也。五月，陰气午逆陽，冒地而出。

未：味也。六月，滋味也。

申：神也。七月，陰气成，體自申束。

酉：就也。八月，黍成，可為酎酒。

戌：滅也。九月，陽气微，萬物畢成，陽下入地也，五行，土
生於戊，盛於戌。

亥：荄也。十月，微陽起，接盛陰。

2　宣揚倫理秩序

　　許慎被時人稱之為「五經無雙許叔重」，認為文字是「經藝之
本，王政之始」，因而《說文》在一些人倫關係的字詞中採用聲訓，
宣揚以三綱為主導的封建倫理秩序。如：

帝：諦也。王天下之號也。

王：天下所歸往也。董仲舒曰：「古之造文者，三畫而連其中
　　謂之王。三者，天地人也，而參通之者，王也。」孔子曰：
　　「一貫三為王。」

君：尊也。

臣：牽也。事君也。象屈服之形。

父：矩也。家長，率教者。

母：牧也。

婦：服也。从女持帚，灑埽也。

3　批判官場腐敗

　　許慎對官場腐敗深惡痛絕，利用蟲部、蚰部一些字的聲訓，對貪
腐官吏進行了無情抨擊。如：

蟓：蟲。食穀葉者，吏冥冥犯法即生蟓。

蟘：蟲。食苗葉者。吏乞貸則生蟘。

蟲：蟲。食草根者。从蟲，象其形。吏抵冒取民財則生。

4　揭示詞的音義來源

　　同源關係具有縱橫等諸多層次，因而源詞與孳乳詞之間可能存在
不同的語義類別和詞性。如：

月：闕也。

室：實也。

夜：舍也。

士：事也。

馬：怒也，武也。

鱨：揚也。

霜：喪也。

龜：舊也。

壤：柔土也。

貧：財分少也。

汭：水相入也。

沙：水散石也，

川：貫穿通流水也。

裖：社肉。盛以蜃，故謂之裖。

韭：一種而久者，故謂之韭。

5　匯聚同源同義詞

同義詞有同源同義詞和異源同義詞。利用聲訓的同訓和遞訓可以匯聚同源同義詞。如：

劈：彊也。

勍：彊也。

勁：彊也。

倞：彊也。

啎：逆也。

逆：迎也。

迎：逢也。

逢：遇也。

劈、勍、勁、倞同訓彊，與彊構成一組同源同義詞，啎、逆、迎、逢、遇遞訓，構成一組同源同義詞。

6　說明同源同義詞之間的語義關係

同源詞中的同義詞，有的是因書寫形式不同所造成的等義詞，有的則是沿不同方向分化所造成的近義詞。如：

芀：菲也。菲：芀也。
蕾：菖也。菖：蕾也
禁：吉凶之忌也。
班：分瑞玉也。

芀與菲、蕾與菖，同屬艸部，語義上可以互訓，語音相近，在實際使用中意義與用法沒有任何區別，是詞的書寫形式不同造成的等義詞。「禁」是因為吉凶的原因造成的忌諱，語義範圍比「禁」小。「班」是分割玉石作為信物，語義範圍比「分」小。

總之，《說文》的聲訓可分為語言外部的聲訓和語言內部的聲訓，一至三屬於語言內部的聲訓，四至六屬於語言外部的聲訓。通過語言外部的聲訓，我們可以瞭解訓釋的思想、觀點，通過語言內部的聲訓，我們可以瞭解詞的音義來源及同源詞之間的語義關係。

《說文解字》不僅是一部偉大的文字學著作，也是一部百科全書式的巨著，該書既反映了許慎的世界觀、方法論，也反映了漢代的學術思潮，對其闡釋體系加以研究，對於《說文解字》的研究和漢代思想、學術的研究都具有重要意義。

第一編

《說文解字》形訓研究

第一章
《說文》形訓研究綜述

　　語言是屬於社會現象之列的。它既是人們交流思想、交流經驗的工具，就必然要反映出人在社會實際生活中的各個方面。文字是記錄語言的書寫符號，所以文字承載著文化信息和對社會現象的客觀反映。漢字作為漢語的書寫符號系統，是漢民族的祖先在長期的社會實踐中逐漸創造出來的，同時漢字作為一種古老的表意體系的文字，其形義有著十分密切的關係。

　　《說文解字》是東漢末年許慎在研究整理前人有關文字研究成果的基礎上編撰而成的我國最早的一部科學分析字形、解釋字義、考究詞源的字典，也是世界上最早的字書之一，因而有人說它是「天下第一種書」。對於《說文解字》的功用，清人孫星衍曾作過這樣的評論：「唐虞三代。五經文字火毀於暴秦。而存於《說文》。《說文》不作，幾於不知六義；六義不通，唐虞三代古文不可復識，五經不得其本解。《說文》未作之前，西漢諸儒得壁中古文書不能讀。」我國文字，從殷商時代以至東漢，歷時一千四百餘年，許慎的《說文解字》的確起到了承前啟後的歷史功用。

　　漢字的表意性為分析字形、探求字義提供了可能。形訓即「以形求義」，指通過對字形結構的分析來探求其意義。《說文解字》首先運用六書理論來研究、分析漢字的形體構造，說義以明本義為主，旁及引申義與假借義，成為形訓方面的名著，歷來受到研究者的重視。他們對《說文》形訓不斷進行修補、修正，並從不同的角度和不同的層面對《說文解字》的形訓進行了分析、探討和研究，取得了累累碩果。

一　清代以前學者的《說文解字》形訓研究

　　這一時期的學者對《說文解字》的研究主要是對其進行訂補和修正，以及圍繞六書理論進行更深層次的分析和研究。我們可以將本時期對《說文解字》的研究看作是《說文解字》研究的發軔及發展時期。《說文解字》一書作於漢和帝永元十二年，在建光元年由許慎之子許沖奏上朝廷，後來唐代學者李陽冰刊定《說文解字》，代表作是《刊定說文解字》二十卷，現在能看到的只存木部殘卷，一百八十八字，其篆與今本相異者有五字。李陽冰不僅規範了小篆字形，對一些字的結構也進行了新的分析。這些新解是非參半，南唐徐鍇在其著作中專列「祛妄」篇，對李陽冰的新解進行駁斥。徐鍇的主要貢獻在於注釋《說文解字》，其代表作是《說文解字繫傳》四十卷（小徐本），今傳。該書主要部分為《通釋》三十卷，用以古書證古書，以今語證古語的方式對《說文》字義進行疏證。其兄徐鉉曾奉旨與句中正、葛湍、王惟恭等同校《說文解字》，於宋太宗雍熙三年完成並雕版流布，世稱「大徐本」，其流傳至今，為世人研習的最主要的本子。以上這些學者對《說文解字》的研究主要是對其進行校補和修正。

　　另外，還有些學者是圍繞《說文解字》及其理論進行更深層的分析和研究，並提出了自己獨到的見解。南宋學者鄭樵第一個撇開《說文解字》的系統，對字形進行了深入的研究，專用六書的理論來研究文字，其代表作是《六書略》。元代的戴侗力圖改變自秦以來的文字研究現狀，探究文字的本源，研究本字的變遷，其代表作是《六書故》。與此同時還有楊桓的《六書統》和《六書溯源》及周伯琦的《說文字原》和《六書正訛》。另外還有明代趙謙的《六書本義》和趙宧光的《說文長箋》。隨著這些著作的誕生，這一時期逐漸形成了「六書」派。

二　清代中前期學者的《說文解字》形訓研究

　　自漢唐以來，清代是又一學術活躍的時代，文字學著作倍出，學術成就極高。訓詁學領域也碩果累累，大放異彩。尤其是對《說文解字》的研究已經達到了鼎盛時期，清代學者對《說文解字》這部著作極為推崇。他們普遍認為訓詁「聲音明而小學明，小學明而經學明」，欲求三代之遺，捨許慎無所適從，故都以通《說文解字》為讀書的鑰匙。段玉裁等「說文四大家」可謂清代《說文》研究的翹楚，在形訓研究方面，又以段玉裁和王筠成就最為突出。

　　段玉裁的《說文解字注》不僅嚴守許說，闡發許說，而且也匡正許說，多有收穫。段玉裁在繼承前代訓詁學成就的基礎上，創造性地提出了形、音、義「三者互求」的訓詁方法，並成功運用於《說文解字注》中，較好地克服了單獨使用「形訓」、「聲訓」的局限，在尋求語源、辨析假借以探求詞的本義，以及詞義的系統研究、同源詞研究等方面取得巨大成功，為我國訓詁學的發展做出了傑出貢獻。這部著作有意識地把文字放在歷史的使用過程中加以考察，探求文字形變的源流，將字形與訓詁緊密聯繫起來。在這本著作裡，段玉裁主要從以下方面來對《說文解字》的形訓進行闡發：1.辨析古今字以求本字。（1）古字用本意，今字用假借字；（2）古字用假借字，今字用本字；（3）古字兼義今造新字；（4）語音演變而今字另造。2.把握本義特徵以求引申義。關於此觀點，段玉裁認為：在文字的使用過程中，一個字或詞很少只有其本義，大多數字或詞總是沿著其本義的某種特徵所決定的方向不斷地被引申出新義，從而逐步形成以本義為起點的詞義系統。3.匡正字形。4.考核異文。

　　《說文》四大家之一的王筠在《說文》的形訓方面也有顯著的成就。他的《說文解字釋例》、《說文解字句讀》兩部著作把字和所要表示的客觀事物聯繫起來考察，據事以審字，據物以查字，對於省聲

字、會意字的類別、重文、分別字、累增字以及假借字等都作了科學
的研究。《說文解字釋例》的主要內容是對於《說文》體例的闡釋。
他對於「六書」條例的闡釋主要見於他的兼書說，把字形結構共分十
三類。兼書問題說明了漢字的字形構造是複雜的，存在一些傳統六書
無法涵蓋的構形方法。王筠對重文現象的分析也有其獨到的見解，提
出同部重文、異部重文、分別文、累增字等術語。《說文解字句讀》
的形訓研究成果還體現為利用金石銘刻等古文字資料分析、校正字
形、字義，闡明字的孳乳演化和形義間的關係以及對「六書」理論的
貫通與運用。

　　除了「說文四大家」之外，清代許多學者在《說文解字》形訓研
究方面也成績斐然，如江聲、嚴可均等人。江聲在研究轉注的學說問
題上，倡導形轉說。嚴可均的《說文校議》、孔廣居的《說文疑疑》、
嚴章福《說文校議議》、王紹蘭的《說文段注訂補》、徐灝《說文解字
注箋》等也各具特色，各有所長。

三　清末至民國時期學者的《說文解字》形訓研究

　　這一時期，隨著西方語言學的引入，學者們對《說文解字》的研
究或多或少都受到西方語言學的影響。代表性學者主要有章太炎、黃
侃、劉師培、楊樹達、孫詒讓、羅振玉、王國維、馬敘倫、丁福保、
吳承仕、沈兼士等。章太炎的《文始》以初文、準初文為出發點，探
索文字的變易和孳乳。黃侃的《說文》研究旨在以聲音貫通形義，創
獲頗多，其代表作為《說文箋識四種》、《黃侃論學雜著》、《黃侃手批
說文解字》。楊樹達的研究特點是形音義互相參證，字形上參以金石，
語音上參以方言，字義上參以語法，其代表作是《積微居小學述林》、
《積微居金石說》。孫詒讓、羅振玉、王國維等三人的主要貢獻是以甲
金文字正許補許。馬敘倫的代表作是《說文解字六書疏證》和《說文

解字研究法》，《說文解字六書疏證》廣納前代各家之長，尤其注重構造分析和語源探索，用甲金文糾正《說文解字》之失，依據六書分析許書文字，各歸其類。丁福保的《說文詁林》，匯集了有清以迄近代《說文解字》研究論著兩百餘種，集此一時期《說文》研究之大成。

四　一九四九年以後學者的《說文解字》形訓研究

一九四九年以後，在新中國的建設和探索過程中，雖然其間學術上也出現了停滯時期，但也有許多學者涉及《說文解字》方面的研究，從而進一步的推動了《說文解字》及其理論的的研究。

文革結束以後，隨著國學的興起和國內外的交流日益頻繁，學術上也湧現出了一批年輕的學者，他們在研究和整理前人的研究成果基礎上，圍繞《說文解字》進行了一系列的研究，而且研究的範圍更加的廣泛和系統，研究的層次更加深入和細緻。

周祖謨的《許慎和他的《說文解字》》、陸宗達的《說文解字通論》、《介紹許慎的《說文解字》》，陸宗達與王寧《〈說文解字〉與本字本義的探求》是《說文》研究方面的普及性著作，有開創先聲的作用。姚孝遂的《許慎與說文解字》以治古文字學的方法研究《說文》，分析細密精審，很多方面都提出了十分令人信服的新見。張舜徽的《說文解字約注》據前人疏釋許書之說，博觀約取，擇善而從，汰其繁辭，存其精義，可以被看作是丁福保《說文解字詁林》的縮略本，它又十分重視推求語源，又被看作是超出丁書之外的著作。蔣人杰《說文解字集注》從前人繁多的注文中擇優撮要，又引述甲金文字及其考釋，考訂文字，闡明本文，力求用極少篇幅總括數百家之研究成果。董蓮池匯集諸家研究成果，利用可靠的古文字材料，全面、系統地理清了《說文》形義說解之不當，其代表作是《說文解字考正》、《說文部首形義通釋》等。臺灣學者季旭昇的《說文新證》，則

是以「新證」的方法，返本歸源而施用於《說文解字》，挑選《說文解字》有誤，古文字材料能更正《說文解字》的部分，將研究者正確或有參考價值的說法匯於一編，並加以評析，還不時提出自己的新見。書中盡可能地利用出土材料，探求文字演變之跡，列出了不同時代的不同字體與《說文解字》所收字相關的資料。作者認為字形不是越早越好，而在於切合，即發展中的切合，直接或間接地切合。臧克和、王平合作的《說文解字新訂》，將大徐本所刊《說文解字》包括注釋、反切和新附，標注新式標點，並附有部首筆劃檢字表和音序檢字表，為研究《說文解字》提供了方便的校訂本。六書研究方面，有六書總論研究，如俞敏《六書獻疑》，楊柳橋《六書撥疑》，皇甫權、蔣仲青《六書辯疑》，羅君惕《六書說》，郭子直《六書初探》，李恩江《對許慎六書說的再認識》以及向光忠《論「六書」的本旨與序列》等。形聲字研究，如殷孟倫《說文解字形聲條例述補》、劉賾《說文形聲釋例》闡發了《說文》形聲條例。王寧、李國英《論《說文解字》的形聲字》詳細考察了占《說文解字》總數百分之八十七點三九的八二三三個形聲字，揭示了形聲字的內部規律和功能，指出經《說文解字》存貯與整理過的篆文字符群，是一個以形聲字為主體的漢字構形系統。對形聲結構方面的省聲、多形多聲、「右文說」等，也有不少學者作了研究，較重要的有陳世輝《略論《說文解字》中的省聲》、車先俊《《說文》省聲字研究》、曹先擢《《說文解字》的省聲》、何九盈《《說文》省聲研究》；湯可敬《《說文》『多形多聲』說研究》；劉又辛《「右文說」說》等。利用出土古文字研究《說文》是此一時期的亮點。裘錫圭《《說文》與出土古文字》通過大量證據，說明《說文解字》中保存的古文字字形有不少跟出土古文字資料吻合，研究《說文解字》應和出土古文字結合，合則兩美，離則兩傷。郭小武《《說文》篆籀字彙與甲骨文字考釋》舉出大量實例，總結了《說文解字》保存古形對於遠古文字考釋的價值，認為《說文解字》

為古文字構形學奠定了堅實的基礎。祝敏申的《《說文解字》與中國古文字學》充分徵引中國考古學和古文字學的成果，就《說文解字》關於中國文字產生和發展的理論作了詳細的考查評論，對《說文解字》所收籀文、古文給以新的界說，對六國文字異形和隸書、草書的肇端也提出了自己的看法。蔡英杰《說文》從寸字說解獻疑》，聯繫甲金文字，指出《說文》從寸字多是「從又（手）」之訛。

理論研究方面，葉斌的兩篇論文在《說文》形訓理論研究方面有創新之處。其《《說文解字》的形訓研究》著重從以形表義論、形義系統論、形義矛盾論三個方面闡發許慎的《說文解字》的形訓理論，從而證明這些理論是關於訓詁的，而其中的六書說是從不同平面就形義關係所作的理論表述。在文章的結語處，作者這樣總結道：「以形表義論是形訓理論的核心，指導著全書九三五三個字的訓釋；是表現理論和還原理論的統一體，表現理論為訓詁提供學理依據，還原理論為訓詁指示方法途徑。形義系統論是形義一致思想的深刻延伸，從聯繫的觀點出發，闡述形聲字訓釋的另一重要理據；同時與十四篇訓釋系統相輔相成，是這個系統結構的組織原則。形義矛盾論是形義一致思想的補充，揭示表現意義的特殊方式及其結果，並且提出相應的訓詁對策。」其《《說文解字》造義說解舉例》主要論述《說文解字》有關「造意」的說解方式，並就造意說解的得失作出評價。從說解的內容看，有說解形意、說解部件和說解字義等三種方式，從說解的形式看，有主詞式、前綴式、後限式、附加式等四種方式。認為許慎的造意說解有利有弊，弊主要有三點，即把語言和文字相混淆、具體釋義不準確、體例失衡。

其它方面，還有康殷的《說文部首詮釋》，董蓮池、曾敏捷的《論利用《說文解字》考釋甲骨文的方法》，鄭權中的《關於許慎假借義例的解釋和批評》，杜定友的《象形字》，王群的《論《說文》「轉注」及相關問題》，王志強和王磊的《簡析《說文解字》對漢字

字源的探討》，江石的《「品」字型漢字淺論》，黃獻的《試論《說文解字》與漢字學體系的構造》，張朋川的《中國古文字起源探析》，陳棣方的《《說文解字》二體疊文說略》，王作新的《《說文解字》漢字聚合論》，羅紅勝和劉守安的《《說文解字》的漢語史論與結構構成價值》等等。

　　此外，還有一些學位論文的研究，例如雷黎明的《《說文解字》象形字研究》，此論文從五個方面論述和分析了《說文解字》中象形字的特徵、失誤、與古文字的對照以及古代先民的造字思維模式。薛永剛的《《說文解字》小篆異體字初探》從四個方面分析和探討了《說文解字》中小篆的異體字。盧豔琴的《《說文解字》誤釋類型考誤》，從整體上考察了《說文解字》的誤釋，把誤釋的類型分為字形分析有誤、字義分析不確、字的歸屬不確等七類。其中一章談到字義分析有誤，但文章因為涉及面廣，所以並未深入分析。郭偉的《《說文解字》形變字研究》，是以《說文解字》中的形變字為研究對象，主要討論形變字的字形、字義的演變以及對形變字析形、釋義的得失。

第二章
《說文解字》形訓體例研究

　　漢字的字形和意義有密切的關係，分析字形有助於瞭解字義，《說文解字》始終堅持「據形釋義」的原則。《說文解字》字形分析是字義說解的依據，字義說解是字形分析的結果，釋義和析形可謂密合無間。關於漢字的形體構造，傳統有六書的說法。六書是象形、指事、會意、形聲、轉注、假借。許慎在《說文解字・敘》裡對六書進行了解釋，並舉了例字。運用六書對漢字進行結構分析的方式，構成了《說文》形訓的體例。六書是戰國以後的人們根據漢字的形體結構和使用情況，加以分析歸納出來的字體結構，實際上漢字的形體結構只有象形、指事、會意、形聲四種。因此《說文解字》形訓主要是圍繞象形、指事、會意和形聲這四類展開分析的。為此，本章的內容在借鑒前人的基礎上對《說文解字》一書中的前四書訓體例進行統計、分析和研究。

一　象形類

　　象形就是描繪事物形狀的造字法，它用簡單的線條去描繪事物的輪廓或特徵。在《說文解字》中，許慎對象形字的析形用語主要有八類：

（一）象形

　　如：

　　气：雲气也。象形。

口：人所以言食也。象形。

按：使用該類術語的象形字為獨體象形字，表示具象事物。

（二）象某形或象某之形

如：

自：鼻也。象鼻形。

尸：陳也。象臥之形。

而：頰毛也。象毛之形。

按：使用該類術語的象形字為獨體象形字，表示具象事物。

（三）象某某形或象某某之形

這裡又分為三個小類。

1　僅指出某字整體象某某形。如：

巫：祝也。女能事無形，以舞降神者也。象人兩褎舞形。

牙：牡齒也。象上下相錯之形。

2　指出某字整體象某某形後，又對該字的部件加以解釋。如：

屮：艸木初生也。象丨出形，有枝莖也。

爵：禮器也。象爵之形，中有鬯酒，又持之也。

3　直接對構成整體的各個部分進行解釋。如：

牛：大牲也。牛，件也。件，事理也。象角頭三、封、尾之形。

彳：小步也。象人脛三屬相連也。

（四）象某某

該類分為兩個小類。

1　僅指出某字整體象某某形。如：

采：辨別也。象獸指爪分別也。

夊：从後至也。象人兩脛後有致之者。

2　指出某字整體象某形後，又對該字的部件或意義加以解釋。如：

水，準也。北方之形。象眾水並流，中有微陽之气也。

止，下基也。象草木出有址，故以止為足。

（五）某象某，某象某

如：

耑：物初生之題也。上象生形，下象其根也。

雨：水从雲下也。一象天，冂象雲，水霝其閒也。

按：許慎把一個獨體象形字強行分成兩個部分，並分別加以解說。其所分的兩個部分只能看作非成字構件。

（六）从某，象形；从某，象某某；从某，象某形；从某，某象形；从某，象某之形；从某某，象某之形；从某，某象某；从某，某象某形。从某某，象形；从某某，象某；从某，某，某形；从某，某，某也；从某之象；从某某。

1　從某，象形。如：

> 矢：傾頭也。從大，象形。
>
> 不：鳥飛上翔不下來也。從一，一猶天也。象形。
>
> 戈：平頭戟也。從弋，一橫之。象形。
>
> 肩：髆也。從肉，象形。
>
> 豆：古食肉器也。從口，象形。
>
> 豊：行禮之器也。從豆，象形。
>
> 朵：樹木垂朵朵也。從木，象形。
>
> 巢：鳥在木上曰巢，在穴曰窠。
>
> 衰：艸雨衣。秦謂之草。從衣，象形。
>
> 冕：冕也。周曰冕，殷曰吁，夏曰收。從兒，象形。
>
> 天：屈也。從大，象形。
>
> 升：〔二〕十龠也。從斗，亦象形。
>
> 黽：黿，黽也。從它，象形。黽頭與它頭同。

　　按：使用該術語的象形字，有的為獨體象形字，如矢、不、戈、豆、夭等；有的為合體象形字，如肩、豊、朵、巢、衰等。在獨體象形字中，從某之某，為強行析出的構件，不表義，與其它構件一起用作象形字的本體部分；在合體象形字中，從某之某，為成字構件，表義，一般用作象形字的背景部分。

2　從某，象某某。如：

> 巨：規巨也。從工，象手持之。
>
> 覃：度也，民所度居也。從回，象城覃之重，兩亭相對也。
>
> 兒：孺子也。從儿，象小兒頭囟未合。

　　按：使用該術語的象形字有的為獨體象形字，如覃、兒，有的為

合體象形字，如巨。獨體象形字中，從某之某，為強行析出的部件；合體象形字中，從某之某，為成字部件，一般用作象形字的本體部分。

3　從某，象某形。如：

交：交脛也。從大，象交形。

畢：田罔也。從華，象畢形。

曶：出气詞也。從曰，象气出形。

果：木實也。從木，象果形，在木之上。

按：使用該術語的象形字，有的為獨體象形字，如交、畢、曶等；有的為合體象形字，如果。在獨體象形字中，從某之某，為強行析出的構件，不表義，與其它構件一起用作象形字的本體部分；在合體象形字中，從某之某，為成字構件，表義，一般用作象形字的背景部分。使用該術語的某些字是用具象表示抽象義，如「交」是用「交脛」這一具象表示抽象的「交錯」義。這種表意方式與一般的象形字有所不同，它對字義的表示並不強調這一完整形象的本身，而只注意其字形可意會的意義，有人稱為象意字。[1]

4　從某，某象形。如：

枲：兩刃臿也。從木；屮，象形。

石：山石也。在厂之下；口，象形。

斝：玉爵也。夏曰琖，殷曰斝，周曰爵。從叩，從斗，冂象形。

孒：無右臂也。從了，乚象形。

孑：無左臂也。從了，丿象形。

1　馮時：《中國古文字學概論》（北京市：中國社會科學出版社，2016年），頁110-111。

　　按：使用該術語的象形字，有的為獨體象形字，如罪、子、孑；有的為合體象形字，如茉、石等。在獨體象形字中，從某之某，為強行析出的構件，不表義，與其它構件一起用作象形字的本體部分；在合體象形字中，從某之某，為成字構件，表義，一般用作象形字的背景部分。

5　從某，象某之形。如：

　　叉：手指相錯也。從又，象叉之形。

　　眉：目上毛也。從目，象眉之形，上象額理也。

　　羊：祥也。從丷，象頭角足尾之形。

　　乎：語之餘也。從兮，象聲上越揚之形也。

　　矢：弓弩矢也。從入，象鏑栝羽之形。

　　夒：神魖也。如龍，一足，從夂；象有角、手、人面之形。

　　壺：宮中道。從口，象宮垣、道、上之形。

　　巿：韠也。上古衣蔽前而已，巿以象之。天子朱巿，諸矦赤
　　　　巿，大夫蔥衡。從巾，象連帶之形。

　　尣：𡲬，曲脛也。從大，象偏曲之形。

　　亥：荄也。十月，微陽起，接盛陰。從二，二，古文上字。一
　　　　人男，一人女也。從乙，象褱子咳咳之形。

　　按：使用該術語的象形字，有的為獨體象形字，如叉、羊、乎、矢、夒、壺、巿等；有的為合體象形字，如眉。在獨體象形字中，從某之某，為強行析出的構件，不表義，與其它構件一起用作象形字的本體部分；在合體象形字中，從某之某，為成字構件，表義，一般用作象形字的背景部分。

6　從某某，象某之形。如：

　　毌：穿物持之也。從一橫貫，象寶貨之形。

　　按：使用該術語的象形字為獨體象形字。從某之某，為強行析出的非成字構件。

7　從某，某象某。如：

　　谷：口上阿也。從口，上象其理。
　　丂：語所稽也。從丂，八象氣越虧也。
　　鬯：以秬釀鬱艸，芬芳（攸服）〔條暢〕，以降神也。從凵，
　　凵：器也；中象米；匕，所以扱之。
　　木：冒也。冒地而生。東方之行。從屮，下象其根。
　　网：庖犧所結繩以漁。從冂，下象网交文。
　　巾：佩巾也。從冂，丨象糸也。
　　朩：分枲莖皮也。從屮，八象枲之皮莖也。
　　希：脩豪獸。一曰：河內名豕也。從彑，下象毛足。
　　彐：豕也。從彑，下象其足。
　　彪：虎文也。從虎，彡象其文也。

　　按：使用該術語的象形字，有的為獨體象形字，如木、网、巾、希等；有的為合體象形字，如彪。在獨體象形字中，從某之某，為強行析出的構件，不表義，與其它構件一起用作象形字的本體部分；在合體象形字中，從某之某，為成字構件，表義，一般用作象形字的背景部分。

8　從某，某象某形。如：

　　共：分決也。從又，中象決形。

血：祭所薦牲血也。从皿，一象血形。

㐭：穀所振入。宗廟粢盛，倉黃㐭而取之，故謂之㐭。从入，回象屋形，中有戶牖。

回：轉也。从口，中象回轉形。

先：首笄也。从人，匕象簪形。

兒：頌儀也。从人，白象人面形。

霝：雨零也。从雨，⦿象霝形。

蜀：葵中蠶也。从虫，上目象蜀頭形，中象其身蜎蜎。

　　按：使用該術語的象形字，有的為獨體象形字，如㐭、回、先等；有的為合體象形字，如先、血、兒、霝、蜀等。在獨體象形字中，从某之某，為強行析出的構件，不表義，與其它構件一起用作象形字的本體部分；在合體象形字中，从某之某，為成字構件，表義，一般用作象形字的背景部分。

9　从某、某，象形；从某、某。如：

日：實也。太陽之精不虧。从口一。象形。

足：人之足也。在下。从止、口。

　　按：使用該術語的象形字為獨體象形字，从某某之某某，均為強行析出的構件，不表義，兩個構件一起用作象形字的本體部分。

10　从某、某，某象某。如：

舍：市居曰舍。从亼、屮，象屋也。口象築也。

　　按：使用該術語的象形字為獨體象形字，从某某之某某，均為強行析出的構件，不表義，兩個構件一起用作象形字的本體部分。

11　從某；某，某形。如：

　　　反：覆也。從又；厂，反形。

　　按：使用該術語的象形字為合體象形字，從某之某，為成字構件，表義，一般用作象形字的背景部分。

12　從某，某，某也。如：

　　　青：幬帳之象。從冂；屮，其飾也。

　　按：使用該術語的象形字為獨體象形字，從某之某，為強行析出的構件，不表義，兩個構件一起用作象形字的本體部分。

13　從某某之象。如：

　　　甲：〔位〕東方之孟，陽气萌動，從木戴孚甲之象。
　　　弟：韋束之次弟也。從古字之象。

　　按：使用該術語的象形字為獨體象形字，從某之某，為強行析出的構件，不表義，兩個構件一起用作象形字的本體部分。

14　從某某。如：

　　　冖：覆也。從一下垂也。
　　　襾：覆也。從冂，上下覆之。
　　　才：艸木之初也。從丨上貫一，將生枝葉；一，地也。
　　　卂：疾飛也。從飛而羽不見。
　　　非：違也。從飛下翄，取其相背。
　　　絲：蠶所吐也。從二糸。
　　　谷，泉出通川為谷。從水半見，出於口。

按：使用該術語的象形字，有的為獨體象形字，如一、丙、才、丮、非等；有的為合體象形字，如絲、谷等。在獨體象形字中，從某之某，為強行析出的構件，不表義，與其它構件一起用作象形字的本體部分；在合體象形字中，從某之某，為成字構件，表義，一般用作象形字的本體部分。

（七）從某省，象形；從某省，象某之形；從某省，某象某形。

1　從某省，象形。如：

　　　西：舌皃。從谷省，象形。

2　從某省，象某之形。如：

　　　畐：滿也。從高省，象高厚之形。

3　從某省，某象某形。如：

　　　倉：穀藏也。倉黃取而藏之，故謂之倉。從食省，口象倉形。

按：使用該術語的象形字為獨體象形字，從某省之某，為強行析出的構件，不表義，兩個構件一起用作象形字的本體部分。

（八）在釋義中直接析形。如：

　　　縣：倒首也。
　　　鼎：三足兩耳，和五味之寶器也。
　　　卒：隸人給事者衣為卒。卒，衣有題識者。
　　　屾：二山也。

以上八類象形字，第六類情況較為複雜。該類象形字的術語均含

「從某（某）」，既有獨體象形字，也有合體象形字。在獨體象形字中，從某之某，為強行析出的構件，不表義，與其它構件一起用作象形字的本體部分；在合體象形字中，從某之某，為成字構件，表義，一般用作象形字的背景部分，也有少數用作本體部分。根據以上的八類析形用語，本節試將《說文解字》認定的象形字進行了統計，一共有三百四十八個。具體羅列如下：

玉、气、中、屯、芻、采、番、牛、牟、牽、口、局、台、山、止、彳、牙、疋、冊、器、谷、因、只、丩、革、鬲、弼、爪、為、釈、鬥、又、叉、㕚、父、夬、ナ、支、臣、几、卜、㐀、爻、目、眉、盾、自、羽、隹、屮、羊、芊、鳥、烏、舄、焉、華、畢、菁、幺、玄、予、冎、肉、胃、肩、贏、刀、丯、角、竹、互、箕、丌、巨、巫、習、乃、丂、乞、兮、乎、豆、豊、豐、虍、虞、虎、彪、皿、亼、血、主、皀、鬯、爵、亼、舍、倉、缶、矢、疾、高、冂、稾、亯、富、高、來、麥、夂、夊、夔、夊、木、果、朵、槀、茮、樂、才、叕、桑、之、足、出、宋、生、丰、毛、巫、禾、巢、桼、口、回、壺、貝、日、旦、认、月、囧、夕、毌、马、卤、齊、束、片、鼎、克、彔、秫、米、臼、凶、木、林、朱、崇、韭、瓜、宀、呂、广、宀、青、网、巾、帶、市、人、七、匕、𠤎、衣、裘、毛、尸、尾、舟、方、兒、兒、兒、兒、兆、禿、欠、百、面、丏、首、彡、文、后、卮、卩、勹、包、鬼、由、禺、山、廣、廠、石、勿、冄、而、豕、㣇、彖、豸、易、象、馬、廌、鹿、怠、兔、犬、鼠、火、囪、大、亦、矢、夭、交、允、壺、亢、大、夫、囟、巤、心、水、淵、く、巜、川、泉、永、仌、雨、靁、霝、雲、魚、燕、飛、乚、不、至、西、鹵、戶、門、耳、耴、匝、手、丞、女、母、民、丿、乀、厂、弋、乁、也、氏、戈、𠂇、珡、𠃊、匸、區、匚、曲、甾、瓦、弓、弦、糸、率、虫、蚰、蜀、蟲、它、龜、黽、卵、土、垚、田、疇、力、金、鎧、幵、勺、几、且、斤、斗、㪷、升、矛、

車、甹、自、皀、厽、宁、叕、亞、內、禽、萬、禹、鼄、离、畕、
甲、乙、丁、戊、己、巴、庚、壬、子、了、孑、孓、丑、卯、巳、
午、未、酉、茜。

二　指事類

指事也叫「象事」，是一種用記號指出事物的特點的造字方法，它用象徵性符號或在象形字上加提示符號來表示某個詞，具體點就是當沒有或不便用某種具體圖形畫出其所指意義時，就以點畫等象徵性符號或在象形字上加注點畫符號來表明其意義。指事字可以分為兩種：一種是象徵性符號的指事字，另外一種是象形字加提示符號的指事字。許慎在《說文解字‧敘》中對指事進行了比較全面的解釋，即「指事者，視而可識，察而（可）見意，上下是也」。[2]《說文》對指事字的析形用語主要有九類：

（一）指事。如：

　　丄（上）：高也。此古文上，指事也。
　　下：底也。指事。

（二）象某。如：

　　冂：邑外謂之郊，郊外謂之野，野外謂之林，林外謂之冂。象
　　　　遠界也。

（三）象某某，或象某某之形。如：

　　入：內也。象从上俱下也。

2　湯可敬：《說文解字今釋》（長沙市：岳麓書社，1997年），頁4。

久：（以）〔从〕後灸之，象人兩脛後有距也。

刃：刀堅也。象刀有刃之形。

八：別也。象分別相背之形。

（四）从某某；从某，某某

這裡可分為兩個小類。一類為獨體指事。如：

二：地之數也。从偶一。

三：天地人之道也。从三數。

片：判木也。从半木。

一類為合體指事。例如：

示：天垂象，見吉凶，所以示人也。从二，三垂，日月星也。

小：物之微也。从八，丨見而分之。

尒：詞之必然也。从入丨八，八象氣之分散。

朱：赤心木，松柏屬。从木，一在其中。

音：聲也。生於心，有節於外，謂之音。宮商角徵羽，聲；絲
　　竹金石匏土革木，音也。从言含一。

甘：美也。从口含一，一，道也。

本：木下曰本。从木，一在其下。

末：木上曰末。从木，一在其上。

宋：止也。从宋盛而一橫止之也。

豖：豕絆足行豖豖。从豕繫二足。

馬：馬一歲也。从馬；一，絆其足。

馵：馬後左足白也。从馬，二其足。

馽：絆馬也。从馬，口其足。

犮：走犬皃。从犬而丿之。曳其足，則剌犮也。

夾：盜竊裹物也。从亦，有所持。俗謂蔽人俾夾是也。弘農陝
　　字从此。

巛：害也。从一雝川。《春秋傳》曰：「川雝為澤，凶。」

匸：衺徯，有所俠藏也。从乚，上有一覆之。

　　合體指事一般為獨體字加指事符號構成。獨體字一般為象形字，如本、末、朱中的「木」，也有指事字，如「示」中的「二」（上）。

（五）从某，象某某或从某，象某某之形。如：

只：語巳詞也。从口，象气下引之形狀。

亦：人之臂亦也。从大，象兩亦之形。

（六）从某，从某。如：

寸：十分也。人手卻一寸，動脈（脈），謂之寸口。从又，从
　　一。

刅：傷也。从刃，从一。

介：畫也。从八，从人；人各有介。

（七）從反某；反某；反某為某。如：

少：蹈也。从反止。

彳：步止也。从反彳。

𠬪：引也。从反廾。

爪：亦𠃚也。从反爪。

𡰻：拖持也。从反𡰻。

幻：相詐惑也。从反予。

叵：反可也。

　　　　𩆜：厚也。从反言。

　　　　𡕲：跨步也。从反夂。

　　　　帀：周也。从反之而帀也。

　　　　𨙨：从反邑。

　　　　匕：相與比敘也。从反人。

　　　　𠨧：歸也。从反身。

　　　　旡：歓食气屰不得息曰旡。从反欠。

　　　　司：臣司事於外者。从反後。

　　　　丸：圜，傾側而轉者。从反仄。

　　　　𠂢：水之衺流，別也。从反永。

　　　　乀：左戾也。从反丿。

　　　　乁：流也。从反厂。

　　　　比：密也。二人為从，反从為比。

（八）从到某。如：

　　　　匕：變也。从到人。

　　　　𠫓：不順忽出也。从到子。

（九）在釋義中直接析形。如：

　　　　一：惟初太始，道立於一。造分天地，化成萬物。

　　　　十：數之具也。一為東西，丨為南北，則四方中央備矣。

　　　　厶：奸衺也。韓非曰：「倉頡作字，自營為厶。」

　　　　乏：《春秋傳》曰：「反正為乏。」

　　根據以上的九類析形用語，本節試將《說文解字》認定的指事字
進行了統計，一共有八十四字，具體羅列如下：

　　一、二、三、四、五、七、八、九、十、上、下、丨、片、冂、

厶、本、末、朱、刃、巾、亦、寸、干、示、小、尒、介、甘、只、
久、入、丮、音、羊、毋、正、畺、曰、冃、宋、豕、馬、舜、曑、
丹、井、比、京、攴、夾、巛、乏、匚、午、皁、朮、尚、冎、巛、
屮、少、亍、灷、不、屵、幻、己、亏、皁、平、帀、邑、匕、旡、
司、丸、辰、乀、乁、丿、比、𠃌、七、厷。

三　會意類

　　會意是由兩個以上的形體組合成一個新的意義，讓人們看了可以
體會出來。用會意方法造的字就是會意字。會意一般可以分為同文會
意、異文會意和對文會意三類。《說文》：「會意者，比類合誼，以見
指撝，武信是也」。[3]從許慎對會意字的這一解釋和說明中，我們可以
看出許慎對會意字的分析側重於說明各個構件之間的相互關係。許慎
在《說文解字》中對會意字的析形用語主要有如下十一類：

（一）从二（三）某（同體會意）。如：

　　艸：百芔也。从二屮。
　　品：眾庶也。从三口。
　　毳：獸細毛也。从三毛。

（二）从某，某某。如：

　　祭：祭祀也。从示，以手持肉。
　　啻：語相訶歫也。从口歫辛。辛，惡聲也。
　　雋：肥肉也。从弓，所以射隹。
　　虐：殘也。从虍，虎足反爪人也。

3　湯可敬：《說文解字今釋》（長沙市：岳麓書社，1997年），頁4。

夙：早敬也。从丮，持事；雖夕不休：早敬者也。

按：此類會意字表意不夠明確，許慎對偏旁之間的關係特別加以闡明。

（三）从某、某。如：

束：縛也。从口、木。
瑲：車笭閒皮篋。古者使奉玉以藏之。从車珏。
若：擇菜也。从艸右；右，手也。
卉：艸之總名也。从艸、屮。
各：異辭，从口夂。夂者，有行而止之，不相聽也。
吠：犬鳴也。从犬、口。
走：趨也。从夭、止。
扁：署也。从戶、冊。戶冊者，署門戶之文也。
古：故也。从十、口，識前言者也。

按：此類會意字有表意不夠明確者，許慎會對偏旁或偏旁之間的關係特別加以解釋。

（四）从某从某。如：

辵：乍行乍止也。从彳，从止。
柬：分別束之也。从束，从八。八，分別也。
熏：火煙上出也。从屮，从黑。屮黑，熏黑也。
蒐：茅蒐，茹藘。人血所生，可以染絳。从艸，从鬼。
芟：刈艸也。从艸，从殳。
分：別也。从八；从刀，刀以分別物也。
宷：悉也。知宷諦也。从宀，从采。

悉：詳、盡也。從心，從采。

半：物中分也。從八；從牛。牛為物大，可以分也。

告：牛觸人，角箸橫木，所以告人也。從口，從牛。

吹：噓也。從口，從欠。

名：自命也。從口，從夕。夕者，冥也。冥不相見，故以口
　　自名。

　　按：此類會意字，如果語義關係不夠明確，許慎會在某個偏旁後加以說解。

（五）從某從某會意。如：

信：誠也。從人，從言，會意。

（六）從某某。如：

伐：擊也。從人持戈。

弔：問終也。古之葬者，厚衣之以薪，從人持弓，會歐（毆）
　　禽。

北：乖也。從二人相背。

戾：曲也。從犬出戶下。

炙：炮肉也。從肉在火上。

解：判也。從刀判牛角。

盥：澡手也。從臼水臨皿。

崔：高至也。從隹上欲出冂。

　　按：此類會意字，如果包含動作與接受對象的關係，多採用「從某＋動詞＋受事」的形式。如：

弄：玩也。从廾持玉。

戒：警也。从廾持戈。

兵：械也。从廾持斤。

叔：拭也。从又持巾在尸下。

秉：禾束也。从又持禾。

史：記事者也。从又持中。

此類會意字，如果包含位置關係，多採用「从某＋在＋複合方位詞」的形式。如：

閏：告朔之禮，天子居宗廟，閏月居門中。从王在門中。

莫：日且冥也。从日在茻中。

局：促也。从口在尸下。

前：不行而進謂之前（歬）。从止在舟上。

喿：鳥群鳴也。从品在木上。

典：五帝之書也。从冊在丌上。

杲：明也。从日在木上。

（七）从某从某从某

望：月滿與日相望以朝君也。从月从臣从壬，壬，朝廷也。

丞：翊也。从廾，从卪，从山。山高，奉承之義。

徹：通也。从彳，从攴，从育。

筋：肉之力也。从力，从肉，从竹。竹，物之多筋者。

僉：皆也。从亼，从吅，从从。

瘶：屰气也。从疒，从屰，从欠。

佩：大帶佩也。从人，从凡，从巾。佩必有巾，巾謂之飾。

奏：奏進也。从本，从廾，从屮。屮，上進之義。

妻：婦與夫齊者也。从女，从屮，从又。又，持事，妻職也。

承：奉也。受也。从手，从卪，从収。

按：此類會意字，如果偏旁之間的語義關係不夠明確，許慎會特別闡明。

（八）从某省，从某。如：

孝：善事父母者，从老省，从子，子承老也。

犛：犛牛尾也。从犛省，从毛。

畫：日之出入，與夜為界。从畫省，从日。

痦：臥驚也。一曰：小兒號痦痦。一曰：河內相評也。从瘳省，从言。

盤：弼戾也。从弦省，从盤。

（九）从某从某省。如：

逐：追也。从辵，从豚省。

具：共置也。从廾，从貝省。

隶：及也。从又，从尾省。又持尾者，从後及之也。

眔：目相及也。从目，从隶省。

脃：小耎易斷也。从肉，从絕省。

以上兩類為省形字。省形以後化繁為簡，便於合理安排結構。

（十）从某从某，某亦聲。如：

化：教行也。从七从人，七亦聲。

禮：履也。所以事神致富也。从示，从豊，豊亦聲。

祏：宗廟主也。从示，从石，石亦聲。

禬：會福祭也。从示，从會，會亦聲。

瓏：禱旱玉。龍文。从玉，从龍，龍亦聲。

誼：人所宜也。从言，从宜，宜亦聲。

（十一）从某、某，某亦聲。如：

僦：賃也。从人就，就亦聲。

瑁：諸侯執圭朝天子，天子執玉以冒之，似犁冠。从玉冒，冒亦聲。

珥：瑱也。从玉、耳，耳亦聲。

瞑：翕目也。从目、冥，冥亦聲。

（十二）从某，某亦聲。如：

瓵：門戶疏窗也。从疋，疋亦聲。囧象瓵形。

舜：艸也。楚謂之葍，秦謂之藑。蔓地連華。象形。从舛，舛亦聲。

按：瓵、舜是在象形字的基礎上分別追加聲符疋、舛，疋、舛兼作聲符。

（十三）从某某，某亦聲。如：

窺：正視也。从穴中正見也，正亦聲。

幽：隱也。从山中丝，丝亦聲。

患：憂也。从心上貫吅，吅亦聲。

字：乳也。从子在宀下，子亦聲

（十四）从某从某从某，某亦聲。如：

整：齊也。从攴，从束，从正，正亦聲。

（十五）从某、某、某，某亦聲。如：

　　　蝕：敗創也。从虫、人、食，食亦聲。

（十六）从某，从某省，某亦聲。如：

　　　季：少偁也。从子，从稚省，稚亦聲。

（十七）从某省，从某，从某，某亦聲

　　　釁：血祭也。象祭竈也。从爨省，从酉。酉，所以祭也。从
　　　　　分，分亦聲。

（十八）在釋義中直接分析字形。如：

　　　王：天下所歸往也。董仲舒曰：「三畫而連其中謂之王。三
　　　　　者，天地人也；而參通之者，王也。」
　　　廿：二十並也。
　　　霍：飛聲也。从雨隹；雨而隹飛者，其聲霍然。
　　　外：遠也。卜尚平旦，今夕卜，於事外矣。

　　　前九項為單純的會意字，隨後八項為亦聲字，也有人歸入形聲
字。我們認為，這類字中，部分偏旁表義兼表音，表義是其主要功
能，表音是其兼職功能，因而是次要功能，所以歸入會意字。
　　　根據以上的幾類析形用語，本節將《說文解字》的會意字進行了
統計，一共有一一五一字，具體羅列如下：
　　　元、天、吏、禮、祭、祐、祫、祝、禬、崇、祣、王、閏、皇、
珏、琥、瓏、瑂、珥、玲、班、瑋、士、壯、屯、毒、岁、熏、艸、
莊、蓏、芝、蒐、蕙、苗、䔄、莱、芰、若、菌、斳、卉、蹤、莫、
莽、葬、分、曾、詹、介、公、必、宷、悉、半、胖、牲、犞、犖、

牢、牿、告、名、君、命、咠、启、咸、右、吉、周、呇、各、否、
吠、唬、吅、嚚、單、喪、走、前、疌、坴、歰、登、癹、步、此、
啙、是、尟、辵、遷、返、選、送、連、邐、逐、道、徯、復、後、
御、彳、建、延、行、衕、衛、龇、齫、齲、奇、路、�、㫄、品、
㗊、喿、侖、嗣、扁、晶、㗊、舌、屰、卨、喬、句、拘、笱、鉤、
舞、糾、古、丈、千、肸、計、博、廿、卅、誅、音、信、詔、詧、
說、計、警、誼、設、認、訥、僧、戀、訊、譊、討、䇂、詰、善、
競、章、辛、妾、業、對、業、僕、羹、収、丞、奐、弄、弄、戒、
兵、具、戏、樊、共、異、昇、與、興、臼、晨、農、閡、爨、䵻、
鞿、窒、釁、孚、埶、虀、妞、㡀、閒、閔、右、厷、夋、夒、尹、
厬、及、秉、反、𠬝、𠬤、叡、㝡、取、彗、叚、友、卑、史、聿、
肅、筆、書、畫、緊、堅、𦥑、投、戮、㲃、役、殳、䝙、甍、徹、
整、政、漱、改、攺、攸、敚、歡、敗、敵、寇、鼓、挈、敗、牧、
教、卜、貞、占、用、甫、庸、葡、𣏟、焱、爾、爽、夏、夐、夐、
睔、窅、遺、眔、相、暗、看、睡、瞑、眇、𣁬、眢、𥄕、奭、省、
𣎵、皆、㵄、百、鼻、䫌、皕、奭、習、翟、翏、弱、隻、雀、雛、
𦀚、隽、奞、奪、奮、萑、蒦、萑、苜、䓆、莫、茇、美、羌、羴、
羼、瞿、豐、雔、靃、雙、雧、彙、鳴、轟、棄、再、𠔹、幼、丝、
幽、幾、叀、惠、疐、茲、舒、幻、敖、敜、㐬、爰、冏、曼、爭、
叔、叡、𣁬、𡙇、叡、殯、殉、死、剮、骨、隋、肎、腥、胞、狀、
冎、肥、筋、利、初、則、刪、剝、劃、劑、釗、制、罰、耴、劍、
刺、刃、刄、契、耒、觲、解、等、范、笹、籃、筑、籆、箒、算、
迈、典、畀、奠、左、差、工、玨、宷、覞、昭、磨、猷、甚、晋、
沓、曹、甹、可、奇、哥、号、號、亏、粵、丂、平、喜、憙、壴、
尌、鼓、尠、彜、艶、盦、虐、麒、鬵、贊、醃、盂、益、盈、盬、
啇、肜、青、阱、荊、鬱、飫、餐、饗、合、僉、侖、今、會、𣊟、
內、𠈮、𦋺、全、从、躬、知、市、尢、央、隺、歚、就、臺、臺、

旱、厚、稟、啚、嗇、夌、致、㚆、戇、嬰、夒、舛、舜、罩、牵、

及、桀、桀、某、枚、桼、杲、杳、柵、科、杓、臬、采、枰、析、

休、杅、東、棘、林、無、森、呈、師、敖、賣、糶、索、孛、牪、

華、蕚、尃、束、柬、刺、圖、國、困、因、囝、囚、困、圂、囮、

貞、賛、負、贅、買、貶、貧、賏、邑、郵、鄙、邑、㗊、㗊、早、

晉、呪、曑、邑、昌、猋、暴、昔、昆、普、旋、旄、旅、族、晶、

疊、朏、朙、盟、夗、夘、多、夢、貫、函、弓、東、槀、槀、棗、

棘、膈、禾、采、秦、科、秝、兼、香、臬、竊、穀、臽、舀、臽、

兒、楸、麻、瓜、室、向、窑、定、安、寶、容、穴、宦、宰、守、

寡、寒、害、宋、宗、躬、突、穿、賓、窘、窺、窟、突、竀、宿、

癥、瘧、疢、冠、取、同、冡、冒、最、网、兩、㒳、羉、罪、羅、

罷、置、罝、㒺、兩、帥、幫、帚、白、㒸、畾、㪍、㡿、黺、保、

仁、仕、佼、佩、仲、伊、侍、備、位、傾、付、仰、伍、什、佰、

作、侵、便、倪、皖、倌、倏、儗、伏、係、伐、咎、像、弔、僂、

仚、件、真、化、𠂤、頃、卯、艮、从、從、比、北、丘、似、眾、

壬、徵、望、呈、臥、臤、肙、殷、表、祖、襘、製、祁、裏、老、

耇、耋、耇、孝、毳、居、眉、屍、屆、反、屍、屋、尺、尿、履、

俞、般、兀、兄、競、先、兟、兜、先、兓、見、尋、覽、冕、覞、

覻、吹、款、歆、歠、歐、欦、歠、次、羨、盜、頁、頜、順、頰、

顥、頼、煩、頼、頭、脜、覎、礥、矕、縣、須、顧、彡、彰、弱、

彣、髟、髦、㖧、司、詞、令、丽、印、色、卯、辟、舜、匊、勺、

旬、勹、匄、胞、茍、敬、髟、畏、赹、㗊、屮、屾、𠂊、庫、廛、

庇、庶、广、仄、厂、碞、磬、磊、長、易、肜、豕、豦、豖、豭、

絺、象、希、駅、驪、駃、駮、驫、薦、灋、廌、麤、麤、麤、逸、

冤、娩、蟲、尨、臭、猾、玃、獎、猶、戾、臭、狄、猋、狀、獄、

獠、灰、尉、爐、燦、樊、炵、光、炅、威、炎、㷒、燮、粦、黑、

恩、焱、熒、燊、炙、赤、赫、夾、奄、契、夷、夾、吳、喬、喬、

絞、擅、櫨、壹、卒、罦、執、圉、盩、報、籄、宬、本、暴、奏、
皋、界、冪、罪、奘、臭、羴、規、扶、立、逮、竦、竦、竝、息、
意、愿、憝、慮、慶、思、慈、愚、懝、態、忘、蘦、悑、惎、患、
恓、惢、衍、涫、汭、沖、沇、洸、沙、潀、派、洄、汙、砅、㳺、
沒、泐、汲、潗、瀗、泮、萍、淼、楙、瀨、邕、侃、州、鸝、𤣥、
覒、谷、容、冰、冬、電、扁、霏、瀺、灥、非、孔、乳、否、甃、
臺、桎、扇、扆、開、閒、闔、兩、閃、闖、聯、聅、聑、聶、捧、
摯、插、挺、授、承、招、投、擎、搿、脊、姓、娶、婚、姻、妻、
婦、妊、孃、威、娣、婢、奴、媄、好、委、如、晏、嬰、媛、佞、
婁、奸、妝、姦、毒、乂、弗、乒、氏、戎、戟、戛、戌、或、㦰、
戠、戔、我、義、直、亾、乍、医、匹、匠、引、弛、弢、弩、蟄、
系、孫、縣、繭、絕、繼、纕、絲、緺、綏、素、絲、轡、蟆、蠿、
蛻、蝕、蛿、蚰、蟲、竈、蠅、畾、𠤳、恒、亙、坤、坪、均、埽、
坐、封、墨、城、塞、聖、堅、圭、垚、堯、董、里、甸、畜、畕、
畺、黃、男、功、勞、劣、勞、加、劦、恊、勰、協、釦、鏧、鈴、
鑾、衙、鋂、與、憑、尸、処、俎、𩰊、釿、斵、所、料、料、軶、
衛、軍、墼、軹、輦、斬、轟、官、陸、陜、陘、陋、阬、𠈌、隙、
餌、絭、斷、壘、綴、六、馗、離、獸、亂、丙、壺、祀、辛、辠、
辡、辭、㚗、辯、癸、孕、挽、字、季、孨、孱、舂、疏、朏、羞、
辰、辱、曰、申、臾、酒、酎、酤、醉、醫、醯、酋、尊、戌、亥

四　形聲類

　　形聲也稱「象聲」或「諧聲」，由表示字義類屬的部件和表示字
音的部件組成新字。用形聲法造的字叫形聲字，形聲字由意符（也叫
形符）和聲符兩部分組成的，意符表示意義範疇，可以推測它的本
義，聲符表示讀音類別。形聲字都是合體字且形聲字的形旁大都是象

形字。形聲字的組合方式很靈活，主要有六種形式：左形右聲、左聲右形、上形下聲、上聲下形、內形外聲、內聲外形。《說文》：「形聲者，以事為名，取譬相成，江河是也」。[4]從這一詮釋中，我們可以看出許慎認為形的作用在於指明事（義）類，聲的作用在於確定與同類事物的區別。在《說文解字》一書中，形聲字所占的比例是最大的，大約占到總數的百分之八十以上。《說文》對形聲字的釋形用語主要有如下十三類：

（一）从某，某聲。如：

繕：補也。从糸，善聲。

輓：引之也。从車，免聲。

祿：福也。从示，彔聲。

璙：玉也。从玉，尞聲。

葷：臭菜也。从艸，軍聲。

特：朴特，牛父也。从牛，寺聲。

吻：口邊也。从口，勿聲。

通：達也。从辵，甬聲。

街：四通道也。从行，圭聲。

躋：登也。从足，齊聲。

按：此類形聲條例在《說文》中最為常見，占百分之九十以上。

（二）象某形，某聲。如：

齒：口齗骨也。象口齒之形，止聲。

革：獸皮治去其毛，革更之。象古文革之形，臼聲。

按：此類形聲字古字為象形字，累加聲符構成形聲字。

（三）从某，亦取其聲。如：

世：三十年為一世（卋）。从卅而曳長之，亦取其聲。

（四）从某、某，某聲。如：

碧：石之青美者。从玉、石，白聲。
鴈：鵝也。从鳥、人，厂聲。
盡：傷痛也。从血、聿，䀠聲。
卸：舍車解馬也。从卪、止，午〔聲〕。
聽：聆也。从耳、悳，壬聲。
蠲：馬蠲也。从虫、目，益聲。

按：此類形聲字為二形一聲。

（五）从某从某，某聲。如：

泰：滑也。从廾从水，大聲。
萅：推也。从艸，从日，艸春時生也；屯聲。
疌：疾也。从止，从又。又，手也。巾聲。
嗣：諸侯嗣國也。从冊，从口，司聲。
奉：承也。从手，从収，丰聲。
斆：覺悟也。从教，从冖。冖，尚蒙也。臼聲。
雁：鳥也。从隹，从人，厂聲。
衡：牛觸，橫大木其角。从角，从大，行聲。
梁：水橋也。从木，从水，刅聲。
飾：厭也。从巾，从人，食聲。

此類形聲字亦為二形一聲。

（六）从某，从某聲。如：

> 譜：加也。从言，从曾聲。
>
> 靻：柔革也。从革，从旦聲。
>
> 匏：瓠也。从包，从夸聲。包，取其可包藏物也。
>
> 毗：人臍也。从囟，囟，取氣通也；从比聲。

（七）从某从某，从某聲。如：

> 楘：坼也。从攴，从厂。厂之性坼，果孰有味亦坼。故謂之
> 楘。从未聲。

（八）从某，（某）象形，某聲。如：

> 禽：走獸總名。从厹，象形，今聲。
>
> 柬：柰，杲也。从木，八，象形，咠聲。

（九）从某从某从某，某聲。如：

> 寶：珍也。从宀，从玉，从貝，缶聲。

　按：此類形聲字為三形一聲。

（十）从某、某、某，某聲。如：

> 疑：惑也。从子、止、匕，矢聲。

　按：此類形聲字亦為三形一聲。

（十一）从某，某省聲。如：

> 茲：艸木多益。从艸，絲省聲。
>
> 莜：艸田器。从艸，條省聲。

蔓：覆也。从艸，優省聲。

薅：拔去田艸也。从蓐，好省聲。

犢：牛子也。从牛，瀆省聲。

嚳：急、告之甚也。从告，學省聲。

按：此類形聲字為省聲字。

（十二）从某省，某聲。如：

考：老也。从老省，丂聲。

氂：強曲毛，可以箸起衣。从犛省，來聲。

弒：臣殺君也。《易》曰：「臣弒其君。」从殺省，式聲。

肭：手足指節鳴也。从筋省，勺聲。

亭：民所安定也。亭有樓，从高省，丁聲。

亳：京兆杜陵亭也。从高省，乇聲。

橐：囊也。从㯻省，石聲。

轛：車上大橐。从㯻省，各聲。

按：此類形聲字為省形字。

（十三）从某，从某省聲。如：

笏：筋之本也。从筋，从夗省聲。

舾：船行不安也。从舟，从肎省〔聲〕。讀若兀。

嶞：山之嶞嶞者。从山，从惰省聲。

縱：絨屬。从糸，从從省聲。

懿：專久而美也。从壹，从恣省聲。

（十四）从某省，某省聲。如：

　　囊：橐也。从橐省，襄省聲。

　　按：以上兩類形聲字為省聲字。

（十五）从某，某、某皆聲。如：

　　齏：齏也。从韭，次、兂皆聲。

（十六）从某，从某，某、某皆聲。如：

　　竊：盜自中出曰竊。从穴，从米，禼、廿皆聲。

　　以上兩類形聲字為雙聲符字。

　　根據以上的幾類析形用語，本節試將《說文解字》認定的形聲字進行了統計，一共有七七八九字，具體羅列如下：

丕、帝、旁、祜、禧、禛、祿、禠、禎、祥、祉、福、祐、祺、祇、禔、神、祇、祕、齋、禮、祀、祡、禷、祪、祔、祖、縶、祰、祧、祠、礿、禘、祼、橐、禙、祓、祈、禱、祭、禳、禪、禦、祜、祿、褕、祳、祴、禍、祦、社、禓、祲、禍、祋、禁、禫、璙、瓘、璬、璵、瓔、璧、璠、瑛、瑾、瑜、玒、珪、瓊、珦、瓓、珣、璐、瓚、瑛、璑、珛、璿、球、琳、璧、瑗、環、璜、琮、琬、璋、琰、玠、瑒、曤、玭、玠、玦、瑞、瑱、琫、珌、璏、瑤、瑑、珇、瓃、璪、瑑、璹、珊、瑳、玭、瑟、瓅、瑩、璊、瑕、琢、琱、理、珍、玩、玲、瑲、玎、琤、瑣、瑝、瑀、玤、玲、璧、琚、璗、玖、琂、珢、玘、璊、瓏、瑨、璁、瓋、瑿、堅、瓊、珣、琄、璛、瑅、瑉、珇、玜、玕、玫、瑎、碧、琨、瑶、瑤、珠、玓、瓅、玭、玢、珧、玟、瑰、璣、琅、玕、珊、瑚、珊、璧、瀯、靈、氛、壻、壯、

壿、世、每、屮、蓮、莆、蘽、苔、其、蘿、菥、郎、莠、葩、芓、

冀、蘇、春、茌、薑、葵、薑、葙、蔍、薇、萑、薚、釀、莧、芉、

苢、蓬、菊、菫、蘘、菁、蘆、菔、蘋、苣、蕡、藍、蕙、营、藭、

蘭、蓤、葰、芄、藟、蘺、苴、藥、薰、薄、萹、芁、藒、艺、苺、

茖、苔、芓、葢、薙、蒽、莀、薊、菫、蓷、芨、萷、薍、蔆、犖、

莫、苂、莔、萬、荑、薛、苦、菩、薔、茅、菅、蕲、莞、蘭、蔯、

蒲、蒻、藻、攉、萑、茜、茗、曉、蒿、苢、蕁、藙、蘆、茵、蘇、

諸、蔗、蘮、蔨、苹、蕡、芙、茲、薗、芧、黃、茬、猶、荌、蒅、

蓓、夢、蒩、苓、蘱、蔓、薑、蒠、蒩、苗、蓇、奧、葴、蘼、蔽、

蔞、蘦、菟、芷、蕷、萷、茜、薲、薛、蒫、苞、艾、葦、芹、甄、

蔦、芸、蔽、葎、茉、苦、葑、薺、莿、菫、虈、薇、茷、薟、茎、

芩、藨、鷫、蓤、芰、薢、莒、茨、鞠、蕎、蔳、耘、蒹、蘮、蓟、

薕、蕷、茚、茆、芳、芧、菌、藺、蓮、茄、荷、蔤、蕅、蘢、薯、

蔜、莪、蘿、萩、蔚、蕭、萩、芍、蕭、蔦、芫、鞠、蘠、芪、菀、

茵、荒、蕢、莍、莖、蕏、葛、蔓、蓦、苔、薑、藄、芫、蘦、稊、

芙、苧、蔣、茈、菁、蘢、蘺、莨、蔞、薖、菌、蕈、蒶、葚、蒟、

苉、蕣、茰、茱、茉、萊、荊、荶、芽、萌、茁、莝、莛、葷、蕑、

芣、葩、芋、蘸、薰、英、薾、萎、萎、藸、蕤、蔆、荍、蒝、莢、

芑、隋、蒂、荄、菏、芡、芃、榑、蓻、狤、茂、蕩、蔭、蓮、茲、

菽、蔽、蔇、蕡、蔡、菭、芮、茬、薈、薮、芼、蒼、萃、蒔、苛、

蕪、蕆、荒、蓥、芓、落、蔽、擇、薀、蔫、於、蔡、蔡、茷、菜、

蒬、芝、薄、苑、藪、蘇、薙、菣、蕲、茀、苂、蔤、芳、蕡、藥、

麓、蓆、薦、藉、葙、蕝、茨、茸、蓋、苫、蕩、葚、藩、葅、荃、

酤、蘆、茷、蓧、蘱、莘、蕁、茵、蕁、蔠、萆、莛、苴、茻、蕢、

蓂、茵、葵、芣、茹、莑、萎、薇、苗、蔟、苣、蕿、薪、燕、蕉、

薙、蒩、芄、蒜、芥、蔥、藋、蕫、荀、蕨、莎、湃、董、菲、芍、

鷫、萑、葦、葭、萊、茘、蒙、藻、菉、蓸、蔥、蓉、菩、范、芳、

荲、萄、苣、蕒、荃、薔、苕、蔴、蕾、菲、茶、蘇、蒿、蓬、藜、
蘼、葆、蕃、茸、蓽、藂、草、菆、蓄、菩、菰、菿、蓐、蘼、少、
尖、尚、豕、余、釋、叛、牡、牁、特、牝、犢、牺、牺、犕、牻、
悰、犡、牭、犂、牱、牦、犥、犉、犐、犺、牧、犫、犐、牲、牷、
牿、㹜、犡、犁、牶、犒、牴、犇、牼、牞、犀、牞、物、犧、犛、
犛、犫、嗷、嚼、噭、吻、嚨、喉、噲、吞、咽、嗌、暉、哆、呱、
啾、喤、咺、嘵、咷、喑、嶷、咳、嗛、咀、啜、喋、嚌、嘹、吮、
唪、嚵、齧、啗、嘰、嚩、含、哺、味、嚦、窖、噫、嘽、唾、咦、
呬、喘、呼、吸、嘘、吹、喟、啍、嚏、噴、唅、嘁、吾、哲、咨、
召、問、唯、唱、和、咥、啞、噱、唏、聽、呲、噪、咄、唉、哉、
噂、呷、嘻、㗱、捧、嗔、嘌、嘷、噁、嘯、台、喿、噲、呈、啻、
唐、喬、嘾、噎、嘔、唲、吐、譏、咈、嘎、吃、嗜、啖、哽、嘐、
啁、哇、唉、呧、告、嘛、唊、嗑、嗙、嘰、召、嘮、呶、叱、噴、
吒、㰫、唪、唇、吁、嘵、嘖、嗷、唸、叩、嚷、呻、吟、嗞、㘓、
叫、嘅、唌、嘆、喝、哨、吡、咨、喧、哀、嗃、殼、咼、啾、嘆、
舌、嗾、咆、噪、喈、哮、喔、呢、咮、嚶、啄、呦、嚾、喝、嚴、
咢、㗘、哭、趨、赴、趣、超、趫、赳、趀、趯、趲、趣、越、趁、
趖、趙、趬、趒、越、趲、趣、趙、趜、趑、趣、趨、趣、趠、趲、
趰、趏、趙、趬、趲、塞、赼、趆、赹、趣、起、趕、趐、趛、趄、
趨、趥、赴、趲、赽、趡、赿、趍、趙、赾、趬、趥、趟、趫、趔、
趡、趦、趄、趮、趉、趜、趙、趄、越、趯、趍、趠、趚、趌、趫、
趠、赽、趫、進、趐、趌、逋、趕、趲、趧、趒、趕、埵、堂、峙、
距、歷、嘁、壁、歸、歲、柴、躄、跡、逢、達、邁、巡、避、辻、
鸞、延、隨、迹、迂、逝、迫、述、遵、適、過、遺、遺、進、造、
逾、迴、迨、连、遣、遄、速、迅、適、逆、迎、迏、遇、遭、遘、
逢、迪、遞、通、迎、迻、遷、運、遁、遜、還、遣、邐、逮、遲、
邌、邋、遍、邂、逗、迟、透、池、遙、避、違、遴、逡、迊、達、

逯、迵、迭、迷、逑、退、逪、逋、遺、遂、逃、追、逎、近、邎、

迫、邊、邇、遏、遮、遴、泄、迾、迀、迚、遷、迱、迦、迲、逞、

遼、遠、逖、迥、逴、迃、逮、邅、邌、迒、迊、邊、德、徑、復、

徎、往、瞿、彼、徽、循、彶、彶、微、徥、徐、徚、徦、夆、徬、

徬、徯、待、袖、徧、假、徥、種、得、徛、徇、律、廷、延、延、

術、街、衢、衛、衕、衡、衙、行、衛、斷、顲、齘、齢、齦、齂、

齱、齫、齜、齵、齹、籲、齼、齳、齾、齟、齗、齫、齮、齬、齺、

齦、齗、齚、齘、齩、齒、齮、齘、齕、齮、齭、齝、齗、齫、齭、

齜、齝、齝、齳、齭、齗、跟、踝、蹏、跱、跪、跽、跋、躍、踖、

踽、躄、躐、趴、踰、跋、蹻、跿、蹌、踊、蹐、躍、跧、蹴、蹕、

跨、踢、跰、蹈、躡、踐、踵、踔、蹣、蹩、踶、躛、蟄、跰、蹢、

躅、踤、蹶、跳、蹍、躇、踣、蹠、蹜、跋、跟、躓、跲、踾、

蹎、跋、踖、跌、踼、蹲、踞、跨、躩、踣、跛、蹇、踽、踦、踒、

跌、跔、踾、距、躔、跟、跰、踴、跀、趹、跰、躪、跂、籥、魝、

魪、魛、魖、魼、魕、魟、魝、魛、魣、魝、言、譻、謦、

語、談、謂、諒、請、謁、許、諾、廯、讎、諸、詩、譏、諷、誦、

讀、訓、誨、譔、譬、謜、訣、諭、詖、諄、譯、詻、誾、謀、謨、

訪、諏、論、議、訂、詳、諟、諦、識、訊、誉、謹、訪、譇、訛、

誠、誡、認、諱、誥、誓、譣、詁、藹、諫、誚、証、諫、諗、課、

試、誠、詮、訢、諧、詥、調、話、諈、諉、謐、謙、詡、諓、誐、

詷、護、諼、誧、託、記、譽、譒、謝、謳、詠、諍、評、譸、訖、

諺、訐、詣、講、謄、訕、諎、警、譊、譻、譖、諛、譋、諼、譬、

訧、詑、謾、諸、詐、謷、譠、譽、詒、諺、誣、譺、諜、訕、譏、

誣、誹、謗、譸、訓、詛、詡、詝、諅、誤、詿、誒、譆、詬、譹、

詍、訾、詢、訐、讔、諿、訏、讕、訇、諞、譽、說、訨、譜、誅、

蓍、譈、誇、誕、講、讜、詪、訌、讟、譀、譌、譟、訕、謹、

譁、謣、譌、詿、誤、謬、詵、訾、訬、諆、謠、詐、訐、譵、譽、

諮、誣、詟、譋、詢、訟、謓、譶、訶、詬、訐、訴、譖、讒、譴、
謫、諯、讓、譙、諫、誶、詰、謹、詭、證、詘、謍、詷、謰、詆、
誰、譁、讕、診、斲、試、誅、譜、譒、誣、誅、謑、詬、諜、該、
譯、詬、謐、讟、響、韽、韶、竟、童、叢、奉、羄、畁、異、弄、
弇、矛、韓、弈、樊、龔、戴、卑、農、鄭、軒、輅、軛、輑、軛、
贛、鞏、鞏、鞔、靫、靮、鞁、鞳、鞣、靪、鞠、韶、鞁、鞞、靲、
靰、鞷、秘、韂、靻、靴、靬、靶、鼙、靳、鞦、靮、韜、鞎、軒、
轉、靰、輟、輯、秥、輅、靮、鞳、輅、靲、韃、韉、韃、輇、鞭、
鞅、韀、靴、靦、䀂、鬻、鬷、鬲、鬻、鱛、鬴、虞、融、鬻、鬶、
鬻、鬻、鬻、鬻、鬻、鬻、鬻、鬻、鬻、鬻、鬻、鬻、飄、巩、瓴、
鬩、鬨、鬮、鬭、鬩、鬩、鬩、曼、曷、戲、叡、叔、度、事、敲、
肅、聿、書、隶、隸、臤、豎、臧、殳、殳、殽、㲋、毁、穀、殺、
毆、毃、殿、毆、段、毁、殽、毅、殺、殺、弑、梟、寺、將、專、
專、導、皮、皰、皯、皸、攴、啟、肇、敏、攷、敉、的、效、故、
妆、敷、敉、嚴、數、孜、放、攺、數、敵、做、變、更、敕、耿、
斂、敳、敌、陳、敵、救、敆、斁、赦、攱、救、敨、敦、鼓、敝、
敆、斁、收、攷、敏、攻、敲、敚、攰、斄、敃、敬、斀、敍、斄、
改、敘、較、攽、敇、斃、敖、卦、斅、敏、敊、甯、閩、眼、曠、
眩、皆、睞、矇、睎、矚、眥、瞥、睯、暖、瞞、暉、矕、盼、肝、
販、睍、曤、瞵、眊、矘、睒、眮、眇、瞴、矸、晚、眠、睍、眉、
眕、眈、旰、睘、矘、眒、矧、矇、際、睹、睽、昧、瞥、辮、眽、
瞯、睈、睭、矏、智、睢、旬、曤、睦、瞻、督、矆、矕、睯、瞋、
瞗、睗、眀、睼、暖、暗、眷、督、晞、暉、告、瞥、眵、暑、映、
眼、昧、瞷、眯、眺、睞、睬、瞽、眹、曚、晲、略、盲、瞮、瞽、
睃、瞥、睉、睇、瞋、眙、矃、盼、曹、瞂、厤、魯、者、疇、鼾、
魈、鼣、魙、趸、翰、翡、翠、翦、翁、翍、翮、翹、翭、翩、翎、
羿、翥、翁、翾、翬、翩、翏、翊、翄、翀、翰、翔、翀、翯、翌、

戁、翄、翳、翼、雅、雒、閵、嶲、雃、狉、鞾、雉、雞、雛、雓、

離、雕、雁、雌、雖、鴇、雜、雔、雁、雞、萑、翟、雇、雊、雝、

雄、隹、欌、惟、雄、雌、靃、雚、舊、羔、羍、鞏、牽、挑、羝、

羒、牂、羭、羖、羯、羠、羳、羥、摯、羸、羍、羵、羍、羥、牽、

羙、羴、鳳、鸞、鷟、鷺、鶘、鶼、鳩、鶹、雛、鶡、鶬、籱、鴿、

鳴、鶪、鷚、鶌、鷽、鶵、鴞、鳿、鶿、魴、鸛、鷘、趺、鶼、鶐、

鴬、鱸、鴟、鶴、緣、鴀、鴃、鷗、鴒、鴿、鸓、鶴、鷺、

鵠、鴻、鴇、鴛、鴦、鷄、鵽、駎、䳂、鴈、鷩、鷩、鷄、䳶、鵬、

鷸、鷿、鴝、鸕、鶐、鷈、䰄、鴟、鴞、騍、鷗、鴅、鷛、鶃、鵁、

鴸、鴿、鴰、鮫、鶄、鴘、鶒、鷟、鷫、鳶、鶹、鵒、鷥、鵰、鸛、

鸛、鷡、鷟、鴃、鷟、鵠、鵒、鷟、駿、鸃、鷎、鶹、鴆、鸚、鵃、

鴿、鶺、鸗、鶾、媥、鳩、殻、鶱、鴛、放、受、孚、叜、矮、𣨛、

殰、殟、殔、殊、殟、殤、殂、殛、殟、薨、隸、蓮、殤、殨、𣥂、

殆、殃、殘、殄、殲、殫、殬、殰、殨、殖、砧、殗、薧、薨、欸、

𣩑、𣨏、髏、髆、髊、骿、髀、髁、臁、髖、髊、骼、髊、骹、骭、

骸、髊、骱、體、髍、骾、骼、骶、骫、髊、膜、肝、胎、肌、臚、

肶、膌、脣、脰、肓、腎、肺、脾、肝、膽、胇、腸、膏、肪、膌、

肛、背、脅、膀、胕、肋、胂、脢、胳、胠、臂、臑、齋、腹、腴、

脽、胅、脘、胯、股、腳、脛、胻、腓、腨、胑、胲、肖、胄、肒、

膻、膁、腤、臞、脫、㼌、臠、臍、觱、胗、腄、胝、肔、胒、腫、

胅、臍、胭、臘、腰、脁、胙、膳、腬、肴、腆、腪、胡、胘、膖、

胵、膘、膋、膫、脯、脩、腜、腩、膊、脘、胊、膴、胥、腒、肒、

臑、腴、脡、胳、脈、䏙、勝、臊、曉、脂、膅、膩、膜、䐑、雁、

膹、脿、臷、腺、膾、腌、鱐、㪔、膊、胺、臘、胎、膜、胧、膠、

胆、肎、腐、笏、籥、制、刜、削、刉、劁、剖、剮、剡、前、剛、

剮、劊、切、刊、劈、刉、劂、刻、副、剖、辧、判、劇、剞、列、

刊、劂、劈、割、劵、剈、劂、刷、刮、剽、刲、刳、剩、肭、刺、

剌、劙、刓、刮、劋、刑、到、劃、券、剔、劒、契、袼、耕、耦、

耤、桂、賴、勴、籱、檫、鰓、羍、舩、鵽、魼、觭、魶、�、牑、

鱖、觸、舩、臒、衡、觬、觰、觤、觟、觡、觜、觽、觿、觶、觚、

觴、觚、觤、鼇、觛、觩、觼、觰、觳、鼟、箭、箘、簬、筱、蕩、

薇、筍、𥮉、筶、箬、節、箖、簒、篋、笨、翁、篸、篆、籓、篇、

籍、篁、蔣、簗、簫、劉、簡、笓、節、箋、符、笄、筐、籑、筳、

筊、筝、筰、簾、簣、第、筵、簟、簅、篠、籭、藩、奠、籔、算、

稿、筩、筥、筍、簞、筵、草、箄、箸、簍、篕、籃、篝、答、篈、

籤、籫、籯、籅、簠、邊、笣、篅、簏、篡、甬、篗、筊、竿、籬、

箇、笈、筰、筈、笔、籠、籛、簝、簾、筧、籚、筘、籋、篓、笠、

箱、篚、笒、箣、策、篳、箂、笍、蘭、簸、笧、笝、篔、筈、籤、

簸、箴、箭、竽、笙、簣、筮、簫、筒、籟、筎、管、筱、笛、箏、

箛、𥫱、籌、簓、簿、筆、籛、籬、籣、簸、罪、巽、式、巧、曰、

曷、晉、卤、卣、寧、斝、斚、義、虧、旨、嘗、嚞、蚤、彭、嘉、

馨、鼓、鼙、𩱧、𩰊、鼛、馨、聲、蠚、豈、愷、幾、卷、登、豔、

壹、虩、虞、慮、虔、虘、虖、彪、虦、虓、虤、𧆜、虓、虓、號、

虓、虓、虓、號、虎、虥、盂、盌、盛、齋、盍、盧、盬、盡、盍、

盆、宝、盥、盠、盜、盈、盡、蛊、盦、盪、去、揭、𥤢、盍、怀、

畫、咢、蚍、盟、監、蘊、鑾、卬、盡、帕、巇、臃、靜、𦎍、刪、

即、既、皀、䲰、陝、食、薛、餾、飪、饗、飴、錫、饞、餅、飱、

饉、餕、饕、饎、簦、養、飯、餌、饡、餘、餔、餐、鎌、餡、饢、

飼、饋、饢、飵、飦、餿、餧、餬、飯、餞、飽、餉、饒、餘、餃、

餞、餫、館、饕、飧、饖、饐、餲、饑、饉、餛、餒、飢、餓、餕、

餛、餕、餗、餫、飺、縠、匋、罌、罟、䀋、餅、醬、釔、縈、缸、

鹹、罐、畚、罏、鉆、缺、罅、罄、罄、罕、矯、增、錫、短、弣、

矣、高、亭、亳、箇、亶、良、亶、牆、稉、麫、麨、麮、麷、麩、

麫、麵、麰、麩、黎、麱、麩、妥、夏、憂、愛、夋、舞、韋、雉、

韋、韡、靬、韇、韜、韝、韘、韇、韔、韅、韅、韣、韡、肇、韈、

韓、弟、夆、夆、礫、橘、橙、柚、樝、棃、樆、柿、柟、梅、杏、

柰、李、桃、楸、杶、楷、棳、桂、棠、杜、榴、樺、樟、榴、椰、

棆、楰、柍、樸、楁、桐、楸、欜、桻、梬、虢、棪、檽、椋、檍、

橫、樜、桶、蘽、棟、栟、桜、櫝、椅、梓、楸、樰、柀、櫡、榛、

枕、杶、楢、桜、棫、槵、椐、櫕、杒、柔、樣、杙、枇、桔、柞、

枰、榙、樣、椵、槵、楛、檕、扔、櫔、柍、樸、燃、柅、梢、樑、

柷、梭、樺、梀、枸、樆、枋、櫃、橋、檗、楞、椴、櫇、楊、檉、

柳、樺、欒、橽、隸、枳、楓、權、柜、槐、穀、楮、櫙、杞、枒、

檀、櫟、捄、棟、檿、柘、椰、櫨、梧、榮、桐、播、榆、枌、梗、

樵、松、檽、檜、樅、柏、機、枯、栟、梗、梳、杒、樫、榙、檊、

樹、柢、根、株、櫻、樣、杈、枝、樸、條、囊、枭、枖、槙、梴、

欜、標、杪、根、欄、杨、招、榣、樛、杊、枉、橈、扶、橢、朴、

楢、槮、梃、櫹、朾、橾、格、槷、枯、槀、樸、槙、柔、柝、枋、

材、柴、榑、榔、栽、築、榦、檥、構、模、桴、棟、極、柱、楹、

樘、楮、梠、欂、櫨、枅、栵、栭、檼、橑、桷、椽、櫋、楣、栺、

梡、檽、簨、檹、橋、植、樞、槏、樓、虌、楯、橚、宋、棟、杇、

槾、根、楯、梱、楯、柤、槍、楗、櫼、楔、柂、欙、桓、椢、橦、

杠、桯、桱、牀、枕、槭、櫝、櫛、梳、柗、槈、梠、枱、橲、檯、

欄、櫧、杷、殺、柃、柫、枷、杵、槃、朾、楷、栖、栲、槳、檅、

案、槤、械、檻、椑、榼、橢、槌、梼、栿、梃、欀、椃、櫜、櫺、

機、滕、杼、榎、援、核、棚、棧、栫、梠、梯、根、柒、椯、榫、

檖、杖、柭、棓、椎、柯、棁、柄、柲、欑、屎、榜、橄、隒、梧、

蓁、棲、桻、栝、槽、桶、櫓、樂、村、枹、椌、枳、槧、札、檢、

檄、棨、槃、枰、栖、枱、枯、榀、槈、柳、梱、欒、榷、橋、

梁、棱、橪、楫、鑣、校、楝、柿、横、梜、桄、橋、椓、打、柧、

棱、欌、柆、槎、柚、檮、椒、梡、梱、楄、椨、枼、榎、椷、械、

桎、梏、櫪、撕、檻、櫳、柙、棺、槥、槽、槨、楬、棐、鬱、楚、
棽、棽、麓、棼、黜、㝵、南、產、隆、㘳、轇、稽、秭、稽、樟、
綮、綮、匏、枼、橐、橐、囊、橐、橐、圓、團、圓、囩、圓、圍、
圈、囿、園、圃、図、圖、員、賆、賄、財、貨、賵、資、購、賑、
賢、賣、賀、貢、賣、齎、貸、貮、賂、賸、贈、貱、贛、賷、賞、
賜、貤、贏、賴、貯、貳、賓、賒、賁、質、貿、贖、費、責、賈、
資、販、賤、賦、貪、貶、貧、賃、賕、購、貹、貨、賣、賣、貴、
邦、郡、都、鄰、酇、鄙、郊、邸、郭、郇、竆、鄭、邰、邳、邠、
郿、郁、鄠、鄔、鄉、耶、郝、酆、鄭、部、咟、鄨、廊、鄘、郵、
邽、邦、部、邙、廊、鄺、鄒、邔、鄀、郗、鄲、邶、邢、鄹、邵、
鄍、都、鄔、邺、郃、鄑、郘、邸、郯、邢、鄔、祁、鄻、邢、邯、
鄲、郇、鄒、郜、鄩、鄭、邳、郲、鄫、邟、嘔、郊、鄯、郎、郎、
郋、邞、鄧、鄾、邟、鄭、鄭、鄭、郢、邪、郢、鄢、鄆、鄯、鄂、
邵、邾、郳、廊、郫、鄯、糍、鄭、加、駅、鼈、郇、邢、都、酈、
郴、邽、鄶、鄞、邡、邴、酅、邩、邸、鄒、鄑、邿、鄧、邛、鄶、
祁、鄽、郉、鄅、鄒、郊、邦、聊、邲、郖、鄻、郎、邳、鄣、邗、
鄶、邱、郯、部、酈、鄲、邪、邦、郗、郭、郊、郅、鄲、郈、郊、
虢、鄰、邱、娜、邢、邧、鄒、郝、酆、㘓、邢、郝、炒、鄝、鄻、
邨、部、都、轂、酁、屾、鄭、鄝、郋、郁、酈、酆、驪、旻、時、
吻、昧、晤、晢、昭、晤、旳、晄、曠、旭、暘、啓、暘、昫、晏、
蕃、景、晧、暤、暉、旰、睍、暍、晨、晚、昏、彎、晻、暗、晦、
暜、曋、旱、昂、曑、曩、昨、暇、暫、昇、晆、販、昱、景、暍、
暑、曫、曬、暵、晞、曢、晢、否、晐、曉、昕、曁、軟、韓、旐、
旗、斾、旌、旟、旂、旐、旝、旆、旐、施、旖、旝、旐、游、
旋、旄、旛、冥、曬、曑、曑、曑、朔、霸、朗、朓、肭、期、有、
臧、龓、晭、夜、夢、魯、姓、暮、祼、羿、虜、曳、甬、辣、簟、
版、幅、牘、牒、牖、牕、鼎、鼎、鼏、稼、穡、種、稙、種、稑、

穉、積、稠、概、稀、穖、穆、私、穳、稷、齋、穄、稻、徐、稄、

穌、秔、秏、穬、秜、稗、移、穎、稑、杓、稓、稴、穐、秒、機、

秕、秨、穮、案、秄、穧、穫、稹、積、秩、稇、稞、秸、秔、稃、

檜、穟、糕、稭、稈、稾、秕、稠、梨、穰、秧、稖、稈、季、穀、

稔、租、稅、稻、穤、穌、稍、秋、稱、科、程、稷、秭、秅、秭、

稘、黍、縻、䆩、黏、黏、䴴、黎、䵏、馨、粱、糂、粲、糒、精、

粺、粗、糳、檗、粒、糧、糂、檗、糜、糶、氣、籫、糟、糊、糢、

糈、糧、粗、糶、糠、粹、氣、𥺉、粉、糘、糤、糩、糵、繫、首、

枲、黂、饔、麿、鬵、攴、肇、煔、嚞、鐡、播、庍、黁、𤇺、糸、

瓣、瓠、瓢、家、宅、宣、宦、官、奧、宛、宸、宇、寷、奠、宏、

弘、寪、康、㝐、寔、宓、㝵、宴、宗、察、寴、完、富、宗、寠、

寶、𡩋、寵、宥、宐、寪、宵、宿、寑、㝱、寬、害、寁、客、寄、

寓、寠、宊、索、𡫳、宄、穀、宕、䡄、主、宙、宮、營、穴、窳、

窨、窯、覆、竈、窒、寮、突、竇、窋、窫、窻、窊、竅、空、窒、

窀、𥨡、窌、窖、窬、窵、窺、窸、寶、窒、窣、窨、窕、穹、究、

窳、窅、窔、邃、窈、窱、竈、窆、窀、㝹、窅、癆、𤵜、寐、寤、

寱、㝱、寢、病、寐、疾、痛、病、瘣、屙、痛、瘇、瘵、瘨、瘴、

疛、痏、癇、疵、疪、廢、瘏、癙、痒、瘷、痟、疕、瘍、癢、癰、

瘑、瘍、疾、瘖、瘻、瘻、疢、瘀、疝、疛、癲、瘠、痀、痋、痱、

瘤、痤、疽、癧、癩、慮、癬、疥、痂、瘕、痳、痁、痎、痲、痔、

瘻、痹、癉、瘃、瘺、瘇、癆、疲、痏、癚、痔、癃、瘦、瘢、痕、

痙、痙、痰、癉、疸、疾、痞、瘍、疵、疲、痱、疷、疲、癭、癅、

疫、瘱、疹、痥、瘵、痁、瘌、癆、瘥、瘜、瘉、瘳、癡、訑、冕、

胄、罜、罦、罤、翼、罙、罩、罥、罭、眔、罟、罶、罜、麗、罧、

罠、罬、罿、罞、尉、罯、翌、罝、羉、署、罯、罵、罭、罬、覆、

帠、帔、㡎、幣、帠、幣、幅、帆、幁、帕、帔、常、幡、幦、幃、

幒、帾、帴、幔、幬、幨、帷、帳、幕、帎、幨、帷、帖、帙、帴、

微、幖、袑、幡、剸、幟、幝、幏、幪、幠、飾、幃、狶、席、幐、

幨、帕、帗、幩、幪、袽、布、幏、帴、帤、幣、帆、帢、帛、錦、

皎、曉、晢、皤、皔、皚、皅、皦、皽、皬、皣、辥、僅、企、仞、

僎、俅、儒、俊、傑、偅、伋、伉、伯、偰、倩、仔、仫、償、倓、

徇、俗、偞、佳、侅、傀、偉、份、僚、佖、倖、儳、儠、儺、倭、

債、僑、俟、侗、佶、侯、仁、僤、健、倞、傲、仡、倨、儼、儳、

俚、伴、俺、僩、伾、偲、倬、侹、倗、偏、儆、俶、傭、優、仿、

佛、傗、僟、佗、何、儋、供、儲、儐、偓、佺、儡、勺、儕、倫、

伴、偕、俱、儹、併、傅、弌、備、倚、依、仍、伙、倱、健、侍、

側、侒、伽、傅、俠、儃、佻、侸、儻、坐、俪、恬、佮、做、傆、

假、借、價、候、償、僅、代、儀、傍、侶、任、優、僖、倌、儉、

価、俗、俾、倪、億、使、俟、伶、儷、傳、價、仔、併、徐、屏、

伸、但、然、倍、傿、儹、偏、倀、儌、儔、俯、僭、佃、佀、侊、

佻、僻、佽、伎、侈、佁、傜、偽、伲、佝、僄、倡、俳、偐、儌、

佚、俄、儋、御、傞、做、侮、倏、傷、俙、債、僵、仆、偃、傷、

俏、侉、催、俑、促、例、俘、但、傴、僂、僇、仇、儒、仳、俗、

惟、值、侁、傳、倦、傮、偶、佋、傽、樊、僥、倒、佂、舭、匙、

岐、幵、歨、冀、虍、虎、聚、臮、重、量、監、臨、身、裁、衰、

襄、褕、袗、裏、纔、裓、襀、衽、褸、裂、褋、裣、褘、袾、襲、

袍、襺、襗、袞、襘、袈、袛、裯、襤、裙、襦、袪、袞、袂、裹、

裏、褒、襜、祐、衸、襗、袉、裾、衧、襄、襱、袑、褥、褒、禧、

褍、襉、複、褆、襛、袋、袊、裔、紛、袁、褕、褻、裴、襡、褺、

襦、褊、袷、襌、襄、被、衾、褖、褻、衷、袾、袓、裨、袢、襍、

裕、襞、衦、裂、袈、袓、補、褫、贏、裎、褟、袞、襶、袺、褿、

裝、裹、裒、齋、袓、襠、褐、褪、裺、褚、袚、襚、祝、袋、裎、

裘、襹、耆、耇、者、壽、考、耄、耾、毦、稇、氈、氄、屢、屑、

展、屆、尻、眉、尼、屍、辰、犀、扉、屠、屟、屏、層、屍、屬、

屈、履、屧、屝、屬、屟、船、舢、舳、艫、艘、舫、舠、服、肮、

允、兌、充、積、視、觀、覞、覘、覶、親、覿、覢、覸、觀、覿、

題、覢、覗、覷、覭、覷、覯、覽、覘、覷、覰、覼、覹、覗、覗、

艦、覬、覦、覯、覼、覺、覬、覗、親、覯、覗、覘、覷、覷、覷、

覼、欽、緻、欿、欯、歒、欯、賒、歘、歇、歇、歡、欣、弞、飲、

欲、歌、歖、歔、歈、欨、欵、歟、欻、欼、鈝、歠、歎、欸、歔、

歐、歔、欲、歇、澉、敎、歔、欁、歝、欣、歠、歃、欶、欺、欺、

欲、欲、歉、欬、欧、欬、歠、欸、欲、欤、欨、次、欷、歈、歔、

灰、旡、涼、頭、顏、頌、頃、顧、顫、顛、頂、顙、題、額、頒、

額、煩、顊、領、顄、頸、領、項、煩、頏、碩、頷、頊、頬、顳、

顛、碩、頌、頤、顆、頜、願、顒、贅、頤、顯、顳、頹、頑、顙、

顆、頡、頤、頷、領、穎、頰、顧、頝、顳、顬、項、鎮、頓、頤、

頟、頡、頤、類、頼、頒、題、顧、頤、頌、頓、頹、顝、頗、煩、

顫、顅、額、頴、鬙、頜、頤、頪、斯、籲、顯、頔、諥、頋、頦、

頟、形、修、彤、彭、廖、彥、斐、辯、鬌、髮、鬢、鬍、鬑、鬆、

鬁、鬃、鬋、鬍、鬐、鬏、骱、鬞、鬏、鬌、髲、鬈、鬐、鬈、髻、

鬒、鬐、髽、鬝、鬢、髯、髻、鬅、鬐、骺、鬏、髡、鬈、鬆、鬈、

鬌、塼、耑、卩、卲、卬、卲、厄、卻、卷、卻、卸、舭、舩、卿、

劈、簕、匍、匐、勹、匃、匊、匓、匔、冢、匏、魁、魂、魄、魅、

魕、魖、魑、魆、覺、魌、愧、魖、覷、醜、魕、篡、寇、巍、嶽、

岱、嶌、猛、嶧、崵、嶷、嶜、屼、巖、嶭、崒、嶂、嶋、岵、屺、

嶨、嶅、岨、岡、岑、崟、崒、巒、密、岫、崚、墮、棧、崛、巏、

峯、巖、嶐、臯、峇、嶐、嵯、峨、崝、巕、嵨、岫、岪、峀、嶢、

岅、嶐、崇、崔、崟、岸、崖、崕、嵬、崑、府、龐、庠、廬、庭、

廇、庀、庌、廡、虜、庖、廚、廄、序、廦、廣、廥、庾、庰、廁、

庂、廔、廖、廉、庇、龐、底、庢、廮、庋、庫、庤、廗、廔、庰、

廢、庽、塵、廟、庙、庽、庰、廠、膠、匡、匜、義、廠、屖、底、

厥、厲、廄、麻、廙、居、庠、应、庑、厔、庸、厝、厖、厐、廦、

扉、厭、鵤、炬、餃、礦、碭、硬、硌、礜、碣、磏、碬、礫、碧、

磺、碑、磋、碩、硈、硈、硠、磐、硞、磕、碧、磨、塹、礦、磬、

确、磽、硪、礙、砡、碰、碎、破、礧、研、礦、磑、碓、碚、磻、

磕、硯、砭、碾、砢、肄、爾、疣、豬、穀、豯、豵、犯、狃、獚、

貆、殺、獮、狠、獂、猵、豢、狙、獥、豨、羃、彙、幂、毚、驫、

豹、貙、貚、貌、豺、貐、貘、貓、玃、狖、豹、豜、貂、貉、狟、

貍、貒、貛、狄、豫、隲、駒、駍、騏、驢、騆、駓、驄、騕、騅、

駱、駟、驄、驕、駹、駧、驃、駏、驖、騂、駒、駮、驔、驪、騵、

輪、駿、驤、駿、驍、騹、驕、騋、驦、驗、馮、馮、駛、駞、駝、

騯、駉、驤、驀、騎、駕、騑、騈、驂、駟、駙、騔、騀、駿、駝、

篤、駃、鷔、駿、馮、駠、駼、驟、駒、飈、驅、馳、驚、鴛、騁、

駾、駄、騂、駧、驚、駭、騢、騫、駐、馴、駗、驢、鶩、驧、騋、

駗、騷、驫、駘、駔、驨、驛、駲、騰、騅、駧、駹、駮、駃、騠、

贏、驢、駥、驒、騒、駒、駼、攜、霞、麟、麢、麗、麝、麗、麒、

麜、麋、麍、麘、麤、麞、麔、麡、麀、塵、麠、麗、麤、塵、麚、

麕、麗、魯、夒、莧、狗、獀、狡、獪、獧、猲、獢、獫、狂、猙、

猗、默、猝、猩、獺、獥、猥、獟、猻、㺊、獙、狎、狠、獦、狞、

狋、猧、獷、狀、獒、獳、狎、狃、犯、猜、犰、狨、獜、獧、倏、

狟、狒、猵、狀、獨、狳、猵、獵、獠、狩、獲、獒、獻、犴、獟、

狮、狂、類、狻、玃、猶、狙、猴、穀、狼、狛、猨、狐、獺、猵、

獄、黿、鼇、鼹、黿、鼺、鼱、鼹、鼷、鼩、鼸、鼳、鼢、鼬、

鼩、鼰、鼵、鼲、鼴、能、熊、羆、炾、熅、燹、焌、然、燕、燔、

燒、烈、炪、輝、爨、烝、烰、煦、熯、沸、熮、閃、赝、熲、燫、

熛、熇、烄、夭、燋、炭、羮、敥、炊、炅、煨、熄、烓、煁、煇、

炊、烘、齋、熹、煎、熬、炮、衮、熭、稫、爆、煬、熣、爛、爙、

炙、灼、煉、燭、熜、炾、爐、焠、燅、燎、槽、爨、烖、煙、焆、

熅、炮、燂、焞、炳、焯、照、煒、熠、煜、燿、煇、煌、焜、炯、

爆、爛、炫、熱、熾、燠、煖、煥、炕、燥、炪、燾、爟、燮、爝、

燮、熙、燄、焻、燅、黇、黸、黭、黯、黳、黵、黯、黕、黝、黲、

黰、黝、黗、點、黚、黔、黤、黧、黨、黷、黲、

徽、黜、黌、朦、儵、黬、黖、黚、黥、黬、黣、黟、燎、柚、

縠、赧、經、泳、赭、翰、奎、夸、查、杰、羹、戴、奔、会、呑、

夼、奼、奆、奄、奠、奰、奔、夐、夊、夅、夗、夔、尬、灼、尵、

尲、尣、壹、懿、奢、韡、奉、鞗、奕、奚、奰、奰、竴、端、塼、

竫、靖、竢、竘、竭、竭、頏、贏、竣、踖、竮、竲、普、竕、思、

慮、情、性、志、恉、應、慎、忠、愨、懇、快、愷、愿、念、忞、

憕、戀、忻、憧、憚、惇、忼、慨、悃、愊、願、慧、憭、恔、癒、

悊、憬、恬、恢、恭、恕、怡、慈、恈、慌、怪、恩、懇、愁、惄、

愵、愃、惢、塞、恂、忱、惟、懷、倫、想、愫、憺、憲、意、悥、

憀、憲、憌、懼、怙、恃、憎、悟、憮、忢、惰、慰、慇、懿、怵、

愫、忢、慔、恛、悵、戀、慕、悛、悐、愨、慆、壓、憺、怕、恤、

忓、懽、惆、怒、惆、憸、愒、憑、急、辨、極、懁、悭、慓、懦、

悳・忠・怛・悟・念・忒・憪、愉、懁、戀、悰、惷、忮、悍、怪、

像、慢、怠、懈、惰、縱、怫、念、忽、懣、忝、惕、憧、悝、憰、

愸、悅、悗、懰、悸、憿、惎、忨、惏、憀、慫、懨、惑、恨、恢、

惷、惛、急、慸、憒、忌、忿、悄、憿、恚、怨、怒、憨、慍、惡、

憎、怖、忍、惨、恨、懟、悔、恚、怏、憤、悶、惆、悵、懆、愴、

怛、憯、慘、悽、恫、悲、惻、惜、慭、愍、懲、簡、慆、感、憂、

愁、愼、怮、价、恙、惴、愬、怲、惔、愵、傷、愁、惄、惱、悠、

悴、悥、慈、忏、忡、悄、慽、惥、懼、憚、悼、恐、慴、忦、惕、

恭、核、惶、怖、熱、愨、憮、惎、恥、怏、忝、憗、惡、怍、憐、

悳、忍、恓、忞、懲、憬、虌、汃、河、泑、涷、涪、潼、江、沱、

浙、浿、湔、沬、溫、灊、沮、滇、涂、沅、淹、溺、洮、涇、渭、

漾、漢、浪、沔、湟、汧、潦、漆、濬、洛、淯、汝、漢、汾、澮、
沁、沽、潞、漳、淇、盪、沈、沛、洈、溠、洭、潓、灌、漸、泠、
潭、溧、湘、汨、溱、深、潭、油、潧、湞、潘、瀷、潕、潵、瀨、
淮、溗、灃、湏、汧、澺、洵、灈、潁、洧、濦、過、泄、汳、澬、
淩、濮、濼、漷、淨、濕、泡、菏、泗、洹、灉、澶、洙、沭、沂、
洋、濁、溉、灘、湡、汶、治、浸、溳、浰、渚、洨、濟、泜、濡、
灊、沽、沛、淇、瀼、瀘、泒、滱、淶、泥、湳、潙、湮、瀙、洵、
湆、汋、洈、浚、涺、濠、沈、洇、淉、湏、洀、汝、洦、汗、
洅、澥、漠、海、溥、瀾、洪、浲、濱、滔、涓、混、潒、漦、瀟、
演、渙、泌、活、潛、泫、滹、減、瀏、瀛、滂、汪、漻、泚、況、
汜、沄、浩、沆、濞、瀰、溣、滕、潏、波、澐、瀾、淪、漂、浮、
濫、氾、泓、湋、測、湍、淙、激、洞、瀘、洶、涌、浛、涳、汋、
瀾、渾、洌、淑、溶、澂、清、湜、潤、滲、灛、漍、湿、淀、灌、
灡、澹、潯、泙、泏、瀇、菏、滿、滑、濇、澤、淫、灘、洗、潰、
沴、淺、浹、涓、淖、澤、溽、涅、滋、溜、浥、瀨、潰、涘、汻、
氿、湑、浦、沚、沸、氾、溪、灣、滎、洼、窪、潢、沼、湖、汥、
洫、溝、瀆、渠、灆、湄、澗、澳、滎、灡、汕、灓、滴、注、沃、
潛、溢、津、溯、橫、泭、渡、沿、泝、泳、潛、淦、泛、湊、湛、
湮、溾、瀚、決、淒、淟、溟、凍、瀑、漊、澍、湒、濱、潦、濩、
涿、瀧、溱、滈、漊、微、濛、沈、洅、洺、涵、潩、瀀、涔、瀆、
漚、淀、渥、潅、洽、濃、瀲、溓、溰、滯、泜、瀧、漸、汔、涸、
消、潐、渴、漮、涪、洿、涴、汙、湫、潤、準、汀、汦、瀵、皋、
瀞、濩、汱、洦、湯、澳、洝、沺、涗、涫、渣、汰、瀾、淅、澆、
浚、浚、瀝、瀧、潘、灡、泔、滫、澱、淤、滓、涍、濘、漀、湑、
湎、潫、涼、淡、涒、澆、液、汁、澤、灝、溢、灑、滌、溦、潘、
洇、潭、漱、洞、滄、瀙、淬、沐、沫、浴、澡、洗、淳、淋、渫、
瀚、濯、涷、瀲、塗、灑、汛、染、泰、澗、瓉、渾、浹、潜、汗、

泣、涕、涷、渝、減、滅、漕、漏、湏、濊、汩、鞏、粼、巠、宆、

惑、戾、彶、龞、羨、谿、簅、謬、嵤、峪、癛、清、凍、朕、澌、

凋、冶、凔、冷、凾、凓、冹、凓、瀬、霣、霆、霅、震、震、霹、

霄、霰、雹、零、零、霹、靈、霖、霰、雯、霰、霓、霖、靁、霖、

霖、霣、霮、霰、霑、霃、靁、霽、霒、霾、霏、露、霜、霧、霜、

霓、霸、雰、需、霎、霒、鱗、鱸、鮚、鮋、鰑、鱒、鰲、�、鱛、

鮪、鮍、鯱、鮥、鰶、鯁、鯉、鱣、鱒、鮦、鱺、鱗、鰜、鰷、鯤、

鯁、魴、鰥、鰱、鲅、鮒、鮒、鰹、鮏、鱷、鰻、鱞、䰮、鱧、鰈、

鱣、鱏、鯢、鰡、鰭、鯇、魮、鮆、鉈、鮎、鰻、鯑、鱨、鰭、鰰、

鮨、鱖、魰、鱓、鯀、魵、鱸、鰸、鯪、鮛、鮪、鈔、鰳、鮮、鯝、

鱐、鰤、鮐、鮊、鰒、鮫、鱷、鯁、鱗、鮏、鰷、鮨、羞、羞、鮑、

魿、鰕、鰝、鮥、魧、魶、鮚、魥、鱷、鰥、鯛、鯇、鮁、魼、鯕、

鮂、魾、龍、霮、龕、龘、龖、毕、靡、靠、陸、筊、到、臻、堊、

羞、鹹、鹽、監、鹼、扉、房、戾、戹、辰、屋、局、聞、闌、闔、

閔、闈、閣、闟、閛、閩、閣、闤、闠、闇、闕、開、閉、闔、闌、

閾、閔、閞、閜、闉、闓、間、闡、閔、閣、闁、闚、關、闔、闢、

閙·閔·闇·關·闆·闚·閆·闉·閆·閞·閞·閲·闗·闚·間·閔、

玷、耽、聅、瞻、耿、聊、聖、聰、聽、聆、職、聐、聝、聲、聞、

聘、聾、徥、聬、聵、聉、聹、聵、聄、麈、肥、掌、拇、指、拳、

擘、攦、掔、摳、攘、擅、揖、攘、拱、撿、指、搯、挐、推、搜、

排、擠、抵、摧、拉、挫、扶、牂、持、挈、拑、揲、操、擢、捻、

搏、據、攝、拼、㧈、挾、抈、摮、攙、握、撢、把、搰、挐、攜、

提、抓、拈、摘、捨、摩、按、控、揗、掾、拍、拊、培、抒、撩、

措、掄、擇、捉、搤、揃、搣、批、抑、捽、撮、韌、撗、抒、撿、

掋、搰、攦、接、拂、挏、撫、揩、揣、捉、攛、擿、搔、扮、摽、

挑、抉、撓、擾、捐、据、揭、摘、捇、撕、拹、揞、掔、摟、扤、

披、摩、㞷、掉、搖、搭、撌、揂、挈、捀、攀、揚、舉、掀、揭、

拼、振、扛、扮、撟、捎、攡、擩、揄、擘、擭、拚、擅、揆、擬、損、失、挩、撥、挹、抒、扭、攫、扒、拓、攈、拾、掇、擐、搄、搯、搋、援、擂、擢、拔、揠、擣、攣、挺、攐、探、撢、捼、撆、搣、搦、掎、揮、摩、搥、攪、搑、撞、捆、扔、括、抲、擘、撝、捇、扐、技、摹、拙、揩、摶、摑、捄、拮、搰、掘、掩、摡、揟、播、挃、撴、扤、抈、摎、撻、捿、抨、捲、扱、操、挨、撲、擊、扚、抶、抵、抉、搮、捭、捶、推、摬、拂、摼、扰、擊、扞、抗、捕、籍、撚、挂、拕、捈、抴、揙、撅、攎、挐、搵、搒、挌、掫、捐、掤、扜、擘、捷、扣、掍、掕、換、掖、姜、姬、姞、嬴、姚、嬀、妘、姺、㜣、㚸、娸、奼、媒、妁、嫁、妃、媿、娠、嫋、嫛、婗、嫗、媪、姁、姐、姑、妣、妣、妹、娟、婈、姪、姨、娶、娒、媾、姼、妭、嫨、㚤、媊、媧、娍、娥、嫄、嬿、妸、嬃、婕、嬹、嫑、嫽、妶、婤、姶、改、妵、㚸、㚷、始、媚、嫵、嬙、嫦、姝、嬹、嬮、㚾、姣、嬛、娧、媌、嫿、婠、娙、嬻、嫶、娶、婉、敞、嫣、妍、嫋、孅、嫇、媱、嬛、姽、婐、妑、姑、婆、妗、嬧、婧、姘、妅、嫙、嬭、姡、嬥、嫛、媞、婺、嫻、嬰、㜺、娛、娭、媅、娓、嫡、孎、娩、婛、嫊、嫥、嫧、娕、嬐、嬪、嫢、婚、嬗、嫜、媻、娑、姷、姰、㚼、妓、㚬、娉、娽、妝、孌、媟、嬻、嬓、嬖、嬜、妎、妒、媢、媄、嫈、嫪、婟、姿、嫭、妨、妄、媮、娞、娋、媬、妯、嫌、媘、婼、婞、嫳、嬉、娺、嬒、要、姸、娃、陵、妜、孈、媴、嫼、娍、嫖、㛗、姎、媁、婎、嬨、媥、嫚、㛮、嬬、婚、嬯、㜯、嫸、婪、嬾、娎、㛍、嬈、嫛、姍、酘、嫫、婓、孃、嬸、媖、媕、嬚、嫠、娙、姘、姅、娗、婥、娷、嫍、媿、呡、匩、昳、戣、戥、賊、戰、戲、戥、截、或、戕、戮、戡、戴、戋、戩、戢、戊、戚、瑟、望、無、匿、㔶、匽、匧、匡、匜、匴、匵、匪、匼、𠥍、㔷、匫、匬、匱、匵、匣、匯、柩、匰、豈、甾、鏈、畚、缾、虘、瓬、甄、壹、甑、甗、瓵、甞、甌、甕、瓨、瓷、瓴、𤭛、甂、

瓵、瓵、甓、甃、甄、甀、甂、㽅、瓶、甌、甯、弤、弭、弧、弨、

𨏍、弸、䜌、張、彉、弸、彊、彎、弜、弘、㽟、弩、彀、彇、彈、

彈、發、弙、弼、妙、竭、㡭、繰、繹、緒、緬、純、綃、緇、緅、

紇、紙、絓、繺、維、經、織、絥、紝、綜、絡、緯、繹、續、統、

紀、縗、纇、紿、納、紡、續、纘、紹、繾、繈、縱、紓、繎、紆、

綷、纖、細、緢、縒、繙、縮、紮、級、總、暴、約、繚、纏、繞、

紾、繯、辮、結、絹、締、縛、繃、綵、絅、紙、纊、給、綝、繹、

紈、終、繪、綢、絩、綺、縠、縛、縑、綈、練、縞、繩、紬、緐、

綾、縵、繡、絢、繪、縷、絹、綠、縹、綺、絑、繏、紬、絳、綰、

緒、綪、緹、繰、紫、紅、纞、紺、綈、繰、緇、纔、緲、緱、杯、

綅、繹、綬、組、緺、縇、纂、紐、綸、綎、絚、緫、暴、紟、緣、

縷、綺、繑、綵、繜、綏、絛、絨、縱、紃、緟、纕、繻、綱、緝、

綬、縷、綫、紈、縫、緁、紩、緓、組、繕、結、彙、縭、緱、繄、

繆、徽、絮、紉、繩、絣、縈、絢、縋、絭、絨、縢、編、維、紙、

紙、綊、絲、繮、紛、紂、繑、絆、纇、紉、繼、縻、紲、纆、緪、

繘、緶、絹、繁、縶、緡、絮、絡、纊、紙、綌、絜、繫、縲、緝、

紮、續、纑、糾、緕、絺、綌、縐、綆、紵、緦、緆、綸、繚、經、

纏、屨、紂、絜、繆、綢、縕、紼、絣、紕、纕、縊、綏、彝、緻、

綮、紎、薛、韓、緌、糸、蝮、螣、蚻、蟜、蟓、蜙、蜙、蠁、蛁、

蟲、蛹、蚅、蛕、蟯、雖、虺、蜥、蝘、蜓、蚖、蠸、蟣、蛭、蝚、

蛄、蚰、蟫、蛵、蛤、蟜、蛓、畫、蚳、蝤、蠲、蝎、強、蚚、蠲、

蠅、蠁、蠭、螻、蛄、蠆、蛾、螳、蚔、蠜、蟸、蛅、蜇、蠰、蜋、

蛸、蛢、蟜、蟥、蟫、蛄、蜆、蠆、蛣、蝻、蠃、蠕、蛺、蜨、蚩、

蟊、蝥、蟠、虯、蚁、蝔、蠰、蝗、蜩、蟬、蚭、蝝、蚗、蚇、蝃、

蜻、蛉、蠓、蜽、蛚、蟰、蛸、蜉、蠟、蝒、蚑、蠼、蚩、篜、蝙、

蝥、螫、蠚、蟀、蛟、螭、虯、蜦、蜃、㿉、蠦、蜱、蚌、蟥、蝓、

蜎、蟺、蠣、蟉、蟄、蚨、蜦、蝦、蟆、蠦、蜥、蟹、蜭、蠈、蟀

蜖、蛹、蝯、蠷、蜼、蚼、蚤、蠻、蝙、蝠、蠻、閩、虹、蠮、蝀、

蟞、蠶、蝨、蟲、螆、螽、屟、蠽、蠿、孟、窗、蠹、蠡、蟲、螽、

蠠、蟲、蝨、蝨、蠹、螽、螽、蟲、蠱、蠢、蠶、蟁、蠹、風、飆、

飂、飆、飄、颯、飀、颼、颶、颭、颹、颮、颲、颱、膌、鼈、竈、

鼁、鼀、鼁、鼅、蜽、黿、黿、䘠、竺、地、圾、壚、堝、坶、坡、

壤、塙、墩、壚、堻、埴、垚、輋、璞、凷、塯、塍、坺、圾、基、

垣、圪、堵、壁、墢、燎、塙、垿、堪、堀、堂、埰、坫、壂、垷、

墐、垲、埕、墀、墼、㘝、在、坻、塡、坦、坒、堤、壞、璽、垸、

型、埻、㙶、塯、墣、坎、墊、坻、壖、垎、垄、增、埤、坿、坢、

埱、埵、㙷、壽、培、埩、墇、則、垠、墠、埼、壘、垝、圮、坴、

塹、埂、壙、塏、毀、壓、壞、坷、墟、圻、塊、塵、塿、坋、坴、

埃、堅、坙、垢、壿、坏、坢、坥、垌、䮱、瘞、堋、垗、塋、墓、

墳、壅、壇、場、圯、垂、堀、艱、鼇、野、町、畽、疁、畬、疄、

畸、畷、畮、畿、畦、畹、畔、阫、阭、畷、畛、時、略、當、畯、

畂、疄、畺、疃、疈、畩、畽、畤、畭、畷、舅、甥、勆、助、勸、

勅、劫、務、劵、勘、勞、劲、勁、勉、劭、勖、勸、勝、勥、動、

勗、勳、勉、勘、勤、券、勤、勢、勇、勃、勯、飭、劾、募、銀、

鐐、鎏、鉛、錫、釗、銅、鏈、鐵、鍇、鑒、鏤、鑕、銑、鑒、鑠、

錄、鑄、銷、鑠、鍊、釘、錮、鎔、鑲、鋏、鍛、鋌、鑛、鏡、鉸、

鈃、鍾、鑑、鐈、鏒、鏗、鑪、鑊、鍑、鏊、銏、銼、鑛、鍘、鎬、

鑣、銚、鐎、銷、鐯、鍵、鉉、鉛、鑒、鐵、錠、鐙、鎳、鍱、鏟、

鑪、鏇、鋧、鐪、錯、鄉、錡、錁、鈗、鍼、鈹、鐴、鈕、鋬、鑒、

銲、鑴、鑿、銛、鈗、鈒、鑒、錢、钁、鈴、鑭、鐷、鈍、鉏、鑼、

鎌、鍥、鉊、銍、鎮、鉆、鈯、鉗、鈦、鋸、鐯、錐、鑱、銳、鏝、

鑽、鑪、銓、銖、銙、鍰、鎦、錘、鈞、鈀、鐲、鉦、鐃、鐸、鎛、

鏞、鐘、鈁、鎛、鍠、鎗、鏓、錚、鎧、鑾、鐔、鏌、釫、鏢、鈑、

鋌、銃、鉈、縱、錟、鏈、錞、鐏、鏐、鏃、鏑、鎧、釬、錏、鍜、

鋼、釭、錾、釳、鉞、錫、鑛、�、鈇、釣、鏊、鋃、鎇、鋂、鋂、
鏟、鎬、鋪、鐸、鈔、鐥、鋯、鉻、鐺、鏶、鈌、鏉、鎇、鋯、鉅、
鏽、鍗、鉳、鑿、鋼、鈍、鈰、錗、鑪、斧、斫、斫、斫、斸、所、
斯、斳、斷、新、斛、斞、斡、魁、斟、斠、斜、斞、斝、斞、斞、
斝、稂、稴、犣、矜、秎、軒、輻、軿、輼、輬、軺、輕、輶、輣、
軘、轞、轐、輿、輯、軬、軓、軾、輅、較、轚、輢、輒、軸、轎、
軨、軺、軫、轐、轏、軸、輹、軔、輮、挈、轂、輥、軹、軹、輻、
轑、軟、輎、轅、輈、暈、軯、輀、輨、輶、軜、軍、載、軷、
範、蟻、轄、轉、輸、輖、輩、軋、軷、轢、軌、輈、軼、輔、軽、
輕、輟、軗、輂、軻、聲、輪、軽、輗、軹、輳、輮、軴、輂、軍、
輓、軒、輬、軿、輔、峀、陵、縣、防、陰、陽、阿、陂、阪、陬、
隅、險、限、阻、陮、隗、阮、陝、陼、陵、隥、陋、陝、陷、隰、
隁、隤、隊、降、隕、陁、隆、陟、阬、隤、防、隄、阯、陘、附、
阺、陳、阢、隔、障、隱、隩、限、解、隴、依、陜、隝、隆、陭、
隃、阮、陛、陚、隙、阩、隔、陼、陳、陶、隍、貼、除、階、阼、
陞、陔、際、陪、隊、陜、陴、隍、陆、陲、陽、院、隃、陙、陵、
鬩、關、闞、乾、尤、成、真、辜、辥、殼、孿、孺、孟、孼、孶、
孤、存、孝、疑、育、锘、神、曳、醶、醍、釀、醖、酋、醶、醨、
酲、醹、醴、醪、醇、醹、醶、釀、醹、酤、醫、醯、醬、酷、醰、
酺、配、酖、醆、酌、醮、醋、酌、醻、醋、醯、醮、酏、醖、釀、
酶、醅、釄、醬、酌、酲、醨、釃、酸、截、醶、酢、酏、醬、醬、
醶、酵、醰、醨、醳

　　《說文解字》的形訓體例主要表現在運用六書（前四書）對漢字結構及其表義功能的分析。通過以上的分類統計和說明，可以看到許慎比較系統獨特的分析方法、研究思路以及他的貢獻之處：
　　一、許慎從六書體例的角度入手，全面、深刻而系統地對文字進

行整理、研究，從而使繁複的文字在《說文解字》中顯得清楚、明瞭及有條理，進而便於人們瞭解、研究和整理文字。

二、許慎在當時十分有限的條件下，自創說解體例，盡其所能地探求整個文字體系以及每個漢字形體的奧秘，從探求文字的本形到探求文字的本音、本義，再到探求其相互之間的聯繫，盡可能地弄清楚文字為什麼具有這個形，這個形為什麼具有這個義，為什麼這個字讀這個音。比如「某與某同意」是說某字與某字創制的意圖相同，這對我們瞭解字際關係，掌握文字創制規律具有重要意義。為此，從某種程度上來說，他的研究開創了漢語文字學，《說文解字》成為文字學的奠基之作。

三、在《說文解字》中，許慎在分析和論證字形結構時，還收集和保存了大量的古代文字資料，這些文字資料能夠幫助我們釋讀商代的甲骨文和兩周的青銅器銘文，是溝通商周古文字與現代文字的必不可少的橋樑。

然而，關於《說文解字》的體例方面，許慎的分析和研究也存在著一些不足。

（一）一些漢字許慎難以用六書條例分析它們的形體，只好付之闕如。如：

　　鼇：宮不見也。闕。
　　茚：相當也。闕。讀若宁。
　　朕：我也。闕。

（二）有些術語的使用不清晰，涉及了兩個或兩個以上結構類型。

1　象某某。如：

　　釆：辨別也。象獸指爪分別也。（象形）

水：準也。北方之形。象眾水並流，中有微陽之气也。（象
　　形）

入：內也。象从上俱下也。（指事）

久：（以）〔从〕後灸之，象人兩脛後有距也。（指事）

2　象某某之形。如：

巫：祝也。女能事無形，以舞降神者也。象人兩褎舞形。（象
　　形）

牙：牡齒也。象上下相錯之形。（象形）

刃：刀堅也。象刀有刃之形。（指事）

八：別也。象分別相背之形。（指事）

3　从某，某某。如：

示：天垂象，見吉凶，所以示人也。从二；三垂，日月星也。
　　（指事）

朱：赤心木，松柏屬。从木，一在其中。（指事）

祭：祭祀也。从示，以手持肉。（會意）

雋：肥肉也。从弓，所以射隹。（會意）

4　从某，象某形。如：

尣：𡯂，曲脛也。从大，象偏曲之形。（象形）

只：語已詞也。从口，象氣下引之形狀。（指事）

亦：人之臂亦也。从大，象兩亦之形。（指事）

5　从某从某。如：

寸：十分也。人手卻一寸，動𧖫（脈），謂之寸口。从又，从
　　一。（指事）

　　刅：傷也。从刃，从一。（指事）

　　辵：乍行乍止也。从彳，从止。（會意）

　　芟：刈艸也。从艸，从殳。（會意）

第三章
《說文解字》形訓的功能研究

　　《說文》形訓的主要功能是確定本義，在某些字的解說中，也兼有確定語源和確定讀音的作用。

一　確定本義

　　本義就是字形能夠體現出來並有文獻資料可供參證的最初意義。郭錫良等認為：「所謂詞的本義，就是詞的本來意義，但不一定都是原始意義。這是因為漢語歷史悠久，而記錄漢語的漢字才不過幾千年的歷史，在漢字產生之前，一個詞的本義究竟是什麼，很難切確地攷證清楚。我們現在所談的只是有語言文字材料所能證明的本義。」[1]許慎在《說文・敘》中痛斥俗儒鄙夫「玩其所習，蔽所希聞，不見通學，未嘗睹字例之條，怪舊藝而善野言，以其所知為秘妙，究洞聖人之微恉」，認為「蓋文字者，經藝之本，王政之始。前人所以垂後，後人所以識古。故曰：『本立而道生』，知天下之至嘖而不可亂也。」可見，由於漢代今古文之爭的特殊學術背景，追求字的本義的宗旨一直貫穿於《說文》全書，也一直貫穿於許慎的文字學思想中。

（一）從象形類的角度來看《說文解字》中確定本義這一形訓功能

　　象形字直接來源於圖畫，絕大多數象形字都是很明顯地把事物的

1　郭錫良：《古代漢語（上）》（北京市：商務印書館，2000年），頁91。

輪廓或具有特徵的部分描畫出來，為此許多象形字從直觀上就可以看出和推敲出其所要表達的意義。在《說文解字》中，許慎對象形字的析形用語主要是「象形」、「象某某之形」（或「象某某形」）、「從某，象形」（或「象某某」）。首先，從這些析形術語中，我們是可以清晰地看到在《說文解字》中哪些字是象形類的文字；其次，許慎對象形字的分析所用的術語不同，是因為象形字的構造與演變不同；最後，透過這些文字，我們還可以根據它們的古文字來推理、驗證它的本義是否正確。

1　「從某某，」「象形」（或「象某某」、「從某，象某形」）

例字：

（1）日，《說文解字》：「實也。太陽之精不虧。從口一。象形。」

按：該術語「從口一。象形」表示「日」屬於象形類文字，「日」由兩部分構成，其主體「口」是太陽的輪廓，「一」是太陽之精。從古文字字形來看，日，甲文作 ⊟，金文作 ⊖，小篆作 ⊟，均象太陽之形。可見，許慎對「日」字本義的說解是正確的。

（2）文，《說文解字》：「錯畫也。象交文。」

按：術語「象交文」表示「文」屬於象形類文字。從古文字字形來看，文，甲文作 夋、夋，金文作 夋，其主體「 夋 」是人正立之形，胸前「・」、「×」等符號是刻畫之紋飾。《詩・小雅・六月》：「織文鳥章，白斾央央。」可見，許慎對「文」字本義的說解和分析基本上是正確的。

（3）果，《說文解字》：「木實也。從木，象果形，在木之上。」

按：該術語「從木，象果形在木之上」，表示「果」屬於象形類文字。從古文字字形來看，果，甲文作 果，金文作 果，由此可見，「果」是由兩部分構成的，其中，其主體「木」是樹的輪廓， 象果形，在「木」字的上面。可見，許慎對「果」字本義的說解和分析是正確的。

2　象形

例字：（1）月，《說文解字》：「闕也。大陰之精。象形。」

按：析形術語「象形」明確表示「月」是象形字。從古文字字形來看，月，甲文作 ☽，金文作 ☽，小篆作 ☽，均象月牙形。可見，許慎對「月」本義的說解是合理的。

（2）百，《說文解字》：「頭也。象形。」

按：從析形術語「象形」二字中，我們可以看到許慎直接將「百」判定為象形字。徐灝《段注箋》以為是象頭的正面之形。又說：「𦣻（首）乃最初之古文，百其省體耳。」[2]是。首，甲骨文作 ☰ ，金文作 ☰ ，面目及頭髮之形鮮明，可見許慎對「百」本義「的說解是正確的。

（3）鳥，《說文解字》：「長尾禽總名也。象形。鳥之足似匕，從匕。」

按：通過術語「象形」，許慎直接將「鳥」被歸入象形類文字。從古文字字形來看，鳥，甲文作 ☰ ，金文作 ☰ ，小篆作 ☰ ，均象長尾鳥形。可見，許慎對「鳥」的本義」的說解是正確的。

3　「象某某之形」（或「象某某形」）

例字：（1）屮，《說文解字》：「艸木初生也。象丨出形，有枝莖也。」

按：「象丨出形，有枝莖也」的析形術語表示「屮」是象形字。從古文字字形來看，屮，甲文作 ☰ ，金文作 ☰ ，小篆作 ☰ ，象一棵初生的小草。可見，許慎對「屮」本義的說解是正確的。

（2）牙，《說文解字》：「牡齒也。象上下相錯之形。」

按：許慎通過析形術語「象上下相錯之形」來說明「牙」是象形

2　湯可敬：《說文解字今釋》（長沙市：岳麓書社，1997年），頁1215。

字。從古文字字形來看，金文作 ，小篆作 ，均象大牙形。「牡齒」之「牡」當為「壯」字之訛。許慎對「牙」的說解是正確的。

從以上的例子中，我們可以看出許慎是怎樣通過字形分析來確定象形類文字的本義的，大體上方向為：首先採用不同的析形術語來對象形類的文字進行分類，然後根據析形術語不同，從整體、部分、整體與部分等角度來對字的構形進行分析。例如：對於析形術語為「從某，象形」（或「象某某」）的象形字，它一般是由幾部分組成的，其中的一部分為主體部分。所以在分析這一類型的象形字時，許慎首先將文字分部分進行分析，首先找出主體部分，其次再確定附屬部分。

（二）從指事類的角度來看《說文解字》中確定本義這一形訓功能

指事類的字是用象徵性符號或在象形字上加提示符號來表示某個詞的，具體點就是當沒有或不便用某種具體圖形畫出其所指意義時，就以點畫等象徵性符號或在象形字上加注點畫符號來表明其意義。指事字往往是在象形字的基礎上加上一點一畫來指明意義的所在，指事字的數量一般不多。大多數的指事字可以直接通過感官認識和判定出來的。在《說文解字》中，許慎對指事字的析形用語主要有三類：「指事」、「象某某之形」、「從某，從某」。根據許慎的析形術語，我們可以確定指事字，進而結合古文字，確定許慎對它們本義的訓釋是否正確。

1　指事

例字：（1）上，《說文解字》：「高也。此古文上，指事也。」

按：通過析形術語「指事」，許慎直接將「上」歸入了指事類的文字。從古文字字形來看，上，甲文作 ，金文作 ，下面為基準線，上面為表示上方的短線，可以確定許慎對「上」字本義的說解是正確的。

（2）下，《說文解字》：「底也。指事。」

按：通過析形術語「指事」，許慎直接將「下」歸入了指事類的文字。從古文字字形來看，下，甲文作⌒，金文作二，上面為基準線，下面為表示下方的短線，可以確定許慎對「下」字本義的說解是正確的。

2　象某某之形

例字：（1）刃，《說文解字》：「刀堅也。象刀有刃之形。」

按：許慎通過析形術語「象刀有刃之形」來說明「刃」是指事字，因為有象形字作依託，所以先指出其依託的象形字，再指出指事符號。從古文字字形來看，刃，甲文作，小篆作，象刀有鋒刃的樣子。因此，我們可以確定許慎對「刃」的本義的說解是正確的。

（2）八，《說文解字》：「別也。象分別相背之形。」

按：單純從析形術語「象分別相背之形」來看，「八」是象形還是指事，並不容易確定，結合字形來看，「分別相背」這一形象是通過方向相背的兩個指示符號完成的，因而「八」應當是指事字。從古文字字形來看，八，甲文作，金文作，均作背離形，許慎對「八」字本義的說解是正確的。

3　从某，指事符號＋說明語

例字：（1）末，《說文解字》：「木上曰末。从木，一在其上。」

按：許慎通過析形術語「从木，一在其上」來說明「末」是指事字，先指出其依託的象形字「木」，再指出指事符號「一」在「木」之上。從古文字字形來看，末，金文作，小篆作，可以確定許慎對「末」字本義的說解是正確的。

（2）本，《說文解字》：「木下曰本。从木，一在其下。」

按：許慎通過析形術語「从木，一在其下」來說明「本」是指示

字。許慎先指出其依託的象形字「木」，再指出指事符號「一」在「木」之下，進而說明「本」的構形。從古文字字形來看，本，金文作 朩，小篆作 朩，可以判定許慎對「本」字本義的說解是正確的。

從以上的例子中，我們可以看出許慎是怎樣通過字形分析來確定指事類文字的本義的，大體上方向為：從析形術語的角度來看，將指事字進行歸類，要麼直接點明「指事」，要麼指出其依託的象形字，再指出指事符號，讓人們看到指示字的不同的構造。

（三）從會意類的角度來看《說文解字》中確定本義這一形訓功能

會意是由兩個以上的形體組成，把它們的意義組合成一個新的意義，讓人們看了可以體會出來。許慎在《說文解字》中對會意字的析形用語主要有如下幾類：「從某，從某」、「從某某」、「從某，從某省」、「從某，從某，某亦聲」、「從某某，某亦聲」、「從」帶主謂句等。「從某從某」、「從某某」是會意字主要的析形術語。

1　從某，從某

例字：（1）告，《說文解字》：「牛觸人，角箸橫木，所以告人也。從口，從牛。」

按：許慎通過析形術語「從口從牛」把「告」歸入了會意類。從古文字字形來看，告，甲骨文作 𠄌、金文作 𠄌，牛下均為一密閉的空間，象圈棚之形，非口。「告」與「牢」同義，均為圈養牲畜之所，許慎對「告」字本義的說解失誤。

（2）冰，《說文解字》：「水堅也。從仌從水。凝，俗冰從疑。」

按：許慎用「從仌從水」的析形術語將「冰」（凝）歸入了會意類。從古文字字形來看，冰（凝），金文作 𣲙，小篆作 𣲙，造字本義是水因低溫而凝結成靜態的固體。許慎對「冰」（凝）字本義的說解是合理的。

2　从某某

例字：（1）位，《說文解字》：「列中庭之左右謂之位。从人、立。」

按：通過析形術語「从人、立」，許慎將「位」歸入會意類。甲骨文與金文中「位」與「立」通用，寫作 𐤀。篆文 𝌀加人另造「位」，用以區別一般的站立，「位」的造字本義是上朝時臣僚們依官階高低肅立。《周禮・秋官・朝士》：「面三槐，三公位焉。」許慎對「位」字本義的說解是正確的。

（2）刪，《說文解字》：「剟也。从刀、冊。冊，書也。」

按：許慎通過析形術語「從刀冊」說明「刪」由刀、冊二字會意，從而將「刪」歸入了會意類。古人在竹簡上寫字，一篇文章要寫在若干竹簡上，把這些竹簡編聯起來即成一冊。遇到寫錯的字，就用刀刮去，稱之為刪。從古代史實來看，許慎對「刪」字本義的說解是正確的。

3　从某，从某省

例字：（1）逐，《說文解字》：「追也。从辵，从豚省。」

按：許慎通過析形術語「从辵，从豚省」把「逐」歸入了會意類。從古文字字形來看，逐，甲文作 𧿪，金文作 𧿪，小篆作 𧿪，均象人追逐野豬形，許慎「从豚省」之分析不夠準確，但對「逐」字本義的說解是正確的。

（2）保，《說文解字》：「養也。从人，从采省。采，古文孚。」

按：許慎通過析形術語「从人，从采省」將「保」歸入了會意類。從古文字字形來看，保，甲文作 𠈈，金文作 𠈈，小篆作 𠈈。甲金文「保」字象成人背負幼兒之形，表示養育之義。《孟子・梁惠王上》：「保民而王，莫之能御也。」小篆為了結體平衡，在幼兒的下

肢部左右各加一點，許慎誤認為省形。許慎「從采省」之分析不夠準確，但對「保」的本義的解釋是正確的。

4　從某，從某，某亦聲；從某某，某亦聲

例字：（1）吏，《說文解字》：「治人者也。從一從史，史亦聲。」

按：許慎通過析形術語「從一從史，史亦聲」把「史」歸入了會意類，而且從「史亦聲」中可以看出「吏」是個亦聲字，這裡的「史亦聲」與普通的亦聲字不同，它說明了「史」與「吏」的同源關係，二字由同一字形分化而來。從古文字字形來看，吏，金文作 ，小篆作 ，是「史」的分別文，並非「從一從史」。許慎對「吏」的字形分析不夠準確，但對其本義的說解是正確的。

（2）像，《說文解字》：「象也。從人從象，象亦聲。讀若養。」

按：通過析形術語「從某從某，某亦聲」，許慎將「像」歸入了會意類，而且從「象亦聲」中可以看出許慎將「像」歸入亦聲字。像即影像、畫像，是真人的投射或模擬，故由「象人」二字組成，「象人」即模擬人。許慎對「像」的分析是正確的，但許慎的該字字義的訓釋側重說明語源，從本義的角度來看似欠準確。

5　從某某

例字：（1）步，《說文解字》：「行也。從止、少相背。」

按：許慎通過析形術語「從止、少相背」把「步」歸入了會意類，從許慎的字形分析來看，「步」是雙腳各跨出一次，本義是動詞而不是名詞。《戰國策・齊策四》：「安步以當車。」從古文字字形來看，步，甲文作 ，金文作 ，小篆作 ，均象雙腳跨步行之形。許慎對「步」字本義的說解是正確的。

（2）伐，《說文解字》：「擊也。從人持戈。一曰敗也。」

　　按：許慎通過析形術語「從人持戈」將「伐」歸入了會意類。從古文字字形來看，伐，甲文作 㦰，金文作 㦰，小篆作 㡰，李孝定《甲骨文字集釋》：「象戈刃加人頸，擊之義也。非從人持戈。」[3]《詩・魏風・伐檀》：「坎坎伐檀兮，寘之河之干兮。」許慎對「伐」的字義的解釋是正確的，但對字形的分析有誤。

　　從以上的例子中，我們可以看出許慎是怎樣通過字形分析來確定會意類文字的本義的，大體上方向為：從析形術語的角度來看，將會意字進行歸類，其主要術語為「從某某」和「從某從某」。會意字為兩個或兩個以上的字構成的合體字，如果構成會意字的各部分所表示的語義比較明確，人們能夠直接體會出來，許慎則不另加說解；但由於語言的變化及社會的發展變化等方面的原因，構成會意字的各部分是如何會意的，人們已不容易看出來，許慎則加以說解，疏通。許慎的疏解不一定都正確，存在一定失誤。尤其是在省形字的分析中，失誤較多。

（四）從形聲類的角度來看《說文解字》中確定本義這一形訓功能

　　形聲字由表示字義類屬的部件和表示字音的部件組成。它是《說文解字》中所占比例最大的一類，占到了百分之八十以上。在《說文解字》中，許慎對形聲字的釋形用語主要有如下幾類：「從某，某聲」、「從某省，某聲」、「從某，某省聲」等。

1　從某，某聲

　　例字：（1）江，《說文解字》：「水。出蜀湔氐徼外崏山，入海。從水工聲。」

3　引自湯可敬：《說文解字今釋》（長沙市：岳麓書社，1997年），頁1107。

　　按：許慎直接用「从水工聲」的析形術語來說明「江」取形於「水」，取聲於「工」，將「江」歸入了形聲類。江是河流，屬水類；工、江上古音皆屬見母東部，且「工」與「江」沒有意義上的聯繫，因而江是純粹的形聲字。從古文字字形來看，江，金文作🔣，構形與小篆同。《詩·周南·漢廣》：「江之永矣，不可方思。」許慎對「江」本義的說解是正確的。

　　（2）杞，《說文解字》：「枸杞也。从木己聲。」

　　按：許慎用析形術語「从木己聲」將「杞」被歸為形聲類。「杞」取形於木，取聲於己，形旁與聲旁兼具。杞為木本植物，屬木類；上古音杞屬溪母之部，己屬見母之部，語音極近，且「己」與「杞」沒有意義上的聯繫，因而杞是純粹的形聲字。從古文字字形來看，杞，甲文作🔣，金文作🔣，小篆作🔣，構形一致。《詩·小雅·南山有臺》：「南山有杞。」許慎對「杞」本義的說解是正確的。

　　（3）問，《說文解字》：「訊也。从口門聲。」

　　按：許慎用析形術語「从口門聲」將「問」歸為形聲類。「問」取形於口，取聲於門，形旁與聲旁兼具。問要用口，故可歸入口類；問、門上古音皆屬明母文部，且門與問沒有意義上的關係，因而問是純粹的形聲字。從古文字字形來看，門，甲文作🔣，小篆作🔣，構形一致。《論語·八佾》：「子入太廟，每事問。」許慎對「問」的本義說解是合理的。

2　從某省，某聲

　　（1）屐，《說文解字》：「屩也。从履省，支聲。」

　　按：許慎對「屐」的構形說解是「从履省，支聲」，「从履省」是說取「屐」為形旁，但因履字形體繁雜，不取它的全形，只取其一部分，聲旁為「支」聲，為形聲類。屐屬履類，故从履；上古音屐屬羣母錫部，支屬章母支部，語音相近，且支與屐沒有語義上的關聯，故

屐為純粹的形聲字。《急就篇》卷二「屐屬」顏師古注：「屐者，以木為之，而施兩齒，所以踐泥。」[4]《莊子‧異苑》：「介子推抱樹燒死，晉文公伐以制屐也。」許慎對「屐」本義的說解是合理的。

（2）耆，《說文解字》：「老也。从老省，旨聲。」

按：許慎用「从老省，旨聲」析形術語將「耆」歸入形聲類。「从老省」是說取「老」為形旁，但不取它的全形，只取「老」的形體的一部分，聲旁取「旨」聲。耆在義類上為老類；上古音耆屬羣母脂部，旨屬章母脂部，語音相近，且旨與耆沒有語義上的關聯，故耆為純粹的形聲字。從古文字字形來看，耆，金文作 𦒶，小篆作 𦓃，構形一致。《釋名‧釋長幼》：「六十曰耆。耆，指也，不從力役，指事使人也。」[5]《禮記‧王制》：「耆老皆朝於庠。」許慎對「耆」字本義的說解是正確的。

3　从某，某省聲

例字：（1）產，《說文解字》：「生也。从生，彥省聲。」

按：許慎用「从生，彥省聲」的析形術語將「產」歸入了形聲類。「从生」是說「產」在語義上屬生殖類，「彥省聲」是說取「彥」字為聲旁，但不取它的全形，只取「彥」形體的一部分。產語義上為生殖類；上古音產屬山母元部，彥屬疑母元部，語音相近，且彥與產沒有語義關聯，所以產為純粹的形聲字。《孟子‧滕文公上》：「陳良，楚產也。」許慎對「產」字本義的說解正確。

（2）薅，《說文解字》：「拔去田艸也。从蓐，好省聲。」

按：許慎用析形術語「从蓐，好省聲」將「薅」歸入形聲字。「从蓐」是說「薅」在義類上為田草類；「好省聲」是說取字「好」為聲旁，但不取它的全形，只取「好」字形體的一部分。薅在語義上

4　湯可敬：《說文解字今釋》（長沙市：岳麓書社，1997年），頁1163。

5　湯可敬：《說文解字今釋》，頁1151。

屬田草類；上古音薅、好同屬曉母幽部，且好與薅沒有語義上的關聯，薅為純粹的形聲字。《詩·周頌·良耜》：「其鎛斯趙，以薅荼蓼。」許慎對「薅」字本義的說解正確。

從以上的例子中，我們可以看出許慎是怎樣通過字形分析來確定形聲類文字的本義的。首先，許慎要根據形聲字不同偏旁與該字的音義聯繫確定形符和聲符。其次，由於形聲字都是合體字，結構比較複雜，因此存在省形、省聲的現象，遇到這種情況，許慎都用「某省形」、「某省聲」的術語加以說明。

通過《說文》形訓，我們可以發現許慎分析文字本義的方法和途徑：對於六書中的前四書，許慎都有相對獨立的專門術語；對於每一書的內部差異，也力求運用不同的術語加以揭示。

許慎確定的本義也存在著不正確的地方，其原因是多方面的。有的是由於不清楚古文字的字形，有的是由於字形的訛變所致，有的是由於受到自身思想認識的影響，也有字形分析不誤本義說解失誤的情況。

例如：（1）卩，《說文解字》：「瑞信也。守國者用玉卩，守都鄙者用角卩，使山邦者用虎卩，士邦者用人卩，澤邦者用龍卩，門關者用符卩，貨賄用璽卩，道路用旌卩。象相合之形。」

按：許慎通過析形術語「象相合之形」來說明「卩」的構形。卩，甲文作𢋏，羅振玉《增訂殷墟書契考釋》：「象跽（跪坐）形。」屈翼鵬《殷虛文字甲編考釋》：「乃跽之初文。當作卩。《說文》以為瑞信者，蓋後起之義也。」[6]許慎對「卩」字本義的說解有誤。

（2）牧，《說文解字》：「養牛人也。從攴從牛。《詩》曰：『牧人乃夢。』」

按：許慎通過析形術語「從攴從牛」將「牧」歸入了會意類。從

6　湯可敬：《說文解字今釋》，頁1234。

古文字字形來看，牧，甲文作 𤘈，金文作 𤘈，小篆作 𤘈，均象手持著棍棒趕牛。許慎對字形的分析不誤，但認為牧是名詞，即「養牛人」卻是值得商榷的，不如訓為動詞「放牧」更為妥當。

二　確定語源

　　語源，就是一種語言形式（如一個詞或詞素）的歷史（常包括其史前史）。從該詞或詞素在語言中最早出現的記載追溯其語音和詞義的發展。具有相同語源的詞語音是相同或相近的，因而常常使用相同的聲符，這一點很早就引起人們的注意。宋代吳棫的右文說，今人蔡永貴的母文說均本於此。《說文解字》聲訓固然揭示了語源，在形訓中也有大量對語源的揭示，具體體現在析形術語「從某，從某，某亦聲」、「從某某，某亦聲」中。據統計，在《說文解字》會意字中，許慎用「從某，從某，某亦聲」、「從某某，某亦聲」標明是亦聲字的大約有一百九十八字左右。《說文解字》的亦聲字聲符能否確定語源，還要依情況而定。如果添加形符或聲符後意義沒有改變，亦聲字的聲符部分僅能確定字源，不能確定語源。例如：

　　（1）「从」和「從」：從，《說文解字》：「相聽也。从二人。」從，《說文解字》：「隨行也。从辵、从，从亦聲」。「從」只是在「从」的基礎上增加了形符辵，語義並沒有發生改變。因此聲符「从」只能確定「從」的字源，不能確定其語源。

　　（2）「茻」和「丩」：茻，《說文解字》：「艸之相丩者。从艸从丩，丩亦聲。」丩，《說文解字》：「相糾繚也。一曰瓜瓠結丩起。象形。」所以「茻」只是在「丩」的基礎上累增了形符艸，意義並沒有發生變化，因而聲符丩只能確定茻的字源，不能確定其語源。

　　（3）「敬」和「憼」：敬，《說文解字》：「肅也。从攴、苟。」憼，《說文解字》：「敬也。从心从敬，敬亦聲。」憼只是在敬的基礎

上增加了形符心，語義並沒有發生改變，所以「敬」只能確定「憼」的字源，不能確定其語源。

如果添加形符或聲符後意義改變了，亦聲字的聲符部分才能確定語源。也就是說，只有在這種情況下，我們才可以用亦聲字來確定語源。

例如：

（1）柔，《說文解字》：「木曲直也。从木，矛聲。」

　鞣，《說文解字》：「耎也。从革从柔，柔亦聲。」
　煣，《說文解字》：「屈申木也。从火、柔，柔亦聲。」
　鍒，《說文解字》：「鐵之耎也。从金、从柔，柔亦聲。」

按：「鞣」、「煣」、「鍒」在「柔」的基礎上分別添加了「革」、「火」、「金」之後，它們的意義改變了，並且都包含「柔」這個源義素。鞣可分析為〔＋皮革＋柔軟〕，煣可分析為〔＋木材＋火＋柔軟〕，鍒可分析為〔＋鐵＋柔軟〕，由此可見，「鞣」、「煣」、「鍒」均以「柔」為語源。

（2）半，《說文解字》：「物中分也。从八从牛。牛為物大，可以分也。」

　泮，《說文解字》：「諸矦鄉射之宮，西南為水，東北為牆。从水从半，半亦聲。」
　胖，《說文解字》：「半體肉也。一曰廣肉。从半，从肉，半亦聲。」

按：「胖」、「泮」在「半」的基礎上分別加上「月」、「水」之後，它們的意義發生了改變，並且都包含「半」這個源義素。泮可分

析為〔＋鄉射場所＋水塘＋半〕，胖可分析為〔＋牲肉＋整體＋半〕。由此可見，「胖」、「泮」均以「半」為語源。

（3）句，《說文解字》：「曲也。从口ㄐ聲。」

　　拘，《說文解字》：「止也。从句从手，句亦聲。」

　　鉤，《說文解字》：「曲也。从金从句，句亦聲。」

　　笱，《說文解字》：「曲竹捕魚笱也。从竹，从句，句亦聲。」

　　雊，《說文解字》：「雄雌鳴也。雷始動，雉鳴而雊其頸。从隹从句，句亦聲。」

　　按：「拘」、「鉤」、「笱」、「雊」分別在「句」的基礎上添加了「手」、「金」、「竹」、「隹」之後，它們的意義發生了變化，且包含「彎曲」這個源義素。拘可分析為〔＋外力＋身體＋彎曲〕，鉤可分析為〔＋金屬＋長條形製品＋彎曲〕，笱可分析為〔＋竹＋簍形制品＋彎曲〕，雊可分析為〔＋雄雉＋鳴叫＋脖頸＋彎曲〕。由此可見，「拘」、「鉤」、「笱」、「雊」均以「句」為語源。

（4）敬，《說文解字》：「肅也。从攴、苟。」

　　警，《說文解字》：「戒也。从言从敬，敬亦聲。」

　　按：「警」在「敬」的基礎上添加了「言」以後，它的意義發生了變化，並且包含「敬」這個源義素。警可分析為〔＋執兵＋敬〕。由此可見，「警」以「敬」為語源。

（5）口，《說文解字》：「人所以言食也。象形。」

　　訊，《說文解字》：「扣也。如求婦先訊叕之。从言从口，口亦聲。」

鉎，《說文解字》：「金飾器口。从金从口，口亦聲。」

按：「訆」、「鉎」在「口」的基礎上添加了「言」、「金」以後，它們的意義發生了變化，並且都包含「口」這個源義素。訆可分析為〔＋口＋詢問〕，鉎可分析為〔＋金屬＋裝飾品＋口〕。由此可見，「訆」、「鉎」以「口」為語源。

對於《說文解字》的一些亦聲字來說，許慎也可能存在分析有誤的情況。例如：

（1）鄯，《說文解字》：「鄯善，西胡國也。从邑从善，善亦聲。」

按：鄯善：本名樓蘭。漢昭帝元鳳四年，更名其國為鄯善。可見，鄯善為西域國名，當為音譯，許慎以鄯為亦聲字有誤。

（2）羞，《說文解字》：「羞，進獻也。从羊，羊，所進也。从丑，丑亦聲。」

按：丑是手的訛變，羞並不以丑為源義素，許誤。

與此同時，《說文解字》中，有些字本為亦聲字，許慎並沒有指出，具體情況主要有以下幾種：

1.《說文解字》中的一些形聲字實為亦聲字，但許慎未指出。例如：

（1）禛，《說文解字》：「以真受福也。从示真聲。」

按：《段注》：「此亦當云：『从示，从真，真亦聲。』不言者省也，聲與義同原，故諧聲之偏旁多與字義相近。此會意、形聲兩兼之字致多也。《說文》或稱其會意，略其形聲，或稱其形聲，略其會意，雖則省文，實欲互見。」[7]可見禛為亦聲字，聲符真可確定禛的語源。段氏以「省文」維護許說，但我們認為《說文》既有亦聲條例，如許氏知而不言，無異自亂其例。

7　湯可敬：《說文解字今釋》（長沙市：岳麓書社，1997年），頁7。

（2）趿，《說文解字》：「急走也。从走弦聲。」

按：《段注》：「形聲包會意。从弦有急意也。」張舜徽《約注》：「『弦』為弓弦，張之則急。古人性緩者，佩之以自促。」[8]可見，趿為亦聲字，聲符弦可確定趿的語源。

（3）匏，《說文解字》：「瓠也。从包，从夸聲。包，取其可包藏物也。」

按：夸、匏聲韻相距太遠，許慎分析有誤，當為从瓠省，从包，包亦聲。《段注》：「『从包瓠者，能包盛物之瓠也』，『包亦聲』。」[9]可見，匏為亦聲字，聲符包可確定匏的語源。

（4）寺，《說文解字》：「廷也。有法度者也。从寸之聲。」

按：《說文解字今釋》：「金文作 㝊。林義光《文源》：『从又，从之。本義為持。㣇象手形，手之所之（活動的地方）為持也。之亦聲。』」[10]可見寺為亦聲字，聲符「之」可標識「寺」的語源。

2.《說文解字》中的一些會意字實為亦聲字，但許慎未指出。例如：

（1）否，《說文解字》：「不也。从口从不。」

按：《說文解字今釋》：「从口从不：徐鍇《繫傳》：『心有不可，口必言之，故於文，口不為否。』王念孫《讀說文記》：『《繫傳》作『从口不聲』。否與不古皆讀鄙。《說文》不部亦有否字，注云『从口不，不亦聲。』是其證。今削去聲字，非是。』按：否應是會意兼形聲之字。」[11]可見，否為亦聲字，聲符「不」可標識「否」的語源。

（2）臬，《說文解字》：「舂糗也。从臼、米。」

按：《段注》：「臼亦聲。此舉會意包形聲也。」臼，《說文解

8　湯可敬：《說文解字今釋》，頁218。

9　湯可敬：《說文解字今釋》，頁1245。

10　湯可敬：《說文解字今釋》，頁432。

11　湯可敬：《說文解字今釋》，頁207。

字》：「舂也。古者掘地為臼，其後穿木石。象形。中，米也。」[12]可見，臬為亦聲字，聲符臼可標識臬的語源。

（3）命，《說文解字》：「命，使也。从口，从令。」

按：段注：「令亦聲。」令，《說文解字》：「發號也。」可見，令、命同源分化，命為亦聲字，聲符「令」可標識「命」的語源。

（4）睡，《說文解字》：「坐寐也。从目、垂。」

按：《段注》：「此以會意包形聲也。目垂者，目瞼（眼皮）垂而下。坐則爾（如此）』。」[13]可見，睡為亦聲字，聲符「垂」可確定「睡」的語源。

（5）緊，《說文解字》：「纏絲急也。从臤，从絲省。」

按：朱駿聲《通訓定聲》：「从系，从臤，會意；臤亦聲。」[14]臤有緊義，故緊為亦聲字，聲符「臤」可確定「緊」的語源。

（6）與，《說文解字》：「黨與也。从舁从与。」

按：朱駿聲《通訓定聲》：「与聲。」[15]與，《說文解字》：「賜予也。一勺為与。此与與同。」可見，與為亦聲字，聲符「与」可確定「與」的語源。

三　標識字音

《說文解字》中有大量聲訓。但聲訓是通過語音分析詞義，用聲音相同或相近的字來解釋詞義，推求詞義的來源，以說明其命名的原由，並非用來標識字音。陸宗達先生認為《說文解字》中關於讀音的內容，歸納總結起來，主要有兩種方法，即：形聲法和讀若法。嚴格

12　湯可敬：《說文解字今釋》，頁975。

13　湯可敬：《說文解字今釋》，頁473。

14　湯可敬：《說文解字今釋》，頁425。

15　湯可敬：《說文解字今釋》，頁382。

說來，「讀若」並不屬形訓的內容，但為了全面研究《說文》標識字音的功能，我們在這裡與「形聲法」一併敘述。

（一）形聲法

形聲法是用形聲系統說明字的讀音。《說文解字今釋》中認為：

> 《說文》9353個字頭中，據朱駿聲《說文通訓定聲・說文六書爻列》統計，收形聲字7697字，占總數的82%強。聲旁字是形聲字的標音符號。占總數18%的無聲旁字沒有標音成分，但它們大多數充當形聲字字旁，自然也是標音符號，從理論上說，它們的讀音也是確定了的。[16]

據本文統計，《說文》形聲字共計七七八九個（不含亦聲字），與朱氏的統計相差不多。形聲法主要運用於形聲字，體現在「聲旁示音」上。「聲旁示音」主要體現在對形聲字的分析中。對於「聲旁示音」，可以從兩個方面講。

一是語音演變方面。有些形聲字的聲符讀音變化了，到了現在，與用該聲符構成的諧聲字讀音不一樣了。如果不是《說文》的分析，我們可能就理解不了這些諧聲字的結構關係，甚至可能誤把形聲當會意。如：

（1）薄，《說文解字》：「林薄也。一曰蠶薄。从艸溥聲。」

按：據《說文解字》，「薄」是形聲字，但其聲旁「溥」與現代「薄」的讀音甚遠，「並」母本來是個濁塞音，而在今天的普通話裡「薄」念成了清塞音。根據《說文》的分析，後人才敢斷定「溥」是聲符，進而確定「薄」的上古讀音。

---

16 湯可敬：《說文解字今釋》，頁17。

（2）《說文解字》：「特，朴特，牛父也。从牛，寺聲。」

按：據《說文解字》，「特」是形聲字，但其聲旁「寺」與現代「特」的讀音相差甚遠。但從字形來看是無法推斷其讀音的。根據《說文》的分析，後人才敢斷定「寺」是聲符。這主要是因為語言在發展過程中出現了語音演變。秦漢以前，端組舌音部分只有舌頭音，中古《切韻》系後，端組分出了知組舌上音，寺的讀音發生了變化，與《說文解字》的讀音有異。後人若據《切韻》以後的反切系聯讀音，就不能推導出「特」的聲旁「寺」音，但是根據語音理論，結合《說文解字》的分析，我們才能較準確的判定出「特」的上古讀音。

（3）堂，《說文解字》：「殿也。从土尚聲。」

按：據《說文解字》，「堂」是形聲字，但其聲旁「尚」與現代「堂」的讀音差距相距甚遠。「堂」上古音為定母，「尚」上古音為禪母，二者都是濁聲母。而在今天「堂」變讀為清音送氣的塞音，「尚」為擦音。根據《說文》的分析，後人才敢斷定「尚」是聲符，進而幫助我們確定「堂」的上古讀音。

（4）杜，《說文解字》：「甘棠也。从木土聲。」

按：據《說文解字》，「杜」是形聲字，但其聲旁「土」與現代「杜」的讀音相距甚遠。「杜」上古音為定母，「土」上古音為透母。定母本來是個濁塞音，而在今天的普通話裡仄聲字「杜」變讀為清音不送氣的塞音。根據《說文》的分析，後人才敢斷定「土」是聲符，進而幫助我們確定「杜」的上古讀音。

二就是結構的方面。形聲字的結構有一般的結構形式，也有特殊的結構形式，如左形右聲、上形下聲等都是一般的結構形式，而聲符或形符居於一角、省聲字等都是特殊的結構形式。這些特殊的形聲結構，有了許慎的分析，我們才能正確理解其結構關係，確定它們的讀音。例如：

（1）巍，《說文解字》：「高也。从嵬委聲。」

　　按：根據「從嵬委聲」，可以看到「巍」的聲符是「委」，如盲目根據現代的分析法，就會將「巍」誤認為上下結構，進而誤認「巍」聲符是「魏」。可見，根據《說文解字》中許慎的說解及其字形結構，從而可以根據聲旁「委」確定「巍」的讀音。

　　（2）疑，《說文解字》：「惑也。從子、止、匕，矢聲。」

　　按：根據「從子、止、匕，矢聲」，可以看到「疑」的聲符是「矢」，如盲目根據現代的分析法，就會將「疑」誤認為簡單的左右結構，進而誤判「疑」的聲符。

　　（3）鄔，《說文解字》：「夏后時諸侯夷羿國也。從邑，窮省聲。」

　　按：根據「從邑，窮省聲」，可以看到「鄔」的聲符是取「窮」的一部分，「窮」在《說文解字》解釋為：「極也。從穴，躳聲。」如盲目地根據現代的分析法，就會將「鄔」誤認為簡單的上下結構，進而誤認「鄔」聲符是「穴」下面的字。

　　（4）傷，《說文解字》：「創也。從人，𥞃省聲。」

　　按：根據「從人，𥞃省聲」，可以看到「傷」的聲符是取「𥞃」的一部分，如果盲目根據現代的分析法，就會將「傷」誤認為簡單的左右結構，進而誤認「傷」聲符是「亻」右邊的部分。

（二）讀若法

　　在《說文解字》中，除了使用形聲法來確定和研究讀音以外，許慎還用讀若法或讀同法來說明他認為有必要標明讀音的一些字的讀音。讀若法為漢代訓詁學家所創術語，並被歷代沿用。據統計，《說文解字》全書共有八百三十條「讀若」。從讀若法的術語來看，上例可分為三類：「讀若某」、「讀與某同」、「讀若某同」。在這三類下面還可以進行更深層次分類和解析，這裡本節就不進一步地展開和進行分析了。另外，《說文解字》中的不少「讀若」不僅注音，而且還可表示通假。

1　讀若某

例字：（1）玟，《說文解字》：「玉屬。从玉旻聲。讀若沒。」

按：沒，《說文解字》：「沈也。从水从旻」。「沒」、「玟」二字音同。《說文解字》中用「沒」來標明「玟」的讀音，是因為「沒」與「玟」二字形體相近，且「沒」字形體常見。

（2）倏，《說文解字》：「走也。从犬，攸聲。讀若叔。」

按：叔，《說文解字》：「拾也。从又，尗聲。汝南名收芋為叔。」《說文解字》中用「叔」來標明「倏」的讀音，是因為「叔」的形體更為常見。

（3）婾，《說文解字》：「女字也。从女與聲。讀若余。」

按：余，《說文解字》：「語之舒也。从八，舍省聲」。「余」、「婾」二字同音。《說文解字》中用「余」來標明「婾」的讀音，是因為「余」的形體更為常見。

（4）凭，《說文解字》：「依几也。从几从任。《周書》：『凭玉幾。』讀若馮。」

按：馮，《說文解字》：「馬行疾也。从馬冫聲」。「凭」、「馮」音同。《說文解字》中用「馮」來標明「凭」的讀音，是因為二字讀音相同，且「馮」可假借為「凭」。

2　讀與某同

例字：（1）玜，《說文解字》：「石之似玉者。从玉厶聲。讀與私同。」

按：私，《說文解字》：「禾也。从禾厶聲。北道名禾主人曰私主人」。「玜」、「私」二字音同。《說文解字》中用「私」來標明「玜」的讀音，是因為「玜」與「私」二字形體相近，且「私」的形體常見。

（2）雀，《說文解字》：「依人小鳥也。从小、隹。讀與爵同。」

按：爵，《說文解字》：「禮器也。象爵之形，中有鬯酒，又持之也。所以飲。器象爵者，取其鳴節節足足也。」「雀」、「爵」二字音同。《說文解字》中用「爵」來標明「雀」的讀音，是因為「爵」是依據「雀」的形狀製作的，因而「雀」的小篆體與「爵」的小篆體二字形體相近，且「爵」的形體常見。

（3）壻，《說文解字》：「夫也。从士胥聲。《詩》曰：「女也不爽，士貳其行。」士者，夫也。讀與細同。」

按：細，《說文解字》：「微也。从糸囟聲」。「壻」、「細」二字音同。《說文解字》中用「細」來標明「壻」的讀音，是因為「細」的形體更為常見。

3　讀若某同

例字：（1）矞，《說文解字》：「治也。幺子相亂，受治之也。讀若亂同。一曰理也。」

按：亂，《說文解字》：「治也。从乙，乙，治之也；从矞」。「矞」、「亂」二字音同。《說文解字》中用「亂」來標明「矞」的讀音，是因為矞、亂形近，且「亂」的形體常見。

（2）胅，《說文解字》：「骨差也。从肉失聲。讀與跌同」。

按：跌，《說文解字》：「踼也。从足失聲。一曰越也」。「胅」、「跌」二字音同。《說文解字》中用「跌」來標明「胅」的讀音，是因為跌、胅字形相似，且「跌」的形體常見。

通過以上的分析與研究，還可以清晰地看到：分析《說文解字》的形訓功能，還可以結合共時和歷時兩個層面來看，即：從造字的那個時代和造字後的歷史發展層面兩個方面來看。具體如下：

一、確定本義，從共時層面上看，被釋字主要是基於當時的小篆、當時可見的文字資料、當時的思想觀念的基礎上，許慎運用析形釋義的方法對字的本義進行分析和闡釋，但在歷時層面，隨著大量古

文字資料的出現，有些被釋字的本義被證明並非字本義。

　　二、確定語源，從共時層面上看，一些亦聲字的語源已隱晦不彰，許慎或歸為會意字，或歸為形聲字，未能標出。一些亦聲字的分析也存在著有誤的情況。從歷時層面看，一些亦聲字聲符聲中含義的特點很顯著，許慎多能正確加以揭示。

　　三、確定語音，從共時層面上看，無論直音、讀若還是諧聲字聲符都是與被釋字的語音相同或相近的，但在歷時層面，只有一部分保持了相同或相近，另一部分與被釋字的讀音差距已很遠。

第四章
《說文解字》形訓的失誤研究

　　在前面的章節裡，我們主要從形訓的體例和功能兩個方面，對《說文解字》的形訓進行了較為系統和全面的分析和探討。在這些分析和探討的過程中，難免地發現了這樣一個問題，即：許慎對《說文解字》中的形訓的闡述存在著一些失誤。本章對許慎的形訓失誤進行了歸納和總結，主要表現為如下幾個方面：因不明古文字形體致誤、因不明字形結構致誤、因受思想觀念影響導致的失誤等。

一　因不明古文字形體致誤

　　對於《說文解字》形訓的研究與分析，古文字的文獻材料當然是越多越好。尤其是在分析字形時，古文字的文獻資料是必不可少的；而且，古文字的資料展現的古文字時代越早越好。許慎編撰《說文解字》時，由於時代、歷史和其相關學科的局限性，導致了當時的時代不能提供豐富的古文字資料。許慎所能見到和搜集到的古文字字形的數目較少，所搜集到的古文字字形的年代較近，並不能像我們現今能見到許多古老的文字。在當時，許慎參考最多的是小篆的字體，而有些小篆字體已經發生了訛變或與古文字有出入，這樣，許慎運用形訓的理論對《說文解字》進行分析和研究時，他的闡釋難免就會因不明古文字形體而致誤。

　　例如：（1）天，《說文》：「顛也。至高無上，从一、大。」

　　按：天，甲文作 ，金文作 ，小篆作 ，「一」是頭頂形（囗）的省變，許慎「从一大」是就小篆而言，誤。

（2）旁，《說文》：「溥也。从二，闕，方聲。」

按：旁，甲文作𤖼，金文作𤖽，从凡，方聲；不从二（上）。許慎未看到甲骨文、金文的旁字，僅據小篆形體進行說解，誤。

（3）皇，《說文》：「大也。从自。自，始也。始皇者，三皇，大君也。自，讀若鼻，今俗以始生子為鼻子。」

按：皇，金文作 𡔹 、𡕉、𡔽，從金文中可以看到，「皇」的金文均不从「自」，許慎僅依據小篆字形進行說解，誤。

（4）小，《說文》：「小，物之微也。从八，丨見而分之。」

按：小，甲文作 𡭔，金文作𡭕，均象沙粒形。小篆作 𡭥 ，已難以看到沙粒的形象。許慎根據訛變了的小篆字形進行重新分析，誤。

（5）畀，《說文》：「相付與之。約在閣上也。从丌由聲。」

按：畀，甲文作𤱞，金文作𤱟，小篆作畀，形體的演變過程是由甲文𤱞到金文𤱟再到小篆 畀，其過程中，「大」形訛變為丌形。許慎僅依據訛變的小篆形體來分析，誤。

（6）丕，《說文》：「大也。从一，不聲。」

按：丕為不之異文，甲文作𣎵，金文作𣎶，戰國文字作𣎷，小篆作𣎸。《詩‧小雅‧棠棣》：「鄂不韡韡。」鄭玄箋：「不，當作柎。」《玉篇》：「柎，花萼足也。」「丕」本義為花托，象花托形。許慎僅據小篆形體說解，誤。

（7）每，《說文》：「艸盛上出也。从屮，母聲。」

按：每，甲文作𣎹，金文作𣎺、𣎻，均象女子頭上戴髮簪形，為母之異文。小篆每字上頭之屮形，為髮簪之訛變，許慎不明古字形，析「每」為「从屮，母聲」，誤。

（8）縣，《說文》：「繫也。从系，持𥄉。」

按：金文作𥄎、𥄏、𥄐，《說文解字今釋》：「林義光《文源》：『从木、从系，持首。』會懸首于木上之意。」[1]許慎根據小篆

1　湯可敬：《說文解字今釋》，頁1218。

將「縣」誤認為是从系持㬎，誤。

（9）庶，《說文》：「屋下眾也。从广、炗。炗，古文光字。」

按：甲文作囷、㡿、㡿，金文作㡩。從甲骨文「庶」字中，可以看到「庶」是會意兼形聲字，造字本義是在家裡開灶煮飯，所以應該是從火石，石亦聲。許慎是依據小篆的字形來看，與古文字字形不符，誤。

（10）乳，《說文》：「人及鳥生子曰乳，獸曰產。从孚，从乙。乙者，玄鳥也。《明堂月令》：「玄鳥至之日，祠于高禖，以請子。」故乳从乙。請子必以乙至之日者，乙，春分來，秋分去，開生之候鳥，帝少昊司分之官也。」

分析：乳，甲文作 𡣽，像女人摟子以乳之形。許慎僅據小篆的訛體來說解，誤。

經過以上的例子和分析，我們可以看到，由於缺乏古文字的參考，許慎在利用形訓理論分析漢字時，難免就會出現偏誤。可見，古文字字形是研究漢字的一大依據，也是運用形訓理論分析字形、字義等的必不可少的材料。

二　因不明字形結構致誤

除了沒有足夠的文字字形資料外會導致闡述錯誤外，在《說文解字》中，許慎分析字時，有時會由於不清楚字的字形結構而導致闡述出現錯誤。對於這種情況，我們也可作小類劃分：如象形誤認為形聲；指事誤認為形聲；會意誤認為形聲；形聲誤認為會意。字形結構分析的對與否，直接關係到字源、字義、字音等的分析，有時甚至會形成誤導。

（一）象形字分析失誤

1　象形誤為指事

該類字有兩個。由於許慎不明構形和受其它思想的影響，將獨體象形字誤認為是指事字，並根據當時的字義、字音牽強附會的進行析形。分別是：

世，《說文》：「三十年為一世。从卅而曳長之。亦取其聲也。」

按：世，金文作 ，象草木葉重疊之形，本義或為葉。

㠯，《說文》：「用也。从反巳。賈侍中說：『㠯，意㠯實也。』象形。」

按：甲文作 ，金文作 。徐中舒《耒耜考》「當為耜字象形字」。

2　象形誤為會意

這種失誤主要是由於許慎甲骨文、金文材料的缺失，而只能以小篆字形為依據析形而導致的失誤。許慎或將獨體象形字誤認成會意字，將其拆分為兩個部分，以為由這兩個構字部件會意，或將合體象形字的兩個或多個部分誤認為是獨立的字並由此會意。例如：

元，《說文》：「始也。从一，从兀。」

按：元，甲文作 ，金文作 ，從二（上），从人，表示人頭。

《說文》分析為「从一，从兀」，割裂了「二（上）」字與「人」字，誤。

　　　　天，《說文》：「顛也。至高無上。从一大。」

　　按：甲文作 ，金文作 。許慎說為會意字，誤，應為獨體象形字。以人體誇大的頭部表示人頭。

　　　　王，《說文》：「天下所歸往也。董仲舒曰：『古之造文者，三畫而連其中謂之王。三者，天、地、人也，而參通之者王也。』孔子曰：『一貫三為王。』」

　　按：甲文作 、 ，金文作 、 ，象無柄斧鉞，本義為斧。許慎說為會意字，誤，其所釋字義也是後來的引申義。

　　　　士，《說文》：「事也。數始於一，終於十。从一，从十。孔子曰：推十合一為士。」

　　按：士，金文作 ，象雄性性器之形，這個意義現在寫作「勢」。後引申為青年男子的意思。《說文》不明其結構，把象形字當作會意字，分析為「从一，从十」，誤。

　　　　足，《說文》：「人之足也。在下。从止、口。」

　　按：足，是由甲文初文 演變而來的，而後金文演變為作 ，小篆與金文同，應該是象形字，許慎將「足」分析為會意字，誤。

　　　　眷，《說文》：「目圍也。从䀠、 。讀若書卷之卷。古文以為丑字。」

按：根據湯可敬注：⟋象眼圈之形。囼乃合體象形字。

幺，《說文》：「微也。从二么。」

按：甲文作⚇，象束絲之形，或為絲的古文。

亯，《說文》：「亯，獻也。从高省。曰象孰物形。《孝經》曰：祭則鬼享之。」

按：亯（享），甲文作⻀，象建築在高大臺基上的宗廟之形。許慎誤以臺基為孰（熟）物，以象形為會意。

若，《說文》：「擇菜也。从艸右；右，手也。」

按：若，甲文作⻌，象人理髮使其順暢之形，本義當為順。《說文》析為「从艸右」，誤以象形為會意。

屬於該類分析失誤的字有：元，天，示，王，士，中，小，介，公，番，牢，周，乇，行，足，干，戼，辛，奂，共，用，庸，葡，囼，萑，幺，爰，骨，胃，耒，奠，豈，疾，麥，夏，爨，東，霖，桑，束，因，晶，夕，片，禾，曰，臼，网，兩，白，黹，老，兀，頁，苟，長，象，希，立，寮，夷，幸，冬，乳，又，弗，乑，我，乍，區，引，系，臠，皿，凡，堇，且，俎，離，申，戌。

3　象形誤為形聲

由於不明構形，許慎將一部分象形字誤認為是形聲字，並拆分出形符和聲符。有兩種情況：一是將獨體象形字拆分出形符和聲符；二是將合體象形字的兩個或多個不能獨立成字的構字部件拆分成可以獨

立成字的構字部件，並分析出形符和聲符。例如：

丕，《說文》：「大也。从一，不聲。」

按：金文作 。許慎說為形聲字，誤，應為獨體象形字，象花托之形。

帝，《說文》：「諦也。王天下之號也。从丄，朿聲。」

按：甲文作 ，許慎說為形聲字，誤，應為獨體象形字，然具體象何物之形，有爭議。或言象花蒂，或言象焚柴，或言象女陰，或言象捆綁之形。

屬於該類分析失誤的字有：丕，帝，每，茲，曾，豙，余，牡，歲，器，聿，殳，段，攴，爾，孚，良，舞，南，員，甬，穴，幷，裘，考，厄，莧，能，熊，巠，龍，戺，氏，戉，舞，金。

4 象形誤為亦聲

該類字共六個，由於不明構形，許慎將合體象形字拆分成能夠獨立成字的各個構字部件，認為該被釋字是由這些構字部件會意取聲而來。分別是：

，《說文》：「旌旗杠皃。从丨，从㫃，㫃亦聲。」

按：象旌旗杠的樣子，象形。

必，《說文》：「分極也。从八弋，弋亦聲。」

　　按：許慎說誤。金文**凷**，非許慎說「从八戈，戈亦聲」。郭沫若認為是象形字，「柲」之本字。

　　單，《說文》：「大也。从吅、**甲**，吅亦聲。闕。」

　　按：甲文作**𥄕**，金文作**𥄕**。象狩獵工具之形，本義應為一種狩獵工具之名。

　　舌，《說文》：「在口，所以言也、別味也。从干，从口，干亦聲。」

　　按：甲文作**𡴕**、 **𡴖**，金文作 **𡴗** 。象舌頭从口中向外伸出的樣子，象形。

　　叀，《說文》：「專，小謹也。从幺省；屮，財見也；屮亦聲。」

　　按：甲文作 **𢎺**、 **𢎺**，金文作**𢎺**、**𢎺**。或為象形字，象紡專形。

　　黃，《說文》：「地之色也。从田，从茨，茨亦聲。茨，古文光。」

　　按：甲文作 **𡙃**、 **𡙃**，金文作**黄**、 **黄**。象佩玉之形。本義為佩玉。

（二）指事字分析失誤

1　指事誤為會意

千，《說文》：「十百也。从十，从人。」

按：甲文作 ⟋ ，金文作 ⟋ 。在人形上加一橫為指事符號。非會意字，指事字也。

厷，《說文》：「臂上也。从又，从古文〔ㄥ〕。」

按：甲文作 ⟋ ，根據湯可敬的說法：「ㄨ 象整條臂形。」中間的小圈「指示手臂上端彎曲的部位」。依此說，為指事字。

百，《說文》：「十十也。从一白。數，十百為一貫。相章也。」

按：甲文作 ⟋ ，金文作 ⟋ 。或為在白裡加一個折角以示區別。

今《說文》：「是時也。从亼，从乛。乛，古文及。」

按：甲文作 ⟋ 、 ⟋ ，金文作 ⟋ 。 ⟋ 為口之倒文，下方的橫為指事符號，指口中有物，「含」的古字。

壹，《說文》：「壹壺也。从凶，从壺。不得泄，凶也。《易》曰：『天地壹壺。』」

按：壺中「ㄨ」形，壺中水汽之形，為指事符號。

孔，《說文》：「通也。从乞，从子。乞，請子之候鳥也。乞至
而得子，嘉美之也。古人名嘉字子孔。」

按：金文作 𝼯、𝼰。林義光《文源》：「本義當為乳穴，引申為
凡穴之稱。（象乳形，𝼯就之，以明乳有孔也。」（為指事符號。

直，《說文》：「正見也。从𠃊，从十，从目。」

按：甲文作 𝼱，金文作 𝼲。从目，｜、十都是指事符號。

畺，《說文》：「界也。从畕；三，其界畫也。」

按：「三」為劃界的指事符號。

六，《說文》：「《易》之數，陰變於六，正於八。从入，从
八。」

按：𝼳，數目字六，指事字。

2　指事誤為形聲

該類失誤共五個字，由於字形演變，許慎未見甲骨文、金文，對
被釋字的構形分析錯誤，將指事字誤拆分出形符和聲符，勉強釋其為
形聲字。分別是：

少，《說文》：「不多也。从小，丿聲。」

按：許慎說誤。少，甲文作 𝼴、𝼵，金文作 𝼶、𝼷作與「小」

的甲文、金文對比，可看出，或為「小」的變形，變體指事。

　　尐，《說文》：「少也。从小，乀聲。」

　　按：許慎說誤。當為「少」的反寫，反體指事。與「少」同義。或為「少」的異體字。

　　尚，《說文》：「曾也；庶幾也。从八，向聲。」

　　按：許慎說為形聲字，誤。尚，金文作　，而「高」的金文作　，或為从高省，－－為指事符號，意為在高處。

　　言，《說文》：「直言曰言，論難曰語。从口，辛聲。」

　　按：言，甲文作　，金文作　。从舌，上面的「一」為指示符號，指聲音通過舌頭出來。

　　曰，《說文》：「詞也。从口，乙聲。亦象口氣出也。」

　　按：甲文作　、　，金文作　、　。示有聲音從口裡發出。非「从口乙聲」。

（三）會意字分析失誤

1　會意誤為象形

　　該類字共兩個。

為，《說文》：「母猴也。其為禽好爪。爪，母猴象也。下腹為
母猴形。王育曰：『爪，象形也。』🐒，古文為，象兩母猴相
對形。」

按：甲文作🐒，金文作 🐒 。當依羅振玉「作手牽象之形」，本
義不是「母猴」，而是「古者役象以助勞」。

出，《說文》：「進也。象艸木益滋，上出達也。」

按：甲文作🐾、 🐾 ，金文作🐾。應為：从止，从凵，會意。

2　會意誤為指事

該類字只有一個，在分析被釋字構字部件時產生了失誤，誤將會
意字解釋成反體指事。即：

卬，《說文》：「按也。从反印。」

按：从手，从卩，會意。不从印。

3　會意誤為形聲

該類指事字共二十六個，錯將會意字的構字部件誤為聲符，或會
意字的各構字部件劃分錯誤。例如：

進，《說文》：「登也。从辵，閵省聲。」

按：甲文作🐦，金文作🐦。當為，从辵，从隹，會意。

　　延，《說文》：「迻也。从辵，止聲。」

　　按：延，甲文作 𢓥，金文作 𢓨，小篆作 䢔。从彳从步，應該是會意字。而許慎誤認為是形聲字，誤。

　　盡，《說文》：「器中空也。从皿，聿聲。」

　　按：甲文作 �，金文作 𥂡。从又持 𡨚，从皿。手持物洗滌器物之形。

　　卿，《說文》：「章也。六卿：天官冢宰、地官司徒、春官宗伯、夏官司馬、秋官司寇、冬官司空。从卯，皂聲。」

　　按：卿，甲文作 𨌰，金文作 𨌐，像二人對簋而食，其字形本會意，許慎以形聲來解釋，誤。

　　旨，《說文》：「美也。从甘，匕聲。」

　　按：旨，甲文作 𣄼，金文 𣄽，从匕，从甘，當為會意字，不从匕聲，許慎字形分析不確。

　　追，《說文》：「逐也。从辵，𠂤（𠂤）聲。」

　　按：追，甲文作 𠂤，金文作 𢓨，从止，从 𠂤（𠂤），會追逐敵師之意。許慎將「追」分析為形聲字，誤。

　　啟，《說文》：「教也。从攴启聲。《論語》曰：『不憤不啟。』」

按：啟，甲文作，象用手開門之形，金文作，小篆作，據此，「啟」應是从戶从攴从口會意，許慎將「啟」分析為「从攴启聲」，誤。

屬於該類的被釋字有：進，延，追，農，專，羔，旨，啟，盡，即，皮，既，食，䶊，宮，髡，量，覃，賓，監，卿，奚，染，扇，聖，函，彝，劣，省。

4　一般會意誤為亦聲

該類指事字共三個，由於字形演變或用字法，使得被釋字與甲骨文、金文時期的字形發生改變或字義用法的變化，許慎根據小篆時的字形或字義來牽強解釋其本義，從而導致了失誤。分別是：

吏，《說文》：「治人者也。从一，从史，史亦聲。」

按：甲文作，金文作，甲骨金文史、使、吏、事本為一字，後分化。故許慎說吏為亦聲字，誤，應為會意字。

甫，《說文》：「男子美稱也。从用、父，父亦聲。」

按：甲文作，金文作。本義並非「男子美稱」，該義是後來假借過來的。羅振玉《增訂殷虛書契考釋》說「象田中有蔬菜，乃圃之最初字。後又加口，形已複矣。」从田，从草，會意。

化，《說文》：「教行也。从七，从人，七亦聲。」

按：甲文作，金文作。从人，从反人，會意。

5　亦聲誤為一般會意

許慎在析形時未注意到某些被釋字的某一形符也是表聲的，應是亦聲字，但只將其釋為一般會意字。例如：

神，《說文》：「天神，引出萬物者也。从示申。」

按：許慎說為會意字，誤，當為亦聲字，從示、申，申亦聲。金文作𢅏、𥘰。據楊樹達《增訂積微居小學金石論叢‧釋神祇》，古文申、電、神，三者實為一字。

屬於該類的字有：祫，社，班，蒩，䎐，命，右，否，癹，此，是，道，復，後，衛，衛，卣，糾，胗，響，斟，博，說，計，諰，訥，右，緊，堅，杸，改，畋，教，孙，睡，簉，習，霾，幼，肘，隋，甽，𥟐，簋，𥬇，左，䀎，磿，猒，號，桓，艷，青，羅，歊，致，椮，料，杓，梟，師，孛，華，曄，國，䮹，朏，貫，皋，凶，室，定，守，冒，黺，仁，仕，佼，伊，侍，仰，伍，什，佰，作，倪，俒，倌，㑧，儗，羨，順，賴，礶，瞖，髦，髯，詞，胞，敬，卬，磬，驪，駮，制，屍，覓，烑，契，喬，絞，爐，報，竦，意，悳，愚，態，惰，憑，悬，淖，沙，溁，決，洄，沒，泑，冰，霝，電，瀺，招，奴，嫋，如，嬰，媛，義，醫，繂，蛻，堯，疇，旬，恊，嫋，協，巒，釿，醉，䜌，堊，綴，辯，矤，胘，箕，征。

6　亦聲誤為形聲

在《說文》中，許慎並未注意到還有很多被釋字的聲符也表義，因此忽視了其會意兼形聲的構形，應為亦聲字，只是簡單的將其分析為形聲字。該類失誤字的數量也很多，例如：

禧，《說文》：「禮吉也。从示，喜聲。」

按：許慎說為形聲字，誤，當為从示，从喜，喜亦聲。喜，意吉祥也。亦聲字。

屬該類的字有：禧，禎，福，祐，禔，齋，禱，祜，禘，祭，祓，禡，祿，琬，琰，瑩，瑟，碧，堵，菜，葉，荎，蔭，薈，蓋，叢，詹，銚，牷，牿，呢，唁，越，迨，逆，迓，逮，齹，覾，跨，跂，冒，句，論，誠，誥，詁，證，諧，詥，詞，詠，諍，謰，譬，誇，噪，讟，靮，灣，攴，攰，盼，蒙，魯，骿，骰，膾，背，膀，肬，胸，刉，刡，箏，箵，旨，號，梴，構，楣，植，床，梳，械，园，圓，貯，貳，郭，辦，判，暭，有，稱，糧，粉，家，豐，窺，富，癆，疜，覆，僅，企，僑，儕，債，儀，傍，価，佝，俗，倜，佮，裏，襘，襃，衷，尼，層，覾，次，頣，傀，崛，厱，廖，驕，駢，駧，驪，魃，猈，灸，炊，燎，裁，曬，婢，志，恕，寋，懍，悠，憓，忢，泗，洹，洓，湄，澗，激，潐，濊，溢，汛，滅，漏，霹，魰，鯢，聰，挾，捋，撕，扑，撟，扞，嫁，媾，娛，媚，婞，齎，嬪，婼，姞，娭，姘，氓，娤，戰，甀，經，辮，給，終，縑，繾，緥，纕，縫，絣，蟌，蝨，垣，堂，墣，增，壘，畔，阶，鋏，鍛，鑒，鏗，爐，鏽，輶，院，葶，酸。

（四）形聲字分析失誤

1　形聲誤為會意

該類失誤字較多，許慎將一些隻表聲的構字部件誤認為表義，從而將被釋字誤認為是會意字。例如：

芝，《說文》：「神艸也。从艸，从之。」

按：許慎說為會意字，但「之」只表音，不表義，「芝」當為形聲字。

屬於該類的字有：祟，蓏，芝，吉，遴，邊，禦，路，奢，蠹，矛，與，爕，爕，卑，貞，省，鼻，蔑，號，虞，盈，就，轙，囮，貣，質，買，爇，㞚，旦，疊，外，牖，窌，窏，罪，置，便，咎，奎，蓍，芀，俞，頮，殷，居，庶，本，暴，規，獄，瀜，台，插，委，佞，醫，弦，酎，氏，坤，畜，官，醮，篆。

2 形聲誤為亦聲

該類失誤字有三個，或是由於許慎對被釋字的構字部件拆分發生錯誤而導致的，將聲符誤認為也用作了形符；或是受天人感應思想影響，誤以聲符兼表意。如：

> 敊，《說文》：「楚人謂卜問吉凶曰敊。从又持祟，祟亦聲。」
> 螟，《說文》：「蟲，食穀葉者。吏冥冥犯法即生螟。从虫，从冥，冥亦聲。」
> 蟘，《說文》：「蟲，食苗葉者。吏乞貸則生蟘。从虫，从貸，貸亦聲。」

按：王國維《戩壽堂所藏殷墟文字》「祟非可持之物，出殆木之訛」，當依此說，故開始時應為：敊，从又持木，訛誤後，應為：敊，从又持木，祟聲。螟、蟘的產生與官吏犯法、接受賄賂沒有關係，冥、蟘是純聲符，不表意。

此外，古文字中的的一些形符，到小篆中訛變為另一形符，《說文》根據訛變了的形符說解，因此致誤。蔡英杰《〈說文〉从寸字說解獻疑》指出，《說文》中的从寸字，大都是从又（手）字訛變所致，如寺、守、封等等。《說文》根據訛變了的篆文，認為它們都从寸，有法度義，這是錯誤的。

三　因受思想認識影響導致的失誤

在《說文解字》中，許慎在分析字形和闡釋形訓理論時，除了受古文字、字形的影響而出現錯誤外，還可能因為受到各種思想觀念的影響，從而出現闡述和分析上的錯誤。這些思想觀念主要包括道家的思想、儒家的思想、陰陽家的思想、佛家思想等。另外，還有因囿於六書的體例而致誤。

（一）受道家、道教思想影響而致誤

例如：（1）一，《說文》：「惟初太始，道立於一，造分天地，化成萬物。」

按：「一」本義為數目一，《說文》對「一」的解釋並非本義，而是道家哲學意義上的「一」。道家把「一」作為萬物的本原，指陰陽未判、天地未分的混沌狀態。故《老子》云：「道生一，一生二，二生三，三生萬物。」按照科學釋義的標準，這是明顯受到道家的思想的影響而出現闡述和分析上的失誤。

（2）三，《說文》：「天地人之道也。从三數。」

按：三，甲文作 ☰，金文作 ☰，積畫成字，表數目之「三」，形體和天、地、人三者無關。《老子》第二十五章：「故道大，天大，地大，人亦大。」所以「三」的釋義與字形不符明顯是受到道家的思想的影響。

眞，《說文》：「僊人變形而登天也，从匕，从目，从乚；八，所承載也。」

按：眞，金文作 𧴦，从匕，从鼎，表示用以祭祀的牲肉。道教認為，人成為仙的本質環節是「形」的轉變和昇華。《論衡·無形》：「圖仙人之形，體生毛，臂變為翼，行於雲，則年增矣，千年不死。」《論衡·道虛》「為道學仙之人，能先生數寸之毛羽，從地自

奮，升樓臺之陛，乃可謂升天。」就是對道教變形升天的仙人（真人）的描述。從匕從目，變形也；從乚，隱身也；從八，乘坐工具升天也。《說文》對「眞」字的分析失誤，當與其受到道教思想的影響有關。

（二）受儒家思想影響而致誤

例如：（1）王，《說文》：「天下所歸往也。董仲舒曰：『古之造文者，三畫而連其中謂之王。三者，天、地、人也，而參通之者，王也。』孔子曰：『一貫三為王。」

按：王，甲文作 大，金文作 王，象斧鉞形，古代統治者以之作為威權的象徵。《說文》援引董仲舒等人的說解，把表示斧的底端、斧體、斧刃的三橫曲解為天、地、人，把表示斧體中部的一豎曲解為對天、地、人的貫通，是為古代最高統治者的統治尋找理論根據，反映了儒家的等級思想。

（2）帝，《說文解字》：「諦也。王天下之號也。從丄朿聲。」

按：帝，甲文作 帝，金文作 帝，字本象形，鄭樵、王國維等認為像花蒂之形，並非「從丄（上）朿聲」，許慎將「帝」闡述為「諦也。王天下之號也」是其引申義，明顯是受到儒家思想的影響。

（3）臣，《說文解字》：「牽也。事君也。象屈服之形。」

按：臣，甲文作 臣，金文作 臣，象豎目形。許慎認為象屈服之形，除了不明古字形外，也與受到儒家政治倫理思想的影響有關。

（4）邑，《說文解字》：「國也。從口；先王之制，尊卑有大小，從卩。」

按：邑，甲文作 邑，金文作 邑，表示人所居之處，其本義是指人口聚集之地。許慎將「邑」解釋為「國也。從口；先王之制，尊卑有大小，從卩」，明顯是受到儒家思想影響。需要指出的是：我們這裡所說的失誤，是從字形與字義背離的角度而言的；如果從許慎寫書

的宗旨來看，他是要闡明經義，從文字上對社會秩序的合理性提出解釋，並非失誤。

（三）受陰陽五行的思想影響而致誤

《說文解字》中受到陰陽五行思想影響的字很多，尤其是數字、干支字。

例如：（1）二，《說文》：「地之數也。从偶一。」

按：二，甲文作 ＝，金文作 ＝，是積二橫畫以表示「二」一詞，許慎以陰陽五行之說說解「二」字，誤。

（2）四，《說文》：「陰數也。象四分之形。凡四之屬皆从四。」

按：四，甲文作 ≣，積四橫畫以表示「四」一詞，屬積畫成字。金文作 ，則為「自」之異文，象鼻形，假借為數目字。許慎以陰陽五行說說解「四」字，誤。

（3）示，《說文》：「天垂象，見吉凶，所以示人也。从 ニ（上）；三垂，日月星也。關乎天文，以察時變。示，神事也。」

按：示，甲文作 、 ，象神主（古人祭神的象徵物）之形。《說文》分析為「从 ニ（上）；三垂，日月星也」，解釋其意為「天垂象，見吉凶，所以示人也」，很明顯受到陰陽家天人相應思想的影響，認為天象可以昭示人事。

（4）丙，《說文》：「位南方，萬物成，炳然。陰气初起，陽气將虧。从一入冂。一者，陽也。丙承乙，象人肩。」

按：丙，甲文作 ，金文作 ，其形並無「从一入冂」之象。許慎之說解明顯受到陰陽五行說的影響，故誤。

需要指出的是：許慎對這些字的闡釋，都受到他宇宙生成論的影響。從繞個角度來看，這些字的解釋都受到他的哲學觀和認識論的制約，自有其內在的邏輯性。

（四）受佛家思想影響而致誤

例如：世，《說文》：「三十年為一世。从卅而曳長之。亦取其聲也。」

按：世，金文作ᗺ，與「三十」之作「卅」有別。《說文解字考正》中認為：「許慎不知其形體來源，因有『三十年為一世』的說法，便誤以為是从卅。」[2]「三十年為一世」明顯是佛家的思想，許慎受其影響致誤。

（五）因囿於六書的體例而致誤

六書是《說文》分析漢字結構的主要理論依據，大體符合漢字結構的實際。但六書體系並不完備，《說文》完全以六書體系分析漢字，難免有照顧不到的地方。比如「交」字以交脛表示交錯義，「若」字以理髮表示順暢義，既不同於一般的象形，亦不同於會意，有學者認為應當稱之為象意字，可是許慎的六書當中並沒有「象意」這一名目，這就妨礙了他的析形釋義。再如：漢字中有些合體字，兩個字符都只用作聲符，現在的學者們稱為「雙聲符字」。由於「雙聲符字」不在六書的範圍之內，許慎由於六書成例，沒有對之做出恰當分析。

例如：（1）嘏，《說文》：「嘏，大、遠也。从古，叚聲。」

按：嘏，古、大皆聲，非从古。

（2）靜，《說文解字》：「審也。从青，爭聲。」

分析：靜，青、爭皆聲，非从青。

（3）閔，《說文解字》：「弔者在門也。从門文聲。」

分析：閔，門、文皆聲，非从門。

2　董蓮池：《說文解字考正》（北京市：作家出版社，2005年），頁88。

四　其它

除了受以上三種情況而導致許慎的形訓分析錯誤外，還有其它情況存在。

例如：武，《說文解字》：「楚莊王曰：『夫武，定功戢兵。故止戈為武。』」

按：武，甲文作 ，金文作 ，均是从戈从止，「戈」為兵器，「止」乃「趾」之初文，用於字中表行動，並非制止、停止，因此其字所會之意是示威、征伐。這裡，許慎引用楚莊王之說不確。

《說文》形訓的失誤從形音義結合的角度可分為「有理」和「無理」。以訛變而論，如果根據訛變後的字形，仍然能做出合理合理的分析，即為「有理」；如果根據訛變後的字形，不能做出合理的分析，即為「無理」。例如：「示：天垂象，見吉凶，所以示人也。从二（上），三垂，日月星也。」「示」本為祭神的神主，是象形字，許慎分析是指事，是錯誤的；但他根據訛變後的字形所做的分析又能與所釋的字義一致，所以是「有理」的。再如：「帝，諦也。王天下之號也。从上，朿聲。」帝應為象形字，許慎分析為形聲字，誤。「朿聲」也與「帝」的讀音不近，所以是「無理」的。

結語

《說文解字》作為一部解說字形的形訓專著，目的是要分析字的字形，進而分析字音、字義，從而為後人提供了研究形訓的方法和理論。通過上文我們對《說文解字》形訓的三個方面的分析和研究，大體上可以歸納出對《說文解字》形訓研究的三種途徑：一是從許慎的《說文解字》的形訓體例入手；二是從許慎的《說文解字》的形訓功能入手；三是從許慎的《說文解字》的形訓失誤入手。

　　在對這三個大的方面進行分析和探討時，我們發現：《說文解字》中，許慎的形訓理論的分析過程和方法並不是孤立的、單一的，而是綜合運用了多種方法和內容。例如，從訓詁學方面講，有時會涉及和運用到義訓方面的內容和方法；有時會涉及和運用到聲訓方面的內容和方法。從方法和分類上講；有時會涉及到分類與訓詁方法相聯繫的現象，有時會涉及到方法和分類的交叉運用；有時會涉及到考證與分類、訓詁方面的內容等。總之，《說文解字》的形訓研究並不是單純的只涉及形訓的研究，它需要多方面的理論和方法的協助和支持。因此，對待許慎《說文解字》的形訓理論，我們不能只停留於形訓本身的單方面的研究，而是要綜合運用多種方法和理論，盡量從大的方面著眼，從小的方面依次深入。

　　形訓是傳統小學中訓詁學上的一種訓詁方法，研究漢字的構形主要從形訓方面入手，通過本文的研究和描述，我們可以更好地、更系統地把握和瞭解《說文解字》中許慎對形訓理論的運用和研究，瞭解《說文解字》中的「以形索義」的方法，從而更好地指導我們研究和閱讀《說文解字》。通過對《說文解字》的形訓的分析和研究，可以幫助我們在前人的基礎上糾正《說文解字》中的許慎關於形訓方面的一些錯誤，從而更好地運用《說文解字》這本工具書。同時，它可以幫助我們更好地借助《說文解字》來研究古文字和探求文字的意義。

　　《說文解字》以據形析義，引經據典，並博采通人，它大致言而有據，嚴謹可信。通過對許慎在《說文解字》中的形訓的研究和分析，我們可以更好地運用《說文解字》來閱讀和研究其它古代文獻。

　　此外，通過對《說文解字》形訓的研究，有助於漢字本義的探求和驗證，有助於對漢字發展及其演變規律的探討。現今，我們能看到十餘萬片商周甲骨文字，萬餘件有銘青銅器，大量的戰國、秦、漢竹書、帛書，還有陶文、璽文、封泥、泉文、石刻等，這些文物極大地豐富了文字研究領域。因而我們擁有比許慎編撰《說文解字》時更豐

富、更可靠的文字數據，我們可以拿《說文解字》中所收的文字與甲骨文、金文及其它早期文字進行比較，這樣不僅可以通過文物數據驗證許慎對文字本義的解釋，還可以理清漢字的發展演變規律。

至於許慎受到意識形態的影響對漢字做出的不合實際的分析，單純從文字學的角度來看無疑是錯誤的。但是，《說文解字》並不單純是一本文字學著作，它同時還是一部百科全書式的綜合性著作，它不光要對文字做出解釋，還要解釋我們生活的世界：這個世界從何處來？向何處去？處在這個世界的人類當如何生活？要達到此種目的，許慎就不能不對一些字形進行賦義，賦能。從這個角度來看，許慎的解釋又有一定的合理性，必然性。

最後需要補充的是，本文是在參證和總結前人的研究成果上，系統地全面地將許慎的《說文解字》形訓分類進行分析和研究，但是由於時間和能力的有限，而且目前為止仍有一些問題和方面存在著爭議和不足，所以我們在對《說文解字》形訓進行研究時，盡量做到擇善而從。文中說解難免有不當之處，敬請專家指正。

參考文獻

一　論著

湯可敬　《說文解字今釋》　長沙市　岳麓書社　1997年

許　慎　《說文解字》　北京市　中華書局　1963年

陸宗達　《說文解字通論》　北京市　北京出版社　1981年

黃德寬、常森　《漢字闡釋與文化傳統》　合肥市　中國科學技術大學出版社　1995年

鄒曉麗　《基礎漢字形義釋源》　北京市　北京出版社　1990年

祝敏申　《說文解字與中國古文字學》　上海市　復旦大學出版社　1998年

徐　復　《序‧段注訓詁研究》　南京市　江蘇教育出版社　1997年

宋永培　《說文漢字體系與中國上古史》　南寧市　廣西教育出版社　1996年

張其昀　《「說文學」源流考略》　貴陽市　貴州人民出版社　1998年

裘錫圭　《文字學概要》　北京市　商務印書館　1988年

段玉裁　《說文解字注》　上海市　上海古籍出版社　1981年

李國英　《小篆形聲字研究》　北京市　北京師範大學出版社　1996年

齊佩瑢　《訓詁學概論》　北京市　中華書局　2008年

趙振鐸　《訓詁學綱要》　武漢市　陝西人民出版社　1987年

王　寧　《訓詁學原理》　北京市　中國國際廣播出版社　1996年

林　澐　《古文字研究簡論》　長春市　吉林大學出版社　1986年

董蓮池　《說文解字考正》　北京市　作家出版社　1987年

季旭昇　《說文新證》　臺北市　藝文出版社　2002年

唐　蘭　《中國文字學》　上海市　上海古籍出版社　1979年

梁東漢　《漢字形體及其流變》　上海市　上海教育出版社　1981年

桂　馥　《說文解字義證》　北京市　中華書局　1987年

王　筠　《說文義證》　北京市　中華書局　1987年

郭沫若　《石鼓文研究》　北京市　人民出版社　1988

楊樹達　《積微居金文說》　北京市　科學出版社　1959年

二　期刊論文

葉　斌　〈《說文解字》的形訓理論〉　《古漢語研究》2000年第3期

葉　斌　〈《說文解字》造意說解舉例〉　《杭州師範學院學報》
　　　　2008年第6期

郭　隴　〈試論《說文》段注對訓詁方法的貢獻〉　《西南民族大學
　　　　學報（人文社科版）》2003年

張　偉　〈從《說文解字注》談段玉裁在訓詁學領域的成就〉　《青
　　　　春歲月》2010年第18期

蘭碧仙　〈《說文解字注》訓詁說略〉　《現代語文（下旬，語言研
　　　　究）》2009年第8期

陳　璽　〈論《說文解字》對我國文學史之貢獻〉　《青海民族學院
　　　　學報（社會科學版）2005年

歐陽克儉、歐陽克勝　〈「以形索義」研究二題〉　《黔東南民族師
　　　　範高等專科學校學報》1996年

徐前師　〈段玉裁關於《說文解字》列字歸部的討論〉　《長沙理工
　　　　大學學報（社會科學版）》2005年

傅華辰　〈訓詁和字形的關係〉　《淮南師範學院學報》2007年第6期

何　書　〈論段玉裁「造意」研究的價值及其對漢字教學的作用〉
　　　　《四川職業技術學院學報》2007年第4期

陳　靜　〈漢字形體訛變研究概述〉　《福建教育學院學報》2007年
　　　　第1期

董維納　〈淺談訓詁之形訓〉　《西部社會科學》2012年第1期

馬文熙　〈形訓界說辯正〉　《古漢語研究》1995年第3期

程含林、鄭遠　〈論《說文解字》的漢字說解〉　《文教資料》2009年第10期

劉曉麗　〈《說文解字》「女」部字研究〉　《吉林畫報》2012年第1期

三　學位論文

陳　霜　《段玉裁在注釋《說文》部首中揭示《說文》體例述略》西安市　陝西師範大學　2004年

薛永剛　《《說文解字》小篆異體字初探》　西安市　陝西師範大學　2003年

雷黎明　《《說文解字》象形字研究》　蘭州市　西北師範大學　2007年

邵　英　《古文字形體考古研究》　西安市　陝西師範大學　2006年

殷淩燕　《《說文解字》酉部字研究》　武漢市　華中科技大學　2004年

李　娜　《《說文解字》「誤釋字」研究》　保定市　河北大學　2012年

第二編

《說文解字》聲訓研究

第一章
聲訓與《說文》聲訓研究

一　聲訓

（一）聲訓的定義

　　孫雍長〈論聲訓的性質〉一文中總結聲訓定義有三種：第一種，聲訓用來「推源」。第二種，聲訓在於用「音同或音近的字來解釋字（詞）義。」第三種，聲訓就是「因聲求義」。可見，聲訓的定義與聲訓目的密切相關，以下是各家對聲訓目的的看法。

釋義	探源	釋義兼探源，且包含明假借、通轉等	揭示文化內涵
李建國 《漢語訓詁學史》 白兆麟 《簡明訓詁學》 黃健中 《訓詁學教程》 周大璞 《訓詁學要略》 郭在貽 《訓詁學》 宋金蘭 《訓詁學新論》	王力 《同源字典》 陸宗達、王寧 《訓詁方法論》 何九盈 《中國古代語言學史》 吳孟復 《訓詁通論》 《中國大百科全書語言文字卷》 陸宗達 《訓詁簡論》	張永言 《訓詁學簡論》 洪誠 《訓詁學》 蔡永貴 《漢字字族研究》	姚炳祺 《聲訓十則》

　　孫雍長先生在《論聲訓的性質》中，贊成第二種，認為「音同、音近是聲訓的形式特徵，不是全部本質。」不能把一切音同、音近之字相訓釋都看做聲訓。聲訓旨在探求語源，明確排除通假及「讀如」「讀若」，把包含語源義的義界歸入義訓，而不是聲訓。(如「吏，治人者也。」「王，天下所歸往也。」)「諧音寓意」，是一種修辭手法，更不是聲訓。

　　我們認為，聲訓的實質的確是「聲義同源」，但是如果僅僅限於「揭示語源，解釋命名立意之義」就顯得過窄，我們先看看孫雍長先生所排出的「非聲訓」的三類是否妥當。

　　第一類，明假借及「讀如」、「讀若」。所謂假借者，本無其字，依聲托事。漢字最初的確存在有聲義無字形的現象，從暫時音同音近相借到最後永借不還，這一類已經發展成為完完全全的「脫胎換骨」，與原義毫不相關，在「義通」原則下，自當不屬聲訓。還有一類就是暫時假借，借了再還，這一類屬偶然現象，不算入「推源」。

　　第二類，含語源義的義界。既然承認其含「語源」義，也認為聲訓的本質在「推源」，就應該承認這一類屬聲訓，最起碼是聲訓與義訓的結合。很多研究說文的學者，也確實把這一類包含在內。

　　第三類，「諧聲寓意」的修辭手法。如《詩·召南·采蘋》：「于以采蘋？南澗之濱；于以采藻？于彼行潦。」鄭箋：「『蘋』之言『賓』也，『藻』之言『澡』也。婦人之行尚柔順，自潔清，故取名以為戒。」此處「取名以為戒」，目的是警戒，並不是指為某一尚無稱謂的事物來命名取義。某種程度上和暫時的「假借」相通，畢竟後來「藻」、「澡」明確分化，各自走上了互不干擾的發展道路。

　　我們認為：聲訓用於推求漢字源流，包括：一、「推源」，即找出漢字命名立意的根據，二、「系源」，即系聯出漢字字族，尋求漢字的「血緣」。聲訓的目的絕不僅僅是釋義，探源依然是其不可動搖的最終目的。

　　語言的發展成熟經歷過一個相當漫長的過程。從最早群體約定俗成「某聲表某義」到語言初步走向成熟，大量新事物的「發現」、新認識的產生要求相適應的語言表達，這樣，一系列新詞的誕生迫在眉睫。面對人類發音器官能發出的音節有限，拼音文字選擇了增加語音長度（即詞綴），拼音文字越來越長（goodlooking＝good＋look＋ing）；漢字選擇了聲調，同音現象誕生。同音字的產生並非偶然，基於人類的聯想與類比思維，具有相同、相似特徵的事物，往往被賦予了相同的聲音。因為語言先於文字，故理論上字形無需考慮，但由於漢字生成能力極強，為減輕記憶負擔，新字往往在原來的字形基礎上增減部件而產生，造成同源詞在漢字字形上的關聯性。

　　通過以上討論，我們給出的聲訓定義如下：聲訓是依據「音近義通」原則，推求漢字源流的訓詁方法。

（二）聲訓的時間範圍

　　姜躍濱認為，聲訓時間範圍應該限定在先秦兩漢。給出的理據是：清代的訓詁大師所研究的對象是先秦兩漢的文獻語言，故應該把先秦兩漢的以音求義跟清儒的以音求義區別開來，前者稱之為「聲訓」，後者稱之為「因聲求義」。[1]

　　嚴奉強將聲訓的時間概括為：先秦兩漢—清。[2]

　　我們考量，聲訓目的在推源，即推出漢字盡可能已知的最原始音義。本書的研究對象是《說文解字》，《說文解字》作為東漢時期探求漢字本義的經典以及後世千年來的權威，其聲訓自然是許慎根據東漢及其以前的漢語詞語的音義情況做出的。

1　姜躍濱：〈論聲訓的定義及範圍〉，《學術交流》1987年3期。

2　嚴奉強：〈試論聲訓的目的和範圍〉，《暨南學報》1997年第4期。

（三）聲訓與「右文說」（聲訓與「母文說」）

我們看看陳琴為我們做出的比較表格[3]：

	聲訓	右文	語源
研究目的	訓詁	訓詁	漢語史
研究對象	一個一個的字（詞）	一組具有同一聲旁（包括上古諧聲偏旁）的字	一族一族的詞，最終形成一部詞彙史
研究手段	用同音或音近的字相釋	認為一切諧聲偏旁字義近，後發展為「因聲求義」	對部分諧聲偏旁字進行研究，研究一切同一來源的字
研究背景	未能分辨語言、語音與文字的關係；玄學空談之風在學術上的表現	漸能理清語言、語音與文字的關係；與宋明理學心學的唯心主義相抗衡；古音學的萌芽、發展與鼎盛	語言、語音與文字三者關係明晰，對語言與語言符號的任意性和理據性有了明確的認識；二十世紀西方語言學對語源研究的重視，使中國語言學家開始關注語源研究

注：這裡所說的「聲訓」指過去「只取音近」，非現在我們討論的「音近義通」
　　關係的聲訓。

我們看到，「右文說」是對傳統聲訓的繼承與發展，它繼承了聲訓關於「音義關係」的觀點，克服了聲訓的「主觀任意性」。（蔣紹愚先生指出聲訓最容易犯「主觀任意性」）陳琴引用了沈兼士先生比較二者的成果，指出右文說的限制條件是：一、共同的聲符字，二、含共同的義素。潘福剛在《右文說在訓詁學上之沿革及其推闡》中給出右文說體例的三種情況：

3　陳琴：〈析聲訓、右文與語源的關係〉，《語文學刊》2009年第13期。

　　甲）ax：x　　　以聲符字釋形聲字

　　乙）x：ax　　　以形聲字釋聲符字

　　丙）ax：bx　　　以兩同聲符之形聲字相釋[4]

　　〈試論聲訓的目的和範圍〉將「右文說」界定為形訓，排除在聲訓以外，給出的依據是：一，右文說擺脫不了形體；二，對非形聲字無可奈何；三，自身內部存在偶然的「音近義通」，即某形聲字的音義來源於其它，而非母文。如，「農」聲多訓「厚大」，然「農」無厚大義；「支」聲多訓「傾斜」，然「支」無傾斜義。

　　蔡永貴認為「表義的右文其實是母文。」「科學的右文說其實是母文說」。所謂「母文說」，具體內容是，由同一「母文」孳乳出一系列漢字，這些漢字「形音義三方面都有密切聯繫」，也就是說，「構成漢字『字族』的各個字都是由同一個『母文』孳乳出來」，彼此之間是同源關係。並在「母文說」的基礎上提出了「漢字字族學」。[5]

　　我們看到，此時「母文說」已經從過去傳統「右文說」的「形、音」兩方面發展現在的「形、音、義」三者結合。其結論也更具有可靠性了。但是，同源字的確存在形體無關，音近義通的情況，「母文說」無疑把這一部分事實排除在外了，漢字系源也就存在缺漏。我們認為，「母文說」的確屬漢字字族「系源」中非常重要的一類，是漢字「系源」最為理想的特殊群體。

（四）聲訓與「因聲求義」

　　「因聲求義」的方法建立在王念孫《廣雅疏證》的基礎上，《疏證》認為「訓詁之旨，本於聲音」，真正擺脫字形束縛，自覺從語音角度探求詞義、詞源。

4　潘福剛：〈右文說對聲訓的繼承與發展〉，《瀋陽大學學報》2007年第6期。
5　蔡永貴：〈漢字字族探論〉，《寧夏大學學報》2008年第5期。

〈試論聲訓的目的和範圍〉認為，「因聲求義」是聲訓實踐的最高階梯。因為「因聲求義」，表面「求義」，實際上，求義同時探源，故屬聲訓。陸宗達、王寧《訓詁方法倫》也指出「因聲求義」的一項特殊作用是探求名物的來源。我們承認，「因聲求義」存在「探源」的事實，但是這畢竟是順帶的附屬現象，非「因聲求義」本身職責，其本身職責依然在「求義」，故不等於聲訓。

（五）聲訓的判斷標準

迄至目前，聲訓並無統一的公認的判斷標準，其內部存在很大的爭議性。以《說文解字》為例，對於《說文》中聲訓究竟占有多大成分，各家看法不一。朱惠仙〈說文解字研究述論〉[6]收集了馮蒸列舉的幾種具有代表性的看法：

（1）383例，鄧廷禎《說文解字雙生疊韻譜》。

（2）十之七八，黃侃《文字聲韻訓詁筆記》。

（3）數量不多，王力《中國語言學史》「多限於干支、五行、四方，以及一些常用詞」。

（4）706例，李傳書〈說文聲訓的特點和聲韻關係〉。

（5）1356例，張建葆〈《說文》聲訓考〉（載臺灣《師大國研所集刊》第8號，1964）。

（6）155例，張金吾《廣釋名》。

（7）4438例，崔樞華《說文解字聲訓研究》。

為什麼對聲訓所占比例差異如此之大，原因有以下幾點：

第一點，對於《說文》聲訓存在的有無，有主張存在者，這一派

6　朱惠仙：〈說文解字研究述論〉，《浙江工業大學學報》2003年第2期。

十分發達，以黃侃為代表；有主張不存在者，即使出現，也純屬偶然，在訓詁研究中排除聲訓的作用。

　　第二點，對於古韻聲紐，各家看法不一，音同音近標準難定。上古聲母的研究存在嚴重分歧，主要分為兩大派：一派以黃侃為代表，基本上只是從材料出發，不考慮分化的條件，將上古聲母歸併為十九紐；一派以王力為代表，只承認「古無輕唇音」、「古無舌上音」和「喻三歸匣」說，認為章組與端組、日母與泥母、喻四與定母、莊組與精組在上古只是音近而不是全同，將上古聲母分為三十紐。上古韻部同樣存在差異，上古音光韻部分類就有顧炎武十部、江永十三部、王念孫二十二部、江有誥二十二部、黃侃二十八部和王力三十部等十一家之多。

上古韻部分類表

姓名	代表作	分部	發展
顧炎武	《音學五書》	10部	有四部成為定論，其它人在此基礎上再細分
江　永	《古韻標準》	13部	注重審音 真、元二分 宵、幽二分 侵、談二分
段玉裁	《六書音均表》	17部	之、脂、支三分 真、文二分 侯部獨立
戴　震	《聲類表》	25部	陽聲九部 陰聲七部 入聲九部 當時尚未立「陰」「陽」之名，其陰陽入相關者為一類，合為九類

姓名	代表作	分部	發展
孔廣森	《詩聲類》	18部	陰陽對立，不立入聲，比段玉裁多分出一個冬部
王念孫	《古韻譜》	21部	比段玉裁十七部多出至、祭、緝、盍4部
江有誥	《音學十書》	21部	于江永十三部中析幽侯為二，支脂為三，又於脂部中析出祭部，又析真文為二。
夏　炘	《詩古韻表二十二部集說》	22部	江+王
章太炎	《成均表》	23部	在夏炘基礎上獨立出隊部
黃　侃	《音略》	28部	陰、陽、入三分
王　力	《漢語語音史》	30部	周代《詩經》韻29部戰國《楚辭》韻30部

　　這些差異表明上古音研究還不夠深入，直接導致了對聲訓音近原則判定的不確定性。

　　第三點，音近本身也是一個模糊的概念，把握的寬嚴程度不一。在韻部相近的同時要不要聲紐也相近，韻部以內有多大程度的相近度比較可靠。

　　第四點，聲訓研究，在推源、釋義、假借、異體字、字形說解中，各家看法不一，選擇不同。

　　聲訓的方法存在諸多的不確定因素。從古至今對聲訓的準確性的批判一直存在，比如沈兼士先生在《右文說在訓詁學上之沿革及其推闡》中評價《釋名》：「聲訓之法任取一字之音，傅會說明一音近字之義，則事有出於偶合，而理難期於必然，此其法有未盡善者。」[7]而右文說的缺點在其絕對化，因為同一聲符者不一定同源，不同聲符者

7　沈兼士：《右文說在訓詁學上之沿革及其推闡》，太原市：山西人民出版社，2014年。

不一定不同源。如以「皮」為聲符的字，其語源義有外皮、剝離、不正等，而突、促、速三字字形各不相同，但有同一語源義。

我們認為：判斷聲訓的語音標準應該是在上古音系中聲紐、韻部相同或相近，如果聲紐或韻部相距較遠，應該在音理上得到說明，在語料上得到驗證。

二　《說文解字》聲訓研究綜述

《說文解字》運用聲訓訓釋，歷代對於這種現象的研究直到清代段玉裁為之作注時才得到揭示，至於對《說文》中的聲訓進行系統研究則是近現代的事。

（一）清代對《說文》聲訓的研究

最先揭示《說文》中訓釋詞和被訓釋詞之間的特殊語音關係的是清代的段玉裁。他在發明許書條例、疏證闡發許書之外，還指出了某些訓釋詞與被訓釋詞之間具有雙聲或疊韻關係。本著對於漢字特徵的整體把握和認識，以音韻為主幹，从語言角度補正許書，一方面使字詞的三要素——音形義三者渾然一體，強化了《說文》的解釋；另一方面由於古音學成果在《說文》研究中的運用，使《說文》本來的聲訓形式昭然若揭。

段玉裁從歷史的角度出發，站在語言學的立場上重新審視了漢字形音義之間的關係，鮮明提出了形音義三者可互求的訓詁法則，「聖人之制字，有義而後有音，有音而後有形。學者之考字，因形以得其音，因音以得其義。治經莫重於得義，得義莫切於得音。」段玉裁這種高超的見識，表現在他所制訂的《六書音均表》，「以音為綱，就音以說明文字的孳乳通假和詞義的相近相通。」劉瑤瑤、楊曉宇（〈《說文解字注》聲訓條例述評〉）概括了段玉裁有關闡發音義關係的聲訓

條例，共五個方面：

（1）**聲義同源**。段玉裁繼承其師戴震主張，將音義關係理論化並付諸實踐。他在《說文・示部》「禛」條下注：「聲與義同源，故諧聲之偏旁多與字義相近，此會意形聲兩兼之字致多也……不知此，則聲與義隔。」「聲義同源」說從此始。

（2）**凡同聲多同義**。聲義既然同源，則某聲多有某義。段玉裁以「唔、悟、寤」為同聲，指出三字意義相近。現代語言訓詁學也認為，語言之初，音義結合是偶然的，但自從語言經過最初階段的「約定俗成」之後，語言便一直逐步有序發展。人們開始用某種已經固定表達某種事物的名稱的聲音，把與此有關的事物用同樣的或者相近的聲音表示。因而，在一定的限度內，達到了「同聲多同義」的效果。

（3）**凡字之義必得諸字之聲**。在前面二者的基礎上，推出「義必得於聲」。這實際上說，無論字形如何分歧不一，而字的意義依賴於字的聲音，打破了字形的束縛。

（4）**凡某聲多有某意**。字義既然得之於聲，那麼，字的聲符偏旁如相同，字義也應當相近。段玉裁注《說文》，全書中闡明此條例的最多，共有八十餘例。

（5）**形聲多兼會意**。凡字從某聲既多有某義，則形聲字的聲符偏旁自然兼有該形聲字的字義。無疑也進一步發展和完善了「右文說」。[8]

段玉裁《說文》聲訓研究的不足點是：主張「凡某聲皆有某義」，這種結論過於輕率，不符合語言的實際，忽略了假借等關係的存在。

段玉裁能夠成為乾嘉學派的頂級人物，居《說文》四大家之首，歸因於：一是清代古音學大昌，為他積累了條件；二是前代《說文》

8　劉瑤瑤、楊曉宇：〈《說文解字注》聲訓條例述評〉，《蘭州學刊》2006年第6期。

學家做了奠基工作。比如：徐鍇在考索字義時，「特別注意的是從聲音上去探討。」戴侗提出了「因聲以求義」論，並且通過《六書故》較好地進行了實踐。總之，《段注》不失為《說文》學聲訓研究史上的一座里程碑。

張金吾《廣釋名》一書仿照東漢末年劉熙的《釋名》，搜集劉熙以前周秦兩漢諸儒著述中的聲訓實例，偶及少數劉熙以後的著述，其中收錄了見於今本《說文》者一百五十一例，但是他只是羅列諸例，並未作任何說明。清人鄧廷楨《說文解字雙聲疊韻譜》收錄《說文》中訓釋詞與被訓釋詞之間具有語音聯繫之例共七百六十七例，其中雙聲一百四十九例，疊韻六百十四例，收錄的諸條聲訓有單字為訓者，也有以語句為訓者，被訓釋詞與訓釋語句中的一字或數字構成聲訓者。

（二）近代對《說文》聲訓的研究

對《說文解字》的聲訓作系統研究從近代（上個世紀八十年代）開始。開具體研究之先河的是著名訓詁學家黃侃和沈兼士兩位先生。黃侃先生非常重視《說文》中的聲訓。他列舉了「一」至「士」部聲訓實例九十一例，並把它們分為「與所釋字同聲同類之關係者」、「與所釋之字雖無聲之關係，然常有同聲同類之字與之同義者」兩類，每類之下又分為同聲、同類兩個小類。黃侃對聲訓的理解是凡是與語音相關的訓釋均屬聲訓，比我們通常所說的聲訓要寬泛。

沈兼士先生也高度重視《說文》中的聲訓。他在《右文說在訓詁學上之沿革及其推闡》中說：「古代聲訓之書，首推《白虎通義》、《釋名》，而《說文》次之」，並把聲訓分為相同、相等、相通、相近、相連、相借六類。李國英在〈《漢語大字典》誤用聲訓舉例〉[9]中將沈兼士的六種關係逐一闡述並進行歸納如下：

9　李國英：〈《漢語大字典》誤用聲訓舉例〉，《暨南學報》2002年第1期。

相同：用異體字作訓釋，彼此屬於異體字的關係。
相借：具有通假關係的字之間的相互訓釋，它們一般是本字與借字關係。
相連：主要指連綿詞的訓釋。

$$
\left.\begin{matrix} 相通 \\ 相等 \\ 相近 \end{matrix}\right\}
\left\{\begin{matrix} 意義上 \\ 語音上 \end{matrix}\right.
\left\{\begin{matrix} 訓與被訓詞義相近 \\ 語音變化推動產生的同源 \\ 意義變化推動產生的同源 \end{matrix}\right.
\left\{\begin{matrix} 方言音變 \\ 歷史音變 \end{matrix}\right.
$$

（三）現代對《說文》聲訓的研究

現代《說文》聲訓研究的內容主要集中在以下幾個方面：

（1）《說文》聲訓的類別。這是眾多研究者討論得最多的問題，凡研究《說文》聲訓者幾乎無不論及，只不過分類依據不同，可概括為三個方面：一、依據訓釋詞和被訓釋詞之語音聯繫，研究者一般分同音為訓、雙聲為訓、疊韻為訓三種情況。二、依據訓釋詞和被訓釋詞之間的字形聯繫，研究者分為四種情況：以初文釋孳乳字；以孳乳字訓初文；以同聲符的形聲字為訓；訓釋字和被訓釋字沒有字形上的聯繫。三、依據表述形式，有的分為以詞釋詞、與義界形式中的某個詞構成聲訓兩類；有的則分為三類：純聲訓、聲訓兼義訓、義訓兼聲訓。四、根據有無聲訓標識成分把聲訓分為顯性聲訓和隱性聲訓兩大類；顯性聲訓指明確強調的聲訓和亦聲的方法表明的聲訓；隱性聲訓指「只採用單詞直訓或語句為訓的方式對被訓詞加以解釋，聲訓與一般的義訓混雜在一起，沒有什麼標誌」的聲訓。

（2）《說文》聲訓文化史意義的探求。聲訓是一種複雜的現象，不僅關乎詞義、還與當時複雜的文化背景密切相關。姚炳棋的〈《說文》聲訓五則〉、〈《說文》聲訓四則〉兩文就是從文化角度揭示了它們所蘊含的深層文化意義，從五行和古人對天文地理的認識特點等方面進行了闡釋。朱惠仙〈《說文》聲訓保存的文化史資料及其意義〉

一文也對此進行了探索，對聲訓所反映的古代人們的生活禮俗、哲學思想、鬼神信仰和科學知識等方面進行了闡述。

（3）《說文》中的聲訓與語源的研究。學者們越來越清楚地把《說文》聲訓作為語源學研究的重要材料。章太炎引入「語根」這個概念，抽出《說文解字》五百多個獨體或準獨體字作為初文或準初文，並定出其中四百多個為語根，然後以「派生」、「孳乳」條例探求語詞之間的同源關係。在此基礎上，研究漢字音義關係取得突破的有：（1）沈兼士「六種關係」，大大擴展傳統同源詞研究的範圍，系聯的同源詞的準確性超過以前的學者。（2）王力《同源字典》從理論和實踐兩方面為科學的同源詞研究樹立了規範。《同源字論》，確立了同源詞音近義通的原則，並具體指出如何從語義方面分析同源字。所系聯的這些同源詞大部分準確可靠，但是仍然不可避免地對一些同源詞存在該收未收的現象。《同源字典》存在的缺點有：1. 把通假字算入了同源關係；2. 部分系聯證據不足。（3）蔡永貴「母文說」在傳統「右文說」的基礎上，將音形義三要素同時作為限定條件，雖然有「矯枉過正」限制範圍的嫌疑，但是仍然起到了進一步規範的作用，把聲訓引向客觀化，由此產生了一系列在「母文說」理論指引下的字族研究。如〈《說文解字》「寮」族字探究〉、〈從「堯」字族看漢字的「母文表義」〉、〈《說文解字》中的「堯」字聲符考〉、〈《說文解字》中「妥」族字試聯——「漢字字族」之探例〉、〈《說文解字》「氐」族字研究〉、〈「官」族字試析〉等等。所謂「字族」，就是擁有同一部件的一組同源詞。研究同根字是探求漢字之系統與根源的一種不可忽視的輔助方法。

（4）《說文》聲訓與上古音研究。在眾多《說文》聲訓的研究著述中，崔樞華《說文解字聲訓研究》無疑是其中翹楚。

該書問世於二○○○年九月，是一部深入研究《說文》聲訓的專著，上編《說文聲訓論》，對《說文》聲訓的形式類別作了詳盡、細

緻的分析，利用《說文》的聲訓材料對古音的研究更是其主要內容和重要特色；作者以《說文》中單音節詞對單音節詞的聲訓為材料，首次繪製了《古韻分布表》和《聲紐分布表》，直觀地展示了各韻部間，各聲紐間發生語音交替或不發生語音交替的情況；以語源義素是「崇高、分剖、叢聚、句曲、光明、細小、堅剛、長大」的八組同源詞為例，對同源詞族的音義關係作了考察和討論，大量地利用《說文》聲訓材料研究上古音問題，以圖表的形式描繪語音交替情況，是對古音研究材料的拓展和研究方法的創新。下編則是以黃侃先生的古音二十八部十九紐為依據，參合陳澧四十一聲類，採用「以韻部為綱，以聲紐為目」的方式，按照被訓詞韻部和聲紐的歸屬所編制的《說文聲訓音譜》，把作者所確定的四四三八條聲訓全部分類羅列。

其不足表現在，聲訓過廣。這是有原因的。一方面，《說文》聲訓本身存在的問題。由於聲訓並非《說文》主要的訓釋手段，許慎對訓解中的聲訓一般也未明言，加之學界對聲訓的理解不一致，以致關於《說文》聲訓的數量，意見分歧眾多。

另一方面，崔樞華繼承的是章黃學說。章黃的同源詞研究對語音關係的限定非常寬。如黃侃認為「凡以聲音相訓者，為真正之訓詁」，《說文解字》「其說解之字什九以聲訓，以義訓者至鮮」。

《說文解字聲訓研究》擴大化表現在以下九個方面：

（1）把偶然音同音近的總名釋分名作為聲訓。以總名解釋分名的例子《說文》中很多，如訓為「艸也」《艸部》含四十九處，不可能單單其中兩例是聲訓。而且，總名解釋分名應該是他對某些草名具體所指何種草並不清楚，否則，或明其功用，或釋其形狀，或釋其氣味，或釋其異稱……，都會有所說明。

（2）把不同層面的計量單位或行政區劃名及其它名詞看成聲訓。

（3）把聯合結構成分中的某一詞或表示數字的合成詞的一個義素與被訓詞看成聲訓。事實上，該聯合結構是不能分開構成聲訓的。

數字本身是一個整體，一旦分開，意義生變，如「耋，年八十曰耋」，「八十」是個整體，「八」不能與「耋」單獨構成聲訓。

（4）把有不同命名理據的一物異名視為聲訓。

（5）把訓釋語中兩個字的反切與被訓詞讀音相同相近的情況當成聲訓，崔稱為與訓釋語的「合音」構成聲訓。這種類型雖然數量不多，但情況複雜。「合音」包括兩種情況：一從前代訓詁材料繼承而來，一為根據作者的理解和分析的結果。這是該書作者的一個新見解。漢語中存在合音詞，但在此以前，沒有人從聲訓的角度進行思考。作者說：「由於沒有足夠的成說作為依據，所以不敢十分自信；又由於這是《說文》聲訓研究中不可迴避的問題，所以我們需要對這一問題進行探討」

（6）把分析會意字或象形字的語句中的某一詞與被訓詞看成聲訓。

（7）把說明一般不能單用，需與另一字構成連綿詞才能獨立，或把所指相同的單音名詞和以之作為其中一個語素的雙音名詞作為聲訓。

（8）把某些表示鳴叫的詞與被訓語中的「鳴」、「聲」構成聲訓。

（9）只看聲音，沒有從意義上細緻推敲，這是聲訓擴大化的主要原因。從《音譜》來看，這種情況最多。

綜合來看，現代《說文解字》聲訓研究取得了如下成就：

（1）對同源詞的產生有了比較清楚的認識。

（2）認識到同源詞往往不受記錄同源詞的字形的束縛。

（3）對同源詞與同源字、通假字、異體字之間的關係已有比較清楚的認識。關於通假字、異體字，王力先生在〈同源字論〉一文中明確界定不是同源詞，同時它們也不是同一範疇的概念。

但也存在不少問題。如：主觀推測，缺乏佐證；曲解「音近義通」，擴大聲訓範圍等等。

當前的迫切任務是：（1）提供科學有效的驗證方法。（2）加強親

屬語言研究。（3）加強對漢語同源詞的系聯。

　　總之，對聲訓材料的範圍確定，音義關係的深入分析等，仍需要我們付出更多的努力。

第二章
《說文》聲訓的體例研究

一　本文所採用的上古音體系

上古音體系

本文以鄭張尚芳《上古音系（第二版）》為擬音來源。

鄭張音系的優勢在於，參考了民族語的同源詞，對同個上古韻部能拆分出多種韻腹，比較容易解釋一些字的轉注。[1]鄭張擬音根據《詩經》時代而來，能夠解釋《說文》中漢字的諧聲偏旁，而又根據中古音去統攝聲母，可以揣測東漢的實際聲元音色如何接近。「上古擬音新的進展對文字學也很有意義。有些諧聲、通假、轉注、問題以前老是引人起疑，現在可以釋然了。」擬音所參考的材料，他專門提到：「異文、聲訓等經嚴格甄選後也可作為旁證[2]」。

章組獨立較為贊同，因為雖然有不同來源，但在《說文》年代（東漢）已經形成一個單獨的聲紐組，而不再是歸原先的端組、見組等，光是日母就有明母、泥母、疑母三組來源。同時，我們聲訓時候暫不使用知組和莊組的名稱，而是使用端組和精組，把後墊音 r 視作介音。

1　鄭張擬音同時解釋了宵、藥部沒有陽聲韻的緣由——宵、藥部和幽、覺部平行，都是有-w韻尾的複合元音，幽、覺部一部分字（如周）不和冬部對轉，事實上也是沒有陽聲韻。

2　《上古音系》，頁68。

（一）聲母

唇音	幫組	幫	滂	並			明	
舌音	端／知組	端／知	透／徹	定／澄			泥／娘	來
齒音	精／莊組	精／莊	清／初	從／崇	心／生	邪／俟		
	章組	章	昌	禪	書	船	日	
牙音	見組	見	溪	群			疑	
喉音	影組	影	曉	匣／雲[3]				以

聲母具體音值

類	中古紐	上古基聲母	擬音
幫	幫	幫p	p
		幫p	mp
		影q，見k	pq, pk丙
	滂	滂pʰ	pʰ
		滂pʰ	mpʰ
		撫m̥ʰ	m̥ʰ
		呼qʰ，溪kʰ	pqʰ烹, pkʰ
	並	並b	b
		幫p	ɦp
		云ɢ，羣g	pɢ, pg
	明	明m	m
		並b	mb陌
		云ɢ，羣g	mɢ, mg抉
		泥n，疑ŋ	mn彌, mŋ

3　中古的匣母有兩大上古來源，云ɢ／ɦ，羣g，這裡我們避免使用「匣母」的說法描述聲訓用字的聲母，而是小舌組、喉組稱為雲母，軟齶組稱為羣母。

類	中古紐	上古基聲母	擬音
		影q	mq
端	端	端t	t
		端t	nt
		以l	ʔl'
		影q，見k，幫p	ql', kl', pl'
	透	禿tʰ	tʰ
		禿tʰ	ntʰ
		灘n̥ʰ	n̥ʰ
		胎l̥ʰ	l̥ʰ
		寵r̥ʰ	r̥ʰ
		以l	hl'
		呼qʰ，溪kʰ，滂pʰ	qʰl', kʰl', pʰl'
	定	定d	d
		以l	l'（ɦl'）
		云ɢ，羣g，並b	ɢl', gl', bl'
	泥	泥n	n
		定d	nd
		以l	nl
		疑ŋ，明m	nl', ml'
	來	來r	r
		來r	g.r, gw.r
		見k＞來r	ɦkr＞g.r林藍
		來r	m.r來咨
		來r	b.r鑾
		幫p＞來r	ɦpr＞b.r
知	知	端t	t三等

類	中古紐	上古基聲母	擬音
		端t	rt
		來r	ʔr'
		影q，見k，幫p	qr', kr', pr'
		以l	ʔl'三等
		影q，見k，幫p	ql', kl', pl'三等
	徹	禿tʰ	tʰ三等
		禿tʰ	rtʰ
		灘ŋ̊ʰ	ŋ̊ʰ三等
		胎l̥ʰ	l̥ʰ三等
		寵r̥ʰ	r̥ʰ三等
		來r	hr'
		呼qʰ，溪kʰ，滂pʰ	qʰr', kʰr', pʰr'
		撫m̥ʰ	m̥ʰr'
		哭ŋ̊ʰ	ŋ̊ʰr'
	澄	定d	d三等
		定d	rd
		以l	rl
		來r，云ɢ，羣g，並b	r', ɢr', gr', br'
		以l，云ɢ，羣g，並b	l', ɢl', gl', bl'三等
	娘	泥n	n三等
		泥n，疑ŋ	rn, rŋ
		疑ŋ，明m	ŋr', mr'
		疑ŋ，明m	ŋl', ml'三等
精	精	心s，從z	ʔs, ʔz
		以l	sl'
		端t，影q，見k，幫p	st, sq, sk, sp

類	中古紐	上古基聲母		擬音
		明m，疑ŋ		sml', sŋl'
	清	清sʰ		sʰ
		禿tʰ		stʰ
		溪kʰ，滂pʰ		skʰ, spʰ
		灘n̥ʰ，胎l̥ʰ，撫m̥ʰ，哭ŋ̥ʰ		sn̥ʰ, sl̥ʰ, sm̥ʰ, sŋ̥ʰ
	從	從z		z
		定d，羣g，並b		sd, sg, sb
	心	心s		s
		呼qʰ		sqʰ歲
		泥n，明m，疑ŋ		sn, sm, sŋ
		以l		sl, slj, hlj（i）
	邪	以l		lj
		云ɢ		sɢ
莊	莊	心sr		sr
		來r		sr'
		影q，見k，幫p		sqr, skr, spr
	初	清sʰ		sʰr
		溪kʰ，滂pʰ		skʰr, spʰr
		撫m̥ʰ，哭ŋ̥ʰ		sm̥ʰr, sŋ̥ʰr
	崇	從z		zr
		羣g，並b		sgr, sbr
	生	心s		sr
		呼qʰ		sqʰr0
		明m，疑ŋ		smr, sŋr
	俟	云ɢ		sɢr
		來r		rj

類	中古紐	上古基聲母	擬音
章	章	端t	tj
		影q，見k，幫p	qj, kj, pj
		見k	kwj
		以l	ʔlj
		泥n	ʔnj
	昌	禿tʰ	tʰj
		溪kʰ，滂pʰ	kʰj, pʰj
		灘n̥ʰ，胎l̥ʰ，寵r̥ʰ，撫m̥ʰ，哭ŋ̥ʰ	n̥ʰj, l̥ʰj, r̥ʰj, m̥ʰj, ŋ̥ʰj
	禪	定d	dj
		羣g，並b	gj, bj
	書	呼qʰ	qʰj/hj, qʰwj
		以l	hlj
		泥n，明m，疑ŋ	hnj, hmj, hŋj
	船	云ɢ	ɢj, ɢwj, ɢlj
		以l	ɦlj
		羣g，並b	ɦglj, ɦblj
	日	泥n	nj
		明m，疑ŋ	mj, ŋj
見	見	見k	k
		見k	mk, ŋk
	溪	溪kʰ	kʰ
		溪kʰ	m̥ʰk, ŋ̥ʰk
	羣	羣g	g
	疑	疑ŋ	ŋ
		云ɢ，群g	ŋɢ, ŋg

類	中古紐	上古基聲母	擬音
影	影	影q/ʔ	q後ʔ
		影q/ʔ	m-q
		以l，來r	ʔl, ʔr
		泥n，明m，疑ŋ	ʔn, ʔm, ʔŋ
	曉	呼qʰ/h	qʰ/h
		以l，來r	hl, hr
		明m	hm, hml
		泥n，疑ŋ	hn, hŋ
	匣	羣g，云ɢ/ɦ	g, ɢ/ɢw後ɦ, ɦw
		以l，來r	ɦl, ɦr
		泥n，明m，疑ŋ	ɦn, ɦm, ɦŋ
	云	云ɢ/ɦ	ɢ/ɦ
		以l，來r	ɦl, ɦr
	以	以l	l
		以l	g.L, gw.l
		見k＞以l	ɦkl＞g.l峪浴鹽
		見k＞以l	ɦkwl＞gw.l羑
		以l	b.l翼翌
		幫p＞以l	ɦpl＞b.l蠅聿

（二）韻母（以短元音展示）

　　一、同行之間為對轉，同列之間為旁轉，餘下為旁對轉。

　　二、在陰聲、陽聲韻後加[ʔ]即為上聲，加[s]即為去聲。

　　三、鄭張另有次入聲韻，即在入聲韻後加 [s] 以便解釋入聲和去聲的關聯：

暮 [ags]、賜 [egs]、竇 [ogs]、奧1 [ugs]、代 [ɯgs]、質2 [igs]；
豹1 [awɢs]、豹2 [ewɢs]、豹3 [owɢs]、奧2 [ɯwɢs]、奧3 [iwɢs]；
祭1 [ads]、祭2 [eds]、祭3 [ods]、隊2 [uds]、隊1 [ɯds]、質
1 [ids]；蓋1 [abs]＞祭1 [as]、蓋2 [ebs]＞祭 [es]、蓋3 [obs]＞祭
3 [os]、內2 [ubs]＞隊2 [us]、內1 [ɯbs]＞隊1 [ɯs]、內3 [ibs]＞
質1 [is]。

四、鄭張原文長元音以雙寫表示，我們根據更為通行的規範改用
[ː]。

陰聲韻			入聲韻				陽聲韻		
	w	l	g	wɢ	d	b	ŋ	n	m
魚 [a]	宵1 [aw]	歌1 [al]	鐸 [ag]	藥1 [awɢ]	月1 [ad]	盍1 [ab]	陽 [aŋ]	元1 [an]	談1 [am]
支 [e]	宵2 [ew]	歌2 [el]	錫 [eg]	藥2 [ewɢ]	月2 [ed]	盍2 [eb]	耕 [eŋ]	元2 [en]	談2 [em]
侯 [o]	宵3 [ow]	歌3 [ol]	屋 [og]	藥3 [owɢ]	月3 [od]	盍3 [ob]	東 [oŋ]	元3 [on]	談3 [om]
幽1 [u] = [uw]		微2 [ul]	覺1 [ug] = [uwɢ]		物2 [ud]	緝2 [ub]	終 [uŋ]	文2 [un]	侵2 [um]
之 [ɯ]	幽2 [ɯw]	微1 [ɯl]	職 [ɯg]	覺2 [ɯwɢ]	物1 [ɯd]	緝1 [ɯb]	蒸 [ɯŋ]	文1 [ɯn]	侵1 [ɯm]
脂2 [i]	幽3 [iw]	脂1 [il]	質2 [ig]	覺3 [iwɢ]	質1 [id]	緝3 [ib]	真2 [iŋ]	真1 [in]	侵3 [im]

二　《說文解字》聲訓條例

（一）直接聲訓

體例：「某，某也」，即直接以單詞訓釋單詞。如：

旁髣芳雱（旁雱）[pʰaːŋ]

溥[pʰaːʔ]也。

段玉裁《說文解字注》：「《廣雅》曰：『旁，大也』。按旁讀如滂，與溥雙聲。後人訓側，其義偏矣。……《詩》：『雨雪其雱』，《故訓傳》曰：『雱，盛皃』，即此字也。籀文从雨，眾多如雨意也。毛云盛，與許云溥正合。今人不知旁雱同字，音讀各殊。古形古音古義皆廢矣。」旁[baːŋ/blaːŋ]今為側義，讀並母。

旁，滂母陽部；溥，滂母魚部。聲母雙聲；韻母對轉，準疊韻。

祺禖 [ɡɯ]

吉[klid]也。

祺，羣母之部；吉，見母質部。聲母準雙聲；韻母旁對轉，近疊韻。

禍 [ɡloːlʔ]

害[ɡaːds]也。

段玉裁《說文解字注》：「禍、害雙聲。」張舜徽《說文解字約注》：「禍與害，直一語之轉耳。《易·彖傳》：『鬼神害盈而福謙。』是以害為禍也。」今有雙音詞「禍害」。《康熙字典》「禍」有異體字作「𥚥」，與「害」同為入聲字。

禍，羣母歌部；害，羣母月部。聲母雙聲；韻母對轉，準疊韻。

叔杸 [hljɯwɢ]

　拾[gjub]也。

　叔訓拾，猶𡙷訓荅也。

　叔，書母覺部；拾，昌母緝部。聲母近雙聲；韻母旁轉，近疊韻。

葺 [sʰib]

　茨[zli]也。

　葺，清母緝部；茨，從母脂部。清從同屬齒音，準雙聲；緝脂對轉，準疊韻。

萅（春）[tʰjun]

　推[tʰuːl]也。

　萅，昌母文部；推，透母微部。聲母近雙聲；韻母對轉，準疊韻。

必 [plig]

　分[pɯn]極也。

　必，幫母質部；分，幫母文部。聲母雙聲。韻母旁對轉，近疊韻。

產 [sŋreːnʔ]

　生[sreŋ]也。

　產，心母元部；生，心母耕部。聲母雙聲；韻母對轉，準疊韻，依鄭張擬音僅有韻尾之別。

　段玉裁《說文解字注》：「通用為嘼犙字。」今有雙音詞「生產」、「產生」。

嗷 [kleːwɢs]

　吼[qʰloːʔ]也。

嗷，見母藥部；吼，曉母侯部。聲母同在牙喉音，旁轉，近雙聲；韻母旁轉，近疊韻。

顧廣圻《說文辨疑》、朱駿聲《說文通訓定聲》以為當作「口[kʰoːʔ]也，孔[kʰloːŋʔ]也。」

嗷，見母藥部；口，溪母侯部；孔，溪母東部。聲母同在牙喉音，旁轉，近雙聲；韻母或旁轉或旁對轉，近疊韻。

一曰嗷[kleːwɢs]，呼[qʰaː]也。

嗷，見母藥部；呼，曉母魚部。聲母同在牙喉音，旁轉，近雙聲；韻母旁轉，近疊韻。

嘟 [toːgs] / [tugs]

喙[hlods] / [lʰjods]也。

嘟，《廣韻》都豆、陟救二切，端母覺部。喙，《廣韻》許穢、昌芮二切，曉母月部或透母月部。

韻母旁轉，近疊韻；喙若讀透母則又與嘟同在舌音，唯送氣有別，準雙聲。

嘆 [ʔsub]

噍[ʔsew/zews]也。

嘆，精母緝部；噍，精母或從母宵部。

焦古作鐎，从雥聲，此為緝、宵之轉例證。雥者集之初文，故焦、集同諧聲，是故嘆可以噍訓之。兩字聲母同在齒音，或雙聲或準雙聲（精、從僅清濁有別）；韻母旁對轉，近疊韻。

含 [ɡɯːm]

嗛[graːm]也。

含，匣母侵部；嗛，匣母談部。聲母雙聲，韻母旁轉，近疊韻。

或為方言差異。徐鍇《說文解字繫傳》、《廣韻》、《韻會》皆作「銜
也」，聲韻關係同。

哲悊嚞（喆）[ʔlʼed]

知[ʔlʼes]也。

《爾雅・釋言》：「哲，智也」，智即知也。《方言》：「黨、曉、
哲，知也。楚謂之黨[4]，或曰曉，齊宋之間謂之哲。」

哲，端母月部；知，端母支部。聲母雙聲；韻母旁對轉（依鄭張
擬音則為對轉），準疊韻。

唉 [qɯː]

譍[qɯŋs]也。

譍通作應，應和、應對也。《方言》：「欸、譥，然也。南楚凡言
然者曰欸，或曰譥。」然也即譍也，欸、唉同，欸[qɯː]、譥[qiː]、譍
[qɯŋs]雙聲音近。《上古音系》無譥字，據同小韻（烏雞切）鷖推出
擬音。譥從医聲，医有醫[qɯ]、翳[qiːs]二讀。

唉，影母之部；譍，影母蒸部。聲母雙聲；韻母對轉，準疊韻。

台 [lɯ]

說[lod]也。

台音怡，即怡之本字。說今作悅，《論語》：「不亦說乎。」今有
雙音詞「怡悅」。

台，以母之部；悅，以母月部。聲母雙聲。韻母旁對轉，近疊韻。

启 [kʰeːʔ]

開[kʰɯːl]也。

4　羅常培謂「黨」即今「懂」字。

　　後世增攴作啟、啟。有雙音詞「開啟」。

　　启，溪母支部；開，溪母之部。聲母雙聲；韻母旁轉，近疊韻。或為方言差異。

咸 [gruːm]

　　皆[kriːl]也。

　　咸，羣母侵部；皆，見母脂部。聲母準雙聲。韻母對轉，準疊韻。

喬（喬）[du]

　　誰[djul]也。

　　《爾雅·釋詁》：「疇，誰也」，《廣韻》疇：「誰也。等也。雝也。田疇也。又疇昔。《說文》作疇，耕治之田也。」疇、喬音同，張舜徽《說文解字約注》以為通喬，喬即古文疇。今音轉作孰[djɯwɢ]，借生孰之孰為之。段玉裁《說文解字注》：「按此篆疑有誤。白部曰：『喬，𣅴也。從白、喬聲』，引《唐書》『帝曰喬咨』，與此音義大同，但其字從口喬聲足矣，不當兼從又聲。又在一部。非聲也。老部耆、酉部醻、巾部幬皆從喬聲，竹部籌、火部燽、言部譸、邑部鄲皆從喬聲，絕無從喬聲之字，可知此正當作喬，為喬之聲。直由切，三部。」《上古音系》無喬字，據同小韻（直由切）疇推出擬音。

　　喬，昌母幽部；誰，昌母微部。聲母近雙聲；韻母對轉，準疊韻。

呃（呝）[qreːg]

　　喔[qroːg]也。

　　段玉裁《說文解字注》：「呃喔雙聲。」張舜徽《說文解字約注》：「二字皆狀雞鳴之聲，實一語之轉。」

　　呃，影母錫部；喔，影母屋部。聲母雙聲；韻母旁轉，近疊韻。

哦　[ŋaːl]

　　吟[ŋgrɯm]也。

　　今有雙音詞「吟哦」。

　　哦，疑母歌部；吟，疑母侵部。聲母雙聲。韻母旁對轉，近疊韻。

單　[taːn]

　　大[daːds]也。

　　單，端母元部；大，定母月部。聲母同在舌音，唯清濁有別；韻母對轉，準疊韻。

趯　[lewɢ]

　　踊[loŋʔ]也。

　　錢坫《說文解字斠詮》：「此即踊躍字。」王筠《說文釋例》：「趯，踊也，是即躍也。」今有雙音詞「踊躍。」

　　趯，以母藥部；踊，以母東部。聲母雙聲。韻母對轉，準疊韻。

趪　[qʰluŋs]

　　行[graːŋ]也。

　　《上古音系》無趪，據同小韻（香仲切）嗅推出擬音。

　　趪，曉母冬部；行，匣母陽部。聲母近雙聲；韻母旁轉，近疊韻。

歫　[gaʔ]

　　止[kjɯʔ]也。

　　今通作「距」。段注：「許無拒字。歫即拒也。……漢石經《論語》：『其不可者距之』。字作距。」

　　歫，匣母魚部；止，見母之部。聲母同在牙音，唯清濁有別，準雙聲；韻母旁轉，近疊韻。

一曰搶[sʰaŋ]也。

搶音槍，非今搶奪字，木部槍：「距也」，槍、搶相通。又，本部：「戗，距也」，戗、槍一音之轉，同在陽部。

距，羣母魚部；搶，清母陽部。韻母對轉，準疊韻。

少 [tʰaːd]

蹈[l'uːs]也。

少即撻本字，後世書作蹋，足部：「蹋，踐也」，又俗作踏。

少，透母月部；蹈，定母幽部。聲母同在舌音，唯清濁有別，準雙聲。韻母旁對轉，近疊韻。

㒳 [l'iŋs]

登[tɯːŋ]也。

《廣韻》：「登也。」《上古音系》無字，據同小韻（直刃切）陳推出擬音。

㒳，定母真部；登，端母蒸部。聲母準雙聲；韻母旁轉，近疊韻。

適 [hljeg]

之[tjɯ]也。

《爾雅‧釋詁》：「如、適、之、嫁、徂、逝，往也。」

適，書母（端母）錫部；之，端母之部。書母每通端母，如書、都皆从者聲。聲母準雙聲；韻母對轉，準疊韻。

造艁 [sguːʔ]

就[zugs]也。

段玉裁《說文解字注》：「造就疊韻。」今有雙音詞「造就」。

造，从母幽部；就，从母覺部。聲母雙聲；韻母對轉，準疊韻。

迉 [kre:w]

會[ko:bs/go:bs]也。

《上古音系》無迉字，據同小韻（古肴切）交推出擬音。今通以交為之。

迉，見母宵部；會，見母盍部或羣母盍部（古作佮，從合聲可證）。聲母雙聲或準雙聲（同在牙喉音）；韻母對轉，準疊韻。

迪 [l'ɯ:wɢ]

道[l'u:ʔ]也。

《廣雅‧釋詁》：「迪，道也。」

迪，定母覺部；道，定母幽部。聲母雙聲；韻母對轉，準疊韻。

逋灖 [pa:]

亡[maŋ]也。

逋，幫母魚部；亡，明母陽部。聲母同在脣音，準雙聲；韻母對轉，準疊韻。

蹛 [ta:ds]

踶[de:s]也。

蹛，端母月部；踶，定母支部。聲母準雙聲；韻母旁對轉，近疊韻。

蹷蹶 [kod]

僵[kaŋ]也。

蹷謂之僵，猶劈謂之弮也。

蹷，見母月部；僵，見母陽部。聲母雙聲；韻母旁對轉，近疊韻。

劈 [kod]

劈[gaŋ]也。

劈謂之劈，猶蹴謂之僵也。

劈[kod]劈[gaŋ]，今通作倔[glud]強（羣）[gaŋs]，強轉為去聲。《廣韻》：「強力」，疑為訛誤，劈拆為兩字。《上古音系》無劈字，據同小韻（居月切）厥推出擬音。

劈，見母月部；劈，羣母陽部。聲母準雙聲；韻母旁對轉，近疊韻。

跊 [tjɯn]

動[doːŋʔ]也。

即振字。《上古音系》無跊字，據同小韻（側鄰切，當作職鄰切）眞推出擬音。今有雙音詞「振動」。

跊，章母文部；動，定母東部。聲母近雙聲；韻母旁對轉，近疊韻。

疋 [sŋra]

足[ʔsog]也。

張舜徽《說文解字約注》引王國維：「疋與足恐本一字，古文楚亦从足可證。」

疋，心母魚部；足，精母屋部。聲母準雙聲；韻母旁對轉，近疊韻。

舓（䑚）[lʰuːb]

歠[tʰjod]也。

《上古音系》無舓字，據同小韻（他合切）噽推出擬音。段玉裁《說文解字注》：「《廣韻》：『噽，歠也。』然則噽即舓也。」

話，透母緝部；歐，透母月部。聲母雙聲；韻母旁轉，近疊韻。

雔 [gju]

猶鷹[quŋs]也。

雔，羣母幽部；鷹，影母蒸部。聲母同在牙喉音，準雙聲；韻母旁對轉，近疊韻。

議 [ŋrals]

語[ŋas]也。

議，疑母歌部；語，疑母魚部。聲母雙聲；韻母旁轉，近疊韻。

識 [hljɯg]

常[djaŋ]也。

識，書母職部；常，禪母陽部。聲母準雙聲。

一曰知[ʔlʼe]也。

識，書母職部；知，端母支部。聲母書每通端，如書、都皆从者聲，故識知二字聲母準雙聲。韻母旁對轉，近疊韻。

誋 [gɯs]

誡[krɯ:gs]也。

誋是忌的異體字。誋，羣母之部；誡，見母聯部。聲母雙聲；運部對轉，準疊韻。

諱 [qʰwɯls]

誋[gɯs]也。

諱，曉母微部；誋，見母之部。聲母同在牙喉音，準雙聲；韻母旁轉，近疊韻。

諴 [gruːm]

和[goːl]也。

諴，羣母侵部；和，羣母歌部。聲母雙聲。韻母旁對轉，近疊韻。

計 [kiːds]

會[koːbs]也。

今有雙音詞「會計」。

計，見母質部；會，見母盍部。聲母雙聲。

謙 [kʰeːm]

敬[kreŋs]也。

《廣韻》：「敬也。讓也。」

謙，溪母談部；敬，見母耕部。聲母準雙聲；韻母對轉，準疊韻。

譒 [paːls]

敷[pʰa]也。

《廣韻》：「敷也。謠也。」敷、敷一也。

譒，幫母歌部；敷，滂母魚部。聲母準雙聲；韻母對轉，準疊韻。

詒 [lɯ]

一曰遺[luls]也。

今通作貽。遺音去聲。

詒，以母之部；遺，以母微部。聲母雙聲；韻母旁對轉，近疊韻。

詿 [kwreːs]

誤[ŋwaːs]也。

《廣韻》：「誤也。」今言「罣誤」，本字當作詿。張舜徽《說文

解字約注》：「與諉雙聲義同，實即一語。」

　　詿，見母支部；誤，疑母魚部。聲母準雙聲。韻母旁轉，近疊韻。

馪 [bin]

　　匹[pʰid]也。

　　段玉裁《說文解字注》：「於疊韻釋之。」《上古音系》無馪字，據同小韻（符眞切）頻推出。張舜徽《說文解字約注》：「今二徐本說解作『匹也』，匹當為比之譌。」

　　馪，並母眞部；匹，滂母質部。聲母同在脣音，準雙聲；韻母對轉，準疊韻。

謔 [hŋawɢ]

　　戲[qʰrals]也。

　　《廣韻》謔：「戲謔」。今有雙音詞「戲謔」。

　　謔，曉母藥部；戲，曉母歌部。聲母雙聲。

釭 [goːŋ]

　　讀[gluːls]也。

　　《廣韻》：「潰也。」潰、讀音同。《上古音系》無讀字，據同小韻（胡對切）潰推出擬音。

　　釭，羣母東部；讀，羣母微部。聲母雙聲。韻母旁對轉，近疊韻。

訧（䚩）[qons]

　　慰[quds]也。

　　《廣韻》訙：「慰也。」

　　訧，影母元部；慰，影母物部。聲母雙聲；韻母旁對轉，近疊韻。

諽 [krɯːg]

　　一曰更[kraːŋ]也。
　　諽即革也，革新為更。
　　諽，見母職部；更，見母陽部。聲母雙聲。

診 [kljɯɯns] / [lˀɯɯns]

　　視[gljils]也。
　　《廣韻》無之刃切[kljɯɯns]，有章忍切[kljɯɯnʔ]，《上古音系》同。自行推出擬音。
　　診，章母或定母文部；視，船母脂部。聲母準雙聲；韻母旁對轉，近疊韻。

謅讑 [rulʔ]

　　禱[tuːʔ]也。
　　謅，來母微部；禱，端母幽部。聲母準雙聲；韻母旁轉，近疊韻。

詎 [ɣaʔ]

　　詎[gaʔ]猶豈[ŋʰɯlʔ]也。
　　詎，羣母魚部；豈，溪母微部。聲母準雙聲。

謏 [slɯːwʔ]

　　小[smewʔ]也。
　　謏，心母幽部；小，心母宵部。聲母雙聲；韻母旁轉，近疊韻。
　　直接聲訓有時訓釋詞與被釋詞的詞義類別或詞性並不一致，這是聲訓的性質決定的。聲訓的目的在於尋求詞與詞之間音義上的聯繫，並不要求詞義相同或相近。如：「帝，諦也」、「禮，履也」、「春，推

也」、「士，事也」、「叟，老也」、「臣，牽也」、「詩，志也」、「龜，舊也」、「羊，祥也」。

　　直接聲訓也有同訓、互訓、遞訓，見第三章「二、系聯同源詞」。

（二）間接聲訓

1　用訓釋語中的某個詞作聲訓

　　體例：「A，文字 B 文字。」即 B 存在於訓釋語句中，與 A 聲訓。例如：

示　[ɢljils]

　　示[ɢljils]，神[filin]事也。

　　示，船母脂部；神，船母眞部。聲母雙聲；韻母對轉，準疊韻。

禧　[qʰlɯ/qʰlɯʔ]

　　禮吉[klid]也。

　　段玉裁《說文解字注》：「行禮獲吉也。」

　　禧，曉母之部；吉，見母質部。聲母近雙聲；韻母旁對轉，近疊韻。

纛　[skʰrods]

　　數[sroːg]祭也。

　　段玉裁《說文解字》：「數讀數罟之數。」

　　纛，此芮切，清母月部；數，所角切，生母（古歸心母）屋部。清心發音部位同，準雙聲；月屋旁轉，近疊韻。

社 [ɦljaːʔ]

地[lˈels]主也。

地主者，今之土地神也。張舜徽《說文解字約注》：「蓋社、土實即一字，土為最初古文。」土、地二字轉註。

社，船母魚部；地，定母歌部。从示从土，土亦聲。聲母近雙聲；韻母對轉，準疊韻。

禁 [krɯms]

吉凶之忌[gɯs]也。

段玉裁《說文解字注》：「禁、忌雙聲。」

禁忌雙聲，禁在侵部，忌在之部，侵之對轉，準疊韻。

禫 [lˈɯːmʔ]

除[lˈa]服祭也。

禫，定母侵部；除，定母魚部。雙聲，侵魚旁對轉，近疊韻。

瑱顛 [tʰiːns]

以玉充[l̥ʰjuŋ]耳也。

張舜徽《說文解字約注》：「瑱之為言填也，謂填塞其耳也。」

瑱，透母眞部；充，昌母（古或歸透母）冬部。透昌準雙聲，真冬旁轉，近疊韻。

璗 [luɯ]

遺[lul]玉也。

璗幽部字，遺微部字，幽微旁轉，近疊韻；璗遺同屬以母，雙聲。

璩 [ga]

環[gwraːn]屬。

璩，羣母魚部；環，羣母元部。聲母雙聲；韻母對轉，準疊韻。

瑧 [ʔsreːnʔ]

玉爵[ʔsewɢ]也。夏曰瑧，殷曰斝，周曰爵。

瑧，精母元部；爵，精母藥部。雙聲，元藥旁對轉，近疊韻。

班 [praːn]

分[puɯn]瑞玉。

張舜徽《說文解字約注》引張文虎：「疑當云：『从玨，分省聲。』寫本脫爛耳。」又云：「分賜玉瑞，無取于刀。班字必受聲于分，乃會意兼省之字。」

班，幫母元部；分，幫母文部。雙聲，元文旁轉，近疊韻。

荅 [tkuːb]

小尗[hljɯwɢ]也。

按，尗即豆[doːs]。《廣雅》：「小豆，荅也。」猶首即頭也。

書母每與端母通，如書、都皆从者聲，苫、點皆从占聲，椿从春聲，督从叔聲。

荅，端母緝部；尗，書母覺部。聲母近雙聲；韻母旁對轉，近疊韻。

萁 [gɯ]

豆莖[greːŋ]也。

萁、莖同屬羣母。萁之部，莖耕部。雙聲。之耕對轉，準疊韻。

芌（芋）[ɢwas]

大葉實根駭[grɯːʔ]人，故謂之芌[ɢwas]也。

芌，云母魚部；駭，羣母之部。聲母近雙聲。韻母旁轉，近疊韻。

菫 [qʰun]

臭[kʰljus]菜也。

菫，曉母文部；臭，昌母幽部。聲母近雙聲；韻母對轉，準疊韻。

苄 [gaːʔ]

地黃[gwaːŋ]也。

苄，匣母魚部；黃，匣母陽部。二字雙聲，魚陽對轉，疊韻。

英 [qraŋ]

艸榮[ɢwreŋ]而不實者。

英，影母陽部；榮，云母耕部。影匣準雙聲，陽耕準疊韻。

蔕 [teːds]

瓜當[taːŋ]也。

徐鍇《說文解字繫傳》：「當，底也。」張舜徽《說文解字約注》：「蔕之言柢也，就瓜而言，蔕其本柢也。許訓蔕為瓜當，當即柢之雙聲通假。以當為柢，猶今語之以當為抵耳。」

蔕，端母錫部；當，端母陽部。聲母雙聲。錫陽旁對轉，近疊韻。

荄 [kɯː/krɯː]

艸根[kɯːn]也。

《爾雅‧釋草》：「荄，根。」《方言》：「荄，根也。」

荄，見母之部；根，見母文部。聲母雙聲；韻母對轉，準疊韻。

芨 [po:d]

　　一曰艸之白[bra:g]華為芨。
　　白，並母鐸部；芨，幫母月部。並幫同屬脣音，準雙聲；鐸月旁轉，近疊韻。

芼 [ma:ws]

　　艸覆蔓[mons]。
　　芼，明母宵部；蔓，明母元部。聲母雙聲。宵元對轉，準疊韻。

薙 [l̥ʰi:s]

　　除[l'a]艸也。
　　張舜徽《說文解字約注》：「除艸謂之薙，猶鬀髮謂之髴，語原同也。」
　　薙，透母脂部；除，定母魚部。透定同屬舌音，準雙聲。

蔧 [tigs]

　　艸大[da:ds]也。
　　蔧，端母質部；大，定母月部。端定同屬舌音，準雙聲；質月旁轉，近疊韻。

荐 [zluɯ:ns]

　　薦[ʔse:ns]蓆也。
　　張舜徽《說文解字約注》：「荐與薦音同，故經傳亦以薦為荐。」
　　荐，從母文部；薦，精母元部。聲母準雙聲。上古韻近，中古韻同。後世亦混為同部，荐在甸切，薦作甸切，已然疊韻。

尊 [zluːnʔ]

叢[zloːŋ]艸也。

張舜徽《說文解字約注》：「凡从尊聲字多有聚意，本書口部噂，聚語也。人部僔，聚也。尊訓叢艸，亦取聚生之意。《廣雅‧釋詁》：『尊，聚也』。是已。」《上古音系》音撙，蓋據《洪武正韻》祖本切，自行據《說文》、《廣韻》慈損切訂正。

尊，從母文部；叢，從母東部。雙聲。文東旁轉，近疊韻。

莜（蓧）[l'ɯːwɢ]

艸田[l'iːŋ]器。

莜，定母幽部；田，定母眞部。雙聲。幽眞旁對轉，近疊韻。

莝 [sʰoːls]

斬[ʔsreːmʔ]芻。

莝，清母歌部；斬，精母談部。清精同屬齒音，旁轉，近雙聲；歌談對轉，準疊韻。

蘩（𦯈）[ban]

白[braːg]蒿也。

蘩，並母元部；白，並母鐸部。雙聲；元鐸對轉，準疊韻。

蕃 [pan]

艸茂[mus]也。

今有雙音詞「蕃茂」。

蕃，幫母元部；茂，明母之部。幫明同屬脣音，準雙聲。之元旁對轉，近疊韻。至今猶蕃茂連用，或書作繁茂。

莫 [maːg]

日且冥[meːŋ]也。

徐鉉以為茻亦聲，茻冥音尤為近。莫今作暮，冥又作暝。

莫，明母鐸部；冥，明母耕部。雙聲；鐸耕旁對轉，近疊韻。

尚 [djaŋs]

庶[hljags]幾也。

尚，禪母陽部；庶，書母魚部。聲母同在齒音，僅清濁有別，準雙聲；韻母對轉，準疊韻。

悉恩 [sid]

詳盡[zlinʔ]也。

悉，心母質部；盡，從母眞部。聲母同在齒音，準雙聲；韻母對轉，準疊韻。

半 [paːns]

物中分[pɯn]也。

《廣韻》：「物中分也。」《分韻撮要》：「中分曰半。」皆以分聲訓之。張舜徽《說文解字約注》：「凡从半之字皆有分義。」

半，幫母元部；分，幫母文部。聲母雙聲；韻母旁轉，近疊韻。

牡 [mɯwʔ]

畜父[baʔ]也。

牡，明母幽部，然从土聲，土在魚部；父，並母魚部。聲母同在脣音，準雙聲；韻母旁轉，近疊韻，或疊韻。

牝 [binʔ/bilʔ]

畜母[mɯʔ]也。

牝，並母眞部或脂部；母，明母之部。聲母準雙聲；韻母旁對轉，近疊韻。

犙 [sŋreːnʔ]

畜牲[sreŋ]也。

犙[sŋreːnʔ]當得名於產[sŋreːnʔ]，產[sŋreːnʔ]者，生[sreŋ]也，犙曰牲猶產曰生也。張舜徽《說文解字約注》：「犙、牲雙聲，語之轉也。」

犙，心母元部；牲，心母耕部。聲母雙聲；韻母對轉，準疊韻，依鄭張擬音僅有韻尾之別。

犂 [kʰiːns]

牛很[gɯːnʔ]不从引也。

《上古音系》無犂字，據堅、緊、賢字推出擬音。

犂，溪母眞部；很，匣母文部。聲母同在牙喉音，準雙聲；韻母旁轉，近疊韻。

犍 [kan]

犗[kraːds]牛也。

《廣韻》居言切：「犍，犗牛名。」

犍，見母元部；犗，見母月部。聲母雙聲；韻母對轉，準疊韻。

㪯 [kleːwɢs]

所詞[kaːl]也。

與嗷、警同，又與叫、訆、嗷通。

㪯，見母藥部；詞，見母歌部。聲母雙聲。韻母對轉，準疊韻。

吻脣　[mɯnʔ]

　　口邊[mpeːn]也。

　　吻，明母文部；邊，幫母元部。聲母準雙聲。韻母旁轉，近疊韻。

嗺　[srud]

　　小[smewʔ]歠也。

　　嗺，心母物部；小，心母宵部。聲母雙聲。韻母旁對轉，近疊韻。

嚵　[zraːm]

　　小嗺[srud]也。

　　嚵，從母談部；嗺，心母物部。聲母同在舌音，準雙聲。韻母旁
對轉，近疊韻。

捦捈　[grɯm]

　　急[krɯb]持也。

　　元作「急持衣裣也。」段玉裁《說文解字注》：「此篆古叚借作
禽，俗作擒、作捦。走獸總名曰禽者，以其為人所捦也。又按此解五
字，當作『急持也。一曰持衣裣也』九字乃合，必轉寫有譌奪矣。」
捦訓急持，猶唫訓口急也。

　　捦，羣母侵部；裣，見母侵部。聲母準雙聲；韻母疊韻。

吾　[ŋaː]

　　我[ŋaːlʔ]自稱也。

　　《爾雅‧釋詁》：「吾，我也。」上古第一人稱代詞多在疑母，
吾、我、卬皆是。

　　吾，疑母魚部；我，疑母歌部。聲母雙聲；韻母旁轉，近疊韻。

嗔 [diːn]

　　盛[djeŋs]气也。

　　嗔，定母真部；盛，常母耕部。聲母近雙聲；韻母旁對轉，如瞋轉為眠，近疊韻。

吃 [kɯd]

　　言蹇[kanʔ]難也。

　　口吃，今猶言「結巴」，結本字當作吃。蹇、謇音同。湖南澧縣，口吃曰「謇巴」，口吃的人被稱為「謇巴郎」。

　　吃，見母物部；蹇，見母元部。聲母雙聲；韻母旁對轉，近疊韻。

哽 [kraːŋʔ]

　　語為舌所介[kreːds]也。

　　今猶言「耿介」，雙聲連綿詞。故許氏以介訓哽亦然。

　　哽，見母陽部；介，見母月部。聲母雙聲。韻母對轉，準疊韻。

呧 [qu]

　　高[kaːw]气也。

　　呧，羣母幽部；高，見母宵部。聲母準雙聲。韻母旁轉，近疊韻。

嗾 [soːgs]

　　使[sruʔ]犬聲。

　　今有雙音詞「嗾使。」

　　嗾，心母屋部；使，心母之部。聲母雙聲；韻母旁對轉，近疊韻。

趀（趀）[sʰeʔ]

　　淺[sˀlenʔ]渡也。

今通作趾。《上古音系》無趀字，據同小韻（雌氏切）此字推出擬音。

趀，清母支部；淺，清母元部。聲母雙聲；韻母對轉，準疊韻。

趚 [ʔsleːg]

側[ʔsruɡ]行也。

《上古音系》無趚字，據同小韻（資昔切）跡推出擬音。

趚，精母錫部；側，精母職部。聲母雙聲；韻母旁轉，近疊韻。

趛 [tiːn]

走頓[tuːns]也。

今通作顚。

趛，端母眞部；頓，端母文部。聲母雙聲；韻母旁轉，近疊韻。

蹢 [deg]

住[dos]足也。

蹢，定母錫部；住，定母侯部。聲母雙聲。韻母旁對轉，近疊韻。

或曰蹢[deg]躅[dog]。

蹢躅為連綿詞，見止部跱字。

荐 [zleːn]

不行而進[ʔslins]謂之荐[zleːn]。

今通作前，有雙音詞「前進」。

荐，從母元部；進，精母眞部。聲母同在齒音，唯清濁有別，準雙聲；韻母旁轉，近疊韻。

尟 [senʔ]

是少[hmjewʔ]也。

又作尠，今通作鮮。《上古音系》少：「小[smewʔ]轉注字」，中古在書母，上古在曉母，然小在心母，一音之轉。

尟，心母元部；少，書母宵部。聲母近雙聲；韻母對轉，準疊韻。

達 [srud]

先[suːn]道也。

率分化字。今猶言「率先」，率音疏密切，廣州話如是。

達，心母物部；先，心母文部。聲母雙聲；韻母對轉，準疊韻。

巡 [sɢljun]

延[lan]行皃。

張舜徽《說文解字約注》：「《禮記・祭義》：『終始相巡』，鄭注云：『巡讀如沿漢之沿』。」可證古音巡、沿音近，又沿、延同在以母元部，雙聲疊韻。

巡，邪母文部；延，以母元部。聲母邪有與以旁轉之例，如邪有邪、耶二讀，準雙聲；韻母旁轉，近疊韻。

邀 [kɯws]

恭[kloŋ]謹[kɯnʔ]行也。

《上古音系》無邀字，據廄字推出，同聲符又中古同小韻（居又切）。

邀，見母幽部；恭，見母東部；謹，見母文部。

邀，恭聲母雙聲；韻母旁對轉，近疊韻。

邀，謹聲母雙聲；韻母旁對轉，近疊韻。

遻（遌愕）[ŋaːg]

相遇驚[kreŋ]也。

今通作愕，有雙音詞「驚愕。」《廣雅·釋詁》：「愕，驚也。」《文選·高唐賦》「卒愕異物」，注：「愕與遌同。」

遻，疑母鐸部；驚，見母耕部。聲母同在牙喉音，準雙聲；韻母旁對轉，近疊韻。

遞 [l'eːs]

更易[leg]也。

遞，透母支部；易，以母錫部。聲母透、以相通，一如湯从易聲，通从甬聲，準雙聲；韻母對轉，準疊韻。

迤 [laIʔ]

衺[ljaː]行也。

衺今作斜。

迤，以母歌部；衺，邪母魚部。聲母近雙聲；韻母對轉，準疊韻。

徚 [lil]

行平易[leːgs]也。

《上古音系》無徚字，據同小韻（以脂切）夷推出擬音。

徚，以母脂部；易，以母錫（賜）部。聲母雙聲；韻母旁對轉，近疊韻。

徬 [baːŋs]

附[bos]行也。

徬，並母陽部；附，並母侯部。聲母雙聲；韻母旁對轉，近疊韻。

廷 [l'e:ŋ]

　　朝[r'ew]中也。

　　《廣韻》：「國家朝廷也。」今為雙音詞。

　　廷，定母耕部；朝，定母宵部。聲母雙聲；韻母對轉，準疊韻。

術 [ɦljud]

　　邑中道[l'u:ʔ]也。

　　後引申為凡道術之稱。後世有雙音詞「道術」，韓愈〈師說〉：「聞道有先後，術業有專攻。」

　　術，船母物部；道，定母幽部。聲母近雙聲；韻母對轉，準疊韻。

齓 [sʰrinʔ]

　　女七月生齒，七[sn̥ʰid]歲而齓[sʰrinʔ]。

　　齓，清母真部；七，清母質部。聲母雙聲；韻母對轉，準疊韻。齓所从之匕應為七之訛變。

齫 [sgrud]

　　齚[ʔsre:g]齒也。

　　《上古音系》無齫字，據側筆切齨[skrud]以清濁推出擬音。按齚即齰，同小韻亦有咋字同从乍聲，《上古音系》齚擬音有誤，據同小韻（側革切）咋推出擬音。

　　齫，從母物部；齚，精母錫部（原當在鐸部）。聲母同在齒音，唯清濁有別，準雙聲。

齹（齰）[sʰlɯ:d]

　　齒差[sʰla:l]也。

　　張舜徽謂差音磋[sʰla:l]。《廣韻》：「齹，齹齒也。」《上古音系》

無䵳字，據屑[sluːd]推出擬音。

　　䵳，清母物部；差，清母歌部。聲母雙聲。韻母旁對轉，近疊韻。

齝 [l̥ʰɯ]

　　吐[l̥ʰaːʔ] / [l̥ʰaːs]而噍也。

　　齝，透母之部；吐，透母魚部。聲母雙聲。；韻母旁轉，近疊韻。

跽 [grɯʔ]

　　長跪[grolʔ]也。

　　跽，羣母之部；跪，羣母歌部。聲母雙聲。

踖 [ʔseg]

　　小[smewʔ]步也。

　　踖謂之小步，一如鶌鳩謂之小鳥。

　　踖，精母錫部。小，心母宵部。聲母準雙聲。韻母旁對轉，準疊韻。

跣 [sɯːnʔ]

　　足親[sʰin]地也。

　　段玉裁《說文解字注》：「親跣疊韻。」

　　跣，心母文部；親，清母眞部。聲母同在齒音，準雙聲；韻母旁轉，近疊韻。

舓舚 [ɦljeʔ]

　　以舌[ɦbl jed]取食也。

　　舓，神母支部；舌，神母月部。聲母雙聲；韻母對轉，準疊韻。

商裔啻䶲 [hljaŋ]

　　从外知[ʔl'e]內也。

　　商，書母陽部；知，端母支部。聲母近雙聲。韻母旁對轉，準疊韻。

糾 [kruuwʔ]

　　繩三合[gu:b]也。

　　糾，見母幽部；合，匣母緝部。聲母同在牙喉音，準雙聲；韻母對轉，準疊韻。

誨 [hmɯ:s]

　　曉[hŋe:wʔ]教也。

　　誨，曉母之部；曉，曉母宵部。聲母雙聲；韻母旁轉，近疊韻。

詖 [prals]

　　辯[brenʔ]論也。

　　詖，幫母歌部；辯，並母元部。聲母同在脣音，唯清濁有別，準雙聲；韻母對轉，準疊韻。

訪 [pʰaŋs]

　　汎[pʰoms]謀曰訪[pʰaŋs]。

　　渾言之謀，析言則有不同。汎謀曰訪，聚謀曰諏，前一字聲訓耳。

　　訪，滂母陽部；汎，滂母談部。聲母雙聲；韻母旁轉，近疊韻。

譮譮（話）[gro:ds]

　　合會 [go:bs]善言也。

　　籀文作譮，會作聲符兼表意。

話，匣母月部；會，匣母月部。聲母雙聲；韻母對轉，準疊韻。

設　[hljed]

施[hl jal]陳也。

段玉裁《說文解字注》：「設施雙聲。」今有雙音詞「設施」。

設，書母月部；施，書母歌部。聲母雙聲；韻母對轉，準疊韻。

謝　[l ja:gs]

辭[ljɯ]去。

謝，邪母鐸部；辭，邪母之部。聲母雙聲；韻母旁對轉，近疊韻。

講　[kro:ŋʔ]

和[go:l]解也。

徐鍇《說文解字繫傳》：「古人言講解，猶和解也。」今有雙音詞「講和」。

講，見母東部；和，臺母歌部。聲母準雙聲。韻母旁對轉，近疊韻。

謄　[l'ɯ:ŋ]

迻[lal]書也。

《廣韻》：「移書謄上。」

謄，定母蒸部；迻，以母歌部。聲母定每通以，如唐又作喝，準雙聲。

訥　[nu:d]

言難[na:n]也。

張舜徽云當作「難也」，唐寫本《玉篇》殘卷所引《說文》如是，「訥難二字雙聲。」

訥，泥母物部；難，泥母元部。聲母雙聲。韻母旁對轉，近疊韻。

詐（怍）[zaːgs]

慙[zaːm]語也。

慙詐可連用為雙音詞，今通作慚怍。心部怍：「慙也」，義同音小別，同源。《上古音系》無詐字，據怍[zaːg]四聲相承推出擬音。

詐，從母鐸部；慙，從母談部。聲母雙聲；韻母對轉，準疊韻。

諫 [sʰegs]

數[sroːg]諫也。

《廣韻》諫：「數諫也。」《上古音系》無諫字，據同小韻（七賜切）刺推出擬音。

諫，清母錫部；數，心母屋部。聲母同在齒音，準雙聲；韻母旁轉，近疊韻。

讜 [taːŋʔ]

直[dɯg]言也。

讜，端母陽部；直，定母職部。聲母準雙聲。

曉母陽部；聲，曉母耕部。聲母雙聲；韻母旁轉，近疊韻。

昇（具）[gos]

共[kloŋ]置也。

《爾雅·釋詁》：「供、峙、共，具也」，互訓。段玉裁《說文解字注》：「共、供古今字，當从人部作供。」

昇，羣母侯部；共，見母東部。聲母準雙聲；韻母對轉，準疊韻。

鞳 [g. raːg]

生革可以為縷[roʔ]束也。

鞳當得音於絡。《上古音系》無鞳字，據同小韻（盧各切）絡推出擬音。

鞳，來母鐸部；縷，來母侯部。聲母雙聲。韻母旁對轉，近疊韻。

鍒 [mju]

鐵之奘[njonʔ]也。

鍒，日母幽部；奘，日母元部。聲母雙聲。韻母旁對轉，近疊韻。

勒 [rɯːg]

馬頭絡[g‧raːg]銜也。

《釋名‧釋車》：「勒，絡也，絡其頭而引之也。」《上古音系》：「說文力聲，金文或單作革，實革轉注分化字。」革轉為勒，猶各轉為絡也。

勒，來母職部；絡，來母鐸部。聲母雙聲；韻母旁轉，近疊韻。

鞅 [qaŋʔ]

頸[kenʔ]靼也。

段玉裁《說文解字注》：「《釋名》：『鞅，嬰也。喉下稱嬰，言嬰絡之也』。按劉與許合。」貝部賏、女部嬰皆訓「頸飾也」，鞅訓頸靼，猶賏、嬰訓頸也。

鞅，影母陽部；頸，見母耕部。聲母近雙聲；韻母旁轉，近疊韻。

鬵鬵 [zɯm]

一曰鼎大上小下若甑[ʔsɯŋs]曰鬵[zɯm]。

鬵，从母侵部；甑，精母蒸部。聲母準雙聲；韻母對轉，準疊韻。

䰝（甑）[ʔswɯŋs]

鬵[zɯm]屬。

今通作甑。段玉裁《說文解字注》:「按此篆淺人妄增也。瓦部甑、甗也。甗、甑也。……䰝者、甑之或體耳。《爾雅音義》云:「䰝本或作甑。」《篇》、《韻》皆云甑䰝同字。」

見上。

餬 [gaː]

寄[krals]食也。

《方言》:「餬，寄也，寄食曰餬。」與䰜部鬻字同。

餬，匣母魚部；寄，見母歌部。聲母準雙聲；韻母旁轉，近疊韻。

為 [ɢwal]

母猴[goː]也。

為，匣母歌部；猴，匣母侯部。聲母雙聲。韻母旁轉，近疊韻。

鬥 [toːgs]

兩士相對[tuːbs]，兵杖在後。

段玉裁《說文解字注》:「兩丮相對象形，謂兩人手持相對也。」

鬥，端母侯部；對，端母物部。聲母雙聲。韻母旁對轉，近疊韻。

鬩 [qʰleːg]

恒[gɯːŋ]訟也。

《廣韻》失收許激切一讀，故《上古音系》無此音。據同小韻款推出擬音。

鬩，曉母錫部；恆，羣母蒸部。聲母近雙聲。

叉 [shra:l]

手指相錯[sha:g]也。

段玉裁《說文解字注》:「謂手指與物相錯也，凡布指錯物閒而取之曰叉。」叉猶謂差也，有雙音詞「差錯」，日本語「交叉」作「交差（こうさ）。」

叉，清母歌部；錯，清母鐸部。聲母雙聲；韻母旁對轉，近疊韻。

彗篲䨮 [sɢweds]

埽[su:s]竹也。

彗，邪母月部；埽，心母幽部。聲母同在齒音，唯清濁有別，準雙聲。韻母旁對轉，近疊韻。

攲 [kʰral]

持去[kʰras]也。

攲，溪母歌部；去，溪母魚部。聲母雙聲；韻母對轉，準疊韻。

豉 [do:]

繇[lew]擊也。

《廣韻》:「遥擊皃。」《上古音系》無豉字，據同小韻（度侯切）頭推出擬音。

豉，定母侯部；繇，以母幽部。聲母近雙聲；韻母旁轉，近疊韻。

毅 [tu:g]

椎[dul]毄物也。

廣州話有此字，冬毒切，即冬之入聲，點𠫓字。𠫓或毅之俗字。段玉裁《說文解字注》:「與攴部豛、木部椓音義略同。」《上古音

系》無毀字，此字《康熙字典》又丁木切，與启、竺相仿，同在屋、沃二韻，據丁木切竺推出擬音。

　　毀，端母覺部；椎，定母微部。聲母準雙聲；韻母對轉，準疊韻。

皮篦𢗉 [bral]

　　剝[pro:g]取獸革者謂之皮。

　　今有雙音詞「剝皮。」

　　皮，並母歌部；剝，幫母屋部。聲母準雙聲。韻母旁對轉，近疊韻。

敤（敤）[kʰlo:lʔ]

　　研[ŋge:n]治也。

　　敤，溪母歌部；研，疑母元部。聲母準雙聲；韻母旁對轉，近疊韻。

瞞 [mo:n]

　　平[beŋ]目也。

　　兩部㒼：「平也。」

　　瞞，明母元部；平，並母耕部。聲母準雙聲。韻母旁對轉，近疊韻。

眛 [mre:ds]

　　目冥[me:ŋ]遠視也。

　　《上古音系》無眛字，據同小韻（莫拜切）鞁推出擬音。

　　眛，明母月部；冥，明母耕部。聲母雙聲；韻母旁對轉，近疊韻。

　　一曰旦明 [mraŋ]也。

　　眛，明母月部；明，明母陽部。聲母雙聲；韻母旁對轉，近疊韻。

眕 [kljɯn?]

目有所恨而止[kjɯ?]也。

段玉裁《說文解字注》：「《釋言》：『眕、重也』。重亦止意。」

眕，章母文部；止，章母之部。聲母雙聲；韻母對轉，準疊韻。

瓣 [bre:ns]

小兒白[bra:g]眼也。

《廣韻》：「小兒白眼視也」，匹莧切。《上古音系》無瓣字，據同小韻（蒲莧切）瓣推出擬音。

瓣，並母元部；白，並母鐸部。聲母雙聲；韻母旁對轉，近疊韻。

相 [slaŋ]

省[sleŋ?]視也。

相，心母陽部；省，心母耕部。聲母雙聲；韻母旁轉，近疊韻。

眣 [kwe:d]

涓[kwe:n]目也。

《上古音系》無眣字，據同小韻（古穴切）玦推出擬音。

眣，見母月部；涓，見母元部。聲母雙聲；韻母對轉，準疊韻。

眙 [lʰɯs]

直[dɯg]視也。

音轉為瞪[dɯŋs]，瞪在蒸部，之蒸對轉。

眙，透母之部；直，定母職部。聲母準雙聲；韻母對轉，準疊韻。

眝 [ta?]

長[daŋ]眙也。

《廣韻》、《上古音系》作定母，據《說文》陟呂切訂正。

眝，端母魚部；長，定母陽部。聲母準雙聲；韻母對轉，準疊韻。

一曰張[taŋ]目也。

《廣韻》：「一曰張眼也。」

眝，端母魚部；張，端母陽部。聲母雙聲；韻母對轉，準疊韻。

睧 [krons]

目圍[ɢwɯl]也。

段玉裁《說文解字注》：「圍當作回。回，轉也」，以為目回顧義。又「睧與眷顧義相近，故讀同書卷。」《上古音系》無睧字，據同小韻（居倦切）眷推出擬音。

睧，見母元部；圍，云母微部。聲母準雙聲；韻母旁對轉，近疊韻。

䮼 [kʰweː]

盾握[qroːg]也。

《上古音系》無䮼字，據同小韻（苦圭切）奎推出擬音。

䮼，溪母支部；握，影母屋部。聲母準雙聲。韻母旁對轉，近疊韻。

觢觢（智姼）[ʔl'e]

識[hljɯg]詞也。

觢，端母支部；識，書母職部。聲母近雙聲。識又音志，有端母讀法可證古音近知。

翠 [shuds]

青[shleːŋ]羽雀也。

即翠鳥，又名翡翠，段玉裁《說文解字注》：「《釋鳥》：『翠鷸』，郭曰：『似燕，紺色』。按鳥部鷸下不云翠鳥也。」後詞義轉移為青翠之色。今有雙音詞「青翠。」

翠，清母物部；青，清母耕部。聲母雙聲。

鬋 [ʔslenʔ]

羽生[sreŋ]也。

鬋，精母元部；生，心母耕部。聲母準雙聲；韻母旁轉，近疊韻。

翁 [qloːŋ]

頸[kenʔ]毛也。

翁，影母東部；頸，見母耕部。聲母近雙聲；韻母旁轉，近疊韻。

翮 [greːg]

羽莖[greːŋ]也。

翮、莖陽入對轉。段玉裁《說文解字注》：「莖、翮雙聲。」

翮，羣母錫部；莖，羣母耕部。聲母雙聲；韻母對轉，準疊韻。

翳 [qiːs]

華蓋[kaːbs]也。

翳，影母之部；蓋，見母盍部。聲母近雙聲。

隹 [tjul]

鳥[tɯːwʔ]之短尾總名也。

隹，章母微部；鳥，端母幽部。聲母近雙聲；韻母旁對轉，近疊韻。[5]

---

5 孫玉文：〈「鳥」「隹」同源試證〉，《語言研究》1995年第1期。

雛鶵 [zro]

　　雞子[ʔslɯʔ]也。

　　雛，從母侯部；子，精母之部。聲母準雙聲。

腄 [tol]

　　瘢胝[til]也。

　　段玉裁《說文解字注》：「跟胝也，跟鉉作瘢，不可通。」

　　本部：「胝，腄也。」腄、胝互訓猶雛、雛互訓耳。

　　腄，端母歌部；胝，端母脂部。聲母雙聲。

奪 [l'o:d]

　　手持佳失[hlig]之。

　　段玉裁《說文解字注》：「引伸為凡失去物之偁。」

　　奪，定母月部；失，書母質部。聲母近雙聲。

丫（丫）[krol:ʔ] / [kwro:lʔ]>[kwre:lʔ]

　　羊角[kro:g]也。

　　段玉裁《說文解字注》：「《玉篇》曰：『丫丫，兩角兒』，《廣韻》曰：『丫丫，羊角開兒』。……工瓦切，《篇》、《韻》又乖買切。」《上古音系》無丫字，據同小韻（工瓦切）冎（剐）、（乖買切）枴（枭）推出擬音。乖從此聲。徐灝《說文解字箋注》：「丫、乖蓋本一字。工瓦、古懷二切亦一聲之轉也」，轉入微部，猶火轉為燬。

　　丫，見母歌部；角，見母屋部。聲母雙聲；韻母對轉，準疊韻。轉注字。

蔑 [me:d]

　　勞目無[ma]精也。

《小爾雅・廣詁》:「蔑,無也」,《廣韻》:「無也」,並引《說文》。此以雙聲而義通。

蔑,明母月部;無,明母魚部。聲母雙聲。韻母旁對轉,近疊韻。

鵠 [kuːb]

鳩[ku]屬。

鵠、鳩同屬鳩鴿科,形相似。

鵠,見母緝部;鳩,見母幽部。聲母雙聲;韻母對轉,準疊韻。

鴆 [l'ums]

毒[l'uːg]鳥也。

鴆,定母侵部。毒,定母覺部。聲母雙聲;韻母對轉,準疊韻。

冓 [koːs]

交[kreːw]積材也,象對交之形。

構、遘、媾皆从冓,聲兼義也。今有雙音詞「交媾。」《廣韻》冓為數名,本義湮滅。

冓,見母侯部;交,見母宵部。聲母雙聲。韻母旁轉,近疊韻。

舋 [qun?]

所依[quɪl]據也。

《廣韻》同。段玉裁《說文解字注》改作:「有所依也」,「依舋雙聲,又合韻㝡近。此與𠂤部隱音同義近,隱行而舋廢矣。凡諸書言安隱者當作此,今俗作安穩。」舋依陰陽對轉,猶𠂤从殷省而音衣。詳見𠂤部𠂤。

舋,影母文部;依,影母微部。聲母雙聲;韻母對轉,準疊韻。

叡 [kɯːds]

叡，探堅[kiːn]意也。讀若概[kɯːds]。

《廣韻》：「深堅意。」該字又何犗切，段玉裁《說文解字注》：「十五部。饒以為聲。」饒即薤[grɯːds]之正體，何介切。

叡，見母物部；堅，見母真部。聲母雙聲；韻母旁對轉，近疊韻。

稗 [breːs]

禾別[bred]也。

徐鍇《說文解字繫傳》：「似禾而別[bred]也。」

稗，並母支部；別，並母月部。聲母雙聲；韻母旁對轉，近疊韻。稗當得音於別。

骨 [kuːd]

肉之覈[greːg]也。

骨，見母物部；覈，匣母錫部（或在職部，核之古文，或又依聲符在藥部，待考）。聲母準雙聲。

骿 [beːn]

并[peŋs]脅也。

馬部駢：「駕二馬也」，《廣韻》：「并駕二馬」，段玉裁《說文解字注》：「併駢皆从并，謂並二馬也。……駢之引伸凡二物并曰駢」，引《國語》韋注：「骿，并幹也。」

骿，並母元部；并，幫母耕部。韻母旁轉，近疊韻。

骸 [grɯː]

脛[geːŋs]骨也。

《廣韻》：「骸骨。」

骸，匣母之部；脛，臺母耕部。聲母雙聲。

髍 [maːl]

瘺[pʰen]病也。

瘺即偏癱病。《上古音系》無髍字，據同小韻（莫鄱切）摩推出；無瘺字，據同小韻（芳連切）偏推出擬音。

髍，明母歌部；瘺，滂母元部。聲母準雙聲；韻母旁對轉，近疊韻。

骴 [ʔslis]

鳥獸殘[zlaːn]骨曰骴。

《說文》資四切，《廣韻》疾移[ze]、疾智[zes]二切，《上古音系》從之。據同小韻恣推出擬音。

骴，精母支部；殘，從母元部。聲母準雙聲；韻母旁轉，近疊韻。

肉部

脣顓 [ɦljun]

口耑[toːn]也。

俗作唇，非是。唇音震平聲[tjɯn]，驚也，即震驚字。

脣，昌母文部；耑，端母元部。聲母近雙聲；韻母旁轉，近疊韻。

痙 [geŋʔ]

彊[gaŋʔ]急也。

《廣韻》：「風強病也。」痙謂之彊，猶勁謂之彊也。

痙，臺母耕部；彊，臺母陽部。聲母雙聲；韻母旁轉，近疊韻。

熲（耿炯炅）[kweːŋʔ]

火光[kwaːŋ]也。

《玉篇》或作耿。亦作炯。熲、光之轉猶勍、彊之轉。

熲，見母耕部；光，見母陽部。聲母雙聲；韻母旁轉，近疊韻。

亢頸 [kaːŋ]

人頸[keŋʔ]也。亢謂之頸，猶彊謂之勁也。

亢，見母陽部；頸，見母耕部。聲母雙聲；韻母旁轉，近疊韻。

肖 [slews]

骨肉相似[lɯʔ]也。

肖，心母宵部；似，邪母之部。聲母準雙聲。

胤嚳 [lins]

子孫相承續[ljog]也。

胤之言引也。

胤，以母真部；續，邪母屋部。聲母近雙聲。

隋 [lʼoːlʔ]

裂[red]肉也。

《廣韻》同。後世以為隋朝國號字，音隨[l jol]。《上古音系》：「見《淮南子》，本作隨。」

隋，定母歌部；裂，來母月部。聲母準雙聲；韻母旁對轉，近疊韻。

胚 [bliːg]

肥[bɯl]肉也。

　　《廣韻》:「胇肭,肥也。」《上古音系》無胇字,據同小韻(蒲結切)秘推出擬音。

　　胇,並母質部;肥,並母微部。聲母雙聲。韻母旁對轉,近疊韻。

胡 [gaː]

　　牛頷[guːm]垂也。

　　胡,匣母魚部;頷,匣母侵部。聲母雙聲。

膲 [qʰoːwɢ]

　　肉羹[kraːŋ]也。

　　《廣韻》二字皆訓「羹膲。」《上古音系》無膲字,據同韻𣸧[kroːwɢ]字推出擬音。

　　膲,曉母藥部;羹,見母陽部。聲母近雙聲;韻母旁對轉,近疊韻。

散 (散□□) [saːnʔ]

　　雜[zuːb]肉也。

　　散,心母元部;雜,從母緝部。聲母準雙聲。韻母旁對轉,近疊韻。

剟 [tod]

　　挑[l̥ʰeːw]取骨閒肉也。

　　剟,端母月部;挑,透母宵部。聲母準雙聲。韻母旁對轉,近疊韻。

肬 [l̥ʰuːmʔ]

　　肉汁[kjub]滓也。

《廣韻》:「肉汁。」肬、瀋同源，瀋即汁也。《上古音系》無肬字，據探四聲相承推出擬音。

肬，透母侵部；汁，見母緝部。韻母對轉，準疊韻。

剡 [lamʔ]

銳[lods]利也。

《廣雅・釋詁》:「剡，銳也。」白語稱鋒利為[jĩ³³]即此字。

剡，以母談部；銳，以母月部。聲母雙聲。韻母旁對轉，近疊韻。

歬（前剪）[ʔslenʔ]

齊[zli:l]斷也。

徐灝《說文解字注箋》:「前即古翦字。」段玉裁《說文解字注》:「《釋言》、《魯頌》傳皆曰:『翦，齊也』。《士喪禮》:『馬不齊髦』，注云:『齊，翦也』。二字互訓，許必云齊斷者，為其从刀也。其始前為刀名，因為斷物之名。斷物必齊，因為凡齊等之偁。」《上古音系》:「(《廣韻》) 原注翦俗字，但《說文》已列，剪實前之轉注字，翦反為假借字。」

歬，精母元部；齊，从母脂部。聲母準雙聲。

刏（刉）[kɯl]

劃[qʰwre:g]傷也。

段玉裁《說文解字注》:「當九祈切[kɯl]。」《廣韻》居依切，同。《上古音系》僅居依[kɯl]、渠希[gɯl]、古對[ku:ls]三切，無古外切[kɯ:ds]。依聲韻地位當作古愛切[kɯ:ds]，段注說是。

刏，見母微部；劃，曉母錫部。聲母近雙聲。

剽 [pʰews]

砭[prom] / [proms]刺也。

段玉裁《說文解字注》砭：「方廉、方驗二切。」

剽，滂母宵部；砭，幫母談部。聲母準雙聲。韻母對轉，準疊韻。

剌 [sʰreːg]

君殺[sreːd]大夫曰剌[sʰreːg]。

今有雙音詞「剌殺」。又借以代替束字，剌行而束廢矣。

剌，清母錫部；殺，心母月部。聲母準雙聲；韻母對轉，準疊韻。

齤 [gron]

缺[kʰweːd]齒也。

齤，羣母元部；缺，溪母月部。聲母同在牙音，準雙聲；韻母對轉，準疊韻。

一曰曲[kʰog]齒。

蜷、鬈、拳、踡、卷、捲皆有曲義。

齤，羣母元部；曲，溪母侯部。聲母同在牙音，準雙聲；韻母對轉，準疊韻。

舥 [daːnʔ]

小觛[tjals]也。

舥，定母元部；觛，章母歌部。聲母近雙聲；韻母對轉，準疊韻。

竹 [tug]

冬[tuːŋ]生艸也。

竹，端母覺部；冬，端母冬部。聲母雙聲；韻母對轉，準疊韻。

篆 [l'onʔ]

引[linʔ]書也。

篆，定母元部；引，以母眞部。聲母近雙聲；韻母旁轉，近疊韻。

簸 [pan]

大箕也。一曰蔽[peds]也。

《廣韻》：「大箕。一曰蔽也。」一曰蔽也，借作藩也，一如《說文》通篇以箸為著。

簸，幫母元部；蔽，幫母月部。聲母雙聲；韻母對轉，準疊韻。

箅 [pids]

蔽[peds]也。所以蔽[peds]甑底。

箅，幫母質部；蔽，幫母月部。聲母雙聲；韻母旁轉，近疊韻。轉注字，猶髻轉為髽。

籃簷 [g. raːm]

大篝[koː]也。

籃，來母談部；篝，見母侯部。聲母近雙聲，籃从監聲可證；韻母旁對轉，準疊韻。

籗篧 [rtaːg]

罩[rteːwɢs]魚者也。

《廣韻》、《上古音系》失收竹角切，同小韻啄在屋部，卓在藥部。爾雅作篧（篧謂之罩）在覺部，靃聲本在鐸部，混不可解。故擬音聲母據啄、卓，韻母據朔，自行推出。張舜徽《說文解字約注》：「籗音竹角切，聲在知紐，古讀歸端，則與隹部之翟，网部之罩，雙聲義同，實一語也。」

籬，端母鐸部；罩，端母藥部。聲母雙聲；韻母旁轉，近疊韻。

箈 [zlem]

蔽絮簀[ʔsreːg]也。

《上古音系》無此字，自行推出擬音。聲母據潛，韻母據呫。

箈，從母談部；簀，精母錫部。聲母準雙聲；韻母旁對轉，近疊韻。

笘 [teb]

折竹箠[tjolʔ]也。

段玉裁《說文解字注》：「失廉切。七部。按《篇》、《韻》丁頰切，為是，失廉誤也。」按，失廉切或誤移苦音於此字。

笘，端母盍部；箠，端母歌部。聲母雙聲；韻母旁轉，近疊韻。

篳 [pid]

藩[pan]落也。

篳，幫母質部；藩，幫母元部。聲母雙聲。

畀（畀）[pids]

相付[pos]與之約在閣上也。

畀，幫母質部；付，幫母侯部。聲母雙聲。

工𢀛（𢀖）[koːŋ]

巧[kʰruːʔ]飾也。

《廣韻》：「官也。又工巧也。」

工，見母東部；巧，溪母幽部。聲母準雙聲；韻母旁對轉，近疊韻。

虢（戲）[zreːn]

虎竊[sʰleːd]毛，謂之虢苗。

《廣韻》戲：「虎淺毛皃。」《上古音系》亦作戲。

虢，从母元部；竊，清母月部。聲母準雙聲；韻母對轉，準疊韻。

竊[sʰleːd]，淺[sʰlenʔ]也。

張舜徽《說文解字約注》虢：「竊淺二字雙聲，故古人多借竊為淺」，雇：「孔疏獨謂竊即古之淺字，……許君說字，亦實以淺訓竊。」

竊，清母月部；淺，清母元部。聲母雙聲；韻母對轉，準疊韻。

彪 [pruːw]

虎文[muːn]也。

本部虪：「虎文彪也。」張舜徽《說文解字約注》：「《法言·君子篇》：『以其弸中耳彪外也』。李註云：『彪，文也』。」

彪，幫母幽部；文，明母文部。聲母準雙聲；韻母對轉，準疊韻，韻尾之別耳。

餱 [goː]

乾[kaːn]食也。

餱，匣母侯部；乾，見母元部。聲母準雙聲；韻母旁對轉，近疊韻。

饁 [grab]

餉[hljaŋs]田也。

饁，云母盍部；餉，曉母陽部。聲母準雙聲；韻母旁對轉，近疊韻。

饕叨號 [lʰaːw]

　　貪[kʰluːm]也。

　　張舜徽《說文解字約注》：「許以貪訓饕，二字雙聲。」貪食也，今有雙音詞「饕餮。」

　　饕，透母宵部；貪，透母侵部。聲母雙聲。

罄 [kʰeːŋs]

　　器中空[kʰoːŋ]也。

　　罄，溪母耕部；空，溪母東部。聲母雙聲；韻母旁轉，近疊韻。

京 [kraŋ]

　　人所為絕高[kaːw]丘也。

　　京，見母陽部；高，見母宵部。聲母雙聲；韻母旁對轉，近疊韻。甲骨文高，實借用京為之，略變其形耳。

𪚺𪚺𪚺（𪚺𪚺）[l'ɯːm]

　　長[daŋ]味也。

　　𪚺，定母侵部；長，定母陽部。聲母雙聲。

亶 [taːnʔ]

　　多[ʔl'aːl]穀也。

　　張舜徽《說文解字約注》：「亶、多雙聲，一語之轉耳。」

　　亶，端母元部；多，端母歌部。聲母雙聲；韻母對轉，準疊韻。

麥 [mrɯːg]

　　芒穀，秋穜厚薶[mrɯː]，故謂之麥。

　　張舜徽《說文解字約注》：「許云『秋穜厚薶，故謂之麥』者，薶

與麥雙聲。此以聲訓，猶木冒、黍暑之例。謂麥之得名，與蘿同原。」

蘿，明母之部；麥，明母職部。聲母雙聲；韻母對轉，準疊韻。

麩麴（稃）[pʰa]

小麥屑皮[bral]也。

段玉裁《說文解字注》：「麩之言膚也。」麥皮謂之麩，即膚也。肉部臚：「皮也」，籀文作膚，段玉裁《說文解字注》：「今字皮膚從籀文作膚。膚行而臚廢矣。」今有雙音詞「皮膚。」《廣韻》麩：「麥皮也」，皮：「皮膚也。」《廣韻》稃[pʰuw]：「穀皮」，與膚[pla]、麩[pʰa]同源。

麩，幫母魚部；皮，並母歌部。聲母準雙聲；韻母對轉，準疊韻。

麵 [me:ns]

麥末[ma:d]也。

米部糒：「麵也」，《廣雅》：「糒謂之麵」，《玉篇》、《廣韻》作麩，均麥末之末分化字。末麵互訓，段玉裁《說文解字注》：「末與麵為雙聲。」今俗作麵。

麵，明母元部；末，明母月部。聲母雙聲；韻母對轉，準疊韻。

鞦鞦㩅（摯揪）[ʔsɯw]

收束[hljoɡ]也。

即今揪字。張舜徽《說文解字約注》：「鞦之言揂也。本書手部：『揂，聚也』。」手部摯：「束也。」同，重出字。

鞦，精母幽部；束，書母屋部。聲母準雙聲；韻母旁對轉，近疊韻。

韌 [njɯns]

　　柔[mlju]而固也。

　　《廣韻》韌：「柔韌」，今為雙音詞。

　　韌，日母文部；柔，日母幽部。聲母雙聲；韻母旁對轉，近疊韻。

朴 [pʰroːg]

　　木皮[bral]也。

　　朴，滂母屋部；皮，並母歌部。聲母準雙聲；韻母旁對轉，近疊韻。

榣 [lew]

　　樹動[doːŋʔ]也。

　　段玉裁《說文解字注》：「榣之言搖也。」張舜徽《說文解字約注》：「招之於招，猶搖之於榣耳。」

　　榣，以母宵部；動，定母東部。聲母近雙聲；韻母旁對轉，近疊韻。

杚 [krɯːw]

　　高[kaːw]木也。

　　《廣韻》：「高木。」

　　鈕樹玉《說文解字校錄》：「《玉篇》杚為樛之重文，蓋本《說文》。」

　　樛，見母幽部；高，見母宵部。聲母雙聲；韻母旁轉，近疊韻。

柴 [zreː]

　　小木散[saːnʔ]材。

柴，從母支部；散，心母元部。聲母準雙聲；韻母旁對轉，近疊韻。

楗 [ganʔ]

限[gruːnʔ]門也。

段玉裁《說文解字注》：「諸經多借鍵為楗。」

楗，羣母元部；限，羣母文部。聲母雙聲；韻母旁轉，近疊韻。

牀 [zraŋ]

安身之坐[zoːls]者。

《廣韻》座：「牀座。」

牀，從母陽部；坐，從母歌部。聲母雙聲。韻母旁對轉，近疊韻。

案 [qaːns]

几[krilʔ]屬。

《廣韻》几：「案屬」，或作机，互訓。今音轉為平聲。

案，影母元部；几，見母脂部。聲母準雙聲。

采 [shɯːʔ]

捋取[shloʔ]也。

俗作採，《廣韻》：「取也。」今有雙音詞「采取」。

采，清母之部；取，清母侯部。聲母雙聲。

華 [gwaː]

榮[gwreŋ]也。

《爾雅·釋艸》：「華，荂也。華荂，榮也」，又：「木謂之華，艸謂之榮。」

　　《廣韻》：「榮華。」宋育仁《說文解字部首箋正》：「艸木之華謂之榮。」今有雙音詞「榮華」。

　　蕚，羣母魚部；榮，云母耕部。聲母近雙聲。韻母旁對轉，近疊韻。

贏 [leŋ]

　　有餘[la]賈利也。

　　鈕樹玉《說文解字校錄》：「當是『有餘也，賈利也』。《玉篇》：『緩也，利也，溢也，有餘也』。」可備一說。《廣雅·釋詁》：「贏，餘也。」

　　贏，以母耕部；餘，以母魚部。聲母雙聲；韻母旁對轉，近疊韻。

贅 [kljods]

　　以物質[tids]錢。

　　王筠引《賈誼傳》顏注：「贅，質也。」

　　贅，章母月部；質，端母質部。聲母準雙聲；韻母旁轉，近疊韻。

秒 [mewʔ]

　　禾芒[maːŋ]也。

　　秒芒之轉如渺茫之轉。

　　秒，明母宵部；芒，明母陽部。聲母雙聲。韻母旁對轉，近疊韻。

稇 [kʰuːnʔ]

　　絭[kons]束也。

　　今俗作捆。

　　稇，溪母文部；絭，見母元部。聲母準雙聲；韻母旁轉，近疊韻。

稭　[kriːl] / [kriːd]

　　禾槀[kaːwʔ]。去其皮，祭天以為席。

　　中古有平、入二讀，又作秸、鞂、藍。

　　稭，見母脂部；槀，見母宵部。聲母雙聲。

穔（穬穬）[hmaːŋ]

　　虛[qʰa]無食也。

　　《廣韻》穔：「果蓏不熟。又《說文》曰：『虛無食也』。」段玉裁《說文解字注》：「《爾雅》：『果不孰為荒』。《周禮》疏曰：『疏穀皆不孰為大荒』。按荒年字當作穔，荒行而穔廢矣。」《上古音系》無穔字，據同小韻（呼光切）荒推出擬音。

　　穔，曉母陽部；虛，曉母魚部。聲母雙聲；韻母對轉，準疊韻。

黏　[nem]

　　相箸[tas]也。

　　黏，泥母談部；箸，端母魚部。聲母準雙聲；韻母旁對轉，近疊韻。

糵（蘗）[ŋred]

　　牙[ŋraː]米也。

　　段玉裁《說文解字注》：「牙同芽，芽米者生芽之米也」，「芽米謂之糵，猶伐木之餘謂之櫱，庶子謂之孽也。」

　　糵，疑母月部；牙，疑母魚部。聲母雙聲；韻母旁對轉，近疊韻。

糟醏（糟醏）[ʔsluː]

　　酒滓[ʔsrɯʔ]也。

　　糟，精母幽部；滓，精母之部。聲母雙聲；韻母旁轉，近疊韻。

粈　[goːŋ]

　　陳臭[kʰljus]米。

　　今廣州話為米臭為項之陰上調，究其本原當為粈字，東韻讀若江韻，陽平變調為陰上。

　　粈，羣母東部；臭，溪母幽部。聲母準雙聲；韻母旁對轉，近疊韻。

　　這部分聲訓有些用「某，某也。某，故謂之某」的形式加以點明。如：「韭，菜名。一種而久者，故謂之韭。」「耤，帝耤千畝也。古者使民如借，故謂之耤。」「鼓，郭也。春分之音，萬物郭皮甲而出，故謂之鼓。」「笙，十三簧。象鳳之身也。笙，正月之音，物生，故謂之笙。」「黍，禾屬而黏者也。以大暑而熟，故謂之黍。」「絳，赤繒也。以茜染，故謂之絳。」

2　通過聲符作聲訓（亦聲）

　　亦聲，是許慎首創的訓釋體例，開創了音形義三者共同探求的方法。亦聲偏旁聲中含義，具有示源功能，可看作間接聲訓。

　　體例：「A，從某，從B，B亦聲。」例如：

　　吏，從一，從史，史亦聲。

　　祏，宗廟主也。周禮有郊、宗、石室。一曰：大夫以石為主。
　　　　從示，從石，石亦聲。

　　禬，會福祭也。從示，從會，會亦聲。

　　瓏，禱旱玉。龍文。從玉，從龍，龍亦聲。

　　珥，瑱也。從玉耳，耳亦聲。

　　玲，從玉，從含，含亦聲。

　　必，分極也。從八、弋，弋亦聲。

胖，半體肉也。一曰廣肉。从半，从肉，半亦聲。

牭，四歲牛。从牛，从四，四亦聲。

齨，老人齒如臼也。一曰：馬八歲齒臼也。从齒，从臼，臼亦

　　聲。

3　通過讀若作聲訓

「讀若」除具有注音的功能外，有時也用以揭示語源，可看作間接聲訓。

體例：「A，讀若 B。」

例如：「吅，讀若讙。」此中「吅」與「讙」屬間接聲訓。

第三章
《說文》聲訓的功能研究

一　揭示同源詞

（一）同源詞的定義與特徵

同源詞指音近義通的詞。他們同出一源，以某一概念為中心，以語音的細微差別（或同音），表示相近或相關的幾個概念，或者同時產生，或者先後產生。二十年來，詞源研究呈現出考證——描寫——解釋的趨勢。遵循的還是音義的雙重標準。

明確把同源詞的判定標準提出來研究的是王力：

> 為什麼說它們是同源詞呢？因為它們在原始的時候本是一個詞，完全同音，後來分化為兩個以上的讀音，才產生意義的細微差別。有時候連讀音也沒有分化，只是字形不同（如暗、闇），用途也不完全相同罷了。（《同源字論》）

我們可以看出同源詞的判定在於「音近義通」。王寧先生說：「衡量聲訓是否合理的標準，應當從義通來看，看訓釋詞與被訓釋詞之間有沒有共同或相關的詞源意義，是否是同源詞。」[1]

（二）同源詞與同源字

同源字、同源詞一字之差，在學者研究中，存在不少二者混用的

---

[1]　王寧：《訓詁學原理》，北京市：中國國際廣播出版社，1996年。

情況，一方面，主張同源詞就是同源字的有，

> 朱星《古代漢語》同源詞就是同源字，指「意義俱近或音近義
> 同」。[2]
> 王力《同源字典》下定義「凡音義皆近，音近義同，或義近音
> 同的字」，「常常以某一概念為中心，而以語音的細微差別（或
> 音同），表示相近或相關的幾個概念」[3]
> 周祖謨《中國大百科全書・語言文字卷》：「在漢字裡有許多音
> 同義近，或音近義同的字。這類字往往語出一源。」「同源字
> 實際上也就是同源詞。不同文字的同源等於是追溯語源。」
> 「類聚同源字的意思也就是在尋求語源。同源字的研究，實際
> 上就是語源的研究」。「例如，田的本義是『田地』，引申出
> 『種地、田獵』等多個義項，人們為『田』加上『亻』成為
> 『佃』表『種地』，加上『攵』成為『畋』，表『田獵』。」[4]
> 另一方面，主張同源詞不同於同源字的有，任繼昉《漢語語源
> 學》「字源意在文字形體的來源、造字的理據，而語源意在詞
> 的音義來源、造詞的理據。」[5]
> 王蘊智《同源字、同源詞說辨》專門辨別二者的區別，「同源
> 詞的著眼點在於詞的音義來源和音義關係上；而同源字的著眼
> 點主要在於字的形體來源及其形義關係上」，「同源詞屬於詞義
> 系統問題，同源字則屬於字形系統問題。」[6]

2　朱星：《古代漢語》（下冊），天津市：天津人民出版社，1980年。

3　王力：《同源字典》，北京市：商務印書館，1982年。

4　周祖謨：《中國大百科全書・語言文字卷》，北京市：中國大百科全書出版社，1988
　年。

5　任繼昉：《漢語語源學》，重慶市：重慶出版社，1992年。

6　王蘊智：〈同源字、同源詞說辨〉，《古漢語研究》1993年第2期。

　　區別對待同源字和同源詞，理論上正確無疑，它嚴格區別了字與詞之間的界限，思路清晰。本文也贊成這一點，從現代漢語語法角度看，以雙音節詞佔優勢的現代漢語中，「字」重在音形義三方面的演變，包含形體演變，「詞」重在音義兩方面，形體不當屬於「詞」的研究範圍，同源字和同源詞確實也存在部分重疊的關係。如下：

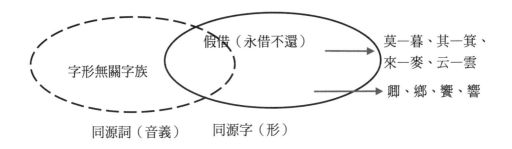

　　按：上圖結合杜永俐《漢語同源字與同源詞》、張興亞《簡論同源詞與同源字》兩位學者的成果。

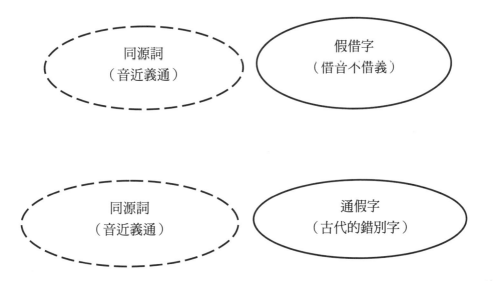

（三）同源詞與假借字、通假字

同源詞與假借字、通假字無關，假借字與通假字都不符合同源字「音近義通」原則。另外，通假字屬於古人書寫手誤，是偶然現象。

（四）同源詞與異體字、古今字

異體字即音義全同，只有形體不同的兩個或兩個以上的漢字，彼此互為異體字，符合同源字「音近義通」原則。

異體字屬於同源字中的特殊一類，異體字音同義同，只有形體不同，實同屬一字。但鑒於本文研究對象《說文》中存在大量的古文異體字，此處聲明：《說文》此類古文異體字不列入聲訓研究範圍內。

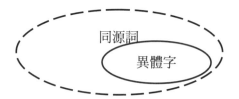

古今字，即因一詞多義，在不同的歷史時期就詞的某一意義先後產生形體不同的兩個字，產生在前的為古字，產生在後的為今字。古今字一般是同源分化字，今字分擔了古字的部分意義。

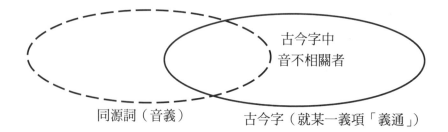

（五）《說文》聲訓中的同源詞舉例

1　天：顛

《說文解字》

天：顛也。至高無上，从一、大。

顛：頂也。从頁真聲。

分析如下：

字形關係	天：𣥐（甲骨文）𣥐（小篆）𣥐（小篆） 顛：𩔉（小篆）
語音關係	顛，端母真部。天，透母真部。端透鄰紐，真部疊韻。
語義關係	
說文解字注	「此以同部疊韻為訓也。」「顛者，人之頂也。」「顛，頂也。見《釋言》，《國語》班序顛毛注同。引伸為凡物之頂。如秦風有馬白顛。《傳》曰：『白顛，旳顙也。』馬以顙為頂也。唐風首陽之顛。山頂亦曰顛也。」
同源字典	《說文》：「顛，頂也。」《詩・秦風・車鄰》：「有馬白顛。」傳：「白顛，的顙也。」《爾雅・釋言》：「顛，頂也。」《小爾雅・廣服》：「顛，額也。」《國語・齊語》：「班序顛毛。」注：「顛，頂也。」《後漢書・蔡邕傳》：「誨于華顛胡老。」注：「顛，頂也。」
金文常用字典	古代有天刑，為鑿顛之刑。《易・睽》「其人天且劓。」《釋文》「天，剠也。」馬融云「剠鑿其額曰天。」晚期金文天字上面的圓點變成一橫，乃指示性符號。
結論	天，顛皆有「頂」之義。音近義同，為同源關係。

2　吏：史

《說文解字》

　　吏：治人者也。从一从史，史亦聲。力置切。徐鍇曰：「吏之
　　　　治人，心主於一，故从一。」

　　史：記事者也。从又持中。中，正也。凡史之屬皆从史。疏士
　　　　切。𠯑，古文史。

　　分析如下：

字形關係	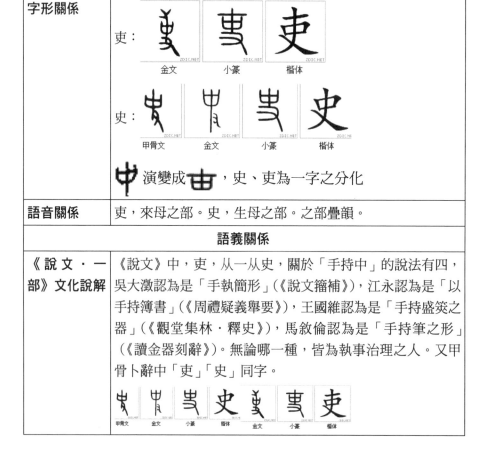
語音關係	吏，來母之部。史，生母之部。之部疊韻。
語義關係	
《說文‧一部》文化說解	《說文》中，吏，从一从史，關於「手持中」的說法有四，吳大澂認為是「手執簡形」（《說文籀補》），江永認為是「以手持簿書」（《周禮疑義舉要》），王國維認為是「手持盛筭之器」（《觀堂集林‧釋史》），馬敘倫認為是「手持筆之形」（《讀金器刻辭》）。無論哪一種，皆為執事治理之人。又甲骨卜辭中「吏」「史」同字。

說文解字今釋	甲骨文、金文吏、史、事、使本為一字，後分化。
結論	吏、史形音義均有密切關係，同源。

上部

旁：溥

《說文解字》

旁：溥也。从二，闕。

溥：大也。

分析如下：

字形關係	旁：（小篆）　　溥：（小篆）		
語音關係	旁，並母陽部。溥，滂母魚部。並滂鄰紐，陽魚對轉。		
語義關係			
說文解字注	段玉裁認為，旁、溥雙聲，都有「大」、「盛」之義，舉例如「司馬相如封禪文曰『旁魄四塞』」，「《詩》『雨雪其雱』」（段玉裁注：旁、雱同字）		
同源字典	「《說文》：『旁，溥也。』《廣雅・釋詁二》：『旁，廣也。』書太甲上：『旁求俊彥。』傳：『旁，非一方。』《文選》張衡東京賦：『群後旁戾。』薛注：『旁，四方也。』又：『旁震八鄙。』薛注：『旁，四方也。』《周書・世俘》：『旁生魄。』注：『旁，廣大。』《史記・五帝本紀》：『旁羅日月星辰。』正義：『旁羅，猶遍布也。』《荀子・性惡》：『雜能旁魄而無用。』注：『旁魄，廣博也。』按：『旁』的本義是『溥』，後人以為旁邊的『旁』，古義遂亡。」		
結論	旁、溥音近義通，同源。		

示部

1　祈：求

《說文解字》

祈：求福也。从示斤聲。渠稀切。

求：皮衣也。从衣，求聲。一曰：象形，與衰同意。凡裘之屬
　　皆从裘。𧚨，古文省衣。巨鳩切。

分析如下：

字形關係	祈：（小篆）　　求：（小篆）		
語音關係	祈，羣母文部。求，羣母幽部。羣母雙聲，文幽對轉。		
語義關係			
康熙字典	求，《說文》：索也。《增韻》：覓也，乞也。《易・乾卦》：同氣相求。《詩・大雅》：世德作求。又招來也。《禮・學記》：發慮憲，求善良。 祈，《說文》：求福也。《書・召誥》：祈天永命。《詩・小雅》：以祈甘雨。又《爾雅・釋言》：叫也。《周禮・春官》：大祝掌六祈，以同鬼神示。《註》：祈，嘄也，謂有災變，號呼告於神，以求福。嘄，音叫。		
結論	祈、求音近義通，同源。		

2　禱：告

《說文解字》

禱：告事求福也。从示壽聲。祷，禱或省。𥛱，籀文禱。都
　　浩切。祷，古文。

告：牛觸人，角箸橫木，所以告人也。从口从牛。《易》曰：
　　「僮牛之告。」凡告之屬皆从告。古奧切。

分析如下：

字形關係	禱：禱（小篆）　　告：𠙷（小篆）		
語音關係	禱，端母幽部。告，見母覺部。幽覺對轉。		
語義關係			
新編甲骨文字典	告，卜辭中用作報告、禱告、祭告義。		
漢字源流字典	禱，本義迷信的人向天、神禱告求助，「獲罪於天，無所禱也。」 告，本義禱告神靈，「故奉牲以告曰。」引申為上報、告訴、請求義，凡從告取義的字皆與告示、求告義有關。		
結論	禱、告音近義通，同源。		

3　禂：禱

《說文解字》

　禂：禱牲馬祭也。从示周聲。《詩》曰：「既禡既禂。」騹，或从馬，壽省聲。都皓切。

　禱：告事求福也。从示壽聲。禂，禱或省。𥛱，籀文禱。都浩切【注】，𥛱古文。

分析如下：

字形關係	禂：禂（小篆）　　禱：禱（小篆）		
語音關係	禂，端母幽部。禱，端母幽部。音同。		
語義關係			
康熙字典	禂，《唐韻》《集韻》《韻會》與禱通。《說文》：禱牲馬祭也。《周禮·春官》：旬祝禂牲禂馬，皆掌其祝號。《註》杜子春云：禂，禱也。為馬禱無疾，為田禱多獲禽牲。《詩·		

	小雅》：既伯既禱。《疏》：伯，馬祖，天駟房星之神，為田而禱馬祖，求馬強健。
結論	禱，是「告事求福」，禡是為牲口肥壯而「告事求福」，音同義通，二字同源。

4　禍：害

《說文解字》

禍：害也，神不福也。从示咼聲。胡果切。

害：傷也。从宀从口。宀、口，言从家起也。丰聲。胡蓋切。

分析如下：

字形關係	禍：䄏（小篆）　　害：𡧱（小篆）
語音關係	禍，匣母歌部。害，匣母月部。匣母雙聲，歌月對轉。
語義關係	
康熙字典	禍，《說文》：害也，神不福也。《釋名》：毀也，言毀滅也。《增韻》：殃也，災也。《詩·小雅》：二人從行，誰為此禍。《禮·表記》：君子慎以避禍。 害，殘也，禍也。《易·謙卦》：鬼神害盈而福謙。《繫辭》：損以遠害，益以興利。又《周語》：先王非務武也，勤恤民隱，而除其害也。
漢字源流字典	害，本義傷害、損害，用作名詞指災禍、禍害：姜氏欲之，焉避害？ 禍，本義天災、災禍：事急而不斷，禍至無日矣。
結論	禍、害音近義通，同源。

5　禁：忌

《說文解字》

禁：吉凶之忌也。从示林聲。居蔭切。

忌：憎惡也。从心己聲。渠記切。

分析如下：

字形關係	禁：禁（小篆）　忌：忌（小篆）
語音關係	禁，見母侵部。忌，羣母之部。見群鄰紐，之侵對轉。
語義關係	
康熙字典	禁，《唐韻》、《集韻》、《韻會》並居蔭切，今去聲。制也，勝也，戒也，謹也，止也。《易・繫辭》：禁民為非曰義。忌，《廣韻》：忌諱也。《周禮・春官・小史》：詔王之忌諱。《疏》謂告王以先王之忌諱也。又《地官・誦訓》：掌道方慝，以詔辟忌。《註》不避其忌，則其方以為苟於言語也。
說文解字注	禁，禁忌雙聲。忌古亦讀如記也。《曲禮》曰：入竟而問禁。
說文解字今釋	從字源上說，禁是對鬼神為禍的避忌，後來泛指為不論吉凶，凡是法令習俗予以禁止、避忌的事。
結論	禁、忌音近義通，同源。

玉部

班：分

《說文解字》

班：分瑞玉。从珏从刀。布還切。

分：別也。从八从刀，刀以分別物也。甫文切。

分析如下：

金文常用字典	班，一刀在二玉中間，表示切玉分而為二。
字形關係	班：班（小篆）　　　分：𠚜（小篆）
語音關係	班，幫母元部。分，幫母文部。幫母雙聲，文元旁轉。
語義關係	
康熙字典	班，《書‧堯典》：班瑞於羣後。又《集韻》：別也。《左傳‧襄十八年》：有班馬之聲。《註》：班，別也。夜遁馬不相見，故作離別聲也。
漢字源流字典	班，本義指分瑞玉。乃日觀四嶽群牧，班瑞玉於群後。引申泛指分開，有班馬之聲，齊師其遁？
結論	分、班音近義通，同源。

屮部

1　屯：難

《說文解字》

屯：難也。象艸木之初生。屯然而難。从屮貫一。一，地也。
尾曲。《易》曰：「屯，剛柔始交而難生。」陟倫切。

難：鳥也。从鳥，堇聲。

分析如下：

字形關係	屯：屯（小篆）　　　難：難（小篆）
語音關係	屯，定母文部。難，泥母元部。定泥鄰紐，文元旁轉。
語義關係	
說文解字注	難，今為難易字，而本義隱矣。

康熙字典	屯，屯邅，難行不進貌。《易・屯卦》：屯如邅如。別作迍。
	難，《玉篇》：不易之稱也。《書・皋陶謨》：惟帝其難之。《咸有一德》：其難其慎。
金文常用字典	屯，甲骨文象子芽破土而出。
漢字源流字典	屯，本義指植物艱難拱出地面，引申泛指艱難，危難。
結論	屯，難音近，在艱難義上同源。

2　熏：煙

《說文解字》

熏：火煙上出也。从中从黑。中黑，熏黑也。許云切。

煙：火气也。从火垔聲。烟，或从因。𤆠，古文。𡥉，籀文从宀。烏前切。

分析如下：

字形關係	熏：𤎅（小篆）　　煙：𤇖（小篆）
語音關係	熏，曉母文部。煙，影母真部。曉影鄰紐，真文旁轉。
語義關係	
康熙字典	熏，《廣韻》：火氣盛貌。同燻。《詩・豳風》：穹窒熏鼠。又《大雅》：憂心如熏。《傳》熏，灼也。《釋文》：熏，本又作燻。《周禮・秋官・翦氏》以莽草熏之。
金文常用字典	熏，高鴻縉曰：「原从束上畫黑點形⋯⋯或加火為義符⋯⋯古人束香草，以火熏之，而歆其臭。故初字从束，而志以黑點，黑點者，熏煙之跡也。」故，熏象火煙自囱上出之形。
結論	煙，為燃燒不充分的氣體；熏，用燃燒不充分的氣體烤炙，音近義通，同源。

艸部

1　蘀：落

《說文解字》

蘀：艸木凡皮葉落陊地為蘀。从艸擇聲。《詩》曰：「十月隕
蘀。」他各切。

落：凡艸曰零，木曰落。从艸，洛聲。盧各切。

分析如下：

字形關係	蘀：𦿃（小篆）　　　落：𦳱（小篆）		
語音關係	蘀，透母鐸部。落，來母鐸部。透來鄰紐，鐸部雙聲。		
語義關係			
康熙字典	蘀，《豳風》：十月隕蘀。 落，《禮·王制》：草木零落，然後入山林。		
說文解字注	蘀，艸木凡皮葉落陊地為蘀。陊，落也。詩曰：十月殞 蘀。毛曰：蘀，落也。殞鉉作隕。		
結論	蘀、落音近義通，同源。		

2　芳：香

《說文解字》

芳：香艸也。从艸，方聲。敷方切。

香：芳也。从黍，从甘。《春秋傳》曰：「黍稷馨香。」許良切。

分析如下：

字形關係	芳：𦭭（小篆）　　香：𧅤（小篆）
語音關係	芳，滂母陽部。香，曉母陽部。疊韻。
語義關係	
康熙字典	芳，《說文》：香草也。《屈原·離騷》：雜杜蘅與芳芷。《註》：杜蘅、芳芷，皆香草名。又《玉篇》：芬芳，香氣貌。《司馬相如·美人賦》：芳香芬烈。
漢字源流字典	香，本義糧食的馨香，泛指氣味芳香、味道好。
結論	芳、香音近義通，同源。

3　麗：麗

《說文解字》

麗：艸木相附麗土而生。从艸，麗聲。《易》曰：「百穀艸木麗
　　於地。」呂支切。

麗：旅行也。鹿之性，見食急則必旅行。从鹿，麗聲。《禮》：
　　麗皮納聘。蓋鹿皮也。郎計切。

分析如下：

字形關係	麗：𢂇（小篆）　　麗：𪋙（小篆）
語音關係	麗，來母支部，麗，來母之部。音同。
語義關係	
康熙字典	麗，《博雅》：著也。《說文》：草木附麗地而生也。又郎計切，音麗。義同。 麗，《廣韻》：著也。《左傳·宣公十二年》：射糜麗龜。《註》：麗，著也。又《正韻》：附也。《易·離卦》：離，

	麗也。日月麗乎天，百穀草木麗乎土。又《禮·王制》：郵罰麗於事。《註》：麗，附也。過人罰人當各附於其事，不可假他以喜怒。
漢字源流字典	麗，初文是並行的兩隻長頸鹿。本義結伴而行，「若其五縣遊麗辯論之士，街談巷議，彈射臧否。」又指成雙的，此義後寫作「儷」。由成雙引申為一方附著於另一方，「日月麗乎天，百穀草木麗乎土。」
說文解字今釋	麗字通作麗，亦作離，附著的意思。
結論	麗是草木附著在地面，麗是一方附著於另一方，二字音同，都含「附著」義，同源。

4　藩：屏

《說文解字》

藩：屏也。从艸潘聲。甫煩切。

屏：屏蔽也。从尸并聲，必郢切。

分析如下：

字形關係	藩：（篆文） 屏：（篆文）
語音關係	藩，並母元部。屏，並母耕部。並母雙聲，元耕通轉。
語義關係	
同源字典	《說文》：「屏，蔽也。」釋名「屏，自障屏也。」《左傳·哀公十六年》「俾屏予一人以在位。」《荀子·儒效》「周公屏成王而及武王。」
漢字同源字與同源詞	屏、藩同源。
結論	藩、屏含共同義素「遮擋」義，音近，同源。

5　菲：芴

《說文解字》

菲：芴也。从艸非聲。芳尾切。

芴：菲也。从艸勿聲。文弗切。

分析如下：

字形關係	菲：𦼮（小篆）　　芴：芴（小篆）		
語音關係	菲，滂母微部。芴，明母物部。滂明鄰紐，微物對轉。		
語義關係			
康熙字典	菲，《詩・邶風》：采葑采菲。《疏》郭璞曰：菲艸生下濕地，似蕪菁，華紫赤色，可食。 芴，《唐韻》、《韻會》、《正韻》：菲芴，土瓜也。《陸璣詩疏》：菲，幽州謂之芴。		
說文解字注	菲，葹菜也。 芴，菲也。音義皆同。		
結論	菲・芴互訓，義同，音近，同源。		

八部

1　八：別

《說文解字》

八：別也。象分別相背之形。凡八之屬皆从八。博拔切。

別：分解也。憑列切。

分析如下：

字形關係	八：（小篆）　　別：（小篆）
語音關係	八，幫母質部。別，幫母月部。幫母雙聲，月質旁轉。
語義關係	
新編甲骨文字典	八，象一物一分為二，相背張開，卜辭分从八从刀，即刀剖一物成八之形，是釋八之最好旁證。
漢字源流字典	八，是分的初文，本義將物分開，後借為數詞。凡从八取義的字皆與分開義有關。 別，本義分解肉與骨，「宰庖之切割分別也。」引申指分離。凡从別取義的字皆與分解義有關。
說文解字今釋	高鴻縉《中國字例》「八之本義為分，取假象分背之形。……後世借為數目八九之八，久而不返，乃加刀為義符作分。」段注，今江浙俗語以物予人謂之八，予人則分別矣。
結論	八、別音近義通，同源。

2　分：別

《說文解字》

　　分：別也。从八从刀，刀以分別物也。甫文切。

　　別：分解也。憑列切。

分析如下：

字形關係	分：（小篆）　　別：（小篆）
語音關係	分，幫母文部。別，幫母月部，幫母雙聲，文月旁對轉。
語義關係	
同源字典	《說文》：「分，別也。」《呂氏春秋·仲夏》：「死生分。」

	註：「分，別也。」 《說文》：「別，分解也。」《廣雅・釋詁一》：「別，分也。」
漢字源流字典	分，本義指分割，分開：方以類聚，物以群分。 別，本義分解肉與骨：宰庖之切割分別也。引申指分離。
結論	分、別音近義通，同源。

采部

1 采：取

《說文解字》

采：捋取也。从木从爪。倉宰切。

取：捕取也。从又从耳。《周禮》：「獲者取左耳。」《司馬法》
　　曰：「載獻聝。」聝者，耳也。七庾切。

分析如下：

字形關係	采：（甲骨文）　（金文）　（小篆）		
	取：（甲骨文）　（金文）　（小篆）		
語音關係	采，清母之部。取，清母侯部。清母雙聲，之侯旁轉。		
語義關係			
漢字源流字典	采，本義摘取。「參差荇菜，左右采之。」引申為搜集選取。凡从采取義的字皆與摘取義有關。 取，本義割下左耳。「狩大獸公之，小禽私之，獲者取左耳。」引申泛指捕取、強力奪取等。凡从取取義的字皆與獲取義有關。		
結論	采、取音近義通，同源。		

2　悉：盡

《說文解字》

悉：詳盡也。从心从釆。息七切。

盡：器中空也。从皿，𦘔聲。慈刃切。

分析如下：

字形關係	悉：𢙷（小篆）　　　盡：盡（小篆）		
語音關係	悉，心母質部。盡，精母真部。心精鄰紐，質真對轉。		
語義關係			
康熙字典	盡，《集韻》悉也。《易·繫辭》書不盡言，言不盡意。《左傳·哀元年》去惡莫如盡。		
新編甲骨文字典	盡，象手執刷帚刷去皿中殘存食物之形，有食盡、刷盡、盡終之義。		
同源字典	《爾雅·釋詁》：「悉，盡也。」		
漢字源流字典	悉，本義當為心裡辨識得清清楚楚，引申指詳細知道，瞭解。也指詳盡敘說，全部拿出，又泛指詳盡周到。凡從悉取義的字皆與熟知、詳盡義有關。 盡，本義為完，竭：高鳥盡，良弓藏。表示全部拿出，用完、用盡。凡從盡取義的字皆與完盡義有關。		
結論	悉、盡音近義通，同源。		

半部

半：分

《說文解字》

半：物中分也。从八从牛。牛為物大，可以分也。博幔切。

分：別也。从八从刀，刀以分別物也。甫文切。

分析如下：

字形關係	半：半（小篆）　　　分：分（小篆）
語音關係	半，幫母元部。分，幫母文部。幫母雙聲，文元旁轉。
語義關係	
康熙字典	分，又半也。《公羊傳・莊二年》：師喪分焉。《荀子・仲尼篇》：以齊之分，奉之而不足。
同源字典	《公羊傳・莊公四年》：「師喪分焉。」注：「分，半也。」按：「分」的本義是一分為二，故「分」有「半」義。
漢字源流字典	分，本義指分割，分開。 半，本義為將牛體中分，是「判」的本字。
結論	分、半音近義通，同源。

牛部

1　㸬：參

《說文解字》

㸬：二歲牛。从牛參聲。穌含切。

參：商星也。从晶，㐱聲。

分析如下：

字形關係	㸬：㸬（小篆）　　參：參（小篆）
語音關係	㸬，心母侵部。參，心母侵部。音同。
康熙字典	參，《前漢・天文志》：參為白虎三星，直者是為衡石。《註》：參三星者，白虎宿中，東西直似稱衡也。
漢字源流字典	參，本義指參宿三星：人生不相見，動如參與商。參宿中三顆亮星排成一排，故又讀sān，表示數目：先王之制，

	大國不過參國之一。　何不反漢與楚連和，參分天下王之？
結論	參、慘都表數「三」，音同義通，同源。

2　犖：駁

《說文解字》

犖：駁牛也。从牛，勞省聲。呂角切。

駁：馬色不純。从馬，爻聲。北角切。

分析如下：

字形關係	犖：𤘫（小篆）　　駁：𩥡（小篆）
語音關係	犖，來母藥部。駁，幫母藥部。疊韻。
語義關係	
說文解字注	馬色不純曰駁。駁犖同部疊韻。
康熙字典	《廣韻》：駁犖，牛雜色。又《司馬相如・上林賦》：赤瑕駁犖。《註》司馬彪曰：駁犖，采點也。
《聲訓十則》姚炳祺	駁，《說文》「駁，馬色不純，从馬爻聲。」徐鉉曰：「爻非聲，疑象駁文。」徐灝《段注箋》及林義光《文源》均認同徐鉉之說。駁，言馬色錯雜不純。
結論	毛色不純的牛是犖，毛色不純的馬是駁。二字同源

3　牽：引

《說文解字》

牽：引前也。从牛，象引牛之縻也。玄聲。苦堅切。

引：開弓也。从弓、丨。余忍切。

分析如下：

字形關係	牽：牽（小篆）　　引：引（小篆）
語音關係	牽，溪母真部。引，以母真部。疊韻。
語義關係	
說文解字注	牽，引而前也。牽引疊韻。引伸之，軶牛之具曰牽。牛人牽徬是也。
漢字源流字典	牽，本義指拉引，牽挽：有牽牛而過堂下者。引申為牽連、關涉。 引，本義指開弓：君子引而不發。泛指拉，牽引。又引申為延長、伸長。
結論	牽、引音近義通，同源。

口部

1　咽：嗌

《說文解字》

咽：嗌也。從口因聲。烏前切。

嗌：咽也。從口益聲。籀文嗌，上象口，下象頸脈理也。伊昔切。

分析如下：

字形關係	咽：咽（小篆）　　嗌：嗌（小篆）
語音關係	咽，影母真部。嗌，影母錫部。影母雙聲，真錫旁對轉。
語義關係	
說文解字注	咽、嗌雙聲。《漢書》：昌邑王嗌痛。《爾雅》注云：江東名咽為嗌。
結論	咽、嗌音近義通，同源。

2　噬：啗

《說文解字》

噬：啗也。喙也。从口筮聲。時制切。

啗：食也。从口，臽聲。讀與含同。徒濫切。

分析如下：

字形關係	噬：噬（小篆）　　啗：啗（小篆）
語音關係	噬，禪母月部，啗，定母談部。禪定準雙聲，月談旁對轉。
語義關係	
康熙字典	《揚子·方言》：噬，食也。 《說文》：啗，食也。
結論	噬、啗音近義同，同源。

3　含：嗛

《說文解字》

含：嗛也。从口，今聲。

嗛：嗛，口有所銜也。从口，兼聲。

分析如下：

字形關係	含：含　　嗛：嗛
語音關係	含，匣母侵部。嗛，溪母談部。匣溪鄰紐，侵談旁對轉。
語義關係	
漢字字族研究	含，閉嘴含斂，本義東西放在口裡，不咽下也不吐出，由 此義引申有「包容、包含」之義。《說文·口部》：「含，

	嗛也。从口，今聲。」「嗛，口有所銜也。从口，兼聲。」宋玉《登徒子好色賦》：「此郊之姝，華色含光。體美容冶，不待飾裝。」
結論	含、嗛都表示把東西放在口裡，音近義通，同源。

4　吾：我

《說文解字》

　　吾：我，自稱也。从口五聲。五乎切。

　　我：施身自謂也。或說：我，頃頓也。从戈从手。

分析如下：

字形關係	吾：𠮟（小篆）　　我：𢦏（小篆）
語音關係	吾，疑母魚部，我，疑母歌部。疑母雙聲，魚歌旁轉。
語義關係	
同源字典	《爾雅・釋詁》：「吾，我也。」 《孟子・盡心上》：「萬物皆備於我矣。」注：「我，身也。」
結論	吾、我音近義通，在第一人稱意義上同源。

5　唱：導

《說文解字》

　　唱：導也。从口昌聲。尺亮切。

　　導：導引也。从寸、道聲。

分析如下：

字形關係	唱：唱（小篆）　　導：導（小篆）		
語音關係	唱，昌母陽部。導，定母幽部。昌定準雙聲，陽幽旁對轉。		
語義關係			
康熙字典	導，《說文》：導，引也。从寸道聲。徐曰：以寸引之也。《周語》侯人為導。《註》：謂敵國賓至為先導也。《孟子》：君使人導之出疆。《周語》太子晉曰：川氣之導也，疏為川谷，以導其氣。 唱，《說文》：導也。《玉篇》禮記曰：一唱而三歎。按《樂記》今本作倡。又《廣韻》：發歌也。《廣韻》亦作誯。《集韻》亦作昌。		
結論	唱是領唱，導是領路，二字音近義通，同源。		

6　台：悅

《說文解字》

　　台：說也。从口，㠯聲。與之切。

　　說：說釋也。从言，兌聲。一曰：談說。

分析如下：

字形關係	台：台（小篆）　　說：說（小篆）		
語音關係	台，以母之部，說，以母月部。以母雙聲，之月旁對轉。		
語義關係			
康熙字典	台，《說文》：悅也。《史記‧太史公自序》：唐堯遜位，虞舜不台。 說，《玉篇》：懌也。《類篇》：喜也，樂也。		
結論	台、說音近，在喜悅義上，二字同源。		

7　启：開

《說文解字》

启：開也。从戶，从口。康禮切。

開：張也。从門，从幵，苦哀切。

分析如下：

字形關係	启：启（小篆）　　開：開（小篆）	
語音關係	启，溪母脂部。開，溪母微部。溪母雙聲，脂微旁轉。	
語義關係		
說文解字今釋	启，甲骨文象用手開門的樣子。商承祚《殷契佚存》「启為開啟之本字。以手啟戶為初意。」	
字源	開，會意字。會兩手拉開門栓開門之意。本義為開門。	
結論	启、開音近，二字在「開啟」意義上同源。	

8　咸：皆

《說文解字》

咸：皆也。悉也。从口从戌。戌，悉也。胡監切。

皆：俱詞也。从比从白。古諧切。

分析如下：

字形關係	咸：咸（小篆）　　皆：皆（小篆）	
語音關係	咸，匣母侵部。皆，見母脂部。匣侵鄰紐，侵脂旁對轉。	
語義關係		
康熙字典	咸，《說文》：皆也。《玉篇》：悉也。《書‧堯典》：庶績咸熙。	

	皆，《說文》：俱詞也。《小爾雅》：同也。《易解卦》：雷雨作而百果草木皆甲坼。
結論	皆、咸音近，在表示「全、都」義位上同源。

9　否：不

《說文解字》

否：不也。从口从不，不亦聲。方久切。

不：鳥飛上翔不下來也。从一，一猶天也。象形。凡不之屬皆从不。方久切。

分析如下：

字形關係	否：否（金文）　　否（小篆） 不：不（甲骨文）　　不（金文）　　不（小篆）
語音關係	否，幫母之部，不，幫母之部，音同。
語義關係	
同源字典	否，不也。《易・否卦》：「大人否亨。」《書・堯典》：「否德忝帝位。」
結論	不、否音近，在「否定」意義上同源。

吅部

1　吅：讙

《說文解字》

吅：驚嘑也。从二口。凡吅之屬，皆从吅。讀若讙。況袁切。

　　臣鉉等曰：或通用讙，今俗別作喧，非是。

讙：譁也。从言雚聲。呼官切。

分析如下：

字形關係	吅：（小篆）　　讙：（小篆）
語音關係	吅，曉母元部。讙，曉母元部。音同。
語義關係	
康熙字典	吅，《說文》：驚嘑也，讀若讙。徐鉉曰：今俗別作喧，非。《玉篇》：囂也，與讙通。
說文解字今釋	徐灝《段注箋》「吅、囂、讙、喧四字音義皆相近也。」
結論	吅、讙音近義通，同源。

2　喪：亡

《說文解字》

喪：亾也。从哭从亡。會意。亡亦聲。息郎切。

亡（亡）：逃也。从入从𠃊。凡亾之屬皆从亾。武方切。

分析如下：

字形關係	喪：（小篆）　　亾：（小篆）
語音關係	喪，心母陽部。亾，明母陽部。陽部疊韻。
語義關係	
說文解字注	喪者，棄亾之辭。公子重耳自偁身喪，魯昭公自偁喪人。此喪字之本義也。 亾，本義為逃。引申之則謂失為亾。亦謂死為亾。亦叚為有無之無。
康熙字典	喪，《玉篇》：亡也。 亾，《唐韻》、《集韻》、《韻會》：失也。《家語》：楚人亾

	弓，楚人得之。又《周禮・春官・大宗伯》：以喪禮哀死亡。又逃也。
結論	喪、亾音近，在「失去」意義上同源。

走部

1　走：趨

《說文解字》

走：趨也。从夭、止。夭止者，屈也。凡走之屬皆从走。子苟切。

趨：走也。从走。芻聲。七逾切。

分析如下：

字形關係	走：𡴭（金文）𧺆（小篆） 趨：𧽛（小篆）
語音關係	走，精母侯部，趨，清母侯母。精清鄰紐，侯部疊韻。
語義關係	
說文解字注	走，釋名曰：徐行曰步，疾行曰趨，疾趨曰走。此析言之。許渾言不別也。
同源字典	走，趨也。《呂氏春秋・期賢》：「若蟬之走明火也。」註：「走，趨也。」《大戴禮記・諸侯遷廟》：「在位者皆反走辟。」註「走，疾趨也。」 趨，走也。《公羊傳・桓公二年》：「趨而救之。」《莊子・胠篋》：「則負匱揭篋擔囊而趨。」
結論	走、趨音近義通，同源。

2　超：跳

《說文解字》

超：跳也。从走召聲。敕宵切。

跳：蹶也。从足，兆聲。一曰：躍也。

分析如下：

字形關係	超：𧻳（小篆）　　跳：跳（小篆）
語音關係	超，透母宵部。跳，定母宵部。透定鄰紐，宵部疊韻。
語義關係	
同源字典	超，跳也。《孟子・梁惠王上》：「挾泰山以超北海。」《楚辭・九章・抽思》：「超回志度。」《九思・傷時》：「超五嶺兮嵯峨。」《史記・白起王翦傳》：「放投石超距。」《索隱》：「超距，猶跳躍也。」
漢字源流字典	超，本義指跳上：秦師過周北門，左右免冑而下，超乘者三百乘。引申指跨過、越過：挾泰山以超北海。又引申指超出、勝過。 跳，本義指跳躍：鄰人京城氏之孀妻有遺男，始齔，跳往助之。
結論	超、跳音近，在「向上跳」、「越過」意義上同源

3　趯：踊

《說文解字》

趯：踊也。从走翟聲。以灼切。

踊：跳也。从足，甬聲。余隴切。

分析如下：

字形關係	趯：<small>（小篆）</small>　　踊：<small>（小篆）</small>		
語音關係	躍，以母藥部。踊，以母東部。以母雙聲，藥東旁對轉。		
語義關係			
康熙字典	趯，《說文》：踊也。《前漢・李尋傳》：涌趯邪陰。《註》：師古曰：趯與躍同。《後漢・班固傳》：南趯朱垠。《註》：躍也。又《廣韻》《集韻》《韻會》《正韻》：跳貌。《詩・召南》：趯趯阜螽。《傳》：躍也。《釋文》《博雅》：趯趯，跳也。 踊，《詩・邶風》：踊躍用兵。《禮・檀弓》：辟踊，哀之至也。《疏》：拊心為辟，跳躍為踊。《左傳・僖二十八年》：曲踊三百。《註》：跳踊也。		
結論	趯、踊音近義通，同源。		

止部

1　前：進

《說文解字》

前：不行而進謂之前。从止在舟上。昨先切。

進：登也。从辵，閵省聲。即刃切。

分析如下：

字形關係	前：<small>（小篆）</small>　　進：<small>（小篆）</small>		
語音關係	前，從母元部。進，精母真部。從精鄰紐，元真旁轉。		
語義關係			
康熙字典	前，《增韻》：前，後之對。又進也。		

	進，《廣韻》：前也。《禮・曲禮》：遭先生於道，趨而進。《表記》：君子三揖而進。《註》：人之相見，三揖三讓，以升賓階。《書・盤庚》：乃登進厥民。《疏》延之使前而告之也。
漢字源流字典	進，本義指向前移動：非敢後也，馬不進也。
說文解字今釋	前，徐灝《段注箋》：「人不行而能進者，唯居於舟為然。」
結論	進、前音近，在「向前、前進」意義上同源。

2　疌：疾

《說文解字》

疌：疾也。从止、从又。又，手也。屮聲。疾葉切。

疾：病也。从疒、矢聲。𤕫，古文疾。秦悉切。

分析如下：

字形關係	疌：𣋔（小篆）　　疾：𤕫（小篆）
語音關係	疌，從母盍部。疾，從母質部。從母雙聲。
語義關係	
說文解字注	疾，按經傳多訓為急也。速也。此引伸之義。如病之來多無期無跡也。
康熙字典	疾，《玉篇》：速也。《廣韻》：急也。《詩・大雅》：昊天疾威。《傳》：疾猶急也。《禮・月令》：季冬之月，征鳥厲疾。《疏》：疾，捷速也。《張衡・南都賦》：總括趣欲，箭馳風疾。
漢字源流字典	疌，是「捷」的本字，本義為動作迅速。
結論	疌、疾音近，在「迅速」意義上同源。

癶部

登：上

《說文解字》

登：上車也。从癶、豆。象登車形。，籀文，登从。都
滕切。，古文登。

上：高也。此古文上，指事也。

分析如下：

字形關係	登：（小篆）　　　上：（小篆）  		
語音關係	登，端母蒸部。上，禪母陽部。端禪准雙聲，蒸陽旁轉。		
語義關係			
康熙字典	登，《玉篇》：上也。進也。《易・明夷》：初登于天。《書・堯典》：疇諮若時登庸。《左傳・僖九年》：王使宰孔賜齊侯胙，下拜登受。 上，登也，升也，自下而上也。《易・需卦》：雲上于天。《禮・曲禮》：拾級聚足，連步以上。		
結論	登、上音近義通，同源。		

正部

1　正：是

《說文解字》

正：是也。从止，一以止。凡正之屬皆从正。从二；二，古上
字。从一、足；足者亦止也。之盛切。

是：直也。从日、正。凡是之屬皆从是。承旨切。

分析如下：

字形關係	正：𤴓（甲骨文）　𤴓（金文）　　𤴓（小篆） 是：𣆞（金文）　　昰（小篆）
語音關係	正，章母耕部。是，禪母支部。章禪鄰紐，支耕對轉。
語義關係	
說文解字今釋	段注：「以日為正則曰是。天下之物莫正於日也。」
漢字源流字典	正，本義為直對著城邑進發，即遠行。由正對著，引申為端正、不偏斜。 是，由本義端直，引申為正確，對。
結論	正、是音近義通，同源。

2　是：直

《說文解字》

是：直也。从日正。凡是之屬皆从是。承旨切。

直：正見也。从乚，从十，从目。除力切。

分析如下：

字形關係	是：昰（小篆）　　直：直（小篆）
語音關係	是，禪母之部。直，定母職部。禪定準雙聲，之職對轉。
語義關係	
漢字源流字典	直，本義用眼正對標杆測端直。引申為端正、公正、正確，又引申為直向、正對等。凡從直取義的字皆與正對豎直義有關。 是，本義端直，引申為正確，合適。凡從是取義的字皆與端直、正確義有關。

說文解字今釋	以日為正則曰是。天下之物莫正於日也。
結論	是、直音近，在「端直」意義上同源。

辵部

1　遵：循

《說文解字》

遵：循也。从辵尊聲。將倫切。

循：行順也。从彳盾聲。詳遵切。

分析如下：

字形關係	遵：𧾷（小篆）　　循：循（小篆）	
語音關係	遵，精母文部。循，邪母文部。精邪鄰紐，文部疊韻。	
語義關係		
同源字典	遵，循也。《詩·周南·汝墳》：「遵彼汝墳。」《鄭風·遵大路》：「遵大路兮。」《豳風·七月》：「遵彼微行。」 循，遵也。《莊子·天道》：「循道而趨。」《列禦寇》：「循牆而走。」《楚辭·天問》：「昏微循跡。」	
結論	遵、循音近，含共同義素「順著、沿著」，二字同源。	

2　迨：遝

《說文解字》

迨：遝也。从辵合聲。侯閤切。

遝：迨也。从辵眔聲。徒合切。

分析如下：

字形關係	迨：䢈（小篆）　　遝：遝（小篆）
語音關係	迨，匣母緝部。遝，定母緝部。疊韻。
語義關係	《方言》：「遝，及也。」「迨、遝」本義均為行走相及。
結論	迨遝音近義同，同源。

3　迅：疾

《說文解字》

迅：疾也。从辵，卂聲。息進切。

疾：病也。从疒，矢聲。𤴂，古文疾。𥏖，籀文疾。秦悉切。

分析如下：

字形關係	迅：䢃（小篆）　　疾：𤕫（小篆）		
語音關係	迅，心母真部。疾，從母質部。心從鄰紐，真質對轉。		
語義關係			
漢字源流字典	卂，金文像飛動中的鳥的輪廓形，是「飛」字的簡略，表示鳥飛得很快，故不見雙翅，只留下輪廓。隸變後楷書寫作卂，是「迅」的初文。本義指鳥飛得快，引申泛指疾速。由於「卂」作了偏旁，其義便另加義符「辵」寫作「迅」來表示。		
結論	迅、疾音近義通，同源。		

4　逆：迎

《說文解字》

逆：迎也。从辵，屰聲。關東曰逆，關西曰迎。宜戟切。

迎：逢也。从辵，卬聲。語京切。

分析如下：

字形關係	逆：（甲骨文）（金文）（小篆） 迎：（小篆）
語音關係	逆，疑母鐸部。迎，疑母陽部。疑母雙聲，陽鐸對轉。
語義關係	
說文解字注	逆，迎也。逆迎雙聲。二字通用。如禹貢逆河，今文《尚書》作迎河是也。今人假以為順屰之屰，逆行而屰廢矣。从辵，屰聲。宜戟切。古音在五部。關東曰逆，關西曰迎。方言：逢、逆，迎也。自關而西或曰迎，或曰逢，自關而東曰逆。
康熙字典	逆，又《說文》：迎也。《周禮·春官·中春》：龡豳詩以逆暑。《書·呂刑》：爾尚敬逆天命。《春秋·桓八年》：祭公來，遂逆王后于紀。 迎，《增韻》：逆也，迓也。《揚子·方言》：自關而東曰逆，自關而西曰迎。《淮南子·覽冥訓》：不將不迎。《註》：將，送也。迎，接也。不隨物而往，不先物而動也。
同源字典	《爾雅·釋言》、《方言一》：「逆，迎也。」《周禮·春官·小祝》：「逆時雨。」《說文》：「迎，逢也。」《淮南子·時則》：「以迎歲於東郊。」《史記·五帝本紀》：「迎日推策。」《詩·大雅·大明》：「親迎于渭。」
結論	迎、逆音近義通，都表示迎接，二字同源。

5　逅：遇

《說文解字》

逅：遇也。从辵，冓聲。古候切。

遇：逢也。从辵，禺聲。牛具切。

分析如下：

字形關係	逅：（甲骨文）（金文）（小篆） 遇：（金文）（小篆）
語音關係	逅，見母侯部。遇，疑母侯部。見疑鄰紐，侯部疊韻。
語義關係	
康熙字典	遇，《玉篇》：見也，道路相逢也。《廣韻》：不期而會也。《春秋・隱八年》：宋公、衛侯遇于垂。《穀梁傳》：不期而會曰遇。《禮・曲禮》：諸侯未及期相見曰遇。《註》：未及期，在期日之前也。《周禮・春官・大宗伯》：諸侯冬見曰遇。《註》：偶也，欲其若不期而偶至也。
結論	遇、逅音近義通，同源。

6　遜：遁

《說文解字》

遜：遁也。从辵孫聲。蘇困切。

遁：遷也。一曰：逃也。从辵，盾聲。徒困切。

分析如下：

字形關係	遜：𢘑（小篆）　　遁：𧾷（小篆）
語音關係	遜，心母文部。遁，定母文部。疊韻。
語義關係	
說文解字注	遜，孫猶遁也。《鄭箋》云：孫之言孫遁也。《釋言》云：孫，遁也。
康熙字典	遜，《說文》：遁也。《書·微子》：吾家耄遜於荒。《註》：逃遁于荒野也。
同源字典	遁，逃也。《詩·小雅·白駒》：「勉爾遁思。」《楚辭·離騷》：「後悔遁而有他。」《莊子·養生主》：「古者謂之遁天之刑。」 遜，遁也。《書·微子》：「吾家耄損於荒。」《書·堯典序》：「將遜於位。」《傳》：「遜，遁也。」
結論	遜、遁音近義通，在「逃跑」意義上同源。

7　返：還

《說文解字》

返：還也。从辵从反，反亦聲。《商書》曰：「祖甲返。」

𢌳，《春秋傳》返从彳。扶版切。

還：復也。从辵，睘聲。戶關切。

分析如下：

字形關係	返：𨑒（金文）𧗱（小篆） 還：𡇌（金文）𧗢（小篆）
語音關係	返，幫母元部，還，匣母元部。元部疊韻。

	語義關係
康熙字典	返，《說文》：還也。《玉篇》：復也。《漢書・董仲舒傳》：返之於天。《註》：謂還歸之也。又《伍被傳》：往者不返。《註》：言不復來也。
漢字源流字典	反（返），本義指翻轉，又引申為返回。此義後作「返」。還，本義指返回：鳥倦飛而知還。
結論	還、返音近義通，同源。

彳部

循：順

《說文解字》

　　循：行順也。从彳，盾聲。詳遵切。

　　順：理也。从頁，从巛。食閏切。

分析如下：

字形關係	循：循（小篆）　　順：順（小篆）
語音關係	循，邪母文部。順，船母文部。文部疊韻。
語義關係	
康熙字典	順，《說文》：理也。从頁、从巛，會意。川流也。《玉篇》：從也。《詩・大雅》：有覺德行，四國順之。《箋》：有大德行，則天下順從其政。《釋名》：順，循也，循其理也。
文源	順，從也。从頁者，順從見於顏面。
同源字典	循，遵也。《莊子・天道》「循道而趨。」《列禦寇》「循牆而走。」《楚辭・天問》「昏微循跡。」
結論	循、順音近，含共同義素「順著」，同源。

二　系聯同源詞

《說文》中的有些詞採用了相同的聲訓（同訓），有些詞互為聲訓（互訓），有些詞遞相聲訓（遞訓）。[7]具有同訓、互訓、遞訓關係的聲訓詞應當都是同源詞。利用這個紐帶，可以把同源詞系聯起來。

（一）同訓系聯

1　噲、吞、唈：咽

噲 [kʰroːbs]

咽[qiːn]也。

噲，溪母月部；咽，影母真部。聲母同在牙喉音，準雙聲；韻母旁對轉，近疊韻。

吞 [qʰlʼiːn] / [qʰlʼɯːn]

咽[qiːn]也。

吞，透母真部，即天之一等讀法；咽，影母真部。韻母疊韻。今有雙音詞「吞咽」。

又天字古讀若曉母，天竺對音 hinduka，《釋名》曰：「天，顯也」，白語天讀/hẽ55/，均為曉母字，可證。則吞聲母又與咽更為接近，同在牙喉音，旁轉，近雙聲。

唈 [quːd]

咽[qiːn]也。

唈，影母物部；咽，影母真部。聲母雙聲。

7　只要主訓詞構成聲訓關係，本文均視作聲訓。

2　吉、佳、价：善

吉　[klid]

善[gjen?]也。

詁部譱：「吉也」，互訓。

吉，見母質部；善，常母元部；聲母近雙聲；韻母旁對轉，近疊韻。

佳　[kre:]

善[gjen?]也。

《廣韻》：「善也。大也。好也。」

佳，見母支部；善，常母元部；聲母近雙聲；韻母對轉，準疊韻。

价　[kre:ds]

善[gjen?]也。

《廣韻》：「善也。又佋价也。」

价，見母月部；善，常母元部；聲母近雙聲；韻母對轉，準疊韻。

3　遮、愆：過

遮[kʰran]

過[klo:l] / [klo:ls]也。

今以愆為之，又作寋、諐。《廣韻》去乾切：「愆，過也。」《上古音系》無遮字，據愆推出擬音。段玉裁《說文解字注》以為遮為經過之過，愆為過失之過，引申耳。張舜徽《說文解字約注》：「遮為經過之過，亦可為過失之過也。二義本相因。」

遮，溪母元部；過，見母歌部。聲母同在牙音，唯輕重有別，準雙聲；韻母對轉，準疊韻。

愆寒僭（諐）[kʰran]

　　過[kloːls]也。

　　《廣韻》：「過也。」《爾雅・釋言》：「諐，過也。」辵部遄：「過也」，音義皆同。

　　愆，溪母元部；過，見母歌部。聲母準雙聲；韻母旁對轉，近疊韻。

迥、迲：遠

　　迥[gweːŋʔ]

　　遠[ɢwanʔ]也。

　　《爾雅・釋詁》：「迥，遠也。」

　　迥，羣母耕部；遠，云母元部。聲母近雙聲。

迲（叚）[graː]

　　遠[ɢwanʔ]也。

　　迲，羣母魚部；遠，云母元部。聲母近雙聲；韻母對轉，準疊韻。

4　蹸、嶙：轢

蹸 [rinʔ]

　　轢[reːwɢ]也。

　　蹸轢雙聲連綿詞。今通作轔轢，《廣雅・釋言》：「轔，轢也。」《上古音系》無蹸字，據同小韻（力忍切）嶙推出擬音。又音轉作躪，良刃切。

　　蹸，來母眞部；轢，來母藥部。聲母雙聲。

疄 [rins]

　　轢[re:wɡ]田也。

　　今有雙音詞「疄轢」，又作轔轢。足部躒亦訓「轢也」，同源字族。見上。

5　譞、儇：慧

譞 [qʰwen]

　　慧[ɡwe:ds]也。

　　徐鍇《說文解字繫傳》：「察慧也。」《玉篇》：「慧也。」人部儇：「慧也」，音義皆同。

　　譞，曉母元部；慧，羣母月部。聲母近雙聲；韻母對轉，準疊韻。

儇 [qʰwen]

　　慧[ɡwe:ds]也。

　　心部慧：「儇也」，互訓。言部譞：「慧也」，音義皆同。

　　儇，曉母元部；慧，羣母元部。聲母近雙聲；韻母對轉，準疊韻。

6　槙、顛：頂

槙 [ti:n]

　　木頂[te:ŋʔ]也。

　　段玉裁《說文解字注》：「人頂曰顛，木頂曰槙，今顛行而槙廢矣。」徐灝《說文解字箋注》：「人頂謂之顛，引申為凡顛之稱。此木頂別製槙字，相承增之也。」

　　槙，端母真部；頂，端母耕部。聲母雙聲；韻母旁轉，近疊韻。

顛 [tiːn]

頂[teːŋʔ]也。

7　叫、呶、訆、警、叩、嚚、喚：呼

叫 [kiːws]

嘑[qʰaː]也。

嘑今通作呼，有成語「大呼小叫。」

叫，見母幽部；嘑，曉母魚部。聲母近雙聲。

呶 [kiːws]

高[kaːw]聲也。

一曰大呼[qʰaː]也。

王筠《說文釋例》：「呶與言部訆、警、口部嘑、叫五字並同。」

呶，見母幽部；高，見母宵部。聲母雙聲；韻母旁轉，近疊韻。

呶，見母幽部；呼，曉母魚部。聲母同在牙喉音，準雙聲。

訆 [kiːws]

大呼[qʰaː]也。

訆即叫字。呶部呶：「一曰大呼也」，與此同。

訆，見母幽部；呼，曉母魚部。聲母同在牙喉音，準雙聲。

警 [kleːwɢs]

痛呼[qʰaː]也。

警即叫字。張舜徽《說文解字約注》：「警與口部之叫、嘑，言部之訆，呶部之呶，音義並同。」

警，見母藥部；呼，曉母魚部。聲母近雙聲。韻母旁對轉，近疊韻。

吅 [qʰon]

驚嘑[qʰaː]也。

讀若讙[qʰon]。臣鉉等曰：「或通用讙。今俗別作喧[qʰwan]，非是。」

吅，曉母元部；嘑，曉母魚部。聲母雙聲；韻母對轉，準疊韻。

讙 [qʰoːn]

呼[qʰaː]也。

《上古音系》無讙字，據同小韻（呼官切）讙推出擬音。

讙，曉母元部；呼，曉母魚部。聲母雙聲；韻母旁對轉，近疊韻。

喚 [qʰwaːns]

評[qʰaː]也。

評即呼字。今有雙音詞「呼喚」，有成語「呼朋喚友」。

喚，曉母元部；評，曉母魚部。聲母雙聲；韻母對轉，準疊韻。

8 奓、哆、袳：张

奓 [hljaː]

張[taŋ]也。

張之義多用奓，今俗讀作章母。

奢，書母魚部；張，端母陽部。聲母近雙聲；韻母對轉，準疊韻。

哆　[ʔlˀaːlʔ]

　　張[taŋ]口也。

　　哆，端母歌部；張，端母陽部。聲母雙聲。韻母旁對轉，近疊韻。

袲（袠）[l̥ʰjalʔ]

　　衣張[taŋ]也。

　　段玉裁《說文解字注》：「按袲之言侈也。」口部哆：「張口也」，奢部奓（奓）：「張也」，皆同源。

　　袲，昌母歌部；張，端母陽部。聲母近雙聲；韻母對轉，準疊韻。

9　登、昇、拯、烝：上

登䇖羒 [tɯːŋ]

　　上[djaŋʔ]車也。

　　《廣韻》上：「登也」，互訓。日本語のぼる可書作登る或上る，可證其同義。

昇　[hljɯŋ]

　　日上[djaŋʔ]也。

　　抍（拯）[kljɯŋʔ]，上舉也；登[tɯːŋ]，上也；昇[hljɯŋ]，日上也。蒸部端、章組字常有上義，《廣韻》上：「登也。升也」，互訓。

　　此新附字，古只用升。《廣韻》：「日上。」

　　昇，書母蒸部；上，常母陽部。聲母準雙聲；韻母旁轉，近疊韻。

抍撜（拯）[ʔljɯŋʔ] / [tjɯŋʔ] /（[kljɯŋ]）

　　上[djaŋʔ]舉也。

　　抍（拯）[kljɯŋʔ]，上舉也；登[tɯːŋ]，上也；昇[hljɯŋ]，日上

也。蒸部端、章組字常有上義，《廣韻》上：「登也。升也」，互訓。升、登皆有上義，抍、撜亦然。《上古音系》三字擬音有別，東漢至中古渾然無別，聲母簡併使然。

抍，章母蒸部；上，常母陽部。聲母準雙聲；韻母旁轉，近疊韻。

烝 [kljɯŋ]

火气上[djaŋʔ]行也。

抍（拯）[kljɯŋʔ]，上舉也；登[tɯːŋ]，上也；昇[hljɯŋ]，日上也。蒸部端、章組字常有上義，《廣韻》上：「登也。升也」，互訓。今俗作蒸，有成語「蒸蒸日上」。

烝，章母蒸部；上，常母陽部。聲母準雙聲；韻母旁轉，近疊韻。

10　隨、彖：从

隨 [ljol]

从[zloŋ]也。

徐鍇《說文解字繫傳》：「從也。」从部從：「隨行也」，互訓。今有雙音詞「隨從。」

隨，邪母歌部；从，從母東部。聲母準雙聲；韻母對轉，準疊韻。

彖 [ljuds]

从[zloŋ]意也。

彖訓从意，猶隨訓从也。

彖，邪母物部；从，從母東部。邪、从同在齒音，準雙聲。

11　㞮、迣：至

俶 [lʰjɯwɢ]

　　至[tjigs]也。

　　《上古音系》無俶字，據同小韻（昌六切）俶推出擬音。

　　俶，透母覺部；至，端母質部。聲母同在舌音，唯輕重有別；韻母旁轉，近疊韻。

迊 [ti:wɢs]

　　至[tjigs]也。

　　《廣韻》：「至也」，同小韻弔：「至也。又音釣[ti:wɢs]」，則迊為弔後起增偏旁體無疑，經傳不見此字，皆作弔。《上古音系》無迊字，據同小韻（丁歷切）弔推出擬音。弔、至、到，轉注字。

　　迊，端母覺部；至，章母質部。聲母近雙聲；韻母對轉，準疊韻。

12　疌、速、迅：疾

疌（疌）[zeb]

　　疾[zid]也。

　　今通作捷，段玉裁《說文解字注》：「凡便捷之字當用此。」

　　疌，從母盍部；疾，從母質部。聲母雙聲。

速遫警 [slo:g]

　　疾[zid]也。

　　《爾雅》、《方言》：「速，疾也。」

　　速，心母屋部；疾，從母質部。聲母同在齒音，準雙聲。

迅 [sins]

　　疾[zid]也。

《爾雅・釋詁》：「迅，疾也。」又音私閏切[suɯns]，在文部。

迅，心母真部；疾，從母質部。聲母同在齒音，準雙聲；韻母對轉，準疊韻。

13　　徬、衙：跡

徬 [zlenʔ]

跡[ʔsle:g]也。

行部：「衙，跡也」，與此同。今通作踐。《上古音系》無徬字，據同小韻（慈衍切）踐推出擬音。

徬，從母元部；跡，精母錫部。聲母同在齒音，唯清濁有別，準雙聲；韻母旁對轉，近疊韻。

衙 [zlenʔ]

跡[ʔsle:g]也。

同上。

14　　透、踊：跳

透 [l̥ho:s]

跳[l̥he:ws]也。

透，透母侯部；跳，透母宵部。聲母雙聲。韻母旁轉，近疊韻。

踊 [lonʔ]

跳[l̥he:ws]也。

踊，以母東部；跳，透母宵部。聲母近雙聲。韻母旁對轉，近疊韻。

15　齫、齦、齕：齧

齫 [kruː:m]

齧[ŋeː:d]也。

齫或與齦同源。《廣韻》古洽切又苦洽切，無工咸切，故《上古音系》擬音失收。現據同小韻（古咸切）緘推出擬音。

齫，見母侵部；齧，疑母月部。聲母同在牙喉音，準雙聲；韻母旁對轉，近疊韻。

齦 [kʰɯː:n?]

齧[ŋeː:d]也。

今俗作啃，又借齦作牙齗字。

齦，溪母文部；齧，疑母月部。聲母同在牙喉音，準雙聲；韻母旁對轉，近疊韻。

齕 [ɡɯː:d] / [ɡuː:d]

齧[ŋeː:d]也。

齕，羣母物部；齧，疑母月部。聲母準雙聲。韻母旁轉，近疊韻。

16　僔、噂：聚

僔 [ʔsuː:n?]

聚[zloʔ]也。

僔，從母文部；聚，從母侯部。聲母雙聲。

噂 [ʔsuː:n?]

聚[zloʔ]語也。

張舜徽《說文解字約注》：「凡从尊聲字多有聚意。本書口部噂，

聚語也。人部傅，聚也。」噂、傅音義皆近，同源字。

噂，精母文部；聚，從母侯部。聲母同在齒音，唯清濁有別，準雙聲。

17　訢、欣：喜

訢 [qʰɯn]

喜[qʰlɯʔ]也。

《廣韻》：「喜也。」段玉裁《說文解字注》：「此與言部欣音義皆同。」

訢，曉母文部；喜，曉母之部。聲母雙聲；韻母對轉，準疊韻，一如敏从每聲。

欣 [qʰɯn]

笑喜[qʰlɯʔ]也。

言部訢：「喜也」，本一字。段玉裁引《萬石君傳》「僮僕訢訢如也」，晉灼云「訢，許慎曰：『古欣字』。」張舜徽《說文解字約注》：「欣、訢古蓋一字，而漢世並行，故許書兼錄之。凡从欠从言从口之字，義多相通，以其事類同耳。許君以喜釋欣與訢，乃聲訓也。本書喜部『憙，說也』，人部『僖，樂也』，女部『嬉，說也』、『㜣，說樂也』，並與欣雙聲，皆一語之轉。」

同上。

18　呭、詍、詹：多

呭 [ʔlʼaːl]

多[lebs]言也。

《說文》：「詩曰『無然呭呭』」，今本作「無然詍詍」，《言部》：

「詍，多言也」，與此同。又作泄，《左傳》：「其樂也泄泄。」

　　呭，以母月部；多，端母歌部。以母每與端母通，如移從多聲，故呭、多聲母準雙聲；韻母對轉，準疊韻。

詍　[lebs]

　　多[ʔl'aːl]言也。

　　詍，以母盍部；多，端母歌部。聲母以端相通，移即從多聲。聲母雙聲；韻母旁對轉，近疊韻。

詹　[tjam]

　　多[ʔl'aːl]言也。

　　詹，章母談部；多，端母歌部。聲母近雙聲；韻母對轉，準疊韻。

19　瑳、玼：鮮

瑳　[sʰlaːl/sʰlaːlʔ]

　　玉色鮮[sen]白。

　　瑳，清母歌部；鮮，心母元部。清心準雙聲，發音部位同，僅發音方法有別；歌元對轉，準疊韻。

玼　[sʰeːʔ]

　　玉色鮮[sen]也。

　　玼，清母支部；鮮，心母元部。清心準雙聲，發音部位同，僅發音方法有別；支元對轉，準疊韻。

20　泛、芝：浮

泛　[pʰoms]

浮[bu]也。

泛，滂母談部；浮，並母幽部。聲母準雙聲；韻母旁對轉，近
疊韻。

芝　[pʰom]

艸浮[bu]水中皃。

芝之為言泛[pʰoms]也。二字雙聲疊韻。芝、泛滂母，浮並母，準
雙聲。芝、泛侵部，浮幽部，侵幽對轉，準疊韻。

21　骼、骼：骨

骼　[kraːg]

骨[kuːd]角之名也。

骨角謂之骼，猶骨謂之骼。張舜徽《說文解字約注》：「骼之言骼
也。本書骨部：『骼，禽獸之骨曰骼』。骨骼二字雙聲，故角之如骨者
又謂之骼也。」

骼，見母鐸部；骨，見母物部。聲母雙聲。

骼　[kraːg]

禽獸之骨[kuːd]曰骼[kraːg]。
同上。

22　薰、馨：香

薰　[qʰun]

香[qʰaŋ]艸也。

薰，曉母文部；香，曉母陽部。聲母雙聲。

馨（馨）[qʰeːŋ]

香[qʰaŋ]之遠聞者。

張舜徽《說文解字約注》：「香馨雙聲，一語之轉耳。」今有雙音詞「馨香。」

馨，曉母耕部；香，曉母陽部。聲母雙聲；韻母旁轉，近疊韻。

23 稈、稭：莖

稈秆 [kaːnʔ]

禾莖[greːŋ]也。

《廣韻》稈：「禾莖。」今有雙音詞「莖稈」。稈、秆、竿、榦同源。

稈，見母元部；莖，羣母耕部。聲母準雙聲。韻母旁對轉，近疊韻。

稠 [kweːn]

麥莖[greːŋ]也。

《廣韻》稠：「麥莖。」《上古音系》無稠字，據同小韻（古玄切）涓推出擬音。

稠，見母元部；莖，羣母耕部。聲母準雙聲；韻母旁轉，近疊韻。

24 杠、榷：橫

杠 [kroːŋ]

牀前橫[gwraːŋ]木也。

手部扛：「橫關對舉也」，亦以橫訓之。

杠，見母東部；橫，羣母陽部。聲母準雙聲；韻母旁轉，近疊韻。

榷 [kroːwɢ]

水上橫[gwraːŋ]木，所以渡者也。

段玉裁《說文解字注》：「凡直者曰杠，橫者亦曰杠。杠與榷雙聲。」

榷，見母覺部；橫，匣母陽部。聲母準雙聲；韻母旁對轉，近疊韻。

25　㭕、泐、阞：理

㭕 [rɯːg]

木之理[rɯʔ]也。

段玉裁《說文解字注》：「凡有理之字皆从力。阞者，地理也；㭕，木理也；泐，水理也；手部有扐亦同意。」張舜徽《說文解字約注》：「力、㭕、理，並雙聲音轉，其義通耳。」𣅲部阞：「地理也」，音同義通，同源。

㭕，來母職部；理，來母之部。聲母雙聲；韻母對轉，準疊韻。

泐 [rɯːg]

水石之理[rɯʔ]也。
同上。

阞 [rɯːg]

地理[rɯʔ]也。
同上。

26　蘀、㯚：陊

蘀 [l̥ʰaːg]

艸木凡皮葉落陊[l'alʔ]地為蘀[l̥ʰaːg]。

蘀，透母鐸部；阤，定母歌部。聲母準雙聲；韻母旁對轉，近疊韻。

槀（槀蘙）[l̥ʰaːg]

木葉阤[l'alʔ]也。

艸部蘀[l̥ʰaːg]：「艸木凡皮葉落阤地為蘀」，實一字。《玉篇》云：「與蘀同」，又作蘙。徐鍇《說文解字繫傳》：「《詩》云：『十月殞蘀』，古當用此槀字。」讀若薄，如魄又音拓耳，脣音舌音之轉。《上古音系》無槀字，據同小韻蘀推出擬音。

同上。

27　莚、簟：席

莚 [lan]

竹席[ljaːg]也。

今有雙音詞「莚席」。

莚，以母元部；席，邪母鐸部。聲母近雙聲；韻母旁對轉，近疊韻。

簟 [l'ɯːmʔ]

竹席[ljaːg]也。

今有雙音詞「簟席」。

簟，定母侵部；席，邪母鐸部。聲母近雙聲，席从石聲可證。

28　筱、條：小

筱 [sluːwʔ]

箭屬小[smewʔ]竹也。

張舜徽《說文解字約注》：「筱音先杳切，與小雙聲，實即一語，故許以小竹訓筱。」

筱，心母幽部；小，心母宵部。聲母雙聲；韻母旁轉，近疊韻。

條 [l'ɯːw]

小[smewʔ]枝也。

條[l'ɯːw]訓小[smewʔ]，猶篠[slɯːwʔ]訓小[smewʔ]。

條，定母幽部；小，心母宵部。韻母旁轉，近疊韻。

29　簍、笯：籠

簍 [roː]

竹籠[roːŋ]也。

錢坫《說文解字斠詮》：「筥、籠、簍、籃、笲，皆一聲之轉，亦方語異同耳。」

簍，來母侯部；籠，來母東部。聲母雙聲；韻母對轉，準疊韻。

笯 [nɑːʒ]

鳥籠[roːŋ]也。

《方言》：「籠，南楚江沔之閒謂之篝，或謂之笯。」張舜徽《說文解字約注》：「笯籠聲近，乃一語之轉。」

笯，泥母魚部；籠，來母東部。聲母準雙聲；韻母旁對轉，近疊韻。

30　唐、簜、篤：大

唐碭 [gl'aːŋ]

大[daːʔs]言也。

唐，定母陽部；大，定母月部。聲母雙聲；韻母對轉，準疊韻。

簜 [lʼaːŋʔ]

大[daːds]竹也。

《廣韻》：「大竹。」本部篿：「大竹箈也」，音同，或本一字。

簜，定母陽部；大，定母鐸部。聲母雙聲；韻母旁對轉，近疊韻。

篿 [lʼaːŋʔ]

大[daːds]竹箈也。

本部簜：「大竹也。」音同，或本一字。

同上。

31　禾、稽：止

禾 [kiː]

木之曲[kʰog]頭，止不能上。

徐鍇《說文解字繫傳》：「木方長，上礙於物而曲也。」季旭昇《說文新證》：「曲頭的樹木」，「象木曲頭不能上之形。」《玉篇》以為古礙字，《廣韻》礙小韻。張舜徽《說文解字約注》：「經傳皆作稽，稽行而禾廢矣。」《上古音系》無禾字，據同小韻（古奚切）稽推出擬音。

禾，見母脂部；止，章母之部。聲母近雙聲；韻母旁轉，近疊韻。

稽 [kiː]

畱止[kjɯʔ]也。

王筠《說文釋例》：「稽即是禾字。」

稽，見母脂部；止，章母之部。聲母近雙聲；韻母旁轉，近疊韻。

32　緊、嚴、嚳、遑、趌：急

緊（綊）[kinʔ]

纏絲急[krɯb]也。

段玉裁《說文解字注》：「緊急雙聲。」《廣韻》：「紉急也。」今有雙音詞「緊急。」

緊，見母眞部；急，見母緝部。聲母雙聲；韻母旁對轉，近疊韻。

嚴嚴 [ŋam]

教命急[krɯb]也。

嚴，疑母談部；急，見母緝部。聲母準雙聲；韻母旁對轉，近疊韻。

嚳 [kʰuːg]告之甚也。

急[krɯb]。

嚳，溪母覺部；急，見母緝部。聲母準雙聲；韻母旁對轉，近疊韻。

遑（徨）[gwaːŋ]

急[krɯb]也。

遑，羣母陽部；急，見母緝部。聲母準雙聲。韻母旁對轉，近疊韻。

趌 [geːn]

急[krɯb]走也。

《上古音系》無趌字，據同小韻（胡田切）弦字推出擬音。

趌，匣母元部；急，見母緝部。聲母同在牙喉音，準雙聲。

33　企、徛、頍、舩、赶：舉

企𠤢 [kʰes]

　　舉[klaʔ]踵也。

　　段玉裁《說文解字注》：「企或作跂。」《荀子・勸學》：「吾嘗跂而望矣」，跂本巨支切[ge]，音祇，訓足多指即《莊子・駢拇》「駢拇枝指」之枝。《勸學》跂當音去智切[kʰes]，《廣韻》：「垂足坐。又舉足望也。」

　　企，溪母支部；舉，見母魚部。聲母準雙聲。韻母旁轉，近疊韻。

徛 [krals]

　　舉[klaʔ]脛有渡也。

　　後世與企通。

　　徛，溪母歌部；舉，見母魚部。聲母準雙聲；韻母對轉，準疊韻。

頍 [kʰweʔ]

　　舉[klaʔ]頭也。

　　與跂[kʰeʔ]同源。《廣韻》：「弁皃。又舉頭皃」，丘弭切，跬小韻。《上古音系》：「切語同開口企，《集韻》改犬橤切」，然同小韻跂：「切語同跬，《集韻》改遣爾切」，開合有別。

　　頍，溪母支部；舉，見母魚部。聲母準雙聲。韻母旁轉，近疊韻。

舩 [kroːŋ]

　　舉[klaʔ]角也。

　　段玉裁《說文解字注》：「假借為扛字。」《上古音系》無舩字，據同小韻（古雙切）扛推出擬音。

　　舩，見母東部；舉，見母魚部。聲母雙聲。韻母旁對轉，近疊韻。

赶 [gan]

> 舉[klaʔ]尾走也。
>
> 此非追趕[kaːnʔ]之字。
>
> 赶，羣母元部；舉，見母魚部。聲母同在牙音，唯清濁有別，準雙聲；韻母對轉，準疊韻。

34 廴、延、梃、挻、豔：长

廴 [linʔ]

> 長[daŋ]行也。
>
> 廴，以母眞部；長，定母陽部。聲母近雙聲。

延 [lan]

> 長[daŋ]行也。
>
> 延，以母元部；長，定母陽部。聲母近雙聲；韻母對轉，準疊韻。

梃 [l̥ʰan]

> 木長[daŋ]皃。
>
> 《廣韻》：「木長。」梃訓木長，猶延訓長也。
>
> 梃，透母元部；長，定母陽部。聲母準雙聲；韻母對轉，準疊韻。

挻 [hljan]

> 長[daŋ]也。
>
> 挻謂之長，猶延謂之長也。
>
> 挻，書母元部；長，定母陽部。聲母近雙聲；韻母對轉，準疊韻。

豔 [lams]

　　好而長[daŋ]也。

　　豔訓長，猶延訓長也。

　　豔，以母談部；長，定母陽部。聲母近雙聲；韻母旁對轉，近疊韻。

35　祈、購：求（同訓）

祈 [guɯl]

　　求[gu]福也。

　　張舜徽《說文解字約注》：「祈、求雙聲，實一語耳。」今有雙音詞「祈求。」

　　祈，羣母微部；求，羣母幽部。二字雙聲，微幽旁轉，近疊韻。

購 [koːs]

　　以財有所求[gu]也。

　　購，見母侯部；求，羣母幽部。聲母準雙聲；韻母旁轉，近疊韻。

36　踵、逐：追

踵 [tjoŋʔ]

　　追[tul]也。

　　踵，章母東部；追，端母微部。聲母近雙聲。

逐 [l'uɯɢ]

　　追[tul]也。

　　追，端母微部；逐，定母覺部。聲母準雙聲；韻母旁對轉，近疊韻。

37　趣、趡：疾

趣 [sʰlos]

疾[zid]也。

趣，清母侯部；疾，從母質部。聲母同在齒音，準雙聲。

趡 [ʔsaːws]

疾[zid]也。

趡，精母宵部；疾，從母質部。聲母同在齒音，唯清濁有別，準雙聲。

38　逆、迓：迎

逆 [ŋrag]

迎[ŋaŋ] / [ŋraŋs]也。關東曰逆[ŋrag]，關西曰迎[ŋaŋ] / [ŋraŋs]。

《方言》：「逢、逆，迎也。自關而東曰逆，自關而西或曰迎，或曰逢。」段玉裁《說文解字注》：「逆迎雙聲，二字通用。如《禹貢》逆河，今文《尚書》作迎河是也。」

逆，疑母鐸部；迎，疑母陽部。聲母雙聲；韻母對轉，準疊韻。方音差別。

訝迓 [ŋraːs]

相迎[ŋraŋs]也。

訝，疑母魚部；迎，疑母陽部。聲母雙聲；韻母對轉，準疊韻。

39　琢、琱：治

琢 [rtoːg]

治[lˈɯs]玉也。

張舜徽《說文解字約注》:「琢之言斀也，謂以錐鑿擊治之也。」

琢，端母屋部；治，定母之部。屋之旁對轉，近疊韻；端定同屬舌音，準雙聲。

琱 [tɯːw]

治[lʼɯs]玉也。

琱，端母幽部；治，定母之部。幽之旁對轉，近疊韻；端定同屬舌音，準雙聲。

40　句、笱、翑、疴、軥、鬈、卷、橑、踙、迒：曲

句 [koː/kos]

曲[kʰog]也。

句，見母侯部；曲，溪母屋部。聲母準雙聲；韻母對轉，準疊韻。

笱[koːʔ]

曲[kʰog]竹捕魚笱也。

笱，見母侯部；曲，溪母屋部。聲母準雙聲；韻母對轉，準疊韻。

翑（狗）[go]

羽曲[kʰog]也。

從句聲者常有曲義，詳見句部各字。《上古音系》無翑字，據同小韻（其俱切）軥推出擬音。

翑，羣母侯部；曲，溪母屋部。聲母準雙聲；韻母對轉，準疊韻。

疴 [go]

曲[kʰog]脊也。

《廣韻》舉朱切[ko]，失收《說文》其俱切一讀。《上古音系》亦然。據同小韻軥推出擬音。

疧，羣母侯部；曲，溪母屋部。聲母準雙聲；韻母對轉，準疊韻。

軥 [koːs]

軶下曲[kʰog]者。

軥，見母侯部；曲，溪母屋部。聲母準雙聲；韻母對轉，準疊韻。

觠 [gron]

曲[kʰog]角也。

從弮聲之字常有曲義。徐鍇《說文解字繫傳》：「《爾雅》注：『觠，卷也』」，同源字。

觠，羣母元部；曲，溪母屋部。聲母準雙聲；韻母旁對轉，近疊韻。

卷 [kronʔ]

厀曲[kʰog]也。

段玉裁《說文解字注》：「卷之本義也。引申為凡曲之稱。」張舜徽《說文解字約注》：「厀曲為卷，猶齒曲為齤，手曲為拳，牛鼻環為桊。」按，鬈、蜷、綣、踡、捲等字亦是。今居轉切一讀俗作捲。

卷，見母元部；曲，溪母屋部。聲母準雙聲；韻母對轉，準疊韻。

橈 [rŋaːw]

曲[kʰog]木。

橈，疑母宵部；曲，溪母屋部。聲母準雙聲；韻母旁對轉，近疊韻。

踿 [gwruɯw]

一曰曲[kʰog]脛也。

《廣韻》「曲脛」又「左脛曲也。」

《上古音系》無踦字，據同小韻（渠追切）頯推出擬音。

踦，羣母幽部；曲，溪母屋部。聲母同在牙音，準雙聲；韻母旁對轉，近疊韻。

迟　[kʰrag]

曲[kʰog]行也。

《上古音系》無迟字，據同小韻（綺戟切）郤推出擬音。迟從支部只[klje]聲，然韻部在鐸部，《經典釋文》：「卻，字書作迟」，卻即鐸部字。

迟，溪母鐸部（暫定）；曲，溪母屋部。聲母雙聲；韻母旁轉，近疊韻。聲母、韻尾一致，當為方音差異。

41　龤、騱：和

龤　[gri:l]

樂和[go:l]龤也。

段玉裁《說文解字注》：「龤訓龢，龢訓調，調訓龢，三字為轉注。龤龢作諧和者皆古今字變，許說其未變之義。今本龤下、調下作『和也』，則與龢下『調也』不為轉注，龤與言部諧音同義異，各書多用諧為龤。」

龤，羣母脂部；和，羣母歌部。聲母雙聲；韻母旁轉，近疊韻。

騱　[gri:l]

馬和[go:l]也。

《廣韻》：「馬性和也。」《上古音系》無騱字，據同小韻（戶皆切）諧推出擬音。龠部龤：「樂和龤也」，與之同源。皆分化自諧。張

舜徽《說文解字約注》：「馬和謂之駤，猶樂和謂之龤，言和謂之諧也。」

同上。

42　輮、𫐓：柔

輮𫐓𫐓 [njonʔ]

柔[mlju]韋也。

讀若䎱，柔軟字。《上古音系》無輮字，據同小韻（而兗切）䎱推出擬音。

輮，日母元部；柔，日母幽部。聲母雙聲；韻母旁對轉，近疊韻。

𫐓（𫐓）[njonʔ]

柔[mlju]皮也。

與輮音義皆同，今通作軟。《上古音系》無𫐓字，據同小韻（而兗切）䎱推出擬音。

同上。

（二）互訓系聯

1　咽：嗌

咽（嚥）[qiːn]／（[qeːns]）

嗌[qleg]也。

段玉裁《說文解字注》：「咽嗌雙聲。」張舜徽《說文解字約注》：「咽即嗌之語轉。」俗作嚥[qeːns]，《上古音系》：「見《論衡》。《孟子》作咽。」

咽，影母眞部；嗌，影母錫部。聲母雙聲。

嗌蒜 [qleg]

　　咽[qi:n]也。
　　見上。

2　吮：欶

吮 [zlonʔ] / [ɦljunʔ]

　　欶[slo:gs] / [sro:g]也。
　　吮，從母文部（說文）或書母文部（廣韻）；欶，心母屋部，然束在書母。
　　兩字準雙聲（從、心同在齒音）或雙聲（同在書母）。

欶 [slo:gs] / [sro:g]

　　吮[zlonʔ] / [ɦljunʔ]也。
　　《廣韻》吮：「欶也。」互訓。
　　見上。

3　嘘：吹

嘘 [qʰa]

　　吹[kʰjol]也。
　　今有雙音詞「吹嘘。」
　　嘘，曉母魚部；吹，昌母歌部。聲母近雙聲。韻母旁轉，近疊韻。

吹 [kʰjol]

　　嘘[qʰa]也。
　　見上。

4　吉：善

吉 [klid]

　　善[gjenʔ]也。
　　吉，見母質部；善，常母元部；聲母近雙聲；韻母旁對轉，近疊韻。

譱譱（善）[gjenʔ]

　　吉 [klid]也。
　　見上。

5　詠：歌

詠咏 [ɢwraŋs]

　　歌[kaːl]也。
　　詠，云母陽部；歌，見母歌部。聲母近雙聲；韻母對轉，準疊韻。

歌謌 [kaːl]

　　詠[ɢwraŋs]也。
　　見上。

6　諛：諂

諛 [lo]

　　諂[l̥omʔ]也。
　　《廣韻》諛、諂二字皆曰：「諂諛」，諛即諛唐楷通行寫法。今有雙音詞「諂諛。」

誅，以母侯部；諂，透母談部。聲母透每通以，諂、焰皆从召
聲，近雙聲；韻母對轉，準疊韻。

讕諂 [lʰomʔ]

　　諛[lo]也。
　　見上。

7　訊：问

訊諕 [sins]

　　問[mɯns]也。
　　訊，心母眞部；問，明母文部。韻母旁轉，近疊韻。

問 [mɯns]

　　訊[sins]也。
　　同上。

8　趁：趄

趁 [lʰɯns]

　　趄[tan]也。
　　《上古音系》無趄字，據同小韻（張連切）襢字推出擬音。
　　趁，透母眞部；趄，端母元部。聲母同在舌音，唯輕重有別，準
雙聲；韻母旁轉，近疊韻。

趄 [tan]

　　趁[lʰɯns]也。
　　見上。

9　追：逐

追 [tul]

逐[l'ɯwɢ]也。

二字互訓，《廣韻》亦然。今有雙音詞「追逐。」

追，端母微部；逐，定母覺部。聲母準雙聲；韻母旁對轉，近疊韻。

逐 [l'ɯwɢ]

追[tul]也。

見上。

10　讙：譁

讙 [qʰoːn]

譁[qʰwraː]也。

今通作喧，有雙音詞「喧譁。」

讙，曉母元部；譁，曉母魚部。聲母雙聲。韻母旁對轉，近疊韻。

譁 [qʰwraː]

讙[qʰoːn]也。

見上。

11　諧：詥

諧 [griːl]

詥[guːb]也。

《廣韻》：「和也。合也。調也。偶也」，合即詥字，互訓。

諧，匣母脂部；詥，匣母緝部。聲母雙聲。

詥 [guːb]

　　諧[griːl]也。

　　段玉裁《說文解字注》：「詥之言合也。」《廣韻》：「諧也。亦作合」，互訓。此合之增偏旁體，專用為合諧字，今通作合。

　　見上。

12　警：戒

警 [krenʔ]

　　戒[kruːgs]也。

　　廾部戒：「警也」，互訓。今有雙音詞「警戒。」

　　警，見母耕部；戒，見母職部。聲母雙聲。

戒 [kruːgs]

　　警[krenʔ]也。

　　見上。

13　顛、頂

　　顛[tiːn]

　　頂[teːŋʔ]也。

　　段玉裁《說文解字注》：「人頂曰顛。」徐灝《說文解字箋注》：「人頂謂之顛，引申為凡顛之稱。」

　　顛，端母真部；頂，端母耕部。聲母雙聲；韻母旁轉，近疊韻。

頂顚（顁）[teːŋʔ]

　　顛[tiːn]也。

　　見上。

14　儇：慧

儇 [qʰwen]

慧[gweːds]也。

心部慧：「儇也」，互訓。言部譞：「慧也」，音義皆同。

儇，曉母元部；慧，羣母元部。聲母近雙聲；韻母對轉，準疊韻。

慧 [gweːds]

儇[qʰwen]也。

人部儇：「慧也」，互訓。

見上。

15　簀：笫

簀 [ʔsreːg]

牀笫[ʔsruʔ]也。

元作「牀棧也」，據張舜徽訂正。《小爾雅》：「牀笫也」，《玉篇》：「牀簀，又棧也。」本部笫：「牀簀也」，互訓可證。

簀，精母錫部；笫，精母之部。聲母雙聲；韻母旁對轉，近疊韻。

簀，精母錫部；棧，從母元部。聲母準雙聲；韻母旁對轉，近疊韻。

笫 [ʔsruʔ]

牀簀[ʔsreːg]也。

《爾雅・釋器》：「簀謂之笫。」

見上。

16　梱、橜

梱 [kʰuːnʔ]

門橜[god]也。

《廣韻》：「橜弋門橜。」本部橜：「一曰門梱也。」

梱，錫母文部；橜，羣母月部。聲母準雙聲；韻母旁對轉，近疊韻。

橜（橜）[god]

一曰門梱[kʰuːnʔ]也。

見上。

17　枯、槁

枯 [kʰaː]

槀[kʰaːwʔ]也。

張舜徽《說文解字約注》：「枯、槀雙聲，語之轉也。」今有雙音詞「枯槁。」

枯，溪母魚部；槀，溪母宵母。聲母雙聲；韻母旁轉，近疊韻。

槀（槁）[kʰaːwʔ]

木枯[kʰaː]也。

徐鍇《說文解字繫傳》：「槀音考。」

見上。

18　分：扮、剁

分 [puɯn]

別[pred]也。

分，幫母文部；別，幫母月部。聲母雙聲。

兯 [pred]

分[puun]也。从重八[pre:d]。

本部：「八[pre:d]，別[pred]也。」艸部菲字下：「兯，古文別」，又：「篆文分別字也。」季旭昇《說文新證》：「因此从『重八』的『兯』，其義也是『別也』。複體與單體音義俱近，甚至於完全相同，這在《說文》或古文字中是很常見的體例。」張舜徽《說文解字約注》：「兯為分別之本字。」

兯，幫母月部；分，幫母文部。聲母雙聲；韻母旁對轉，近疊韻。

㓝（別別）[pred]

分[puun]解也。

分，幫母文部；別，幫母月部。聲母雙聲。

19　鶩：鳧

鶩 [mogs]

舒鳧[bo]也。

鶩，明母屋部；鳧，並母侯部。聲母準雙聲；韻母對轉，準疊韻。

鳧 [ba]

舒鳧[bo]，鶩[mogs]也。

見上。

20　鍵：轄、鏊（鐟）

鍵 [ganʔ]

　　一曰車轄[graːd]。

　　舛部鏊：「車軸耑鍵也」，即轄之古文，互訓。

　　鍵，羣母元部；轄，轄母月部。見群鄰紐，元月對轉。

轄 [graːd]

　　一曰轄[graːd]，鍵[ganʔ]也。

　　見上。

　　鏊（鐟）[graːd]

　　車軸耑鍵[ganʔ]也。

　　古轄字，又作鐟。金部鍵：「一曰轄也」，車部轄：「一曰鍵也。」《上古音系》：「《說文》轄字。」張舜徽《說文解字約注》：「今字通作轄，轄行而鏊廢矣。」鍵謂之鏊，猶犍謂之犗也。

　　鏊，羣母月部；鍵，羣母元部。聲母雙聲；韻母對轉，準疊韻。

21　釜：鍑

鬴釜（釜釡）[baʔ]

　　鍑[pugs]屬。

　　金部鍑：「釜大口者」，互訓。《方言》：「釜，自關而西或謂之釜，或謂之鍑。」

　　鬴，並母魚部；鍑，幫母覺部。聲母同在脣音，唯清濁有別，準雙聲。

鍑 [pugs]

釜[baʔ]大口者。
見上。

（三）遞訓系聯

1 蔫：菸：鬱、矮

蔫 [qran]

菸[qa]也。
蔫、菸同屬影母。蔫在元部，菸在魚部，魚元對轉，準疊韻。
然从於聲者闕在元部，菸後世以為菸草字，亦在元部。故菸也可讀元部，與蔫雙聲疊韻。張舜徽《說文解字約注》：「菸與蔫實一字，故音義同。今人用為菸草字。」

菸 [qa]

鬱[qud]也。
菸，影母魚部；鬱，影母物部。聲母雙聲。
一曰矮[qrol]也。
菸，影母魚部；矮，影母歌部。聲母雙聲。

2 泛：浮：氾

泛 [pʰoms]

浮[bu]也。
泛，滂母談部；浮，並母幽部。聲母準雙聲；韻母旁對轉，近疊韻。

浮 [bu]

　　氾[bom]也。

　　浮，並母幽部；氾，並母談部。聲母雙聲；韻母旁對轉，近疊韻。

3　正：是：直

正正足 [tjeŋs]

　　是[djeʔ]也。

　　正，章母耕部；是，常母支部。聲母準雙聲；韻母對轉，準疊韻。

是昰 [djeʔ]

　　直[dɯɡ]也。

　　正部：「正，是也」，直即正也。

　　是，常母支部；直，定母職部。聲母近雙聲。

4　逞：通：達

逞 [l̥ʰeŋʔ]

　　通[l̥ʰoŋ]也。

　　逞，透母耕部；通，透母東部。聲母雙聲；韻母旁轉，近疊韻。

通 [l̥ʰoːŋ]

　　達[daːd]也。

　　今有雙音詞「通達。」

　　通，透母東部；達，定母月部。聲母同在舌音，準雙聲。韻母旁
對轉，近疊韻。

5　誅、討：治

誅 [to]

討[tʰuːʔ]也。

《廣韻》討：「治也。誅也。」

誅，端母侯部；討，透母幽部。聲母準雙聲；韻母旁轉，近疊韻。

討 [tʰuːʔ]

治[lʼɯs]也。

《廣韻》：「治也。誅也。」

討，透母幽部；治，定母之部。聲母準雙聲；韻母旁轉，近疊韻。

6　跘：企：舉

跘 [ŋeːns]

獸足企[kʰes]也。

跘，疑母元部；企，溪母支部。聲母同在牙喉音，準雙聲；韻母對轉，準疊韻。

企足 [kʰes]

舉[klaʔ]踵也。

段玉裁《說文解字注》：「企或作跂。」《荀子・勸學》：「吾嘗跂而望矣」，跂本巨支切[ge]，音祇，訓足多指即《莊子・駢拇》「駢拇枝指」之枝。《勸學》跂當音去智切[kʰes]，《廣韻》：「垂足坐。又舉足望也。」

企，溪母支部；舉，見母魚部。聲母準雙聲。韻母旁轉，近疊韻。

7　兮：稽：止

兮 [ɢeː]

語所稽[kiː]也。

段玉裁《說文解字注》:「兮、稽疊韻。」

兮，匣母支部；稽，見母脂部。聲母準雙聲；韻母旁轉，近疊韻。

稽 [kiː]

畱止[kjɯʔ]也。

王筠《說文釋例》:「稽即是禾字。」

稽，見母脂部；止，章母之部。聲母近雙聲；韻母旁轉，近疊韻。

8　樛：句：曲

樛 [krɯw]

下句[koː]曰樛[krɯw]。

樛，見母幽部；句，見母侯部。聲母雙聲；韻母旁轉，近疊韻。

句 [koː/kos]

曲[kʰog]也。

句，見母侯部；曲，溪母屋部。聲母準雙聲；韻母對轉，準疊韻。

9　稍：漸（趣）：進

稍 [sreːws]

出物有漸[zamʔ]也。

稍，心母宵部；漸，從母談部。聲母準雙聲。

趣 [zamʔ]

進[ʔslins]也。

今通作漸，慈染切，有雙音詞「漸進。」

趣，從母談部；進，精母眞部。聲母同在齒音，唯清濁有別，準雙聲。

三　揭示詞語的命名之由

有人說：「金木水火土五個字，都是象形字，在各字下注『象形』二字就夠了。《說文》……卻附會聲訓，如木字原象整個樹木形，上為枝葉，中為樹幹，下為樹根，但《說文》卻說：『木，冒也，冒地而生，東方之行。』以冒訓木，已犯了聲訓的附會，後世經傳裡面，大約沒有把『木』訓為『冒』的吧！」的確，在後世經傳裡面，沒有把「木」訓為「冒」的。因為「木，冒也」只是解釋「木」之為詞的語源義（是否正確是另外一回事），即命名立意之義，並非解釋木的表達所指之義，所以「木，冒也」，又怎麼可能在經傳訓釋中出現呢？聲訓所解釋的詞的命名之義一般都不會出現在典籍注釋中，但我們不能據此而否定整個聲訓的原理，認為聲訓全部都是附會。

聲訓解釋的是詞的命名之義，只存於該詞的含意之中，從一開始就並沒有作為表達所指之義而「行」於具體的言語之中。朱宗萊的論述是正確而中肯的：「音訓者，字屬恆言，義亦共曉，心知其意，不煩詳說，因推求其命名之由，而以聲類通之。蓋古者未有文字，先有語言，事物名稱，往往定於造字之先，誠明其語原，斯字義亦著。音訓之法，蓋自此起。」

《說文》中的不少聲訓，正確揭示了詞語的命名之由。例如：

1　禛：真

《說文解字》

禛：以眞受福也。从示，真聲。

真：仙人變形而登天也。从七从目从乚（音隱）；八，所乘載
也。

分析如下：

字形關係	眞：（金文）（小篆） 禛：（小篆）
語音關係	眞，章母真部，禛，章母眞部。音同。
語義關係	
《說文解字注》	「此亦當云从示，从眞，眞亦聲。不言者省也。聲與義同原，故諧聲之偏旁多與字義相近，此會意、形聲兩兼之字至多也。」
《說文解字繫傳》示部字同源詞研究	眞、禛同源。以義素分析的方式呈現結論： 真＝／0／＋／眞誠／ 禛＝／祭禮類／＋／眞誠／
結論	禛受義於真，音同義通，同源。

2　祡：柴

《說文解字》

祡：燒祡樊燎以祭天神。从示此聲。《虞書》曰：「至于岱宗，
祡。」禷，古文祡从隋省。仕皆切。

柴：小木散材。从木此聲。臣鉉等曰：師行野次，豎散木為區
落，名曰柴籬。後人語譌，轉入去聲。又別作寨字，非
是。士佳切。

分析如下：

字形關係	祡：祡（小篆）　　柴：柴（小篆）
語音關係	祡，崇母支部。柴，崇母支部。音同。
同源字典	祡本作「柴」，祡、柴同源，後祭天的典禮寫作「祡」，以別「柴」。
甲骨文字典	祡古文字 𤇾，從甲骨文看，表雙手奉柴於祭祀臺上。
淺析《說文解字示部》字與上古祭祀習俗的互現性	古人燒柴祭祀，煙氣升騰，直達高空，易達天神。
結論	《說文》：「柴，小木散材。」《禮記》注：「大者可折，謂之薪；小者合束，謂之柴。薪施炊爨，柴以給燎」（燎，祭天的燎火）。 《說文》「祡，燒祡焚燎以祭天神。」《禮記大傳》：「柴於上帝。」《禮記・王制》：「柴而望祀山川。」祡、柴音同義通，祡得名於柴，祡、柴同源。

3　禷：類

《說文解字》

　禷：以事類祭天神。从示類聲。力遂切。

　類：種類相似，唯犬為甚。从犬頪聲。力遂切。

分析如下：

字形關係	禷：禷（小篆）　　類：類（小篆）
語音關係	禷，來母物部。類，來母物部。音同。

語義關係	
說文解字注	古尚書說非時祭天謂之禷。凡經傳言禷者皆謂因事為兆。禮以類為禷。言以事類告也。
淺談《說文解字示部》字與上古祭祀習俗的互現性	禷，因特殊的事故而祭祀天神，也特指軍隊出征之前的祭祀。
說文解字今釋	王筠《句讀》「說義已見類字。此不言從類，聲義互相備也。」
結論	類、禷音同義通，禷以類得名，二字同源。

4　祰：告

《說文解字》

　　祰：告祭也。从示、从告聲。苦浩切。

　　告：牛觸人，角箸橫木，所以告人也。从口、从牛。《易》曰：
　　「僮牛之告。」凡告之屬皆从告。古奧切。

　　分析如下：

字形關係	告：𛰀（甲骨文）　𛰁（金文）　𛰂（小篆） 祰：禃（小篆）
語音關係	告，見母覺部。祰，溪母幽部。見溪鄰紐，幽覺對轉。
語義關係	
說文解字注	《曾子問》：諸侯適天子，必告於祖，奠於禰。諸侯相見，必告於禰，反必親告於祖禰。伏生尚書歸假於祖禰。皆是也。
同源字典	告、誥本同一詞，後人加「言」以區別。
金文常用字典	告𛰃：劉心源認為本義是牛陷入𛰄（檻穽）中，是

	「牿」的初文。後借為祝告、禱告（矢令彝：「丁亥，令矢告于周公宮」）、稟告。
新編甲骨文字典	卜辭用告為祰。 告，卜辭中用作報告、禱告、祭告之義（甲骨文合集中卜辭如「告疾于祖乙」、「告于大甲祖乙」）。
淺析《說文解字示部》字與上古祭祀習俗的互現性	祰是告的分別字，古文獻一般用「告」表祭祀義。
總結	告、祰音近義通，祰得名於告，二字同源。

5　祏：石

《說文解字》

祏，宗廟主也。《周禮》有郊、宗、石室。一曰大夫以石為
主。从示从石，石亦聲。常隻切。

石，山石也。在厂之下；口，象形。凡石之屬皆从石。常隻
切。

后，古文。

分析如下：

字形關係	石：𦥑（甲骨文）𦥑（金文）𦣹（小篆） 祏：𥘅（小篆）
語音關係	祏，禪母鐸部。石，禪母鐸部。音同。
語義關係	
說文解字注	「遠祖之宝為石室藏之。至祭上帝於南郊，祭五帝於明堂。則奉其宝以配食。」「祏，石主也。言大夫以石為主。今山陽民俗。祭皆以石為主。」「祏以宗廟主為本

	義，以大夫石主為或義是也。」「許言周禮有石室。言大夫以石為主。皆證明从石會意之怡。」
康熙字典	宗廟中藏主石室也。《疏》慮有非常火災，於廟之北壁內為石室，以藏木主，有事則出而祭之，既祭納於石室。
結論	祏得名於「石」。祏、石同源。

6　祠：詞

《說文解字》

祠：春祭曰祠。品物少，多文詞也。从示司聲。仲春之月，祠不用犧牲，用圭璧及皮幣。似茲切。

詞：意內而言外也。从司从言。似茲切。

分析如下：

字形關係	詞：𧥜（小篆）　祠：𥛱（小篆）
語音關係	祠，邪母之部。詞，邪母之部。音同。
語義關係	
淺析《說文解字示部》字與上古祭祀風俗的互現性	《周禮‧春官‧小宗伯》：「禱祠於上下神示。」《禮記‧月令》：「仲春之月祠不用犧牲。」
說文解字今釋	許君用詞字申說祠字受義之原因。詞、祠古音同。
總結	詞、祠古音同。「祠」因「詞」而得名。初用「司」，後增義符「示」以與「司」相區別。

7　祫：合

《說文解字》

祫：大合祭先祖親疏遠近也。从示合。《周禮》曰：「三歲一
　　祫。」侯夾切。

合：合口也。从亼、从口。侯閤切。

分析如下：

字形關係	合：（甲骨文）　（金文）　（小篆） 祫：（小篆）
語音關係	合，匣母緝部。祫，匣母緝部。音同。
語義關係	
說文解字注	會意。不云「合亦聲」者，省文，重會意也。
同源字典	《說文》：「合，合口也。」《莊子·秋水》「公孫龍口呿而不合。」引申為凡開合之稱。 《說文》：「祫，大合祭先祖親疏遠近也。」《禮記·王制》「祫禘。」注：「祫，合也。天子諸侯之喪畢，合先君之主于祖廟而祭之，謂之祫。」
金文常用字典	合即含之古文，合的甲骨文作 ， 為口之倒文，亦口字，象口含物形。此為一說。
結論	合、祫音同義通，祫得名於合，二字同源。

8　祼：灌

《說文解字》

祼：灌祭也。从示果聲。

灌：水。出廬江雩婁，北入淮。从水，雚聲。古玩切。

分析如下：

字形關係	灌：灌（小篆）　　祼：祼（小篆）
語音關係	祼，見母元部。灌，見母元部。音同。
語義關係	
《同源字典》	《說文》：「祼，灌祭也。」桂馥曰：「祼灌聲相近。」按：以酒灌地以請神曰祼。《廣雅・釋天》：「祼，祭也。」《周禮・春官・大宗伯》：「以肆獻祼享先王。」注：「祼之言灌，灌以鬱鬯，謂始獻尸求神時也。」
《說文解字今釋》	《書・洛誥》：「王入太室祼。」孔穎達疏：「祼者灌也。王以圭瓚（玉製的酒器）酌鬱鬯（祭祀之酒名）之酒以獻尸（祭祀時替死者受祭的人），尸受祭而灌於地。因奠不飲，謂之祼。」
結論	祼、灌音同義通，祼得名與灌，二字同源。

9　禬：會

《說文解字》

禬：會福祭也。从示，从會，會亦聲。《周禮》曰：「禬之祝號。」古外切。

會：合也。从亼，从曾省。曾，益也。凡會之屬皆从會。黃外切。

分析如下：

字形關係	會：會（甲骨文）會（金文）會（小篆） 禬：禬（小篆）
語音關係	禬，見母月部。會，匣母月部。見匣鄰紐，月部疊韻。

語義關係	
同源字典	《說文》：「會，合也。」《爾雅・釋詁》：「會，合也。」《廣雅・釋詁三》：「會，聚也。」《詩・唐風・杕杜》：「會言近止。」箋：「會，合也。」《大雅・大明》：「會朝清明。」箋：「會，合也。」《禮記・月令・季秋》：「以會天地之藏。」注：「會猶聚也。」 《說文》：「禬，會福祭也。从示，从會，會亦聲。《周禮》曰：『禬之祝號。』」《周禮・春官》凡以神仕者「以禬國之凶荒。」杜子春注：「禬，除也。」疏：「禬為會合之義。」
說文解字今釋	以「會」釋「禬」，例同以「柴」釋「祡」，以「類」釋「禷」，以「告」釋「祰」。聲中有義。
結論	會、禬音近義通，禬得名於會，二字同源。

10　祳：蜃

《說文解字》

祳：社肉，盛以蜃，故謂之祳。天子所以親遺同姓。从示辰聲。《春秋傳》曰：「石尚來歸祳。」時忍切。

蜃：雉入海，化為蜃。从蟲辰聲。時忍切。

分析如下：

字形關係	蜃：𦥑（甲骨文）𠕅（金文）𣊡（小篆） 祳：祳（小篆）
語音關係	祳，禪母文部。蜃，禪母文部。音同。
語義關係	
說文解字注	祳，社肉。盛之以蜃。故謂之祳。

同源字典	蜃，大蛤。《周禮・天官・鱉人》：「以時籍魚鱉龜蜃。」《禮記・月令・孟冬》：「雉入大水為蜃。」《淮南子・氾論》：「摩蜃而耨。」《左傳・成公二年》：「用蜃炭。」祳，段注「蜃祳疊韻。經典祳多从肉作脤。」《廣雅・釋器》：「脤，肉也。」《穀梁傳・定公十四年》：「天王使石尚來歸脤。」《左傳・成公十三年》：「成子受脤於社。」《國語・晉語五》：「受脤於社。」注：「脤，宜社之肉，盛以蜃器。」《周禮・地宮》掌蜃注：「春秋定十四年秋：『天王將使石尚來歸蜃。』蜃之器以蜃飾，因名焉。」《詩・大雅・緜》「迺立冢土。」《傳》：「冢土，大社也。」箋：「春秋傳曰：『蜃宜社之肉。』」
金文常用字典	辰，郭沫若謂有兩類，其一上呈貝殼形，作🐚，其二呈磬折形，作🔨皆古之耕器。
漢字源流字典	辰（🐚甲骨文），象蛤蜊製的農具蚌鐮形，本義蚌鐮。又用作「蜃」的初文。 蜃，本義大蛤蜊。
結論	祳、蜃音同義通，祳因蜃得名，二字同源。

11 祳：侵

《說文解字》

祳：精氣感祥。从示，侵省聲。《春秋傳》曰：「見赤黑之祳。」子林切。

侵：漸進也。从人又持帚，若埽之進。又，手也。七林切。

分析如下：

字形關係	侵：𠁣（甲骨文）𠩺（金文）𠎥（小篆） 祳：禔（小篆）
語音關係	祳，精母侵部。侵，清母侵部。精清鄰紐，侵部疊韻。

語義關係	
說文解字注	《周禮》眠祲注：祲，陰陽氣相侵漸成祥者。《魏志·高堂隆傳》：孔子曰。災者修類應行。精祲相感。
康熙字典	《左傳·昭十五年》：吾見赤黑之祲。《註》：祲，妖氛也。《疏》陰陽氣相侵，漸成祥者。
同源字典	祲、侵同源，進也，犯也。
結論	祲、侵音近義通，祲得名於侵，二字同源。

12　瓏：龍

《說文解字》

　　瓏：禱旱玉。龍文。从玉从龍，龍亦聲。力鍾切。

　　龍：鱗蟲之長。能幽，能明，能細，能巨，能短，能長；春分而登天，秋分而潛淵。从肉，飛之形，童省聲。凡龍之屬皆从龍。力鍾切。臣鉉等曰：象夗轉飛動之皃。

　　分析如下：

字形關係	瓏：瓏（小篆）　　　龍：龍（小篆）		
語音關係	龍，來母東部。瓏，來母東部。音同。		
語義關係			
說文解字今釋	《山海經》：「應龍在地下，故數旱，旱而為應龍狀，乃得大雨。」所以，禱旱之玉為龍文。		
結論	龍、瓏音同義通，瓏得名於龍，二字同源。		

13　茁：出

《說文解字》

茁：艸初生出地皃。从艸出聲。《詩》曰：「彼茁者葭。」鄒
　　滑切。

出：進也。象艸木益滋，上出達也。凡出之屬皆从出。尺律切。

分析如下：

字形關係	出：（甲骨文）　　（金文）　　（小篆） 茁：（小篆）		
語音關係	出，昌母物部，茁，莊母物部。物部疊韻。		
語義關係			
說文解字注	出，進也。本謂艸木，引伸為凡生長之偁。 茁，毛曰：茁，出也。		
康熙字典	茁，《玉篇》：草初生貌。《詩·召南》：彼茁者葭。《傳》：出也。《關尹子·八籌篇》：草木俄茁茁，俄亭亭，俄蕭蕭。 《韓愈文》：蘭茁其芽。 又《孟子》：牛羊茁壯長而已矣。趙岐註：茁，生長貌。		
說文解字今釋	茁，王筠《句讀》：「茁從出聲，聲義互相備也。」		
漢字源流字典	出，本義自內到外，外出，「出具東門，有女如雲」。引申為出現，顯露。		
結論	茁是草木初出，茁得名於出，二字音近義通，同源。		

14　蔭：陰

《說文解字》

蔭：艸陰地。从艸陰聲。於禁切。

陰：闇也。水之南，山之北也。从𨸏，侌聲。於今切。

分析如下：

字形關係	陰：𨸓（小篆）　　蔭：𦰡（小篆）
語音關係	蔭，影母侵部。陰，影母侵部。音同。
語義關係	
康熙字典	蔭，《說文》：草陰地。徐曰：草所庇也。《荀子·勸學篇》：樹成蔭而眾鳥息焉。《呂氏春秋》：松柏成而塗之人已蔭矣。陰，《釋名》：陰，蔭也，氣在內奧蔭也。《玉篇》：影也。《晉書·陶侃傳》：大禹惜寸陰，吾輩當惜分陰。
漢字源流字典	蔭以陰作聲兼義符。
結論	蔭、陰音同，蔭得名於陰，陰為蔭之古字，二字同源。

15　叢：藂

《說文解字》

藂：艸叢生皃。从艸叢聲。徂紅切。

叢：聚也。从丵取聲。徂紅切。

分析如下：

字形關係	叢：叢（小篆）　　藂：藂（小篆）
語音關係	叢，從母東部。藂，從母東部。音同。
語義關係	
說文解字注	叢，聚也。槩言之。藂則專謂艸。
同源字典	段注：叢，聚也，概言之；藂則專謂艸。徐灝曰，叢、藂古今字。

結論	叢為聚集義，藪在叢的基礎上加「艸」專指「艸叢生」。音同義通，同源。

16　葬：藏

《說文解字》

　　葬：藏也。从死在茻中；一其中，所以薦之。《易》曰：「古之葬者，厚衣之以薪。」則浪切。

　　藏：匿也。昨郎切。臣鉉等案：《漢書》通用臧字。从艸，後人所加。

分析如下：

字形關係	葬：𦮐　　藏：藏
語音關係	葬，精母陽部。藏，從母陽部。精從鄰紐，陽部疊韻。
語義關係	
《聲訓十則》姚炳祺	古之下葬，初僅以柴草厚包之葬於野外，不堆土為墳，也不植樹為標記，服喪期限並無定數，後世聖人始用棺槨。
結論	葬因人死而身藏艸中、土中得名，藏、葬音近義通，葬得名于藏，二字同源。

17　胖：半

《說文解字》

　　胖：半體肉也。一曰廣肉。从半从肉，半亦聲。普半切。

　　半：物中分也。从八从牛。牛為物大，可以分也。博幔切。

分析如下：

字形關係	胖：𦚬（小篆）　　半：半（小篆）		
語音關係	胖，並母元部。半，幫母元部。並幫鄰紐，元部疊韻。		
語義關係			
康熙字典	胖，《說文》：半體肉。《玉篇》：牲之半體。		
漢字源流字典	半，本義將牛體中分，因牛體大，分下來的一半也不小，故引申為一大片：令軍士人持二升糒，一半冰。後半為引申義專用，「一大片」義便另加「月」作「胖」表示。		
結論	半、胖音近義通，胖得名於半，二字同源。		

18　叛：半

《說文解字》

　　叛：半也。从半反聲。薄半切。

　　半：物中分也。从八从牛。牛為物大，可以分也。博幔切。

分析如下：

字形關係	叛：叛（小篆）　　半：半（小篆）		
語音關係	叛，並母元部。半，幫母元部。並幫鄰紐，元部疊韻。		
語義關係			
漢字源流字典	叛，本義指背離、反叛：眾叛親離，難以濟矣。		
結論	半、叛含共同義素「分離、分開」，音近義通，叛得名於半，二字同源。		

19　牭：四

《說文解字》

牭：四歲牛。从牛从四，四亦聲。息利切。

四：陰數也。象四分之形。凡四之屬皆从四。息利切。

分析如下：

字形關係	牭：牠（小篆）　　四：四（小篆）
語音關係	牭，心母質部。四，心母質部。音同。
語義關係	
	牭因牛四歲而得名。
結論	牭、四音同義通，牭因四而得名，二字同源。

20　犓：芻

《說文解字》

犓：以芻莖養牛也。从牛芻，芻亦聲。《春秋國語》曰：「犓豢
　　幾何。」測愚切。

芻：刈艸也。象包束艸之形。叉愚切。

分析如下：

字形關係	犓：犓（小篆）
	芻：芻（甲骨文）芻（小篆）
語音關係	犓，初母侯部，芻，初母侯部。音同。
語義關係	
說文解字注	犓，趙岐注《孟子》曰：艸生曰芻。穀養曰豢。韋注《國語》曰：艸食曰芻。穀食曰豢。孟子正義引《說文》：牛馬曰芻。犬豕曰豢。今《說文》無此語。經傳犓豢字，今皆作芻豢。

康熙字典	犓，《玉篇》今作芻。 芻，《詩·大雅》：詢于芻蕘。《疏》：芻者飼牛馬之草。《孟子》：猶芻豢之悅我口。《趙註》：草食曰芻。《韻會》：羊曰芻，犬曰豢，皆以所食得名。
結論	芻本義為割草，後引申為以所割之草飼牛，此義後寫作犓。犓以芻得名，二字為古今字，同源。

21　名：命

《說文解字》

　　名：自命也。从口从夕。夕者，冥也。冥不相見，故以口自
　　　名。武並切。

　　命：使也。从口从令。眉病切。

分析如下：

字形關係	名：名（小篆）　　命：命（小篆）		
語音關係	名，明母耕部。命，明母耕部。音同。		
語義關係			
新編甲骨文字典	名，从口从夕，表夜不見人，以口自名。		
漢字源流字典	名，甲骨文从口从夕，會天黑互相看不見只好呼叫名字之意。本義呼指名字。引申指命名、名叫、稱名。 命，从令分化出來，主要用以表示差遣、命令，……又引申指命名。		
結論	名、命音同，名得名於命，二字同源。		

22　嘛：遮

《說文解字》

嗻：遮也。从口庶聲。之夜切。

遮：遏也。从辵，庶聲。止車切。

分析如下：

字形關係	嗻：嗻（小篆）　　遮：遮（小篆）		
語音關係	嗻，章母鐸部。嗻，章母魚部。章母雙聲，魚鐸對轉。		
語義關係			
說文解字注	廣韻：嗻，多語之皃。然則遮者，謂多言遏遮人言也。		
說文解字今釋	嗻，遮也，就是用滔滔的言語阻止別人說話。		
結論	嗻，遮音近，在阻攔義上相通，嗻得名於遮，二字同源。		

23　齚：臼

《說文解字》

　齚：老人齒如臼也。一曰馬八歲齒臼也。从齒从臼，臼亦聲。
　　其久切。

　臼：舂也。古者掘地為臼，其後穿木石。象形。中，米也。凡
　　臼之屬皆从臼。其九切。

分析如下：

字形關係	齚：齚（小篆）　　臼：臼（小篆）
語音關係	齚，羣母幽部。臼，羣母幽部。音同。
語義關係	臼，本義為舂米器具，泛指象臼一樣的東西。齚指老人齒如臼。
結論	齚、臼音同義通，齚因臼得名，二字同源。

四　為某種觀念尋找根據

1　帝：諦

《說文解字》

帝：諦也。王天下之號也。

諦：審也。从言。帝聲。

分析如下：

字形關係	帝：𣏾（甲骨文）　𣏾（金文）帝（小篆）帝（小篆或體）
	諦：諦（小篆）
語音關係	帝，端母錫部。諦，端母錫部，音同。
語義關係	
康熙字典	《書・堯典》序：「昔在帝堯，聰明文思，光宅天下。」《疏》：「帝者，諦也。言天蕩然無心，忘于物我，公平通遠，舉事審諦，故謂之帝也。五帝道同于此，亦能審諦，故取其名。」
說文解字今釋	朱駿聲《通訓定聲》引《風俗通》「帝者，任德設刑以則象之，言其能行天道，舉措審諦。」
結論	帝，鄭樵、吳大澂、王國維、郭沫若並謂象花蒂之形，為蒂之初文。按：金文有「▽己且丁」，「▽」與「且」對文，當指女性先祖。中外史前遺址均發現以「▽」表示女性生殖器。𣏾為▽之異文，象將女性生殖器至於木架供奉之形。因而▽（𣏾）之本義當為女性生殖器，後引申指女性先祖、女性生殖神、上帝，步入男權社會後，進而指男性神（五帝）、男性君王。諦，表仔細觀察審視，詳謹周密。二字僅僅音同，並無語義關聯。但在古人的

	心目中，上帝公平審慎，明察秋毫，故許慎以「諦」訓「帝」。

2　王：往

《說文解字》

王：天下所歸往也。董仲舒曰：「古之造文者，三畫而連其中謂之王。三者，天、地、人也，而參通之者王也。」孔子曰：「一貫三為王。」凡王之屬皆从王。

𝍕，古文王。李陽冰曰：「中畫近上。王者，則天之義。」雨方切。

𧗿往，之也。从彳聲。迬，古文从辵。於兩切。

分析如下：

字形關係	王：太（甲骨文）王（金文）王（小篆） 往：㞷（甲骨文）徃（金文）徃（小篆）
語音關係	王，匣母陽部。往，匣母陽部，音同。
語義關係	
金文常用字典	王，甲骨文、金文分別為太 王，吳大澂以為王之初形乃象地中火噴出之形；徐中舒謂象人端拱而坐之形；吳其昌、林澐則認為王字在造字之初為斧鉞之象形。
漢字源流字典	王，本義大斧，刑殺的武器，象徵權威，引申為最高統治者的稱號。
新編甲骨文字典	王，象斧頭側面形，象徵王者有斬伐一切之權威。
結論	王、往上古同音，但是意義上並無關係，「天下所歸往也」的解釋明顯帶有為王權張目的封建色彩，後面引董仲舒原話，其衛道意味更濃。

3　戌：滅

《說文解字》

戌：滅也。九月，陽气微，萬物畢成，陽下入地也。五行，土
　　生於戊，盛於戌。从戊含一。辛聿切。

滅：盡也。从水，威聲。

分析如下：

字形關係	戌：（甲骨文）（金文）（小篆） 滅：（小篆）
語音關係	戌：心母質部。滅，明母月部，語音差距較大。
語義關係	
漢字源流字典	戌，古代兵器之一種。甲骨文像寬刃平口的大斧形。
漢字形義演釋字典	戌，甲骨文像廣刃兵器形，與今之斧相近。
結論	戌、滅上古音不相近，意義上也沒有直接關係，「戌」訓為「滅」，是基於陰陽消長學說的附會化解釋。

4　亥：荄

《說文解字》

亥：亥，荄也。十月，微陽起，接盛陰，从二，二，古文上
　　字。一人男，一人女也。从乙，象懷子咳咳之形。《春秋
　　傳》曰：「亥有二首六身。」……亥而生子，復从一起。

荄：草根也。从艸，亥聲。

分析如下：

字形關係	亥：𠀠（甲骨文）𠂆（甲骨文）𠀢（金文） 𠀢（金文）𡘹（小篆） 荄：𦫵（小篆）
語音關係	亥：匣母之部。荄，見母之部。匣見鄰紐，之部疊韻。
語義關係	
論衡	亥，水也。其禽豕也。
漢字形義演釋字典	亥，甲骨文像一隻上部是頭，下部是尾，腹部朝左的豬。金文與甲骨文相似。小篆發生訛變，看不出豬形了。吳其昌《金文名象疏證》：「亥字原始之初誼為豕之象形。」
結論	亥字的本義是豕（豬），大致不錯，但並不準確，審視甲、金文「亥」字，除頭、身、尾外，身上一物頗為醒目，即雄性生殖器是也。亥的本義實為豭，即公豬。亥、荄音近，義不相關。以「荄」訓「亥」，目的是借草根的意象，象徵死而復生，是對地支所代表的陰陽生息學說的一種附會。

第四章
《說文解字》聲訓失誤研究

　　《說文解字》為語源研究做出了很大貢獻，但也存在一些失誤。約略如下：

一　受禮教思想的影響產生的聲訓失誤

　　如：

　　　君，尊也。从尹；發號，故从口。

　　按：君是擁有封地、掌握權力的各級大小貴族。「君，尊也」的聲訓，反映了貴賤有別的封建等級秩序。

　　　父，矩也。家長，率教者。

　　按：父，甲骨文作 ，象手持石斧在野外勞作的成年男子，表父親之意。「矩」意思是立規矩的人，反映了父權制社會的禮法秩序。

　　　臣，牽也。事君也。象屈服之形。

　　按：臣，甲骨文作 ，象豎著的眼睛形。古代社會，禮法森嚴，奴隸不能與主人平視，需要看主人時要豎起眼睛，故以一豎目表示奴隸。臣與牽雖音近，但似無語義聯繫。

婦，服也。

按：婦，甲骨文作𤔲，象婦女持帚从事家務勞作，它雖反映了男女分工的不同，但並沒有顯示婦女處於服從的地位。許慎做出這種解釋，當係受封建禮教的影響所致。

二　受陰陽五行思想影響產生的聲訓失誤

如：

丙，位南方，萬物成，炳然。

按：丙，甲骨文作𠕅，象魚尾之形。丙、炳音同，但並無語義關聯。許慎作此訓釋，是受陰陽五行的影響所致。

丑，紐也。十二月，萬物動，用事。

按：丑，甲骨文作𠂤，象手形，為手的變體。丑、紐音近，但並無語義關聯。許慎的訓釋明顯受到了陰陽五行思想的影響。

寅，髕也。正月，陽氣動，去黃泉，欲上出，陰尚強，象宀不達，髕寅於下也。

按：寅，甲骨文作𡧛，象矢形。寅、髕音近，但並無語義關聯。許慎的訓釋是受其陰陽五行思想影響所致。

卯，冒也。二月，萬物冒地而出。

按：卯，甲骨文作 ⁌，象對剖牲體形。卯、冒音同，但並無語義關聯。許慎的訓釋無疑受到了其陰陽五行思想的影響。

　　酉，就也。

按：酉，甲骨文作 ⁌，象酒罈中盛滿美酒。酉、就音近，但並無語義關聯。許慎的訓釋受到了陰陽五行思想的影響。

　　需要指出的是：許慎編寫《說文》的目的之一，就是解釋宇宙萬物的生成。陰陽五行是當時流行的理論體系，許慎難免受其影響，此類聲訓就是其具體反映。

三　主觀臆斷產生的聲訓失誤

　　如：

　　春，推也。

按：春從屯聲，屯表破土而出之義，故春當以屯為語源，許慎以推作春的聲訓，流於主觀臆斷。

　　毒，厚也。

按：毒，定母覺部，厚，匣母侯部，二者語音相距較遠。從意義上看，毒草未必味厚。因而以厚為毒之語源，證據不足。

　　螟，蟲，食穀葉者。吏冥冥犯法即生螟。從虫，從冥，冥亦聲。

按：螟的產生與官吏犯法無關，這反映了許慎的天人感應思想，屬主觀臆斷。

蟊，蟲，食草根者。吏抵冒取民財則生。

蟘，蟲，食苗葉者。吏乞貸則生蟘。從虫，從貸，貸亦聲。

按：蟊、蟘的產生與官吏抵冒（貪污）、謀取賄賂無關。許慎的這種解釋雖然反映了對官員腐敗的痛恨，但並不符合事實。

需要指出的是：許慎編寫《說文》的目的之一，就是為了解是經義，宣揚封建的倫理秩序，此類聲訓就是其具體反映。

四　有些亦聲字未明確指出

如：

社，地主也。從示土。

按：社為土地神。社，禪母魚部，土，定母魚部，二字音近，土兼表音。社應析為：從示土，土亦聲。

瑛，玉光也。從玉，英聲。

按：王筠《說文解字句讀》：「（英）今所謂花也。」「經典多作英，瑛蓋英之分別文。」英表義兼表音，瑛應析為：從玉英，英亦聲。

徬，附行也。從彳，旁聲。

按：徬本義為附在車旁行走，旁表音兼表義。徬應析為：从彳，从旁，旁亦聲。

逆，迎也。从辵，屰聲。

按：段玉裁《說文解字注》：「逆迎雙聲，二字通用。」「今人假以為順逆之逆，逆行而屰廢矣。」逆本作屰，屰在逆中表義兼表音。逆應析為：从辵，从屰，屰亦聲。

遘，遇也。从辵，冓聲。

按：冓，甲文像二魚相向而遇之形，冓當為遘之本字。遘應析為：从辵，从冓，冓亦聲。

迥，遠也。从辵，同聲。

按：《說文解字今釋》：「本書冂部：『邑外謂之郊，郊外謂之野，野外謂之林，林外謂之冋，象遠介也。古文或作冋，或作坰。』可見聲中有義。」迥當析為：从辵，从冋，冋亦聲。

致，送詣也。从夊，从至。

按：段玉裁《說文解字注》：「言部曰：『詣，候至也。』送詣者，送而必至其處也。引伸為招致之致。」「至」聲中含義。致當分析為：从夊，从至，至亦聲。

號，呼也。从号，从虎。

　　按：段玉裁《說文解字注》:「啼號聲高，故從号；虎哮聲厲，故從虎。号亦聲。」

　　　刵，斷耳也。从刀，从耳。

　　按：刵、耳音同，耳亦表聲。

　　　骿，並脅也。从骨，並聲。

　　按：骿本義為並脅，並表義兼表音，應析為：从骨，从並，並亦聲。

　　《說文》:「禛，以眞受福也。从示，眞聲。」段玉裁注云「此亦當云从示，从眞，眞亦聲。不言者，省也。聲與義同源，故諧聲之偏旁多與字義相近，此會意、形聲兩兼之字致多也。說文或稱其會意，略其形聲，或稱其形聲，略其會意。雖則省文，實欲互見。」若果如此，許氏既以「亦聲」為一種特殊結構類型，又以省文的形式模糊其性質，並不可取。

　　必須指出的是：《說文》由於受其學術思想和時代思潮影響所產生的所謂聲訓失誤，具有一定的合理性，必然性，是不能苛責的。

結語

　　《說文》是一部以義訓為主要訓釋方式的字典，它的產生是為了對抗西漢時期今文派對當時儒家經典的隨意附會與主觀扭曲，是對儒家經典的維護與重新校正。《說文》的聲訓、形訓都是作為義訓的參考補充，以達到解釋的作用，它不要求一定溯源，只要求尋找儒家最「純」的正統教義。

　　基於此種視角，我們不難想見，《說文》中的部分聲訓，是作者思想觀念的傳聲筒，是從理念出發的，或用以解釋宇宙的生成，或用以宣揚王權、倫理、教化。這些聲訓儘管未必符合語言實際，但卻是《說文》不可或缺的重要組成部分，是《說文》區別於一般字書的特質所在。

　　從聲訓的功能來講，聲訓自古利用「音近義通」的特點，無論是秦漢為政治說辭尋找理據，還是清代尋找通假、假借情況以便於古書閱讀；無論是「右文說」探求同源詞或詞族，還是近現代以來以語源為目標，都是聲訓的重要組成部分。歸根結柢，聲訓是尋求漢字命名立意的。有人說聲訓在《說文》中十居七八，顯然言過其實。但這也從一方面說明，聲訓在《說文》中占有十分重要的地位。

一　學術研究意義

（一）同源詞研究

　　包含兩類，一類為「字族」研究，即「母文」引導下的同源詞系統，這一類往往具有共同的「聲符」。蔡永貴《漢字字族研究》中說：「《說文》既是字族研究的開端，又是後世字族研究的基礎。」對字族的研究有助於動態把握漢字發展規律，探討漢字發展過程中的層次性和系統性，揭示字與字之間的「血緣關係」和「字族譜系」。這種示源特性被稱為聲符示源，即「聲符顯示形聲字所記錄的詞的源義素。」早期形聲字主要是在母文的基礎上加注形符而成，其示源功能強大，後期形聲字多由形符和聲符拼合而成，仍然有一些聲符傾向示源功能。所以說，形聲字聲符大多具有示源功能。沈兼士指出，研究右文現象有四個方面的意義：一、可以分訓詁之系統，二、可以察古音之變遷，三、可以窮究語根之起源，四、可以追溯語詞之分化，蓋

一舉而四備焉。無獨有偶,《聲訓原理》中寫到「在喉、牙、舌、齒、唇五大聲類中,凡喉音之字,多會合義;牙音之字,多高廣義;舌音之字,多重大義;齒音之字,多纖小義;唇音之字,多敷布義。」與姜亮夫提出的「五聲分義說」相類似。可見其對字詞的串聯系統化作用之大。從同源詞中確定根詞與源詞。根詞只有一個。通過根詞,我們就能理出某字的歷史發展脈絡,對文字有更深的理解。

　　另一類為形體不相關的同源詞。這一類在「音近義通」原則下,直接撇開了字形是否相關,直接打破形體禁錮,打破思維常規,重新反思。如此,詞義的系統性結合詞義引申規律,就明晰起來了。

　　以上兩類同源詞,都具備以下功能:(1)能夠佐證、甚至判定一個詞是否具有某個詞義。(2)在古漢語多義詞眾多義項中抉擇其中一個義項。(3)整理出該詞的詞義系統。

(二)釋源

　　即解釋漢字最初的命名立意,命名立意往往基於在已有語詞基礎上的一種聯想。語言三要素——語音、詞彙、語法,詞彙看似一盤散沙,如果能夠追索到語源,就能彼此系聯,漢語詞彙形成的歷史也就脈絡清晰了。清代學者程瑤田在其名著《果贏轉語記》中說同源詞「履變其物而不易其名,屢變其文而弗離其聲」,一語道破了聲音線索在同源詞研究中的重要作用。《說文》的聲訓正是以聲音為線索,架起了探源的橋樑,是我們進行詞語釋源的寶貴材料。比如:《說文》:「幾,微也。」循此聲音線索,我們就可以找到「譏」、「嘰」、「饑」、「蟣」、「機」等詞語的語源。《說文》:「譏,誹也。」段玉裁注:「譏之言微也,以微言相摩切也。」「譏」就是用隱晦的語言去批評。《說文》:「嘰,小食也。」「嘰」的本義當是稍微吃點東西,其義當源於微。《說文》:「饑,穀不熟為饑。」穀不熟即穀結籽小,籽粒不成熟,其義也源於微。《說文》:「蟣,蝨子也。」蟣即蝨子的卵,

因其微小，故名為璣。《說文》：「璣，珠不圓者。」《書》：「厥篚璵璣組。」《傳》：「璣，珠類，生于水。」釋文：「璣，珠不圓也。字書云：小珠也。」可見，「珠不圓」可能是「璣」的後起義，是與「珠」相對而言的，其本義當是細小的珠子，語源是「微」。

（三）人文歷史價值

聲訓是一種與古代的社會背景、人們思想觀念關係非常密切的訓詁方式，具有保存文化史資料的功能，它們反映古代人們的生活禮俗、哲學思想、鬼神信仰和科技知識等方面的資料。推求語源可形成語義哲學，從語源來研究一個民族的歷史文化心理，從中可以獲得一個民族歷史文化心理某些層面發展的情況。例如：「王，天下所歸往也。」既反映了對王權的尊崇，維護，也反映了最高統治者應該代表人心之所向的樸素願望。「鬼，人所歸為鬼。」反映了生命循環的思想，每個個體生命都會經歷出生—成長—死亡—復生的過程，周而復始，生生不息，鬼不過是整個生命鏈條中的一環。十二地支的代表字全部用聲訓訓釋其義，從「子」的「陽氣成，萬物滋」的陽氣萌動，到「午」的「陰氣午逆陽」的陰陽交午，再到「戌」的「滅也……陽氣微，萬物畢成」的陽氣衰微，用陰陽的消長變化，代表了生命的一個週期。而「亥，荄也……微陽起，接地陰……亥而生子，復從一起」，則反映了一個新的生命週期的開始。十二地支的代表字，全部作為部首，放在全書的最後用來壓卷，它所反映的生命循環的思想，可以看作對全書學術思想的一個總結，而聲訓則起到了對這個總結畫龍點睛的作用。

二　社會實踐意義

從形、音、義三維推進漢字的系統化，從根本上解決「漢字教學

難」的大問題。探源、同源字系聯，使得僻字、僻義不再生僻。瞭解漢字命名立意或者漢字的發展脈絡，可以據此編排故事，一方面增加了課堂趣味，提高學生的參與熱情，另一方面，上古文化信息的「原生態」保留、傳承到下一代，伴隨著「孔子課堂」、「孔子學院」甚至傳播到全球，不僅對本國的傳統語言學的發展、對當代學校的語文課生詞教學極具意義，即便對國際漢語教學，也有極大的積極意義。

參考文獻

一　論著

鄭張尚芳　《上古音系》　上海市　上海教育出版社　2013年

郭錫良　《漢字古音手冊（增訂本）》　北京市　商務印書館　2010年

湯可敬　《說文解字今釋（修訂本）》　長沙市　岳麓書社　1997年

王　寧　《訓詁學原理》　北京市　中國國際廣播出版社　1996年

陸宗達、王寧　《訓詁與訓詁學》　太原市　山西教育出版社　1994年

崔樞華　《說文解字聲訓研究》　北京市　北京師範大學出版社
　　　2000年

顧義生、楊亦鳴　《音訓易通》　徐州市　中國礦業大學出版社
　　　1989年

胡安順　《音韻學通論》　北京市　中華書局　2002年

李建國　《漢語訓詁學史》　上海市　上海辭書出版社　2012年

白兆麟　《簡明訓詁學》　杭州市　浙江教育出版社　1984年

黃德寬、常森　《漢字闡釋與文化傳統》　合肥市　中國科學技術大
　　　學出版社　1995年

黃建中　《訓詁學教程》　武漢市　荊楚書社　1988年

周大璞　《訓詁學要略》　武漢市　湖北人民出版社　1984年

郭在貽　《訓詁學》　北京市　中華書局　2005年

宋金蘭　《訓詁學新論》　北京市　首都師法大學出版社　2001年

陸宗達、王寧　《訓詁方法論》　北京市　中國社會科學出版社
　　　1983年

何九盈　《中國古代語言學史》　鄭州市　河南人民出版社　1984年

吳孟復　《訓詁通論》　合肥市　安徽教育出版社　1983年

陸宗達　《訓詁簡論》　北京市　北京出版社　1980年

張永言　《訓詁學簡論》　武漢市　華中工學院出版社　1985年

洪　誠　《訓詁學》　南京市　江蘇古籍出版社　1984年

朱　星　《古代漢語》（下冊）　天津市　天津人民出版社　1980年

張玉書、陳廷敬等　《康熙字典》　北京市　商務印書館　2001年

王　力　《同源字典》　北京市　商務印書館　1982年

段玉裁　《說文解字注》　上海市　上海古籍出版社　1988年

《中國大百科全書‧語言文字卷》　中國大百科全書編委會　北京市
　　　中國大百科全書出版社　1988年

任繼昉　《漢語語源學》　重慶市　重慶出版社　1992年

張舜徽　《說文解字約注》　北京市　中華書畫社　1983年

谷衍奎　《漢字源流字典》　北京市　華夏出版社　2003年

陳初生編纂　曾憲通審校　《金文常用字典》　太原市　山西人民出
　　　版社　1987年

王本興　《甲骨文字典》　瀋陽市　遼寧美術出版社　2012年

朱宗萊　《文字學形義篇》　北京市　北京大學　1936年

劉興隆　《新編甲骨文字典》　北京市　國際文化出版公司　1993年

王朝忠　《漢字形義演釋字典》　成都市　四川辭書出版社　2006年

二　期刊論文

蔣　瑩　〈論聲訓的理據〉　《佳木斯教育學院學報》2009年第3期

李　晶　〈以《說文解字‧心部》為例談詞義引申規律〉　《現代語
　　　文（語言研究）》2011年第6期

朱惠仙　〈《說文》聲訓保存的文化史資料及其意義〉　《江西社會
　　　科學》2006年第8期

鮑思陶　〈《釋名》聲訓的驗證標準〉　《文史哲》2006年第6期

周海霞　〈漢語同源詞研究歷史綜述〉　《安康學院學報》2007年第
　　　4期

李國英　〈《漢語大字典》誤用聲訓舉例〉　《暨南學報》2002年第1期

張豔華　〈《說文解字》聲訓研究綜述〉　《東京文學》2010年第11期

姚炳祺　〈《說文》聲訓五則〉　《學術研究》1999年第10期

姚炳祺　〈《說文》聲訓四則〉　《中山大學學報》2000年第6期

滕華英　〈近20年來漢語同源詞研究綜述〉　《江漢大學學報》2007年第6期

蕭方平　〈《說文解字》「尞」族字探究〉　《唐山師範學院學報》2012年第1期

呂　傑　〈從「堯」字族看漢字的「母文表義」〉　《語文知識》2013年第2期

何　英　〈《說文解字》中的「堯」字聲符考〉　《四川職業技術學院學報》2010年第4期

馬　芳　〈《說文解字》中「夋」族字試聯——「漢字字族」之探例〉　《吉林廣播電視大學學報》2010年第10期

龔超群　〈《說文解字》「氏」族字研究〉　《科教導刊》2012年第32期

孫明燕　〈「官」族字試析〉　《遼東學院學報社會科學版)》2012年第2期

周光慶　〈從同根字看語言文字之系統與根源〉　《華中師範學報》1984年第5期

谷瑞娟　〈聲訓初探〉　《齊齊哈爾師範高等專科學校學報》2008年第6期

朱惠仙　〈說文解字聲訓研究述論〉　《浙江工業大學學報》2003年第2期

郭　驥　〈聲訓與「因聲求義」〉　《群文天地》2008年第12期

孫　露　〈聲訓概說〉　《重慶科技學院學報》2012年第17期

向長瓊　〈淺說聲訓〉　《青年文學家》2010年第14期

姚炳祺　〈聲訓十則〉　《廣東技術師範學院學報》2003年第1期

姜躍濱　〈論聲訓的定義及範圍〉　《學術交流》1987年第03期

陳　琴　〈析聲訓、右文與語源的關係〉　《語文學刊》2009年第13期

潘福剛　〈右文說對聲訓的繼承與發展〉　《瀋陽大學學報》2007年第6期

嚴奉強　〈試論聲訓的目的和範圍〉　《暨南學報（哲學社會科學版）》1997年第4期

王　琨　〈「弟」族字探析〉　《宜賓學院學報》2011年第5期

蕭方平　〈《說文解字》「尞」族字探究〉　《唐山師範學院學報》2012年第1期

譚永燕　〈冒組同源字考證〉　《和田師範專科學校學報》2011年第1期

李　晶　〈以《說文解字・心部》為例談詞義引申規律〉　《現代語文》2011年第6期

王蘊智　〈同源字、同源詞說辨〉　《古漢語研究》1993年第2期

杜永俐　〈漢語同源字與同源詞〉　《煙臺師範學院學報》2004年第3期

張興亞　〈簡論同源詞與同源字〉　《殷都學刊》　1996年第3期

馮　蒸　〈古漢語同源聯綿詞試探——為紀念唐蘭先生而作〉　《寧夏大學學報》1987年第1期

張慧慧、姜婧婧　〈「而」聲詞同源關係考釋〉　《語文學刊》2010年第9期

陳　曦　〈關於漢字教學法研究的思考與探索——兼論利用漢字「字族理論」進行漢字教學〉　《漢語學習》2001年第2期

盧烈紅　〈古今字與同源字、假借字、通假字、異體字的關係〉　《語文知識》2007年第1期

蔡永貴　〈漢字字族探論〉　《寧夏大學學報》2008年第05期

劉偉唯　〈論分別文同同源字、假借字、古今字、異體字的關係〉　《中國科技創新導刊》2001年第25期

李茂康、嚴嘉惠　〈說文示部說解與同源詞研究〉　《古籍整理研究
　　　　學刊》2006年第3期

尹玉龍　〈淺析《說文解字・示部》字與上古祭祀習俗的互現性〉
　　　　《河北北方學院學報》2012年第1期

孫雍長　〈論聲訓的性質〉　《徐州師範大學學報哲學社會科學版)》
　　　　2001年第2期

滕華英　〈近20年來漢語同源詞研究綜述〉　《江漢大學學報》2007
　　　　年第6期

朱　燕　〈《說文・一部》文化說解〉　《現代語文語言研究》　2009
　　　　年第10期

三　學位論文

蔡永貴　《漢字字族研究》　福州市　福建師範大學博士論文　2009
　　　　年

胡鵬華　《段玉裁對《說文》聲訓的闡述與發展》　南昌市　江西師
　　　　範大學碩士論文　2007年

盧新良　《《說文解字》亦聲字研究》　西安市　陝西師範大學碩士
　　　　論文　2005年

李　馨　《《說文解字繫傳》同源詞研究》　南京市　南京師範大學
　　　　碩士論文　2009年

第三編

《說文解字》義訓研究

第一章
《說文解字》義訓研究綜述

　　兩千多年以來，《說文》作為我國文字學上的首創之書，是後人閱讀古籍、探討古文及古代社會歷史文化必不可少的橋樑和鑰匙。從《說文》成書起，就有很多的學者對其進行多方面的研究。

　　歷史上主要注家中比較有名的當屬唐代的李陽冰，宋朝的徐鉉、徐鍇兄弟及清代的「說文四大家」之段玉裁、朱駿聲、王筠、桂馥；近現代研究《說文》釋義的學者更是層出不窮，這裡只列舉比較有影響力的學者及其著作。

一　清代及其之前的《說文解字》義訓研究

　　南唐徐鍇的《說文解字繫傳》四十篇，是第一部系統地為《說文》作注並進行全面研究的著作。《說文解字繫傳》包括《通釋》三十篇，《部敘》二篇，《通論》三篇，《袪妄》、《類聚》、《錯綜》、《疑義》和《係述》各一篇，總計四十篇。其中《通釋》三十篇是《繫傳》的主體。在主體部分裡，徐鍇把許慎的《說文》十五篇各析為二，進行注釋、解說；徐鍇大量運用聲訓的訓釋方式來疏通和補充許慎的說解，這在客觀上起到了推原或系源的作用。在該書中，凡是徐鍇發明或引經傳的內容，徐鍇都會加上「臣鍇曰」及「臣鍇案」來與《說文》中本有的訓釋相區別。

　　北宋徐鉉等人奉敕校訂《說文》，校訂之處加按語以說明。許慎所訓的文字本義，有的地方未能清晰顯示與字形的關係，有的地方簡單古奧，有的地方籠統模糊。到了宋代，一些本義已與當時的常用義

有了一定距離，造成了人們理解的困難。徐鉉的按語通過對有關語義進行再闡釋，明確了字形與字義之間的聯繫，梳理了本義與當時常用義的關係，能夠幫助人們更好地理解和應用《說文》。

南宋至明代，《說文》研究集中於六書之學，著作主要有南宋鄭樵《六書略》，元代戴侗《六書故》、周伯琦《六書正訛》、楊恆《六書統》，明代魏校《六書精蘊》、趙古則《六書本義》，趙宧光《六書長箋》，其中鄭樵《六書略》、戴侗《六書故》為其代表作。宋代金石學勃興，鄭樵依託金石文字，在一些文字的解釋上比《說文》更為合理。戴侗提出不僅要因形求義，還要因聲求義，對於音義關係多所闡發。

清代是《說文》研究的高潮，大家輩出，著作林立，尤以段玉裁、朱駿聲、桂馥、王筠的研究成就最高。

段玉裁被稱為「小學殿軍」，他的《說文解字注》（以下簡稱段注）的學術成就是多方面的，字的形音義都有所涉獵，其中在訓詁方面也取得了巨大的成就。段注主要就其兩個方面進行解說。一是闡發體例，校訂訛誤。段注在闡發許書意旨和體例方面做了許多工作。在解釋術語、注釋字詞中，他常常論述《說文》的體例、規律和讀法。二是解說詞義引申，論說文字親緣。他通過對詞義的引申和文字孳乳的論說，使人感到字詞的發展有章可循，而不是漫無統紀的；同時，段注常常論說文字的親緣關係、假借關係以及古字、今字、俗字的源流，對文字學、詞義學作出了巨大的貢獻。在對《說文》的研究中，他主要採用了轉注、比較互證、因文考義和考聲求義的訓詁方法，這些方法的運用也為後代學者研究訓詁學提供了參考。

朱駿聲的《說文通訓定聲》是清代「說文學」的重要著作之一。他取《說文》中的字，按韻部排列。每字先列字形，後列許慎對該字的解說和該字的轉注義或假借義以及有關該字的聲訓資料、古韻資料、轉音資料等。該書以聲音貫通字義，在詞義演變研究方面做出了重要貢獻。

　　桂馥的《說文解字義證》（以下簡稱《說文義證》）與段注相為伯仲，二者各有長短。其中桂馥的重點是對字的意義進行闡述分析。他的解釋有兩個部分：一是列舉用例，證實《說文》所說的本義；二是引用古籍，討論許慎的解說或論說字詞的別義。該書取材豐富，論證嚴謹，對研究《說文》的詞語釋義有重要的參考價值。

　　王筠的《說文釋例》是一部發展了段玉裁的「通例」說，專門探討《說文》體例和文字學規律的著作。全書共二十卷，分四十多種條例來探索《說文》的體例和文字學規律，不乏真知灼見。王筠還分別陳述了偏旁的作用和功能。他把漢字分為加上偏旁意義發生變化和意義不發生變化兩種。其中加上偏旁意義發生變化的分別表現為別文、別義、分義（本字義多，加偏旁則祇分其一義也）；加上偏旁意義不發生變化的主要表現為古今字。《說文釋例》一書創見頗多，在古文字學研究中具有重要的學術價值。

　　此外，錢大昕以博洽多聞著稱，他的治學功底非常扎實，在經學、史學、小學等各個領域都卓有建樹。段玉裁曾評價他「于儒者應有之藝，無弗習，無弗精。」在《說文》研究方面，錢大昕不但對《說文》的體例、校勘等提出了重要的見解，而且在對一些字的形、音、義進行深入闡釋時，始終做到無徵不信，且往往不以孤證自足。雖然他的《說文》的觀點主要散見於文字學史或研究《說文》的注疏中，缺少系統的總結，但是他的研究對乾嘉學派學者的治學亦產生了不小的影響。

二　近代的《說文解字》義訓研究

　　這一時期比較著名的《說文》研究大家主要有章太炎、黃侃、丁福保等。

　　章太炎的《《說文解字》授課筆記》（簡稱《筆記》），是章太炎先

生於一九〇八年四月至九月在日本講授《說文》的課堂實錄，根據錢
玄同、朱希祖、魯迅三人現場所記和事後整理的筆記進行整合編排而
成。這份《筆記》記錄了章太炎先生研究《說文》的具體成果，反映
了章太炎先生創建的以《說文》學為核心的中國語言文字學的思路與
方法。同時《筆記》還對章先生在日本講授《說文》的背景和三位原
記錄者向章太炎先生學習的經歷進行了說明，是一部中國近現代學術
史上難得的原始資料。

　　黃侃作為近代著名的學者和小學大師，在文字、音韻、訓詁學方
面有很高的建樹，被稱為「乾嘉小學的集大成者」和「傳統語言文字
學的承前啟後人」。黃侃一生傾注精力最多的是《說文》一書。他的
《黃侃手批說文解字》是其研究《說文》的手稿之一。該手稿博大精
深，勝義紛披，不僅成為研究《說文》的重要參考書籍，更是推求黃
侃學術思想、學術成就及治學方法之典型材料。

　　近人丁福保先生持以往各家研究《說文》的專著和其它論及《說
文》的著述以及甲骨文、金文的材料匯集為《說文解字詁林》，丁福
保先生在此著作中不僅相當全面地統計了研究《說文》並有著作流傳
的學者，而且把他們的研究內容分為校勘和考證、對《說文》進行匡
正、對《說文》全面研究、訂補前人或同時代學者關於《說文》研究
的著作等四類。之後，丁福保先生又把搜集的遺逸編為《補遺》。該
著作不愧是一部集《說文》各家著述於一體的彙編。

三　現代的《說文解字》義訓研究

　　現代的《說文》著作更是層出不窮，其中陸宗達的《《說文解
字》通論》、蔣善國的《說文解字講稿》、張舜徽的《說文解字約注》
和湯可敬的《《說文解字》今釋》、董蓮池的《說文解字考正》等都是
在《說文》研究中有代表性的著作。

陸宗達的《《說文解字》通論》既繼承了章太炎先生和黃侃先生的觀點並系統地運用了兩位先生的方法，同時又避免了乾嘉以來存在的問題。該書對許慎進行了比較客觀的評價，既有肯定又有批評，但是其批評是言必有據；同時還能全面地指出其局限性且仔細分析訓釋說解的謬誤。最值得後來者學習的是陸宗達先生在對《說文》進行分析說解時，既深入透徹又通俗易懂。這本書不僅有助於語言學者對《說文》進行研究探討，還可以讓初入門者瞭解《說文》及許學，同時還能幫助初學者掌握研究《說文》的方法和途徑。

蔣善國的《說文解字講稿》採用了學者們少用的專題討論的研究體例，涉及《說文》的命名、成書和版本、字數和部數、體例和書例、《說文》在漢字學史上的價值、《說文》的派別及其批判、「說文學」與清代古音學等。該書簡明扼要，可以說是《說文》學的研究成果總結。

張舜徽的《說文解字約注》廣泛收集了各家之說，並進行對比分析，做到博觀約取，擇善而從，汰其繁辭，存其精義。在對字的解釋當中，作者不僅引用各家之說，還引用了多種經典來對所釋字進行論證。同時，作者在對各家觀點進行比較分析之後，還會提出自己的觀點和看法，不再是簡單的各家材料和觀點的羅列。本書「可看作丁福保《說文解字詁林》之縮略本，然而它又頗重視推求語源，是則出於丁氏書之外」[1]，是後人研究《說文》不可多得的參考資料。

湯可敬的《說文解字今釋》以大徐本為底本，相對比較全面地吸收《說文學》、古文字學的研究成果，並且增加了作者自己的觀點。本書主要採用直譯為主，直接引用已有公論的段、桂、王、朱等近兩百個文字學家的古注為主；同時採用甲骨文、金文研究的成說來闡發、證明、訂正許說。在本書中作者每條分字頭、正文、注音、譯

1　張其昀：《「說文學」源流考略》（貴陽市：貴州人民出版社，1998年），頁426。

文、注釋、參證諸多部分，為學者瞭解文字流變提供了參考。

董蓮池《說文解字考正》，對《說文》做了全面系統的梳理、考證。該書直錄原文，對其正篆和重文說解的不當處加以按語，詳加勘定，反映了《說文》義訓研究的一些新成果。

陸宗達和王寧在《《說文解字》與本字本義的探求》中指出《說文》整書中都貫穿著形義統一的釋義原則，為探求字詞的本義提供了依據。

許嘉璐《說文解字釋義方式研究》系統研究了互訓、義界、推因這三種釋義方式的實質和相互關係。

王禮賢在《〈說文解字〉釋義解讀》中，從漢字製造義出發，借許慎分析字形以明文獻義之本源的編書宗旨，來論述《說文》的釋義方法和漢字的專義、通義、製造義、本源義。同時還就《說文》作為工具書的重要作用及對辭書編纂的作用進行了分析闡釋。

此外，還有很多的學者就《說文》義訓方面進行研究並提出了自己的看法。如羅會同的《〈說文〉的釋義方式淺析》，張永勝的《淺析〈說文解字〉的釋義方法》，岳海燕的《〈說文〉訓釋方式論析》，蔡英杰的《試論〈說文解字〉中的互訓》，班吉慶的《〈說文〉互訓述評》，陸宗達、王寧《〈說文解字〉與本字本義的探求》，古敬恆的《〈說文〉中詞的引申義初探》，馮燕的《〈說文〉同義詞研究》，楊榮祥的《〈說文〉中的「否定訓釋法」》，劉川民的《〈說文段注〉辨析同義詞的方式》等。

第二章
《說文》義訓的體例

一　義訓的定位

　　古今往來，訓詁學家們對字詞的訓詁方法分類歷來就有分歧。有的學者把義訓排除在字詞義的訓詁方法之外，有的學者則認為義訓是訓詁方法的基本組成成分，不能忽略。下面，我們先對義訓進行一個概述。

　　堅持「義訓」是訓詁方法的基本組成成分的學者包括支持傳統的三分法的學者和從現代學科概念出發的提出綜合法的學者，如周大璞、張永言、黃大榮、趙振鐸和馮浩菲等。此乃傳統觀點，本文不再贅述。

　　主張把「義訓」排除在訓詁方法之外的學者有白兆麟、陸宗達、王寧、許威漢等。其中陸宗達、王寧把訓詁方法歸納為以形索義、因聲求義和比較互證三種。就其訓釋方式來看，王寧先生認為，我國古代的詞義訓釋主要分為直訓和義界兩類。其中直訓可以分為單訓和互訓兩種；義界又分為定義式義界、嵌入式義界和比況式義界三種；許威漢把訓詁的方法分為形訓、聲訓、據文證義、析詞審義和變體明義[1]五種。與王寧先生一樣，他也提出了訓詁的方式這個概念，即互訓、義界、推因、三者的交叉、其它等五種。他們的共同點是把字的形音訓釋定義到訓詁方法的範疇，把字的意義訓釋定義到訓詁方式的範疇。訓詁方法和訓詁方式的關係問題也正是學者們一直探討而至今仍有爭議的問題。

1　徐威漢：《訓詁學導論》（北京市：北京大學出版社，2007年），頁88-127。

與其它學者觀點不同的是，白兆麟先生在其研究初期是支持訓詁方法的傳統三分法的，但是後來隨著研究的深入，他的觀點有了變化。他首先提出了「義訓」的「以形說義」、「因聲求義」、「直陳語義」新的三分法，九十年代他又提出用「引申推義」取代「直陳語義」的觀點。同時，他還指出「把義訓或直陳語義看成訓詁方法，『未能從根本上脫離傳統訓詁學的窠臼。』『諸如此類的闡述，包括拙著在內，實際上是把訓詁方法和訓詁方式二者互相混淆了。』」他的這種變化也從另一個側面論證了訓詁學是一門不斷發展變化的學科，在此基礎上，學者們對訓詁方法認識的推陳出新也是理所當然的，是值得推崇的。

筆者認為，在對「義訓」在《說文》中的應用研究展開之前，有以下兩個問題需要分析討論。

首先，義訓分為單純的字（詞）義訓和根據語言環境的字（詞）義訓。單純的字（詞）義訓是指脫離任何語言環境的影響而對字（詞）進行的訓釋。《說文》作為一部字典，對它所收錄的漢字的訓釋，從理論上來說應該是對不受其它語言環境影響的單純的漢字釋義，但是由於具體訓釋過程中影響字義訓釋的因素的複雜性，《說文》中有些漢字的訓釋不是單純的、沒有語言環境的訓釋，這種情況，我們下面將專門介紹。根據語言環境的字（詞）的訓釋對象包括釋實詞、釋虛詞、注音、校勘、發凡起例、解釋語法現象、說明修辭手段、釋句、釋典章制度、補充事實、揭明章旨、解釋篇題等。而王寧先生認為的「比較互證」和許威漢先生認為的「據文證義」、「析詞審義」和「變體明義」及其它學者認為的「隨文釋義」、「觀境為訓」等釋義方法就是根據語言環境的義訓訓釋方法。

其次，「義訓」究竟屬於訓詁方法的範疇還是屬訓詁方式的範疇。根據《現代漢語詞典》的解釋：「方法」是指關於解決思想、說話、行動等問題的門路、程序等。「方式」是指說話做事所採用的方

法和形式。由此可見，「方式」是「方法」的上位詞，是包含「方法」這個義項的。其中「方式」的另一個下位詞「形式」是指事物的形狀、結構等。「方法」和「形式」的不同點在於二者所要表達的側重點不同。「方法」側重「解決問題所採用的門路、途徑」，「形式」側重於「事物本身所表現的形狀結構」。

　　義訓與形訓和聲訓是不同的。形訓是以漢字的形體分析為依據來尋求解釋詞義，聲訓是根據漢字的讀音線索來尋求解釋詞義。而義訓則是既不利用字形和語音為線索，也不考慮詞義的來源和形義關係的直陳詞義，也可以說它的內容是人們在社會生活中約定俗成的。也就是說，「形訓」和「聲訓」在對字詞進行訓釋的時候都要依據一定的途徑（門徑）才能實現；而「義訓」，則是訓釋者拋開形式對其內容直接進行描寫。

　　陸宗達、王寧先生在《訓詁方法論》中指出：「科學的概念需要明確的術語來表達。術語是科學理論形成的基礎，又是發展理論的必要條件。術語不僅是消極地記載概念，而且反過來也影響概念，使它明確，並把它從鄰近的概念中區別出來。因此，術語必須有明確的定義來確定它的內涵、外延。此外，術語還應當是統一的、固定的、意義單一的。但是，總的來說，舊的訓詁之學具有明確解說的術語是不多的，而且，已有的術語也有一些不夠恰當。」「義訓」作為訓詁學術語，它的科學定位也是它能夠被正確運用的前提條件。

　　由以上分析可知，所謂的「義訓」就是不借助於字形和字音而直陳語義的一種訓釋方式。就其訓釋的形式主要表現為直訓、義界訓釋、引用訓釋、譬況訓釋等。本書為研究的方便，抽離掉《說文》中的析形、注音部分，把《說文》中的釋義部分統稱為義訓。

二　《說文》義訓的體例解析

（一）同義詞訓釋

同義詞訓釋，指單純用同義詞對被釋詞做出揭示，其主要表達式為，A，B也。

1　獨立訓釋

獨立訓釋指某個訓釋詞只用來解釋某個被釋詞，並且不與其它詞語發生關係。這種訓釋多存在於以雙音詞訓釋單音詞。如：

茥，缺盆也。
茗，井（牛）藻也。
蘽，月爾也。
苓，卷耳也。
薺，蒺藜也。
茚，鳧葵也。
味，滋味也。
嘽，喘息也。
趙，趨趙也。
迻，遷徙也。

獨立訓釋中，被釋詞與訓釋詞一般是等義的。通常情況下，被釋詞以後會被訓釋詞所取代，這主要是因為詞語雙音化的影響，也與被釋詞不太常用有關。據統計，艸部當中，獨立訓釋高達六十二例，這些草類大多不太常見。

訓釋詞的構成比較複雜，主要有以下幾種情況：

（1）訓釋詞為雙音聯綿詞，與被釋詞異名同實。在語音上，有的訓釋詞與被釋詞沒有語音關係，如：蘿，月爾也。莜，蚍蜉也。茉，莖藸也。芍，鳧茈也。莎，鎬侯也。有的訓釋詞與被釋詞有語音關係，訓釋詞可作被釋詞的切語，如：薺，蒺藜也。

（2）訓釋詞為偏正合成詞，與被釋詞異名同實。訓釋詞一種以「限制性義素＋類義素」的形式構成，如：菩，井（牛）藻也。蘩，白蒿也。

《爾雅・釋草》：「菩，牛藻。」井、牛二字近似，「井」當為「牛」字之誤。段玉裁《說文解字注》：「按藻之大者曰牛藻。凡草類之大者多曰牛曰馬。」《爾雅・釋草》：「蘩，皤蒿。」郭璞注：「白蒿。」陸璣《詩義疏》：「凡艾白色為皤蒿。今白蒿春始生，及秋，香美，可生食，又可烝。」

凡顏色、氣味、形狀、質地等用來分類的義素＋類義素構成的訓釋詞均屬此類。如：「棟，赤棟也。」「樲：酸棗也。」「鈹，大針也。」「昔，乾肉也。」「蜆，寒蜩也。」

一種以描寫性義素＋比況性義素構成。如：茥，缺盆也。苓，卷耳也。蒙，王女也。

《爾雅・釋草》：「茥，蒛盆。」郭璞注：「覆盆也。」湯可敬《說文解字今釋》：「卷耳，野菜名。又叫苓耳。形似鼠耳，叢生如盤。」朱駿聲《說文解字通訓定聲》：「錢辛楣師曰：『女蘿之大者名王女，猶王彗、王芻也。』按凡物之大者或稱王，或稱馬牛。」

還有一種直接由比況式雙音偏正合成詞構成。如：芡：雞頭也。菡，豕首也。《方言》卷三：「青、徐、淮、泗之間謂之芡，南楚、江、湘之間謂之雞頭。」

（3）訓釋詞為並列合成詞。如：味，滋味也。趙，趨趙也。嘽，喘息也。迻，遷徙也。苾，馨香也。迭，更迭也。別，分解也。逑，斂聚也。剡，銳利也。

有的訓釋詞中含有被釋詞，如：味，滋味也。趣，趣趣也。央，中央也。有的訓釋詞不含被釋詞，嘽，喘息也。迻，遷徙也。呂，脊骨也。

2　同訓

同訓就是用一個詞來訓釋兩個或兩個以上的同義詞的一種訓釋方式。同訓系列中的被釋詞與訓釋詞詞性相同且處在相同的語義層級上，即訓釋詞既不是被釋詞的上位語義，也不是訓釋詞的下位語義。具體表現就是用字（詞）B 訓釋 A1 及其同義詞 A2、A3、A4、An，即

A1，B。

A2，B。

A3，B。

A4，B。

An，B。如：

祿，福也。禠，福也。祥，福也。祉，福也。

選，遣也。送，遣也。

譔，欺也。誆，欺也。詐，欺也。

迎，逢也。遇，逢也。

速，疾也。迅，疾也。适，疾也。

議，語也。談，語也。

超，跳也。踊，跳也。

適，之也。往，之也。

進，登也。遷，登也。躋，登也。

副，判也。剖，判也。辦，判也。劇，判也。解，判也。

同訓多在同部，但亦有異部同訓者。上述（1）-（6）為同部同訓，（7）-（8）為異部同訓，（9）-（10）既包括同部同訓，又包括異部同訓。

同訓詞只有少數是等義關係，大多數是同中有異。

（1）同訓詞為等義關係，如：隸，及也。逮，及也。

這種情況兩個同訓詞一般是異體詞。同訓詞一般同中有異，它們之間的意義關係比較複雜。

A. **具體與抽象之異**。如：祿，福也。禔，福也。祥，福也。祉，福也。

後世祿多作「官吏的俸給」義，如：爵祿、薄祿、餘祿、祿蠹、高官厚祿等。由此推測，祿當訓穀，有祿就是有食物，有食物吃，當然是一種福。所以，祿是一種比較具體的福，禔、祥、祉都是較為抽象的福，指一切吉利、美好的事情。

B. **角色功能之異**。如：選，遣也。送，遣也。

選的意思是選派某人出使到某地。送的意思是為某人到某地送行。選的施事多為被選者的上級，送的施事可以是上級、同級、下級。被「選」，某種程度上是一種驅逐，不是什麼好事。如《左傳·昭公元年》：「其母曰：『弗去！懼選。癸卯，鍼適晉。」秦公子鍼（後子）在秦桓公時備受尊崇，桓公死後，遭到兄長景公的嫉恨。因害怕景公將其驅逐，故而投奔晉國。「送」是一個中性詞，被「送」，可能是好事，也可能是壞事。《詩·邶風·燕燕》：「之子于歸，遠送于野。」此「送」為送嫁，應當算好事。《戰國策·燕策》：「太子及知其事者，皆白衣冠而送之。」荊軻此去凶多吉少，所以大家戴白帽，著白服，如辦喪事一樣給他送行，應當是壞事。

C. **行為側重之異**。如：議，語也。談，語也。

談側重述說，丘遲〈與陳伯之書〉：「不假僕一二談也。」議則側重判斷、評價。段玉裁《說文解字注》：「議者誼也。誼者，人所宜也，言得其宜之謂議。」《史記·廉頗藺相如列傳》：「趙王悉召群臣議。」

謾，欺也。逛，欺也。詐，欺也。

誑側重在蒙蔽真相，誆側重在以言語哄騙，詐強調不真實，側重在行為。《史記‧樂毅列傳》：「齊田單後與騎劫戰，果設詐誑燕軍。」《史記‧高祖本紀》：「將軍紀信乃乘王駕，詐為漢王，誑楚，楚皆呼萬歲。」此兩例皆詐、誑連用，表欺騙行為時用「詐」，表欺騙的言語時用「誑」。

　　超，跳也。踊，跳也。

超側重在橫向的跳，強調向前。《孟子‧梁惠王上》：「挾泰山以超北海。」踊側重在縱向的跳，強調向上。《左傳‧僖公二十八年》：「曲踊三百。」《禮記‧喪服四制》：「跛者不踊。」

　　進，登也。遷，登也。躋，登也。

進側重向前，遷和躋都側重向高處，躋更強調到達一定的高度。《詩‧大雅‧桑柔》：「進退維谷。」《詩‧小雅‧伐木》：「出自幽谷，遷于喬木。」《詩‧豳風‧七月》：「躋彼公堂，稱彼兕觥。」

　　副，判也。剖，判也。辨，判也。劇，判也。刳，判也。解，
　　判也。

副、剖側重剖開。刳側重從中間剖開再挖空。辨側重分辨。解側重分解，把整體分解成各個組成部分。劇側重在把木材分解後加工。《路史‧後紀》十二：「鯀殛死，三歲不腐，副之以吳刀，是用出禹。」《山海經‧海內經》注：「鯀死，三歲不腐。剖之以吳刀，化為黃龍。」《易‧繫詞下》：「刳木為舟。」《荀子‧榮辱》：「目辨白黑美惡，耳辨音聲清濁。」《莊子‧養生主》：「庖丁為文惠君解牛。」《爾雅‧釋器》：「木謂之劇。」

D. **主動被動之異**。如：迎，逢也。遇，逢也。

迎是一種主動的行為，故後來引申為迎接、歡迎。《詩·大雅·大明》：「親迎於渭。」《墨子·非儒下》：「哀公迎孔子。」遇是偶然的，被動的。《穀梁傳》：「不期而會曰遇。」

E. **程度輕重之異**。如：迅，疾也。速，疾也。适，疾也。

迅、速、适並有快速之義，但程度輕重有別。适是一般的快，速是很快，迅是飛快。《論語》：「迅雷風烈必變。」雷聲說來就來，故謂之迅雷，「迅」不能換為「速」。《左傳·僖公三十三年》：「子濟而陳，遲速唯命。」「速」對應「遲」，也是不能換為「迅」的。

F. **語法功能之異**。如：往，之也。適，之也。

往為不及物動詞，適為及物動詞。段玉裁《說文解字注》：「逝、徂、往自發動言之，適自所到言之。」《莊子·天道》：「往見老聃。」《詩·魏風·碩鼠》：「適彼樂土。」

用於同訓詞的訓釋詞一般是意義更為抽象，在當時更為通用的詞。如：超，跳也。踊，跳也。跳比超、踊意義更為抽象，在當時更為通用。謾，欺也。誑，欺也。詐，欺也。欺比謾、誑、詐也更為抽象、通用。

3　互訓

互訓就是兩個同義詞互相訓釋的義訓方式，具體表現為用 B 來訓釋其同義詞 A，反過來，再用 A 來訓釋 B，即：A，B 也。B，A 也。構成互訓的詞多在同部，但也有異部互訓。同部互訓，如：

茅，菅也。菅，茅也。
蕭，蔛也。蔛，蕭也。
苦，蘦也。蘦，苦也。
改，更也。更，改也。

咆，嗥也。嗥，咆也。

走，趨也。趨，走也。

蹲，踞也。踞，蹲也。

刑，剄也。剄，刑也。

箝，簾也。簾，箝也。

信，誠也。誠，信也。

異部互訓，如：

寶，珍也。珍，寶也。

玩，弄也。弄，玩也。

甘，美也。美，甘也。

厭，飽也。飽，厭也。

入，內也。內，入也。

問，訊也。訊，問也。

互訓詞除極少部分是等義詞外，絕大部分是意義微別的同義詞。互訓詞為等義詞的一般是異體詞的關係。如：

苗，蓨也。蓨，苗也。

薊，菜也。菜，薊也。

咽，嗌也。嗌，咽也。

雕，鷻也。鷻，雕也。

意義微別的互訓詞，意義關係比較複雜。

A. **範圍大小之異**。如：

　　蓋，苫也。苫，蓋也。

　　《釋名‧釋言語》：「蓋，加也。加物上也。」《淮南子‧說林》：「日月欲明，而浮雲蓋之。」蓋，意為覆蓋，意義範圍較廣。苫是用茅草編成的覆蓋物，可以蔽體或遮屋頂，意義範圍較狹。

　　遶，遠也。遠，遶也。

　　遠與近相對而言，範圍較廣。遶是極遠，範圍較狹。

　　刑，剄也。剄，刑也。

　　《呂氏春秋‧順說》：「刑人之父子也。」注：「殺也。」《史記‧項羽本紀》：「刑人如恐不勝。」剄與頸同源，段玉裁《說文解字注》：「剄，謂斷頭也。」意為砍頭。刑的意義範圍較廣，剄的意義範圍較狹。刑的施事、受事不能是同一個人，剄的施事、受事卻可以是同一個人。《史記‧孫子吳起列傳》：「龐涓自知智窮兵敗，乃自剄。」

　　訊，問也。問，訊也。

　　問是詢問，訊是審問。訊，甲骨文作，吳大澂《說文古籀補》：「古訊字从系从口，執敵而訊之也。」「問」的詞義範圍比「訊」要廣。

B. **意義側重之異**。如：

蕪，薉也。薉，蕪也。

《楚辭·招魂》注：「不治曰蕪，多草曰薉。」蕪，意為田野上的荒草沒有經過整治。薉，指田野長滿雜草。

噓，吹也。吹，噓也。

王筠《說文解字句讀》：「《聲類》：『出氣急曰吹，緩曰噓。』」吹、噓都是合攏嘴唇以呼氣，吹時呼氣急促，噓時呼氣舒緩。

呻，吟也。吟，呻也。

段玉裁《說文解字注》：「呻者，吟之舒；吟者，呻之急。渾言則不別也。」

信，誠也。誠，信也。

信與真同源，側重言語為真。《老子》：「信言不美，美言不信。」誠與實義近，側重在言語表現出的是內心的真實思想感情。《禮記·大學》：「是謂誠於中，形於外。」《孟子·盡心上》：「反身而誠，樂莫大焉。」

厭，飽也。飽，厭也。

飽與饑是反義詞，食物塞滿肚腹，沒有饑餓感，就是飽。《孟

子·梁惠王上》：「樂歲終身飽。」厭從甘，除了飽的意義之外，還有滿足義。杜甫《歲晏行》：「高馬達官厭酒肉。」飽只是吃得飽，厭不光吃得飽，而且吃得好。

盆，盎也。盎，盆也。

《急就章》第三章顏師古注：「缶、盆、盎一類耳。缶即盎也，大腹而斂口，盆則斂底而寬上。」盆，口大底小。盎，腹大口小。

警，戒也。戒，警也。

警從言，意在以言語警示、告誡。《禮記·文王世子》：「天子視學，大昕鼓徵，所以警眾也。」戒從戈，意在拿起兵器，抱持警戒。《詩·小雅·采薇》：「豈不日戒？玁狁孔棘。」

C. **主體之異**。如：

甘，美也。美，甘也。

美，甲骨文象人戴羊角之相，意為形體美。《戰國策·齊策一》：「我孰與城北徐公美？」《呂氏春秋·慎行》：「王為建取妻于秦而美。」甘象人口中含有食物，意為味道美。《孟子·梁惠王上》：「為肥甘不足於口與？」《韓非子·存韓》：「秦王飲食不甘。」美的主體是可以觀賞的人或事物，甘的主體是食物。

D. **材質之異**。如：

薪，蕘也。蕘，薪也。

《禮記・月令》:「收秩薪柴。」鄭玄注:「大者可析謂之薪。」薪指較粗大可劈開的木柴。《左傳・昭公十三年》:「淫芻蕘者。」孔穎達疏:「供然火之草也。」《管子・輕重甲》:「賣其薪蕘。」注:「大曰薪,小曰蕘。」蕘指柴草或較小的木柴。

E. **程度之異**。如:

> 走,趨也。趨,走也。

疾行曰趨,疾趨曰走。走與趨有程度之異,走比趨更快。《韓非子・五蠹》:「兔走觸株,折頸而死。」「走」是不能換成「趨」的。《戰國策・趙策》:「入而徐趨。」「趨」也不能換成「走」。

> 饑,餓也。餓,饑也。

饑是吃不飽,餓是沒得吃,餓的程度較饑嚴重。張舜徽曰:「餓之為言俄也,俄,行頃也,謂久不得食,精力困乏,行不能正也。饑之為言幾也,幾,小食也,為食之不能飽也。」[2]《左傳・宣公二年》:「初,宣子田於首山,舍于翳桑,見靈輒餓,問其病。曰:『不食三日矣。』」《韓非子・飾邪》:「家有常業,雖饑不餓。」

F. **行為對象之異**。如:

> 追,逐也。逐,追也。

追之右旁為師之古字,追本義當為追擊敗亡之敵。《左傳・莊公十八年》:「公追戎於濟西。」《管子・七臣七主》:「馳車充國者,追

2　張舜徽:《說文解字約注》(武漢市:華中師範大學出版社,2009年),頁1273。

寇之馬也。」逐之右旁在甲骨文中或為鹿，或為豕，或為犬。羅振玉《增訂殷虛書契考釋》：「此或從豕，或從犬，或從兔；從止。象獸走壙而人追之。」甲骨文詳細記載了商王在「其」這個地方使用陷阱狩獵的過程。

> 甲申卜……日王逐。
>
> 乙酉卜，在其，丙戌王井，弗正。
>
> 己酉卜，在其，丁亥王井，允擒三百又四十又八。
>
> 丙戌卜，在其，丁亥王井，允擒三百又四十又八。
>
> 丁亥，井擒？允。（《屯南》663）

商王設置陷阱，追逐野獸，最後大有擒獲。追的對象是人，逐的對象是獸。二者井然分明。

G. 語法功能之異。 如：

> 入，內也。內，入也。

入是不及物動詞，其後跟處所。《論語·先進》：「由也升堂矣，未入於室也。」內是使動詞，其賓語為人或物。《史記·項羽本紀》：「距關，毋內諸侯。」

> 施，敷也。敷，施也。

在散布、鋪陳的義位上，施是不及物動詞，《易·乾卦》：「雲行雨施。」敷是及物動詞。《書·禹貢》：「禹敷土，隨山刊木，奠高山大川。」

H. **古今之異**。

眼，目也。目，人眼。

目為眼睛，眼本義為眼珠。《史記·伍子胥列傳》：「抉吾眼懸吳東門之上，以觀越寇之入滅吳也。」眼後來引申為目的意義，並在口語中代替了目。

4　遞訓

系聯兩個或兩個以上的相關同義語詞，依次傳遞式地一一訓釋的義訓方式，在訓詁學上稱為遞訓。遞訓的形式具體表現為用漢字 B 來訓釋漢字 A，再用漢字 C 來訓釋漢字 B，再用漢字 D 來訓釋漢字 C，依次類推，即：

A，B。B，C。C，D。……

遞訓的前幾個被釋詞只能是同義詞訓釋，遞訓的最後一個被釋詞的訓釋可以是同義詞，也可以是同義詞組。如：

天，顛也。顛，頂也。

諱，誋也。誋，誡也。

訩，訟也。訟，爭也。

譖，愬也。愬，告也。

翄，翅也。翅，翼也。

看，睎也。睎，望也。

逆，迎也。迎，逢也。逢，遇也。

譏，誹也。誹，謗也。謗，毀也。

談，語也。語，論也。論，議也。

道，迫也。迫，近也。近，附也。

跧，蹴也。蹴，躡也。躡，蹈也。蹈，踐也。踐，履也。

迆，迻也。迻，遮也。遮，過也。過，微止也。

噣，喙也。喙，口也。口，人所以言食也。

壁，垣也。垣，牆也。牆，垣蔽也。

懈，怠也。怠，慢也。慢，惰也。惰，不敬也。

遞訓多在同部，也有分布在同部和異部者。

A. 同部遞訓。如：

諱，誋也。誋，誡也。逆，迎也。迎，逢也。逢，遇也。

B. 分布在同部和異部的遞訓。如：

訩，訟也。訟，爭也。居，處也。處，止也。埤，增也。增，益也。道，迫也。迫，近也。近，附也。

　　遞訓要在同義詞語之間進行，要保證用以訓釋的詞語與被釋詞基本意義相同。如果用來訓釋的詞語與被釋詞基本意義不同，甚至義域都不相同，不能視作遞訓。如：

宮，室也。室，實也。

謗，毀也。毀，缺也。

踐，履也。履，足所依也。

踶，躛也。躛，衛也。

　　段玉裁曰：「《釋名》云：『室，實也，人物實滿其中也。』」實是室的聲訓，是用來說明室的語源及形態的，與室不是同一個義位，自

然與宮也不是同一個義位，因此宮、室、實並不構成遞訓。毀有詆毀、毀壞等義位。用「毀」來釋「謗」，用的是詆毀義，用「缺」來釋「毀」，釋的是毀壞義，謗、毀、缺不構成遞訓。履有兩個義位，一個是動詞義的踐踏，一個是名詞義的鞋子。用「履」釋「踐」，用的是踐踏義，用「足所依」釋「履」，釋的是鞋子義，因而「踐、履、足所依」也不構成遞訓。以「衛」訓「韄」，是釋的「韄」的語源義，牛馬用蹄踢人是出於自衛。衛與韄不是同義詞，因而踶、韄、衛不構成遞訓。

　　用於遞訓的詞語，極少數義位完全相同，只是字形不同，語音稍有差異，它們之間是同源關係。如：天，顛也。顛，頂也。一般來講，出於遞訓鏈條的幾個詞基本意義相同，但有一定差別。其語義關係有以下幾種情況：

　　A. **詞義側重之異**。如：

　　　　諱，誋也。誋，誡也。

　　誋、諱是因為有顧忌對某些事不敢說、不願說、不能說，側重於禁忌。《韓非子·外儲說左下》：「公室卑則誋直言。」《公羊傳·閔公元年》：「春秋為尊者諱，為親者諱，為賢者諱。」誡是告知某人應做某事，不應做某事，側重於約束。《古詩為焦仲卿妻作》：「多謝後世人，誡之慎勿忘。」

　　　　看，睎也。睎，望也。

　　看，睎、望具有把視線投向遠方之義。睎、望的視野是高遠之處。《古詩十九詩》：「引領遙相睎。」《荀子·勸學》：「吾嘗跂而望矣，不如登高之博見也。」看可仰視，可平視，亦可俯視，視野更廣闊。杜甫〈春夜喜雨〉：「曉看紅濕處，花重錦官城。」

談，語也。語，論也。論，議也。

談是就某一主題發表看法，《後漢書·公孫述傳》：「不亟乘時與之分功，而坐談武王之說，是效隗囂欲為西伯也。」語是告訴別人某個事實或觀點，《莊子·秋水》：「夏蟲不可以語於冰者，篤于時也。」論是分析、判斷事物的道理，《禮記·王制》：「論進士之賢者，以告于王。」議是商議、討論，論定是非。《史記·廉頗藺相如列傳》：「趙王悉召群臣議。」

迤，迆也。迆，遮也。遮，遏也。遏，微止也。

迤、迆罕用，此處不議。遮側重阻攔。《史記·陳涉世家》：「陳王出，遮道而呼涉。」遏側重停止。《列子·湯問》：「聲振林木，響遏行雲。」

遜，遁也。遁，遷也。遷，登也。登，上車也。

遜側重遠離。揚雄《劇秦美新》：「是以耆儒碩老，抱其書而遠遜。」遁側重逃避。《國語·楚語》：「吾將遁矣。」遷側重移動。《詩·小雅·伐木》：「出自幽谷，遷于喬木。」登側重到達某一高處。《左傳·莊公十年》：「登，軾而望之。」

B. 詞義範圍之異。如：

詶，訟也。訟，爭也。

詶，不怎麼常用，訟是訴之於公，在法庭上爭辯是非曲直。《論語·顏淵》：「聽訟，吾猶人也。必也，使無訟乎？」爭是爭論、爭

辯。《史記・平津侯主父列傳》：「每朝會議，開陳其端。令人主自擇，不肯面折庭爭。」爭的詞義範圍顯然比訟要大得多。

　　譖，訴也。訴，告也。《玉篇》：「譖，讒也。」譖的意思是進獻讒言，不一定有根據。《詩・小雅・巷伯》：「彼譖人者，誰適與謀？」《公羊傳・莊公元年》：「夫人譖公于齊侯。」訴則是有事實有根據地說人壞話。《左傳・成公十六年》：「取貨于宣伯而訴公于晉侯。」《玉篇》：「告，語也。」告的意思是告訴。《左傳・隱公元年》：「公語之故，且告之悔。」《史記・項羽本紀》：「項羽乃夜馳之沛公軍。私見張良，具告以事。」告的意義範圍比譖、訴要大。

　　　　喙，喙也。喙，口也。

　　口，人所以言食也。喙、喙用於鳥。《史記・趙世家》：「中衍人面鳥喙。」《山海經・北山經》：「有鳥焉，其狀如烏，文首，白喙，赤足。」口則可以用於一切動物，包括人。《戰國策・秦策》：「眾口所移，無翼而飛。」

　　C. **整體與部分之異**。如：

　　　　翺，翅也。翅，翼也。

　　翺與翮為異文，《爾雅・釋器》：「羽本謂之翮。」郭璞注：「翮，鳥羽根也。」翮是鳥羽中間的硬管。翅和翼均指鳥和昆蟲的飛行器官。翮為翅、翼整體中的一部分。

　　D. **主動、被動之異**。如：

　　　　逆，迎也。迎，逢也。逢，遇也。

　　逆、迎是一方主動的迎接。《左傳‧成公十四年》:「宣公如齊逆女。」《詩‧大雅‧大明》:「親迎於渭。」逢、遇是雙方碰到。《左傳‧僖公三年》:「魑魅罔兩，莫能逢之。」王勃《滕王閣序》:「萍水相逢，盡是他鄉之客。」《論語‧微子》:「子路從而後，遇丈人。」

　　E. **方式之異**。如:

　　　　譏，誹也。誹，謗也。謗，毀也。

　　譏以幾為聲，幾，微也，譏是以隱晦的語言批評別人，《左傳‧隱公三年》:「稱鄭伯，譏失教也。」誹以非為聲，誹，謬也，誹是背地議論指責他人的不是，《韓非子‧八經》:「賞者有誹焉，不足以勸。」謗以旁為聲，旁，大也，謗是背後公開議論或批評他人的短處。《國語‧周語》:「厲王虐，國人謗王。」

　　F. **情態、程度之異**。如:

　　　　迮，迫也。迫，近也。近，附也。

　　迮是緊急靠近，《楚辭‧九辯》:「歲忽忽而迮盡兮，恐余壽之弗將。」迫與近是一般的靠近、接近。《楚辭‧離騷》:「望崦嵫而勿迫。」司馬遷《報任安書》:「涉旬月，迫季冬。」《孫子兵法‧行軍》:「凡地有絕澗、天井、天牢、天羅、天陷、天隙，必亟去之，勿近也。」附是附著，《中山狼傳》:「丈人附耳謂先生曰:『有匕首否?』」

　　　　跧，蹴也。蹴，躡也。躡，蹈也。蹈，踐也。踐，履也。

　　蹴意為迎上去踩踏。《一切經音義》引《說文》:「以足逆蹋曰蹴。」躡強調以足附於某物之上。《史記‧淮陰侯列傳》:「陳平、張良躡漢王足。」蹈強調足由上而下踩踏。《莊子‧達生》:「至人潛行

不窒，蹈火不熱。」踐強調瞬時踩踏。《禮記・曲禮》：「大夫、士入君門不踐閾。」履在踐踏的時間上可以有持續性。《詩・魏風・葛屨》：「糾糾葛屨，可以履霜。」

　　遞訓中的第一個被釋詞我們稱之為首項詞，最後一個被釋詞稱為末項詞，處於中間的被釋詞稱為中項詞。古詞、方言詞、生僻詞一般在首項或中項，處在末項的詞一般是當時的通用詞。對於末項詞的訓釋分兩種情況：一是用另一個較通行的詞解釋，這樣，這個詞與末項詞就構成了互訓。如：逆，迎也。迎，逢也。逢，遇也。遇是這個遞訓系列的末項詞。《說文》：「遇，逢也。」用遇訓逢，一方面是因為「逢」與「遇」義最近，另一方面也是因為逢在當時也是一個較為通行的詞。二是用義界的方式來訓釋末項詞。如：囁，喉也。喉，口也。口，人所以言食也。口是末項詞，通用詞，沒有合適的詞訓釋它，所以用了義界（下定義）的方式。

（二）類義詞訓釋

1　上位義作訓釋詞。例如：

　　貓，獸也。罌，缶也。缸，瓦也。刀，兵也。脁，祭也。舞，樂也。拘，止也。殊，死也。謦，聲也。曰，詞也。

　　穆，禾也。私，禾也。

　　鳩，鳥也。雁，鳥也。

　　兵，械也。杅，械也。

　　鉶，器也。匯，器也。

　　葵，菜也。蓷，菜也。薙，菜也。

　　鰇，魚也。鰾，魚也。鮋，魚也。

　　橘，果。杏，果也。李，果也。桃，果也。

　　璙，玉也。瓘，玉也。璈，玉也。瑛，玉也。

　　葎，草也。藍，草也。荸，草也。蘄，草也。茪，草也。

瘣，病也。痛，病也。瘼，病也。疵，病也。瘏，病也。

汙，水也。浹，水也。涺，水也。沈，水也。洇，水也。渠，水也。湏，水也。滂，水也。

楢，木也。橉，木也。棳，木也。楛，木也。柞，木也。檀，木也。櫟，木也。楊，木也。棟，木也。槐，木也。松，木也。

2　「上位義＋屬」作訓釋詞。例如：

琁，蜃屬。蔓，葛屬。菻，蒿屬。稭，矛屬。穧，矛屬。䄬，矛屬。鈍，耜屬。銛，臿屬。鈂，臿屬。案，几屬。㸒，皁屬。橙，橘屬。禺，母猴屬。麔，鹿屬。麞，麋屬。狙，玃屬。猵，獺屬。

3　「上位義＋名」作訓釋詞。例如：

鯕，魚名。鮡，魚名。鮂，魚名。鰈，魚名。鰤，魚名。鱥，魚名。鯇，魚名。鱷，魚名。鰊，魚名。驒，馬名。驗，馬名。韭，菜名。邱，地名。鄝，地名。鄒，地名。邨，地名。

4　「X＋貌」作訓釋詞

旮，盛貌。汎，浮貌。慽，憂貌。㤉，憂貌。枲，弱貌。儦，行貌。倭，順貌。個，大貌。儵，好貌。伴，大貌。佻，行貌。侊，大貌。穨，禿貌。欽，欠貌。顥，白貌。嶭，山貌。峇，山貌。隓，山貌。嵯，山貌。熯，干貌。燊，盛貌。悏，思貌。惱，憂貌。㤉，憂貌。

「X＋貌」訓釋的都是形容詞，但 X 可以是形容詞，也可以是名詞，動詞。

類義詞訓釋存在明顯的缺陷。訓釋詞是上位義，被釋詞是下位義，訓釋詞與被釋詞的語義並不等值，訓釋詞的語義範圍要比被釋詞大得多。那麼，許慎為什麼要採用這種訓釋方法呢？其原因是：

一、一些詞語是僻義詞，許慎對其意義已不甚了然，只知道其屬某一義類，只好用類義詞來訓釋。這種情況在類義詞訓釋中應屬多數。如：

橢，木也。椏，木也。楷，木也。鴲，鳥也。難，鳥也。鸛，鳥也。鮧，魚也。貒，獸也。汙，水也。淺，水也。涺，水也。沈，水也。鄒，地名。邨，地名。

我們發現，這類訓釋集中於植物名稱、動物名稱及地理名稱，這反映了從商代到東漢，中國境內的生態環境發生了很大的變化。原來一些常見的動物、植物變得不常見或消失了。山類名詞中，僅有一處類義詞訓釋；水類名詞中，類義詞訓釋多達十四處，這反映了在自然環境的變化中，河流較易改變，山丘則不宜改變。一些地名用類義詞訓釋則反映了朝代更替後行政區域的變化。

二、一些詞語是常用詞，它們表示的是人們身邊習見的事物。許慎可能認為這些詞語不言自明，無須做出訓釋。如：杏，果也。李，果也。桃，果也。楊，木也。槐，木也。松，木也。

杏、李、桃都是常見的水果，楊、槐、松都是常見的樹木，許慎不可能不知道，之所以採用類義詞訓釋，當是因為它們太常見了。許慎只指出其類別，至於細節，靠讀者憑生活經驗自己去補充。

三、一些詞語難以做出精確描寫。這一類集中體現在用「X＋貌」作訓釋的形容詞。如：奛，盛貌。枭，弱貌。儦，行貌。倭，順貌。佣，大貌。儵，好貌。侁，行貌。穨，禿貌。欽，欠貌。峇，山貌。爆，干貌。悏，思貌。愵，憂貌。

（三）相關詞訓釋

相關詞訓釋指的是訓釋詞與被釋詞既非同義，亦非類義，只是在意義上有聯繫而已。訓釋詞與被釋詞的詞類多不相同。

1　以動詞釋名詞。如：

> 舂，推也。臼，舂也。疥，搔也。儐，導也。件，分也。碓，
> 舂也。易，開也。屋，居也。扁，署也。叢，聚也。鞭，驅
> 也。爪，丮也。箕，簸也。桀，磔也。蔦，寄生也。

　　這類訓釋中，訓釋詞表示的多是被釋詞的功能義。如：臼、碓的功能是舂米，儐的功能是引導賓客，屋的功能是居住，鞭子的功能是驅趕牛馬，爪的功能是抓拿，箕的功能是簸糧食。有的訓釋詞表示的是被釋詞的語源義。如：許慎認為，舂得音於推，取義於推出萬物。有的訓釋詞表示的是被釋詞的來源義。如：因為聚集才形成了叢，因為寄生才形成了蔦，因為雲開才看得見陽光。有的訓釋詞表示的是被釋詞的後果義。如：疥瘡很癢所以容易引人抓撓，件是物之大者故可分。有的訓釋詞只是被釋詞的一種伴隨義。如扁（匾）是需要題寫的。

2　以動詞釋形容詞。如：

> 墫，舞也。

《詩·小雅·伐木》：「墫墫舞我。」毛傳：「墫，舞貌。」

> 勃：排也。

《荀子·非十二子》：「勃然平世之俗起焉。」勃，本義為興起之貌，事物興起後則排開、鋪開，故《說文》以「排」訓之，是用動詞釋形容詞。

3　以形容詞釋名詞。如：

> 痞，滿也。瘤，腫也。廁，清也。獄，确也。錐，銳也。

這類訓釋中，訓釋詞表示的多是被釋詞的形狀或形態。如：痞的形狀是滿，瘤的形狀是腫，獄的形態是堅牢，錐的形態是銳利。廁的形態是骯髒，因此需要清潔。

4　以形容詞釋動詞。如：

　　　趣，疾也。鞣，軟也。寇，暴也。

趣是疾走。鞣是一種皮革加工工藝，其作用是使皮革變軟。寇是打家劫舍，其特點是使用暴力。

5　以名詞釋動詞。如：

　　　飼，糧也。凍，冰也。

　飼是以糧草餵養牲畜，凍是結冰、凍結。
　也有訓釋詞與被釋詞的詞性相同的，但它們不屬一個義位。如：

　　　士，事也。啟，教也。觟，角也。褧，檾也。髮，根也。

士屬貴族階層，從事的是公共事務。許訓「士，事也」，意為士是從事公共事務的人。被釋詞為某一類人，訓釋詞為某一類事。啟，啟發，是教育的一個環節。觟，角鋒，是角的一部分。褧是用麻布做的，檾是褧的原料。頭髮像植物的根須，二者具有一定的相似性。
　　相關詞訓釋，訓釋詞表示的往往只是被釋詞的一個義素，被釋詞與訓釋詞在語義上是不等值的，因此這類訓釋不夠準確。許慎之所以採用這種訓釋，當是為了突出被釋詞某一方面的特性。至於其它方面的意義，許慎或認為不重要，或認為是人們熟知的，因而都略去不提。但以今天字典學的觀點來看，許慎在凸顯某一信息的同時，卻遺

漏、遮蔽了被釋詞其它方面的信息，並不可取。

（四）定義式訓釋

定義，過去又稱之為界說、義界。章太炎先生最先是從語言學角度把「義界」概念作為詞義訓詁的一種方法正式提出來的。他認為「訓詁之術，略有三途：一曰直訓，二曰語根，三曰界說。」[3]他認為所謂的「界說」就是要把詞限定於特定的「外延內容」的範圍內，以「期於無增減而已矣」[4]。即對詞的內涵外延作出恰到好處的規範。

後來黃侃先生正式將「界說」定名為「義界」。他在《訓詁學筆記‧訓詁構成之方式》中進一步指出：「義界者，謂此字別於他字之寬狹通別也。」「凡以一句解一字之義者，即謂之義界。」[5]這裡明顯表明義界包含兩層意思：一指此字區別於他字的意義分界線，每個詞都有自己特定的意義範圍，不容混淆；二指義界和互訓、聲訓的分界線，不同於後者以字（詞）釋字（詞），義界是用語句（包含詞組）解釋規範詞義，因而釋義較為準確、周密。

章太炎和黃侃兩位先生的「義界」理論被後人稱為「章黃義界論」，可以說章黃兩位先生的義界理論為後來的義界研究開啟了大門，指引了後來者繼續研究的方向。

現代語言學者運用語言學研究成果充實與發展了章黃的義界論，提出了較為完整科學的義界概念。

陸宗達認為許書（也是字詞典）釋義的三種基本方式分別為互為訓釋、推索由來、標明義界，其中「詞的義界就是詞所概括的客觀事物的本質和屬性。」洪誠認為：「義界就是（給詞）下定義。」[6]

3　豐逢奉：〈「義界」理論與詞典編纂〉，《辭書研究》1989年第3期。
4　豐逢奉：〈「義界」理論與詞典編纂〉，《辭書研究》1989年第3期。
5　談承熹：〈《說文解字》的義界〉，《辭書研究》1983年第4期。
6　豐逢奉：〈「義界」理論與詞典編纂〉，《辭書研究》1989年第3期。

　　許嘉璐先生對陸宗達先生的「釋義三方式」，特別是義界問題，作了較為系統的深入闡釋。他指出「義界即給詞義下界說，也就是用一個以上的詞（詞組或句子）給詞義做定義式的解釋，以指明詞義的內涵和外延，使人明瞭所反映的事物的實質以及該詞與其它有關詞語的同異。對義界的要求是用最精煉的語言對詞義進行盡可能準確的描寫，突出其主要特徵。」[7]

　　定義是對於一種事物的本質屬性或一個概念的內涵和外延的確切簡要的說明。《說文》中的定義式訓釋主要有以下幾類。

1　「屬差＋種」式定義

　　「屬差＋種」式定義是把一個概念包含在它的種概念中，並揭示同一種概念下其它屬概念之間的差別。如：

> 禔，安福也。祖，始廟也。祟，神禍也。禁，吉凶之忌也。祏，宗廟主也。社，地主也。
>
> 禋，潔祀也。祀，祭無已也。禰，以事類祭天神。祮，告祭也。祠，春祭曰祠。礿，夏祭也。祫，大合祭先祖親疏遠近也。祼，灌祭也。祓，除惡祭也。禫，除服祭也。禬，會福祭也。禷，祭天也。禂，禱牲馬祭也。
>
> 玉，石之美。瑛，玉光也。球，玉聲也。玲，玉聲。瓊，赤玉也。璑，三采玉也。玒，杅玉也。璿，美玉也。琳，美玉也。璧，瑞玉圜也。瑗，大孔璧。人君上除陛以相引。璜，半璧也。環，璧也。肉好若一謂之環。琮，瑞玉。大八寸，似車釭。琬，圭有琬者。璋，剡上為圭，半圭為璋。琰，璧上起美色也。玠，大圭也。瓛，桓圭。公所執。珽，大圭。長三尺，

7　許嘉璐：《語言文字學論文集》（北京市：商務印書館，2005年），頁108。

抒上，終葵首。璏，玉佩。玦，玉佩也。珩，佩上玉也。瑱，
以玉充耳也。琫，佩刀上飾。璱，圭璧上起兆瑑也。珇，琮玉
之瑑。鎏，金之美者。琀，送死口中玉也。瑤，玉之美者。
瓃，玉器也。瑬，垂玉也。冕飾。

气，雲气也。氛，祥气也。

瑭，石之美者。碧，石之青美者。瑎，黑石，似玉者。璒，石
之似玉者。珣，石之次玉者。玖，石之次玉黑色者。

艸，眾草也。荼，苦荼也。薄，林薄也。卉，草之總名也。
蕉，生枲也。苣，束葦燒。蒩，行薹蓐。莝，斬芻。茭，乾
芻。莎，亂草。芻，刈草也。茵，車重席。苴，履中草。黃，
草器也。菽，煎茱萸。薀，瓜菹也。菹，酢菜也。葙，茅藉
也。藉，喪藉也。薦，薦席也。菣，香草也。芳，香草也。
蕡，雜香草。藥，治病草。畱，不耕田也。藪，大澤也。菜，
草之可食者。萃，草聚貌。苗，草生於田者。苛，小草也。
蘭，草之小者。蒼，草色也。蒹，萑之未秀者。蓁，青蓁，似
莎者。蔱，牡茅也。蔓，草也。可以烹魚。蕕，水邊草也。
虋，赤苗嘉穀也。荅，小尗也。姜，禦濕之菜也。菫，臭菜
也。蔆，人蔆，藥草，出上黨。蒻，蒲子，可以為平席。

韔，弓衣也。韈，足衣也。韜，劍衣也。聿，車軸端鍵也。

憂，貪獸也。厚，山陵之厚也。京，人所為絕高丘也。甕，汲
瓶也。館，客舍也。丹，巴越之赤石也。衊，汙血也。豈，還
師振旅樂也。豆，古食肉器也。鼛，大鼓也。今，是時也。
典，五帝之書也。

筊，鳥籠也。簋，黍稷方器也。簠，黍稷圓器也。籓，大箕
也。蕩，大竹也。

觵，兕牛角可以飲者也。觿，佩角，銳端可以解結。

耒，手耕曲木也。劍，人所帶兵也。

鸓，鼠形。飛走且乳之鳥也。鴆，毒鳥也。

同一種類事物的差別，可以是外在的，也可以是內在的。外在的多體現在形狀、顏色、氣味、數量、性別、時間、處所、適用對象的不同，如：

藪，大澤也。荅，小未也。瑎，黑石。葷，臭菜也。茻，眾草也。蘴，牡茅也。今，是時也。藚，水邊草也。笯，鳥籠也。內在的多體現在性質、功能的差異。如：瑨，石之美者。菜，草之可食者。㹠，貪獸也。姜，禦濕之菜也。蔈，人蔈，藥草。豈，還師振旅樂也。

同一種類事物的差別，可以是一重的，也可以是兩重的，多重的。兩重的如：碧，石之青美者。耒，手耕曲木也。簠，黍稷圜器也。觴，佩角，銳端可以解結。鼺，鼠形。飛走且乳之鳥也。多重的如：祫，大合祭先祖親疏遠近也。珽，大圭。長三尺，抒上，終葵首。

一些否定性訓釋也可以歸入到「屬差＋種」式定義，如：很，不聽從也。慄，愁不安也。假，非真也。被釋詞與訓釋詞的屬差就是相對或相反。

「屬差＋種」式定義可以讓人們明確認識到同一種類中不同事物的個性差異。如：

喈，鳥鳴聲。（《說文·口部》）
哮，豕驚聲。（同上）
喔，雞聲也。（同上）
呦，鹿鳴聲也。（同上）

這一組詞的主訓詞為「聲」，屬差為「鳥」、「豕」、「雞」、「鹿」等「聲音」的發出者。

　　壤，柔土也。（《說文・土部》）

　　壚，剛土也。（同上）

　　垍，堅土也。（同上）

　　墷，赤剛土也。（同上）

　　墠，野土也。（同上）

　　堇，黏土也。（《說文・堇部》）

這一組的主訓詞為「土」，義值差為「柔」、「剛」、「堅」、「赤剛」、「野」、「黏」等「土」的各種性質。

　　惟，凡思也。《說文・心部》

　　懷，念思也。（同上）

　　想，冀思也。（同上）

　　慮，謀思也。（同上）

　　念，常思也。（同上）

這一組的主訓詞為「思」，屬差為「凡」、「念」、「冀」、「謀」、「常」等各種思的狀態。「凡思」，為所有的思考、思念，是個總括詞。王筠在《說文句讀》中也說：「凡者，最括而言也。惟則思之統詞，不拘一端，故曰凡。」[8]段玉裁曰「凡思，謂浮泛之思。」[9]所謂「浮泛」應該是沒有固定的思考對象的一種思考，就如現在所謂的「泛泛而談」中的「泛泛」的意義是一樣的。

　　「念思」應為「思念」義。《段注》曰：「念思者，不忘之思也」[10]；王筠曰：「謂懷念同意也。《詩》『嗟我懷人』、『兄弟孔懷』、『伊可

8　湯可敬：《說文解字今釋》（長沙市：岳麓書社，2010年），頁1448。

9　張舜徽：《說文解字約注》（武漢市：華中師範大學出版社，2009年），頁2568。

10　湯可敬：《說文解字今釋》，頁1448。

懷也』之類，多指人言；『豈不懷歸』、『聿懷多福』之類，則泛言；其為常常思念則一也。」[11]張舜徽也同意兩位先生的觀點，認為「懷」謂「心中抱此不舍也。」[12]由此可知，「懷」更側重因內心不舍而想念。

「冀思」，「冀」為「希冀」，即為希望之義。張舜徽解釋為：「今語稱欲得一物、欲成一事、欲見一人，皆曰想。」[13]徐鍇在《繫傳》中曰：「冀思，希冀所（而）思之。」[14]由此可知，「想」更側重於「因希望得到而思念」。

「謀思」，「謀」當為「謀劃」之義，應該是為了謀劃而思考或思想方法手段。徐鍇曰：「思有所圖曰慮，慮猶縷也，如絲之有縷以成文也。」張舜徽曰：「慮之言鬲也，謂思緒紛雜如絲之待繹理也。……今人恆言考慮，即寓條理別擇之義。」[15]「慮」更側重思考如果把一件事情理順或完成。

「常思」中的「常」當為「常常」之義，意為經常、常常地思念。朱駿聲曰「念，謂常久思之。」張舜徽也用《釋名・釋言》中的注解來解釋「念」的意義：「念，黏也。意相親愛，心黏箸不能忘也。」[16]故「念」偏重於時間長。

需要指出的是：有時，一組詞的訓釋構成「同訓詞＋義值差」，它們之間的關係並不屬同一意義類別，因而它們之間的區別亦非「種＋屬差」。如：

𡎐，仰塗也。（《說文・土部》）

11　張舜徽：《說文解字約注》，頁2568。
12　張舜徽：《說文解字約注》，頁2568。
13　張舜徽：《說文解字約注》，頁2568。
14　湯可敬：《說文解字今釋》，頁1449。
15　張舜徽：《說文解字約注》，頁2549。
16　張舜徽：《說文解字約注》，頁2554。

　　　　𡎑，白塗也。（同上）

　　　　墀，塗地也。（同上）

這一組訓釋中，「墍」、「𡎑」、「墀」的同訓詞為「塗」，義值差分別為「仰」、「白」、「地」，它們分別表示「塗的動作」、「塗的顏色」和「塗的位置」，是與「塗」有關的行為或事物，與「塗」並不屬同一義類。

　　難能可貴的是，許慎已有了虛詞的意識。許慎對虛詞的訓釋，多採用「屬差＋種」的訓釋方式，表示虛詞義的主訓詞為「詞」。如：

　　　　寧，願詞也。

　　　　皆，俱詞也。

　　　　者，別事詞也。

　　　　矣，語已詞也。

　　　　㐱，況也，詞也。

　　　　爾，詞之必然也。

「屬差＋種」式定義中也有一些同訓。如：

　　　　A.玲，玉聲。玎，玉聲也。瑣，玉聲也。璜，玉聲也。

　　　　B.璒，石之似玉者。玕，石之似玉者。瑂，石之似玉者。瑀，石之似玉者。

　　　　C.瀆，水厓也。涘，水厓也。汻，水厓也。湆，水厓也。

第一組是擬聲詞，其內部區別需訴之聲音，字的讀音已經昭示了這種區別，因而在許慎看來無需在訓釋語中特別指出。第二組都是似玉的美石，許慎對它們的區別也許已不甚了然。第三組的意思都是水邊，

但範圍不同。瀆、汗的範圍比浼、溷的範圍要大。瀆與汗，浼與溷的側重也不相同。這一類同訓各字之間的內部差異與同義詞中同訓各自之間的內部差異大致相同，此處不再贅言。

2　「整體＋局部」定義

當被訓釋詞是某一整體中的一部分時，《說文》往往採用「整體＋局部」定義。如：茇，草根也。芒，草端。茭，草食。蔕，瓜當也。蒸，麻中榦也。珧，蜃甲也。葚，桑實也。葉，草木之葉也。蓮，芙蕖之實也。茄，芙蕖莖也。荷，芙蕖葉。蔤，芙蕖本。藕，芙蕖根。萁，豆莖也。笣，枲實也。咮，鳥口也。𩨉，牛膝下骨。游，旌旗之流也。族，矢鋒也。頰，面旁也。指，手指也。纇，絲節也。

3　同義並列式定義

同義並列式定義是用兩個並列的同義詞為被釋詞作定義，且被釋詞至少與其中的一個詞為同義關係。如：祭，祭祀也。嗇，愛濇也。豔，好而長也。致，送詣也。予，推予也。玄，幽遠也。糞，棄除也。相，省視也。鞿，彎鞿。譎，權詐也。遞，更易也。呷，吸呷也。苾，馨香也。芽，萌芽也。休，息止也。邃，深遠也。佹，奇佹，非常也。壹，專壹也。奏，奏進也。悔，悔恨也。挩，解挩也。如，從隨也。孃，遲鈍也。墉，城垣也。壨，丘壨也。

同義並列式訓釋中的訓釋語有的包含被釋詞，如：祭，祭祀也。予，推予也。呷，吸呷也。芽，萌芽也。有的不包含被釋詞，如：致，送詣也。玄，幽遠也。譎，權詐也。邃，深遠也。訓釋語中的兩個同義詞有的後來結合成詞，如：祭祀、幽遠、馨香、萌芽、解挩（脫）、深遠、遲鈍。有的沒有結合成詞，如：權詐、吸呷、奏進、從隨等。同義並列式訓釋反映了漢語詞彙的雙音化傾向。

4　描述性定義

描述性定義是對事物的特性、情狀、發生過程及功能的的描述。

（1）揭示外觀。如：瑕，玉小赤也。璪，玉英華羅列秩秩。瑟，玉英華相帶如瑟弦。玼，玉色鮮也。瑳，玉色鮮白。璪，玉飾，如水藻之文。莫，日且冥也。莉，草木倒。菰，草多貌。薈，草多貌。蘓，草盛貌。薋，草多貌。蓁，草盛貌。叢，草叢生貌。茸，草茸茸貌。葆，草盛貌。茈，草多葉貌。薗，草得風貌。菁，惡草貌。蕃，草茂也。薪，草相薪苞也。筏，草葉多。薾，花盛。萋，草盛。蕣，木槿，朝花暮落者。蘋，萍也。無根，浮水而生者。芋，大葉，實根，駭人，故謂之芋也。薇，菜也。似藿。麥，芒穀，秋種厚埋，故謂之麥。豹，似虎，圜文。貘，似熊而黃黑色，出蜀中。蠏[蟹]，有二敖八足，旁行，非蛇鮮之穴，無所庇。龍，鱗蟲之長。能幽，能明，能細，能巨，能短，能長；春分而登天，秋分而潛淵。乙，象春艸冤曲而出，陰氣尚彊，其出乙乙也。

（2）揭示內質。如：天，顛也。至高無上。齋，戒，潔也。閏，餘分之月，五歲再閏。告朔之禮，天子居宗廟，閏月居門中。祆，地反物為祆也。祳，精氣感祥。禍，害也。神不福也。珠，蚌之陰精。蓐，陳草復生也。英，草榮而不實者。饑，穀不熟為饑。饉，蔬不熟為饉。

祈，求福也。禱，告事求福也。班，分瑞玉也。琢，治玉也。理，治玉也。茹，飼馬也。茨，以茅葦蓋屋。芟，刈草也。薙，除草也。籜，草木凡皮葉落，陊地為籜。蒔，更別種。薅，拔去田草也。芼，草覆蔓。編，次簡也。厶，姦衺也。韓非曰：「倉頡作字，自營為厶。」夾，盜竊褱物也。从亦，有所持。篡，屰而奪取曰篡。豢，以穀圈養豕也。繀，著絲于笋車上。黥，墨刑在面上也。酬，主人進客也。醋，客酌主人也。妒，婦妒夫也。媢，夫妒婦也。落，凡艸曰

零，木曰落。及，秦以市買多得為及。韋，相背也。復，行故道也。

甚，尤安樂也。差，貳也。差不相值也。毒，人無行也。厶，姦衺也。韓非曰：「倉頡作字，自營為厶。」

在動詞的訓釋當中，有三種情況值得注意。一是在有些訓釋內容中許慎增加了動作行為的受事，即承載這種動作行為的載體。如「維」和「黥」。「等車」和「面」就是它們動作行為的載體。二是在對有些字的訓釋當中，許慎還就同一動作行為由於施受雙方不同而進行的相對訓釋。如「酬」和「醋」及「妒」和「媢」，它們就是由於「主人」與「客人」、「丈夫」和「妻子」在擔任不同的施受方而形成的兩組相對的詞。三是對於同一個動作行為，由於施事或動作行為的主體不同，許慎也會給出不同的訓釋，這種訓釋主要表現為相對訓釋。例如「零」和「落」，同樣的凋零行為，只是由於行為主體（艸、木）的不同而進行了不同的訓釋。這體現了許氏訓釋內容的嚴密性和準確性。

（3）揭示過程。如：柴，燒柴焚燎以祭天神。禜，設緜蕝為營，以禳風雨、雪霜、水旱、癘疫於日月星辰山川也。祳，社肉，盛以蜃，故謂之祳，天子所以親遺同姓。禡，師行所止，恐有慢其神，下而祀之曰禡。蕝，朝會束茅表位曰蕝。䡴，出，將有事於道，必先告其神，立壇四通，樹茅以依神，為䡴。既祭䡴，轢於牲而行，為範䡴。《詩》曰：「取羝以䡴。

（4）揭示功用。如：一，惟初太始，道立於一，造分天地，化成萬物。吏，治人者也。禮，履也。所以事神致福也。神，天神，引出萬物者也。祝，祭主贊詞者。禳，磔禳祀，除癘殃也。瑗，大孔璧。人君上除陛以相引。琥，發兵瑞玉，為虎文。瓏，禱旱玉。龍文。瑒，圭，尺二寸，有瓚，以祠宗廟者也。瑁，諸侯執圭朝天子，天子執玉以冒之，似犁冠。瑞，以玉為信也。靈，靈巫，以玉事神。苑，所以養禽獸也。市，買賣所之也。倉，穀藏也。覡，能齋肅事神

明也。轈，兵高車加巢以望敵也。毨，仲秋，鳥獸毛盛，可選取以為器用。旝，建大木，置石其上，發以機，以追敵也。旌，游車載旌，析羽注旄首，所以精進士卒。榷，水上橫木，所以渡者也。榜，所以輔弓弩。枕，臥所薦首者。圈，養畜之閑也。

上面的例子可以根據它們的功能標記分為以下幾種。一是句中帶有功能標記「以」，如「轈」、「毨」和「旝」就是這種類型。「轈」的功能是瞭望敵人；「毨」的功能是作為器皿；「旝」的功能是用機關發射，用以打擊敵人。二是句中帶有功能標記「所以」，如「旌」、「榷」和「榜」是這種類型。「旌」的功能是用來激勵士兵；「榷」的功能是用來渡河；「榜」的功能是用來輔正弓弩。三是句中帶有功能標記「所……者」，「枕」就是這種類型。「枕」是用來在睡覺時枕著頭的。當然還有沒有任何標記的功能訓釋方式。如「一」、「吏」、「琥」、「瓏」、「瑞」、「倉」、「圈」等。

當一般的描述仍不足以清楚地顯示詞義時，許慎還用了譬況的訓釋方法。譬況用人們常見或熟知的事物打比方，從而能夠形象生動地把被釋字的意義解釋出來。

譬況通常採用比喻的方法來訓釋詞義，即喻訓，它是義訓訓釋方式之一。喻訓中的比喻也分為明喻和暗喻二個小類。

一是明喻訓釋。大多數的比喻訓釋都為明喻訓釋，並且訓釋內容中有比喻訓釋的標誌詞「如」、「似」、「象」等。如：

> 狻，狻麑，如虦貓，食豹者。（《說文・豸部》）
>
> 鶡，似雉，出上黨。（《說文・鳥部》）
>
> 騏，馬青驪，文如博棊也。（《說文・馬部》）
>
> 簫，參差管樂，象鳳之翼。（《說文・竹部》）

在這類比喻訓釋中，標誌詞和現今比喻修辭中的比喻標誌詞基本

相同。它們大都就事物的整體外形特徵進行比較訓釋，如對「㺻」和「鶋」的形狀分別與「虒貓」、「雉」相似；還有的是對事物的局部特徵進行比較訓釋，如用「博綦」來訓釋「騏」身上的紋，又如用鳳的翅膀的形狀來訓釋「簫」管參差排列的形狀特徵。前兩個漢字採用了常見事物訓釋罕見事物的訓釋方式；後兩個字採用特徵明顯的事物來訓釋特徵不明顯的事物。這種訓釋方式能夠使讀者更好地理解和把握被釋詞的獨特性。

　　二是暗喻訓釋。這種訓釋中被釋內容中一般是沒有比喻訓釋標誌的。如：

　　　綼，帛蒼艾色。（《說文·糸部》）
　　　纔，帛雀頭色。（同上）
　　　黃，地之色也。（《說文·黃部》）

　　在這一組訓釋中，「綼」、「纔」和「黃」均為表示抽象的顏色意義的詞，特別是對於現今讀者，很多人對前兩種顏色幾乎是完全陌生的，這就讓他們不能正確地把握和區分這兩種顏色。在這種情況下，比喻訓釋的優勢就更為突出了。因為，雖然「綼」、「纔」的顏色讀者不清楚，但是蒼艾的顏色、麻雀頭頂的顏色人們是能夠經常見到的，用它們來訓釋這些漢字，完全可以收到事半功倍的效果。

5　勸導性定義

　　勸導性定義又名說明性定義，這種定義是為宣揚某種觀念服務的，對某個詞的定義成為某種觀念的理由或根據。許慎所處的漢代，不僅儒學昌明，道家、陰陽五行家的學說也很有市場，因此在《說文》裡有不少反映這些觀念的勸導性定義。如：

王，天下所歸往也。董仲舒曰：「古之造文者，三畫而連其中謂之王。三者，天、地、人也，而參通之者，王也。

官，吏，事君也。

臣，牽也。事君也。

父，矩也，家長，率教者。

婦，服也。從女持帚，灑掃也。

楷，木也。孔子塚蓋樹之者。

示，天垂象，見吉凶，所以示人也。

螟，蟲，食穀葉者。吏冥冥犯法即生螟。

蟘，蟲，食苗葉者。吏乞貸則生蟘。

性，人之陽气性善者也。

情，人之陰气有欲者。

五，五行也。從二，陰陽在天地間交午也。

六，《易》之數，陰變於六，正於八。

甲，東方之孟，陽气萌動，從木戴孚甲之象。

丙，位南方，萬物成，炳然。陰气初起，陽气將虧。

寅，髕也。正月，陽气動，去黃泉，欲上出，陰尚強，象宀不達，髕寅於下也。

午，牾也。五月陰气午逆陽，冒地而出。

木，冒也。冒地而生。東方之行。

火，燬也。南方之行，炎而上。

脾，土藏也。

腎，水藏也。

　　王、官、臣、父、婦等字的訓釋宣揚了封建禮教思想。楷字的訓釋特意標明此樹生於孔子塚上，暗示孔子為萬世師表。示、螟、蟘等字的訓釋反映了天人感應的思想。螟、蟘二字的訓釋告誡官吏要遵紀

守法，不搞貪腐，意味深長。性、情、五、六、甲、丙、寅、午、木、火、脾、腎等字的訓釋反映了陰陽五行的思想。

（五）聯綿詞訓釋與疊音詞訓釋

聯綿詞由兩個或多個不同的因此組合成詞，單個音節不表義。由於《說文》的字典性質，對聯綿詞的訓釋只能放在單個音節的字頭下。《說文》對聯綿詞的訓釋通常有以下幾種形式。

一、在聯綿詞的第一、第二個音節的字頭下的訓釋內容中均出現該聯綿詞，但只在第一個音節的訓釋內容中出現對該聯綿詞的解釋。如：

> 玓，玓瓅，明珠色。
>
> 瓅，玓瓅。
>
> 珊，珊瑚。色赤，生於海，或生於山。
>
> 瑚，珊瑚也。
>
> 蓂，蓂莆。瑞草也，堯時生於庖廚，扇暑而涼。
>
> 莆，蓂莆。
>
> 籧，籧篨，粗竹席也。
>
> 篨，籧篨也。
>
> 髑，髑髏，頂也。
>
> 髏，髑髏也。
>
> 鸚，鸚䳇，能言鳥也。
>
> 䳇，鸚䳇也。
>
> 趑，趑趄，行不進也。
>
> 趄，趑趄也。
>
> 鷫，鷫鷞也。五方神鳥也。東方發明，南方焦明，西方鷫鷞，北方幽昌，中央鳳凰。鷞，鷫鷞也。

鷥，鷺鷥。鳳屬，神鳥。
鷺，鷺鷥也。

這種訓釋方法在《說文》聯綿詞的訓釋中最為常見，可視作聯綿詞訓釋的正例。

二、在聯綿詞的第一、第二個音節的字頭下的訓釋內容中均出現該聯綿詞，但只在第二個音節的訓釋內容中出現對該聯綿詞的解釋。如：

蘆，蘆菔也。
菔，蘆菔，似蕪菁，實若小菽者。
璵，璵璠也。
璠，璵璠，魯之寶玉。
菡，菡萏也。
萏，菡萏。芙蓉花未發為菡萏，已發為芙蓉。
蝙，蝙蝠也。
蝠，蝙蝠，服翼也。
蜱，蜱蛸也。
蛸，蜱蛸，螳螂子。
蜥，蜥易也。
易，蜥易，蝘蜓，守宮也。

三、在聯綿詞的第一、第二個音節的字頭下的訓釋內容中均出現該聯綿詞，但沒有出現對該聯綿詞的解釋。如：

萹，萹筑也。
筑，萹筑也。

薜，薜茢也。

茢，薜茢也。

鴛，鴛鴦也。

鴦，鴛鴦也。

謰，謰謱也。

謱，謰謱也。

鴠，鴠鴰也。

鴰，鴠鴰也。

四、聯綿詞只在第一個音節的訓釋內容中出現。如：

芄，芄蘭，莞也。

芺，芺輿也。

荵，荵冬草。

萇，萇楚，跳弋，一名羊桃。

薔，薔虞，蓼。

瞴，瞴婁，微視也。

鵜，鵜胡，汙澤也。

這種情況下，聯綿詞的第二個音節一般不是該聯綿詞的專用字，因《說文》的性質是解釋文字本義，所以只能用其本義訓釋。

五、聯綿詞只在第二個音節的訓釋內容中出現。如：

奠，嬰奠也。

蔑，棘蔑也。

蒐，茅蒐，茹蘆，人血所生，可以染絳。

董，鼎董也。

　　虒，委虒，虎之有角者也。

　　連，員連也。

　　鷳，今鷳，似鴝鵒而黃。

這種情況下，聯綿詞的第一個音節一般不是該聯綿詞的專用字，因《說文》的性質是解釋文字本義，所以只能用其本義訓釋。

　　六、聯綿詞只在第一個音節的訓釋內容中出現，第二個音節不出現聯綿詞，但出現對聯綿詞的訓釋。如：

　　桂，桂柜也。

　　柜，行馬也。

這種情況下，聯綿詞的第一個音節可能在口語中已經脫落，從而導致第二個音節可以單說。

　　七、聯綿詞只在第二個音節的訓釋內容中出現，第一個音節不出現聯綿詞，但出現對聯綿詞的訓釋。如：

　　讘，多言也。

　　哎，讘哎，多言也。

　　蝓，蟲，在牛馬皮者。

　　蟲從，蝓蟲從也。

　　駗，馬載重難也。

　　驙，駗驙也。

　　猲，短喙犬也。

　　獢，猲獢也。

這種情況下聯綿詞的第二個音節可能在口語中已經脫落，從而導致第一個音節可以單說。

八、聯綿詞只在第一個音節的訓釋內容中出現，且前面有限制成分。如：

　　橝，屋橝聯也。
　　旟，旌旗旟縿也。

九、聯綿詞只在第二個音節的訓釋內容中出現，且前面有限制成分。如：

　　移，禾相倚移也。
　　顙，面顑顙貌。

以上兩種情況，加上限制成分後，聯綿詞表達的意思比較明確。

　　十、聯綿詞的第一個音節用第二個音節訓釋，第二個音節的訓釋內容中出現聯綿詞。如：

　　偓，佺也。
　　佺，偓佺，仙人也。
　　舳，艫也。
　　艫，舳艫也。
　　嶃，嶸也。
　　嶸，嶃嶸也。
　　忼，慨也。
　　慨，忼慨，壯士不得志也。

這種情況，可能第一個音節下訓釋內容中的第一個字在傳抄過程中脫落。

疊音詞由兩個相同的音節組合成詞，單個音節不表義。由於《說文》的字典性質，對疊音詞的訓釋只能放在單個音節的字頭下。《說文》對疊音詞的訓釋通常有以下兩種形式。

1　疊音詞作為獨立部分出現在訓釋內容中。如：

　　　　偍，偍偍，行皃。（《說文・彳部》）

　　　　誦，誦誦，多語也。（《說文・言部》）

　　　　尌，尌尌，盛也。（《說文・十部》）

　　　　歆，歆歆，气出皃。（《說文・欠部》）

　　　　猩，猩猩，犬吠聲。（《說文・犬部》）

　　　　嫥，壹也。一曰：嫥嫥。（《說文・女部》）

2　被釋詞以重疊或單字形式穿插在訓釋內容中。如：

　　　　嗃，聲嗃嗃也。《說文・口部》）

　　　　冄，毛冄冄也。（《說文・冄部》）

　　　　沓，語多沓沓也。（《說文・水部》

　　　　畟，治稼畟畟進也。（《說文・田部》）

　　　　頟，頭頟頟大也。（《說文・頁部》）

　　　　顒，頭顒顒謹皃。《說文・頁部》

　　　　悱，口悱悱也。（《說文・心部》）

　　　　媕，閑體，行媕媕也。（《說文・女部》）

　　　　庲，屋麗庲也。（《說文・广部》）

（六）方言訓釋

　　用方言來訓釋漢字，其目的是指出被釋語的方言性質。這種訓釋方法在《說文》中占據一定的比重。

　　《說文》中所引用的方言主要是楚、燕、代、東齊、齊、沇州、

益梁、陳留、涼州、汝南、吳、秦、海岱之間、江淮之間、江淮而
南、陳楚之間、宋衛之間、楚潁之間、伊洛而南、青徐、南楚、東
楚、西胡、南方、東方、北方、西戎、益州、巴越、關東、關西、淮
南、陳楚、南蠻、沛國、韓鄭、河朔、南陽、齊魯、河內、秦晉、吳
楚、陳宋、蜀、東南越、汝潁、周、宋魏、青齊沈冀、南昌、西南
夷、宋齊、東夷、宋魯、晉趙、西域、朝鮮等地的方言。

　　以方言為訓釋內容的方式主要分為三種：一是訓釋內容直接是某
地的方言，表現為「A，B。」二是訓釋內容除了包括某地的方言之
外，還有一個簡練的解釋，表現為「A，B＋C」或「A，C＋B。」三
是訓釋內容中除了包括方言、解釋，還引用了典籍，表現為「A，C
＋B＋D。」其中，在「A，C＋B＋D」的訓釋方式中，有些訓釋內容
中的「C」可以不存在。（其中，A為被釋詞，B為方言區域，C為解
釋內容，D為引用典籍。）

　　一、「A，B。」如：

　　　槌，關東謂之槌。（《說文・木部》）
　　　㮰，秦名為屋㮰，周謂之㮰，齊魯謂之桷。（《說文・木部》）

　　二、「A，B＋C。」如：

　　　脒，齊人謂臞脒也。（《說文・肉部》）
　　　黸，齊謂黑為黸。（《說文・黑部》）
　　　箬，楚謂竹皮曰箬。（《說文・竹部》）
　　　惏，河內之北謂貪曰惏。（《說文・心部》）
　　　圣，汝潁之間謂致力於地曰圣。（《說文・土部》）
　　　莽，南昌謂犬善逐兔草中為莽。（《說文・艸部》）

三、「A，C＋B。」如：

拓，拾也。陳宋語。（《說文・手部》）

聿，所以書也。楚謂之聿，吳謂之不律，燕謂之弗。（《說文・聿部》）

叔，拾也。汝南名收芌為叔。（《說文・又部》）

欘，斫也。齊謂之鎡錤。（《說文・木部》）

四、「A，C＋B＋D。」如：

逞，通也。楚謂疾行為逞。《春秋傳》曰：「何所不逞欲。（《說文・辵部》）」

黔，黎也。秦謂民為黔首，謂黑色也。周謂之黎民。《易》曰：「為黔喙。」（《說文・黑部》）

娣，楚人謂女弟曰娣。《公羊傳》曰：「楚王之妻娣。」（《說文・女部》）

　　一些方言訓釋較為全面地展示了不同方言對同一事物的不同稱謂。如：

聿，所以書也。楚謂之聿，吳謂之不律，燕謂之弗。（《說文・聿部》）

咺，朝鮮謂兒泣不止曰咺。（《說文・口部》）

唴，秦晉謂兒泣不止曰唴。（同上）

咷，楚謂兒泣不止曰嗷咷。（同上）

喑，宋齊謂兒泣不止曰喑。（同上）

　　值得注意的是在《說文》中，除了因為地域不同而產生的方言「同物異名」對詞語進行訓釋外，還有一種因為時代不同而產生的「同物異名」的情況。主要表現為夏、殷、周和秦等時代對一個事物的不同稱謂。如：

　　　斝，玉爵也。夏曰琖，殷曰斝，周曰爵。（《說文・斗部》）
　　　庠，禮官養老。夏曰校，殷曰庠，周曰序。（《說文・广部》）
　　　弁，冕也。周曰弁，殷曰吁，夏曰收。（《說文・兒部》）

　　這種因地域不同而產生的方言俗語和因時代不同而產生的「同物異名」情況是漢字訓釋的特殊方法，它不僅可以擴大學者們的視野，也可以讓各方言區和各時代的人們都能夠明白該字詞所蘊含的內容，不僅有助於學者們掌握該字詞的意義，同時也有利於該字的傳播和應用。同時我們根據各方言區和各時代的人們對同一事物命名的不同去發掘其中的原因，也能發現各地區不同的文化因素。瞭解不同時代對同一事物的不同稱謂，還可以追溯它們各自的文化思想演變的脈絡。例如「庠，禮官養老。夏曰校，殷曰庠，周曰序」、「弁，冕也。周曰弁，殷曰吁，夏曰收。」張舜徽通過考究《禮記・王制》認為「庠」的訓釋內容「禮官養老」之後當有「處也」二字，因為《禮記・王制》有云：「凡養老：五十養於鄉，六十養於國，七十養於學。」[17]對於「弁」的解釋，段玉裁認為「『冕，大夫以上冠也。』由此可知，大夫以上冠，則士無冠。士有爵弁，非冕也。以禮制，則夏、殷之士有冕，周之士爵弁，亦冕之亞也。周禮掌弁冕之官，但曰弁師。」[18]這兩位先生的探求，使讀者不僅明白了「庠」和「弁」的意義，也瞭

17　張舜徽：《說文解字約注》，頁2267。
18　張舜徽：《說文解字約注》，頁2103。

解了夏、殷、周三個朝代文化的不同，這是《說文》義訓在社會文化學中的貢獻。

（七）引用訓釋

「引用訓釋」作為義訓的一個子類，在以往的研究中，學者只是把它作為其它訓釋方法的補充稍加提點，對它們的專門研究並不是很多，這也正是「引用訓釋」被稱為《說文》訓釋研究中的薄弱的環節的原因之一。後代學習者也很少系統深入地挖出「引用訓釋」在《說文》訓釋中的作用。然而值得注意的是，《說文》運用「引用訓釋」的不在少數，據筆者統計共有一〇五二例（引用博人觀點和引用經籍法令的訓釋方法交叉使用時，只算其一）。《說文》在進行「引用訓釋」時，所引用的內容主要有：通人的觀點（90例）、經籍法令（962例）等。在訓釋過程中，許慎有的是直接引用而不加己意，有的則是己意和引用並用。

許慎在《說文》中提到的通人很多，主要有孔子、董仲舒、尹彤、司馬相如、淮南子（劉安）、杜林、劉向、韓非子、賈侍中、譚長、傅毅、黃顥、京房、衛宏、官傅、揚雄、莊都、爰禮、楚莊王、呂不韋、張林、周盛、王育、桑欽、逯安、墨子、班固、歐陽喬等。

引用的經籍法令主要有《易》、《春秋傳》、《詩》、《爾雅》、《司馬法》、《弟子職》、《虞書》、《春秋公羊傳》、《孟子》、《傳》、《周書》、《商書》、《周禮》、《論語》、《國語》、《禮記》、《書》、《春秋》、《禮》、《逸周書》、《春秋國語》、《明堂月令》、《夏書》、《孝經》、《孝經說》、《尚書》、《史記》、《魯詩》、《五行傳》、《少儀》、漢令、禮、軍法、《切韻》、《楚詞》、《楚辭》、《韓詩傳》、《淮南傳》、《淮南子》、《唐韻》、《漢律》、《唐書》、《禹貢》、《方言》、《星經》、《墨子》、《山海經》、《爾疋》、《逸論語》、《左氏傳》、《漢書》等。

通過上述歸納我們可以看到，許慎在《說文》的編寫中，真可謂

廣徵博引。這也正印證了《說文‧敘》中的「博采通人，至于小大，信而有證」[19]一說。作為古文經學家的代表，許慎在引用古文經學的過程中，也引用了漢代今文經學的代表人物董仲舒及其它今文經學博士的觀點。由此可見，許慎雖然立足於古文經學，但他對今文經學的觀點也不是全盤否定，這不僅顯示出他博採眾長的治學風格，也表現了他客觀、嚴謹的治學態度。

　　殷寄明先生認為許慎在書中引通人說，大抵有以下五種情況。其一，交代重文來源；其二，交代被釋字另一讀音的來源；其三，說明對被釋字的形體結構分析通人有異於己者；其四，交代自己對被釋字觀點的來源；其五，通人之說與己見相異，附於條文之末，兩說並存，以示尊賢。[20]筆者認為許慎無論是引用通人觀點還是引用典籍經典法令，一般的作用都是為了補充或證明自己的訓釋內容及觀點。

1　直接引用

　　所謂的直接引用就是許慎直接用通人的觀點或經籍法令對漢字進行訓釋，而不提出自己的看法，也就是單純的轉述。

（1）引用通人的觀點。如：

> 狗，孔子曰：「狗，叩也。叩气吠以守。」（《說文‧犬部》）
> 溺，水，自張掖刪丹西至酒泉合黎，餘波入于流沙。桑欽所說。（《說文‧水部》）
> 疀，車軸耑也。杜林說。（《說文‧車部》）
> 武，楚莊王曰：「夫武，功定戢兵。故止戈為武。」（《說文‧戈部》）

19　湯可敬：《說文解字今釋》，頁1273。

20　殷寄明：《〈說文解字〉精讀》（上海市：復旦大學出版社，2006年），頁21。

許慎在採用直接引用通人的訓釋方法時，有時把通人置於訓釋內容之後，有補充的性質。另一種就是把通人置於訓釋內容之前，直接注上「某某曰／某某說」等。對於這些訓釋的準確程度，許慎也許還沒有十足的把握，標以通人，一示不敢掠人之美，同時也反映了許慎言必有據、實事求是的治學態度。

（2）引用典籍法令

段玉裁認為《說文》中「凡引經傳，有證義者，有證形者，有證聲者」[21]，下面選取的經傳引用例一般都是證明漢字意義的。如：

> 盼，《詩》曰：「美目盼兮。」（《說文·目部》）
> 虩，《易》：「履虎尾虩虩。」（《說文·虍部》）
> 嫦，甘氏《星經》曰：「太白上公，妻曰女嫦。女嫦居南斗，食屬，天下祭之。曰明星。」（《說文·女部》）
> 袺，《論語》曰：「袺衣長，短右袂。」（《說文·糸部》）
> 襄，漢令：解衣耕謂之襄。（《說文·衣部》）

許慎在《說文》中單獨用典籍法令來訓釋字詞的例子不是很多。就筆者看來，許慎不大量運用這種訓釋方式的原因有以下兩點。一是《說文》作為字典，許慎是以訓釋漢字的本義為出發點的。引用典籍法令的內容對漢字進行訓釋，雖說是按照訓釋本義的原則對漢字進行訓釋，但是典籍法令作為社會文化的一部分難免不會有根據語言環境進行辨義的情況發生，所以需要加入補充內容。故單獨把典籍法令作為訓釋內容的漢字較少；二是許慎是當時的經學大家，很早就被人稱為「五經無雙許叔重」，因此他在引用典籍法令對漢字進行訓釋時，

---

21 段玉裁：《說文解字注》（上海市：上海古籍出版社，1981年），頁1273。

可謂是旁徵博引。但是對於一般的學者，或是初學者來說，來理解他所引用的典籍法令內容就頗為困難。例如在對「虢」和「嬹」的訓釋，僅僅引用「履虎尾虢虢」「太白上公，妻曰女嬹」，並不能讓初學者理解該字的意義。因此，對初學者來說，通過這種訓釋方式來理解生僻字的意義，並不是一件容易的事情，所以許慎對於單獨引用典籍法令的做法是謹慎的。

1　解說＋引用

「解說＋引用」就是許慎先對漢字進行訓釋，在訓釋的內容後面再引用通人言論或經典法令進行補充或完善。在《說文》的這種訓釋中，引用的部分一般位於解說的內容之後，但是還有一些例外，就是引用部分在前，解說部分在後。總的來說，就是解說和引用的綜合運用。例如「盟，《周禮》曰：『國有疑則盟。』諸侯再相與會，十二歲一盟。北面詔天之司。盟，殺牲歃血，朱盤玉敦，以立牛耳。」（《說文·皿部》）即為引用部分在前，解說部分在後的情況。

（1）解說＋通人觀點。如：

> 典，五帝之書也。莊都說：典，大冊也。（《說文·丌部》）
> 櫨，柱上柎也。伊尹曰：「果之美者，箕山之東，青鳧之所，有櫨橘焉，夏熟也。」（《說文·木部》）
> 禿，無髮也。王育說：倉頡出見禿人伏禾中，因以制字。（《說文·禾部》）
> 心，人心；土藏，在身之中。博士說，以為火藏。（《說文·心部》）

許慎對上述四個漢字的解說簡單明瞭，然而引用訓釋部分的作用卻稍有不同。他在「典」和「櫨」兩字的訓釋內容中引用莊都和伊尹

的觀點是為了證明自己解說的正確性；「禿」字的訓釋內容中引用王育的觀點是為了交代「禿」這個漢字的造字由來；「心」字訓釋內容中引用與自己觀點不同的「博士」的觀點，是把與自己觀點不同的通人之說附於自己觀點之後，兩說並存，體現了許慎尊重事實的嚴謹治學態度。

（2）解說＋經典法令。如：

> 玃，狼屬。《爾雅》曰：「貙、玃，似貍。」（《說文‧犬部》）
>
> 貀，獸，無前足。《漢律》：能捕豺貀，購百錢。（《說文‧豸部》）
>
> 皋，气皋白之進也。《禮》：祝曰皋，登謌曰奏。《周禮》曰：「詔來鼓皋舞。」（《說文‧本部》）
>
> 獢，短喙犬也。《詩》曰：「載獫獢狃。」《爾雅》曰：「短喙犬謂之獢狃。」（《說文‧犬部》）
>
> 駁，馬赤鬣縞身，目若黃金，名曰駁。吉皇之乘，周文王時犬戎獻之。《春秋傳》曰：「駁馬百駟。」畫馬也。西伯獻紂，以全其身。（《說文‧馬部》）
>
> 舫，方舟也。禮：天子造舟，諸侯維舟，大夫方舟，士特舟。（《說文‧方部》）
>
> 姘，除也。漢律：齊人予妻婢姦曰姘。（《說文‧女部》）
>
> 鐸，大鈴也。軍法：五人為伍，五伍為兩，兩司馬執鐸。（《說文‧金部》）
>
> 聅，軍法以矢貫耳也。《司馬法》曰：「小罪聅，中罪刖，大罪剄。」（《說文‧耳部》）

在這類訓釋方式中，出現了引用兩部典籍法令來訓釋一個漢字的情況，例如對「皋」、「獢」的訓釋即是如此。但是這兩部典籍法令的

作用卻有所不同。「皋」引用「禮」，不僅對「皋」意義進行補充，同時又採用對舉的方式，交代了「皋」與「奏」的不同，更有助於學者們掌握兩者的特點；其引用《周禮》就是為了證明「皋」所應用的語言環境。

在對「馼」的訓釋中，許慎的解說可謂全面，他先採用描寫的義界訓釋法對「馼」的外部特徵進行詳細描述，緊接著用「吉皇之乘」交代其地位，又以「周文王時犬戎獻之」來交代其由來，之後又引用《春秋傳》的記載明其貴重，最後又以「西伯獻紂，以全其身」說明了「馼」的價值非凡，否則西伯怎麼可以憑藉它來保全性命。許慎對「馼」的解說雖然筆墨較多，但是其訓釋的結構確實能讓學者們對「馼」的特點、價值等方面都能有一個比較全面的把握，這是後世辭書編纂者應該效法的地方。

許慎引用法令的訓釋方式也值得我們注意。例如對「姘」、「鐸」、「聯」訓釋。許慎對這些字詞的解說一般都是其基本意義或本義，如「聯」字，許慎訓釋的是其本義，所引用的法令用的也是其本義。但是還有一種就是，許慎訓釋的是其本義或基本義，然而所引用的法令用的卻是其在文中的隨文義。例如「姘，除也」，段注：「此別一義也」[22]，因為「除」有多種意思，而漢律所謂「漢律：齊人予妻婢姦曰姘」，在本字的訓釋內容中用「除」直接訓釋「姘」，此為直訓。由於採用直訓的訓釋詞和被釋詞是同義或近義的，因此「除」與「姘」同義，也就是說用《漢律》的內容給「除」的意義作了一個界定。

同時我們也不能忽略在引用典籍法令的時候，典籍法令內容的對舉出現的情況，因為這種情況體現了當時嚴格的等級觀念和嚴格的刑法制度，我們可以通過「阮」和「聯」二字略知一二。

除了以上幾種常見的引用訓釋之外，還有一種綜合引用訓釋。所

22　湯可敬：《說文解字今釋》，頁1792。

謂的綜合引用就是在對一個漢字的訓釋中不單單只引用通人的觀點或典籍法令的內容，而是這二種引用訓釋的情況共同出現在同一個字的訓釋內容之中。在《說文》的義訓中，綜合引用訓釋一般表現為兩種引用訓釋同時出現在一個漢字的訓釋之中。如：

> 蝄，蝄蜽，山川之精物也。淮南王說：「蝄蜽狀如三歲小兒，赤黑色，赤目，長耳，美髮。」《國語》曰「木石怪夔蝄蜽。」（《說文·蟲部》）
>
> 陉，危也。徐巡以為：賈侍中說：「陉，法度也。」班固說：「不安也。」《周書》曰：「邦之阢陉。」（《說文·𨸏部》）

這種訓釋方法可謂是集各種訓釋方法於一體，不僅交代許慎的看法，而且還引用各家的觀點，同時還有經籍法令的補充證明，使得漢字的訓釋內容全面而清晰，是後人辭書編纂所效法的榜樣。

（八）一字兩義的訓釋

《說文》是一部解釋木義的字典，一個字只有一個本義，在《說文》的訓釋中怎麼會出現一字兩義的情況呢？這主要有以下幾個方面的原因。其一，一個字有本義、有引申義，當本義、引申義都與字形有聯繫時，許慎不能確定哪個是本義？就把它們一同收錄。其二，一個字形記錄了兩個詞的意義，這兩個詞的本義都與字形有聯繫，許慎把它們放在同一個字頭下，就造成了一字兩義。這兩個義項記錄的是不同的詞，它們是同形字的關係。其三，有的字除本義外，還有假借義，許慎把它也收錄了進來。其四，其中的一個義項與被釋字是異名同實。其五，一些通人對字義的解析與許慎不同，許慎謹慎起見，兼容並蓄，把他們的意見也收錄進來。其六，兩個相近的字在流變過程中造成了混同，許慎把兩個字的本義都收錄了進來。

1　兩個義項是本義與引申義的關係。如：

> 奇：異也。一曰，不偶。
> 篇：書。一曰：關西謂榜曰篇。
> 籤：驗也。一曰：銳也。貫也。

玄應《一切經音義》引《通俗文》：「記識曰籤。」此為驗義。王筠《說文解字句讀》：「今人削竹，令尖，謂之籤；貫，即以此穿之也。」按：嚴格說來，以上兩義都是引申義，一端削尖的竹籤子才是其本義，因其尖銳，可穿物，故引申為銳、貫義；因其可插在地上做標記，故引申為驗義。

> 觜：鴟舊頭上角觜也。一曰觜觽也。
> 劋：斷也。一曰：剽也。釦也。

徐鍇《說文解字繫傳》：「劋，鑿也。」段玉裁《說文解字注》：「剽，砭刺也。」砭刺與鑿在過程上有相似處，故可引申。釦，段注：刓也。刓與鑿在結果上有相似處，故可引申。

> 劀：大鐮也。一曰：摩也。
> 膍：牛百葉也。一曰：鳥膍胵。
> 胵：鳥胃也。一曰：胵，五臟總名。
> 胼：犬膏臭也。从肉，生聲。一曰：不熟也。
> 舒：伸也。从舍，从予，予亦聲。一曰，舒，緩也。
> 翭：羽本也。一曰：羽初生貌。
> 矇：童矇也。一曰：不明也。
> 眄：目偏合也。一曰：斜視也。
> 瞫：深視也。一曰：下視也。

睦：目順也。一曰：敬和也。

盰：目多白也。一曰：張目也。

禋：潔祀也。一曰：精意以享為禋。

荒：蕪也。一曰：草淹地也。

胖：半體肉也。一曰：廣肉。

張舜徽《說文解字約注》：「《廣雅釋詁》：『胖，半也。』此二字古蓋一義，胖實半之後增體。物中分者，謂殺牲自其脊處平分之也。平分之，得全物之半，故訓曰半體肉也。半體之肉甚大，故又訓為廣肉。三義實相因耳。」

嚜：喘息也。一曰：喜也。

朱駿聲《說文通訓定聲》：「喜而甚亦喘息。」

㕹：㕹異之言。一曰雜語。

歫：止也。一曰：槍也。

《說文·木部》：「槍，歫也。」槍即今之撐字，抵拒之義，抵拒而後雙方力量平衡，達到靜止狀態。《段注》：「許無拒字，歫即拒也。此與彼相抵為拒，相抵則止也。」

槍應是歫的本義，止為引申義。

遁：遷也。一曰：逃也。

遽：傳也。一曰：窘也。

很：不聽從也。一曰：行難也。

跳：蹶也。一曰：躍也。

闔：門扇也。一曰：閉也。

播：種也，一曰：布也。

縱：緩也。一曰：舍也。

槙：木頂也。一曰：仆木也。

麓：守山林吏也。一曰：林屬於山為麓。

賈：賈市也。一曰：坐賣售也。

慢：惰也。一曰：不畏也。

慅：動也。一曰：起也。

恩：憂也。一曰：擾也。

懾：失氣也。一曰：服也。

2　兩個義項是本義與假借義的關係。如：

衃：憂也。从血，卩聲。一曰：鮮少也。

唬：虎鳴也。一曰：獅子大怒聲也。

箇：箇簬也。从竹，困聲。一曰：博棋也。

簋：盛觶卮也。一曰射具。

刓：剸也。从刀，元聲。一曰：齊也。

肙：小蟲也。从肉，口聲。一曰：空也。

鴇：鳥也。一曰鴇度。

薄：林薄也。一曰蠶薄。

啜：嘗也。一曰：喙也。

踡：蹴也。一曰：卑也，綣也。

詒：相欺詒也。一曰：遺也。

說：說釋也。一曰談說。

掖：以手持人臂投地。一曰：臂下也。

婧：竦立也。一曰有才也。

娃：圜深目貌。或曰吳楚之間謂好曰娃。

權：黃花木。一曰：反常。

假：非真也。一曰：至也。

優：饒也。一曰：倡也。

袤：衣帶以上。一曰：南北曰袤，東西曰廣。

頪：難曉也。一曰：鮮白貌。

騷：擾也。一曰摩馬。

吳：姓也。亦郡也。一曰：吳，大言也。

意：滿也。一曰十萬曰意。

3　兩個義項是同形字的關係。如：

祏：宗廟主也。从示，从石，石亦聲。一曰：大夫以石為主。

瑩：玉色。一曰：石之似玉者。

琱：治玉也。一曰：石似玉。

韄：囊紐也。从韋，惠聲。一曰：盛膚頭橐也。

餧：饑也。从食，委聲。一曰：魚敗曰餧。

虩：《易》曰：「履虎尾，虩虩。」恐懼。一曰：蠅虎。

筲：陳留謂飯帚曰筲。一曰飯器，容五升。一曰宋魏謂箸筩
　　曰筲。

籓：大箕也。从竹，潘聲。一曰：蔽也。

觚：鄉飲酒之爵也。一曰：觴受三升者謂之觚。

剽：砭刺也。从刀，票聲。一曰：剽，劫人也。

刉：劃傷也。从刀，气聲。一曰：斷也。一曰：刀不利，于瓦
　　石上刉之。

削：鞞也。一曰析也。

臠：臞也。一曰：切肉，臠也。

胳：脅肉也。一曰：胳，膓間肥。一曰：膫也。

奞：隹欲逸走也，从又持之，奞奞也。一曰：視遽貌。

　　雛：鳥大雛也。一曰：雉之莫子為雛。

　　翬：大飛也。一曰：伊洛而南，雉五彩皆備，曰翬。

　　眝：長眙也。一曰：張目也。

　　督：察也。一曰：目痛也。

　　盰：張目也。一曰：朝鮮謂盧童子曰盰。

　　蘆：蘆菔也。一曰齊根。

　　薫：苕之黃花也。一曰：末也。

　　英：草榮而不實者。一曰黃英。

　　芨：草根也。一曰：草之白花為芨。

　　若：擇菜也。一曰：杜若，香草。

4　兩個義項是異名同實的關係。如：

　　籠：舉土器也。一曰笒也。

　　雅：石鳥。一名雌鸓，一曰精列。

　　藋：釐草也。一曰拜商藋。

　　茭：藋之初生。一曰蘵，一曰雛。

　　草：草斗，櫟實也。一曰象斗子。

　　櫳：檻也。一曰圈。

　　痤：小腫也。一曰族累。

5　兩個義項一是許慎的解說，一是通人的異說。

　　娸：人姓也。杜林說，娸，醜也。

　　厄：科厄，木節也。賈侍中說以為：厄，裹也。

6　兩個義項原來是由不同的字記錄的，後來這兩個字混同了。如：

　　夒：貪獸也。一曰：母猴，似人。

　　曶：出气詞也。從曰，象气出形。一曰：佩也。

7　兩個義項是統言、析言的關係。

　　芋：麻母也。從艸，子聲。一曰：芋即枲也。

　　《段注》：「《儀禮》傳云：牡麻者，枲麻也。然則枲無實，芋乃有實，統言則皆稱枲，析言則有實者稱芋，無實者稱枲。

8　兩個義項中，其中一個是含有該字的聯綿詞。如：

　　蕙：蕙苡。一曰：蕙英。
　　藉：祭藉也。一曰：草不編，狼藉。
　　濱：久雨潢濱也。一曰水名。
　　媜：嬰媜也。一曰：媜媜，小人貌。
　　婁：空也。一曰：婁務也。
　　桔：桔梗。一曰：直木。
　　艫：舳艫也。一曰船頭。
　　驒：驒騱，野馬也。一曰：青驪白鱗文，如鼉魚。
　　沆：莽沆，大水也。一曰：大澤貌。

9　兩個義項中，一個是本義，一個是語源義。如：

　　橪：酸小棗。一曰：染也。

　　《正字通‧木部》：「橪，或曰雀梅。實小黑而圓，皮可染綠。」

10　兩個義項皆為引申義。如：

　　服，用也。一曰車有輔。

　　《說文》中還存在一字數釋的現象。如：

　　污：穢也。一曰：小池為汙。一曰：涂也。

　　摧：擠也。一曰：挏也。一曰：折也。

　　䆞：物相增加也。一曰：送也。副也。

　　櫝：匱也。一曰格，又曰：大梡也。

　　煦：烝也。一曰：赤貌。一曰：溫潤也。

　　昜：開也。一曰：飛揚。一曰：長也。一曰：強者眾貌。

　　一字數釋的幾個義位之間的語義關係大抵沒有超出一字兩釋的範圍，這裡不再贅言。

　　此外，許慎在《說文》中還運用了委婉訓、闕訓等義訓方法，其中委婉訓主要用於訓釋皇帝名諱、不吉利的或者不雅的事情。如「祜，上諱」（《說文·示部》），「祜」是漢安帝的名字，又如「秀，上諱」（《說文·禾部》），「秀」是漢光武帝的名字。「薨，公侯卒也」（《說文·死部》），在人們的意識裡，死亡是一件可怕的、不吉利的事情，所以對死的說法往往會用委婉的詞語。同時《說文》中針對不同的人對死的說法也不同，這也體現了嚴格的封建社會等級制度，如「駕崩」、「圓寂」。即使現代，人們也往往用其它的詞語來代詞「死」這個詞，如「去世」、「逝世」、「老了」等。

　　至於闕訓，許慎在《說文·序》中說「今敘篆文，合以古籀。博采通人，至於大小，信而有證。……其餘所不知，蓋闕如也。」[23]據筆者統計，《說文》中運用闕訓的漢字有五十三個。只是雖然都採用闕訓的訓釋方式，但是每個字卻又有些不同，具體表現為有些字是形音義全闕，即形音義三部分許慎都不知道或不清楚，還有些字只是形音義三者中闕一部分或闕兩部分，還有一種是由於許慎對釋義內容不清楚而用的「闕」。正如段玉裁所言：「凡言『闕』者，或謂形、或謂

音、或謂義，分別讀之」[24]。如「畬，闕」（《說文・酉部》）為形音義全闕；而「叚，借也。闕。」（《說文・又部》）這其中的「闕」指「闕其形」；「旁，溥也。从二，闕，方聲」（《說文・丄部》），這裡的「闕」，是指該字形體的一部分不清楚；又如「某，酸果也，从木，从甘。闕。」（《說文・木部》）段注曰「此闕，謂義訓酸而形从甘，不得其解」[25]，就是所謂的形義不統一。

　　《說文》中採用闕訓的漢字一般都是許慎對漢字的形體結構或意義沒有理解清楚，這種訓釋方式雖然不能給讀者提供被釋詞具體準確的信息，但是這一做法卻體現了許慎的寧缺毋濫的嚴謹治學精神。這也與那些穿鑿附會的今文經學派形成對比，是值得肯定的。

　　為了達到訓釋詞義的目的，許慎採用了形式多樣的訓釋方式對《說文》中的漢字進行訓釋。然而有些學者卻過分強調許慎在《說文》中的字詞的錯誤訓釋的現象而沒有看到其積極作用。針對這個情況，殷寄明先生提出了「附加值」的概念，即許慎「對某些詞的訓釋雖非本義或多個意義並存，都是有一定根據的，或為引申義，或為假借義、語源義。這些訓釋對於我們研究古文字、古語詞，仍有一定的參考價值。」[26]同時他又指出，桂馥作《說文解字義證》，朱駿聲作《說文同訓定聲》而講求的「別義」和「通訓」，在一定程度上都是論證許慎訓詁附加值的工作。

　　由上述對許慎所採用的訓釋方式進行分析可知，我們對《說文》的義訓方式不可一概而論，既不可全盤肯定也不能輕易否定。後人應該持著客觀公正的態度去分析許慎所運用的義訓方式。只有這樣，才可以在現代和未來的字典辭書編纂中做到揚長補短，更好地為讀者服務。

---

24 段玉裁：《說文解字段注》（成都市：成都古籍出版社，1981年），頁10。

25 段玉裁：《說文解字段注》，頁427。

26 殷寄明：《《說文解字》精讀》，頁95。

第三章
《說文》義訓的功能研究

　　許慎以揭示《說文》中漢字的本義為訓釋的出發點和歸宿，然而由於訓釋情況的複雜性，《說文》義訓的功能性大大超出了揭示本義這個範圍。該書除揭示本義外，還具有揭示漢字的源義、引申義和假借義等的功能。

一　揭示本義

　　文字形體的構造意圖稱之為造意。詞本來的體現在字形上並有文獻用例可證、貫通引申義的意義即本義[1]。造意與本義有時不大一致。如：《共部》：「共，同也。」「共」的小篆形體為「𦫠」，學者已經證明「『廿』為『口』之變，均象物形，從廿卝者，謂兩人共持一物」[2]，此為造字義；而「共同」是一個抽象的語言借助於兩手共捧一物的形象表達出來，此為本義。再如：逐，從辵，從豕，造字義是追逐野豬，但實際表達的意義（本義）是追趕，追趕的對象並不限於野豬。休，從人從木，造字意是靠在樹上休息，但實際表達的意義是休息，休息的方式並不僅僅是靠在樹上。黃侃曰：「凡字與形音義三者完全相當謂之本義」[3]。造字時，一些抽象的意義要附麗在具體的事物上才能表現出來，因此造字義往往比較具體，本義則比較抽象。

1　殷寄明：《《說文解字》精讀》（上海市：復旦大學出版社，2006年），頁55。
2　湯可敬：《說文解字今釋》（長沙市：岳麓書社，1997年），頁380。
3　黃侃述，黃焯編：《文字聲韻訓詁筆記》（上海市：上海古籍出版社，1983年），頁47。

由於造字義並不是實際語言中使用的意義，《說文》的宗旨也不是去訓釋文字的造字義，因此對於造字義，本文暫不作討論。

我國傳統的詞彙研究歷來重視說解字（詞）的本義。本義之所以重要，在於它是完整地把握一個字詞的意義系統的切入點和中心環節。《說文》和《段注》之所以在詞義研究方面成績卓著，歷代為人們所珍視，其中一個重要的原因就在於它們都善於從本義出發說解詞義。瞭解漢字的本義，可以更深刻地瞭解它們的引申意義，也可以更好地為近代漢語和現代漢語的研究服務。

如：「解，判也。」（《說文‧角部》）

「解」的甲骨文為▨，象人用▨（雙手）把▨（牛角）從▨（牛頭）上剖取下來，▨表示「血滴」。金文為▨，篆文為▨，省去雙手，另加▨（刀），使其形體結構發生了變化。這從另一方面也證明了漢字的形體是不斷演變的。因為在人們的意識裡，取牛角是解剖牛這一過程中最為複雜且具有代表性的動作，因此，古人用取牛角來指代剖牛的整個過程。[4]但「剖牛」只是其造字義，其本義是「分解動物肢體」。在語言的發展過程中，「解」又產生了「分開，鬆開」、「分析推理、打開疑惑」、「押送」和「除去」等意義。但是如果讀者能夠仔細分析就會發現，雖然「解」具有這麼多意義，然而它們都是從「分解動物肢體」這一意義延伸出來的。因此，把握漢字的本義是推演出其引申義的必要前提。

又如：「習，數飛也。」（《說文‧習部》）

段玉裁曰：「《月令》：『鷹乃學習。』引申之義為習孰。」[5]所謂的「鷹乃學習」中的「學習」自然不是現代漢語中的「學習」之義，該句中的「學習」應為通過多次試飛而最終能夠飛翔之義。因為雛鷹

4　http://www.vividict.com/WordInfo.aspx?id=2844
5　張舜徽：《說文解字約注》（武漢市：華中師範大學出版社，2009年），頁840。

要想翱翔天空必須從小開始練習飛翔，而翱翔不是一次兩次就能夠成功的，大都需要經過多次飛翔練習才能取得。現代的「學習」之義應為該義的引申義，因為對一門科學知識的掌握也是需要多次的練習和實踐才能完成。就如饒炯所云：「凡鳥生羽，始不能翥，故人之重學，取以為名。」[6]掌握「習」的本義，就不難理解「習慣」、「練習」、「溫習」、「演習」、「預習」等詞語的意思。

解釋字義和分析字形是《說文》注釋中最基本的內容，而解釋詞的本義又是詞義研究的基礎。如前面的「解」字，所有的引申義都是從「分解動物肢體」這一本義延伸而來。同時，在對《說文》中的字詞進行訓釋時，許慎雖然對有些字詞的訓釋採用的是其假借義或引申義，有的甚至是錯誤義，但是不容置疑的是訓釋字詞的本義才是許慎訓釋字詞的宗旨和原則。

段玉裁也在稱讚許慎《說文》一書時說：「若網在綱，如裘挈領，討原以納流，執要以說詳。」段氏弟子江沅在為《段注》所作的後序中說：「許書之要，在明文字之本義而已；先生發明許書之要，在善推許書每字之本義而已矣。」[7]

瞭解字詞本義的好處主要表現為以下兩種情況。首先可以為瞭解詞義系統提供依據，可以幫助人們準確地認識詞義，解決古籍閱讀中的一些疑難問題[8]。如可以消除「馬頭人為長，人持十為斗，虫者屈中也」這種光怪陸離的解釋。再如，《左傳・僖公二十二年》：「雖及胡耇，獲則取之，何有於二毛？」人們一般把「獲則取之」理解為「抓住了就俘虜他」，顯然人們把「獲」和「取」當作同義詞來理解。然而《說文》對二者的解釋為：「獲，獵所獲也。從犬，蒦聲。」「取，捕取也，從又從耳。」由此可見，「取」的本義應為用手割掉

6　張舜徽：《說文解字約注》，頁840。

7　蘇保榮：《詞義研究與辭書釋義》（北京市：商務印書館，2008年），頁49。

8　蘇保榮：《詞義研究與辭書釋義》，頁36。

不降服的敵人的耳朵。所以「獲則取之」中的「獲」和「取」表示動作的先後關係，並不是同義詞。其次，把握字詞的本義還可以加深讀者對古代文獻中詞義的理解。如「諑，徐語也。」知道了「諑」的本義之後，那就不難理解「故諑諑而來」(《孟子》)的意思了。

　　江沅曾說「本義明而餘義明，引申義亦明，假借之義亦明。」段玉裁本人也曾經說過：「凡字有本義焉，有引申假借之餘義焉，守其本義而棄其餘義者，其失也固；習其餘義而忘其本義者，其失也蔽。」[9]由此可知，本義是引申義、假借義的根本和源頭。如知道「苦」的本義為「大苦，苓也。」(《說文・艸部》)那麼就能理解其「勞苦」的引申義；同樣也能理解從「勞苦」義引申為「困苦，痛苦」、「勤勞「和「苦於，為某種事物或境況所苦」義。

　　後人為了區分本義與假借義和引申義的區別，常常採用「據文證義」的方法。所謂的據文證義實際上就是對豐富的語言材料進行排比歸納，這是傳統訓詁學的基本方法。本文主要採用歸納匯證和比較互證的方法，在使用這兩種方法的時候需要收集盡可能豐富而全面的例證，同時要對所搜集的材料進行歸納、比較和匯證、互證，否則就會出現以偏概全、以管窺豹的情況，導致歸納出的詞義不夠科學準確。

二　揭示源義

　　這裡所謂的源義就是字的語源義，訓詁學家們一般主要依據字的聲音和形體結構來推求它們的語源義，這些字主要集中在形聲字之中。這是因為形聲字一般都是有形符和聲符兩部分組成的，其中聲符部分具有揭示語源的功能。黃侃先生在《文字聲韻訓詁筆記》中把形聲字分為兩類，一是正例，即指以聲兼義的形聲字；二是便例，即指

9　蘇保榮：《詞義研究與辭書釋義》，頁49。

聲不兼義的形聲字。[10]李國英先生則在《小篆形聲字研究》中指出
「聲符有單純示音和具有示源和示音雙重功能的兩類，只有雙重功能
的音符本質上才是示源的。……聲符的示源作用不是個別現象，而是
聲符具有的一種重要功能」。[11]任連明先生認為所謂聲符的示源功能，
是指聲符顯示形聲字所記錄的詞的源義素的作用，源義素即派生詞的
構詞理據，它是在源詞分化出派生詞的過程中由源詞給派生詞的一種
「傳承信息」。[12]

　　在《說文》中，除了形符和聲音能揭示漢字的語源義，有些採用
義訓訓釋方式的漢字同樣能夠揭示其語源義。義訓中所謂的揭示語源
義主要是指那些雖然直訓詞義，但其訓釋事實上揭示了語源的情況。

　　如：

　　　「房，室在旁也。」（《說文・戶部》）

　　所謂「室在旁也」意為在正堂兩旁的房室。段注曰：「焦氏循
曰：『房必有戶以達於堂，又必有戶達於東夾西夾，又必有戶以達於
北堂。』」桂馥在《說文解字義證》中提到「古者宮室之制，前堂後
室；前堂之兩頭有夾室，後室之兩旁有東西房。」[13]段氏和桂氏的觀
點也引證了這種意義，因此，「旁」是「房」的語源意義。

　　再如：

　　　「鹹，銜也，北方味也。」（《說文・鹵部》）

10 黃侃述，黃焯編：《文字聲韻訓詁筆記》，頁76。
11 李國英：《小篆形聲字研究》（北京市：北京師範大學出版社，1996年），頁32。
12 任連明：〈《說文解字》頭部名稱形聲字本義與源義關係舉隅〉，《遠東學院學報（社會科學版）》2010年
13 湯可敬：《說文解字今釋》，頁1663。

王筠曰：「鹹味長，故銜而咀味之。《爾雅‧釋言》：『鹵，矜鹹，苦也。』」[14]從王筠的解釋可知，因為鹹味重即鹹味長，所以要銜在口中咀嚼。用「銜」來訓釋「鹹」，不僅讓人們容易理解，還可以探求到「鹹」的語義來源。同時，又之所以用「北方味也」來補充，除了對五味予以五行化解釋以外，也與氣候、地理等因素的影響有關，與南方人喜歡清淡的食物相比，北方人的飯食味道要更鹹重一些，南北方的這一飲食特徵是眾所周知的。所以許氏又用大家都熟知的南北方口味的差別來補充詞義。

三　揭示引申義

許慎編寫《說文》的目的是想通過對文字形體結構的分析，求得詞的本義，以反駁今文經學家的「巧說邪辭」。但是由於主客觀條件的限制，他對漢字的訓釋涉及到了不少引申義的問題。雖然辭書編纂要以探求字的本義為第一要義，但是許慎在訓釋中無意用到的引申義為後人學習和掌握古漢語詞義、理清詞義發展延伸的脈絡提供了很多的啟示和線索，同時也有助於我們全面而客觀地評價和使用《說文》。

詞義引申是詞義運動的基本形式。「引申是一種有規律的詞義運動。詞義從一點（本義）出發，沿著它的特點所決定的方向，按照各民族的習慣，不斷產生新義或派生義，從而構成有系統的義列，這就是詞義引申的基本表現。」[15]因此，一般來說，在詞的眾多義項中總可以找出本義與引申義、直接引申義和間接引申義之間的聯繫。同時，由於詞義的系統不僅體現在單個詞的內部，也體現於兩個詞或幾

---

14 張舜徽：《說文解字約注》，頁2896。

15 陸宗達、王寧：《訓詁方法論》（北京市：中國社科出版社，1983年），頁140。

個詞形成的引申系統的關係上，因此詞義引申在詞義系統的構成中也尤為重要。

　　詞義引申是詞義間最重要、最普遍的聯繫，訓詁學家經常利用詞義引申關係來訓釋詞義，所謂「本義明而後餘意明，引申之義亦明，假借之義亦明」（江沅《說文解字注後敘》）。因此，黃季剛先生說：「詁者，故也，即本來之謂；訓者，順也，即引申之謂。訓詁者，用語言解釋語言之謂。」[16]

　　許慎在《說文》中說明或表現引申義的方法主要有兩種。第一種是在對詞的本義的說解中直接說明詞的引申義。具體表現為 a.在闡釋或引用材料中說明詞的引申義；b.從本義說解與引用材料的對比中，探求詞的引申義；c.在說解中的兩個並列的義項中，探求引申義；d.從「一曰」中探求詞的引申義。[17]第二種是在對詞的本義說解中，許慎誤以為引申義為本義而對字（詞）進行說解。把引申義當作本義對字（詞）進行訓釋或者用錯誤的意思對字（詞）進行訓釋，主要是因為許慎寫作《說文》的時代較早，且尚未見到甲骨文、金文等早期古文字，他只能根據古文字時期形體已經發生演變的小篆進行分析。又由於許慎在探求詞本義時主要採取「以形析義」的方法，而正確的字形是運用該方法正確釋義的前提。因此，許慎在沒有見到正確字形的情況而對字詞進行的錯誤解釋也是情有可原的。

　　引申義是從本義中直接或間接引申出來的，因為詞的本義所具有的形象特徵是漢語詞義引申的重要線索。《說文》義訓中，按照引申的形式我們可以分為比喻引申、借代引申和因果引申；按照引申的內容我們可以分為抽象引申和同狀引申。在詞義引申過程中，會出現引申義較之本義在詞義上的擴大、縮小、轉移的情況。

---

16 黃侃述，黃焯編：《文字聲韻訓詁筆記》，頁181。

17 古敬恆：〈《說文》中詞的引申義初探〉，《徐州師範大學學報（哲學社會科學版）》1992第2期。

（一）比喻引申

　　語言中的詞一經產生，就有特定的指稱對象。有時另一事物與之有相似之處，此詞可以移而指稱這個事物，這種引申運動即比喻引申，它是一種無邏輯的引申。詞義的比喻性引申一般表現為某個具有某種特徵的具體事物的詞義引申出表示許多事物某一共同特徵的比較抽象的詞義。主要表現為具體和抽象的相互轉化，是詞義引申運動的主要形式。如：

　　　「湊，水上人所會也。」（《說文·水部》）

　　董蓮池認為，「湊」與「奏」字同，本義為聚集柔汁，引申為一切聚集會合之義。柔汁為物本是液體，故可在「奏」上附加水旁以彰顯其義。[18]訓釋內容由物引申到人，為比喻引申。如今，「湊」已經引申為所有事物的會合。又如：

　　　「愉，薄也」（《說文·心部》）

　　薄為物之薄，愉為心之薄，也就是涼薄，即在他人發生災難之時，不僅不同情，悲戚，反而幸災樂禍，面露欣喜之色。《詩·唐風·山有樞》：「子有車馬，弗馳弗驅。宛其死矣，他人是愉。」此義又可引申為輕佻，不莊重。《詩·小雅·鹿鳴》：「視民不恌，君子是則是效。」毛傳：「恌，愉也。」人心之薄與物之薄有相似處，以「薄」訓「愉」，當為比喻引申。

　　我們知道，多個字（詞）義在辭典的編排上是有順序的，它們的順序一般表現為「本義」──「引申義」，同為引申義的義項的順序

18 董蓮池：《〈說文解字〉考證》（北京市：作家出版社，2005年），頁442。

為「直接引申義」──「間接引申義」。詞義的比喻性引申主要表現為由本義的某一特徵成為一個獨立的詞義，詞義演變的結果是由具體到抽象。

（二）借代引申

　　借代引申義是指一個詞的意義是通過借代的方式引申出來的，也就是所謂的「借代義」。借代義一般是根據相似聯想或者相關聯想而引申出來的意義。語言中的詞一經產生，就有特定的指稱對象。借代的部分大都為事物的突出的或與其它事物所不同的特徵，這個特徵可以代表該事物並指稱這個事物，這種引申運動即為借代引申，它是一種相對有邏輯的引申。詞義的借代引申一般表現為由某一事物或意義引申出與之相關的另一事物或意義。具體和抽象的相互轉化，是詞義引申運動的主要形式。如：

　　　　「弜，彊也。」（《說文・弜部》）

　　「弜」的小篆形體為𢎦。工國維認為：「『弜』字即訓為弓檠之『柲』的本字，弓檠是用來輔弓之物，形略如弓，故從二弓。其本義當為弓檠，引申則為輔為重，又引申為彊。」[19]
　　輔弓之物「弓檠」之所以能夠引申為「弓」的特點「彊」是因為「弜」可以輔助「弓」變得更加彊勁有力。因此「弜」、「弓」和「彊」具有相關關係，可以稱為借代引申。再如：

　　　　「高，崇也。象台觀高之形。」（《說文・高部》）

---

19 董蓮池：《〈說文解字〉考證》（北京市：作家出版社，2005年），頁509。

高，甲文作𩠳，金文作𩠎，象樓臺之形。樓臺具有高大的特點，古人以之描述事物高大的狀態，因而引申出高大義。又如：

「閽，常以昏閉門隸也。」（《說文・門部》）

沈濤曰：「《御覽》百八十二引：『閽，昏也。門常昏閉，故曰閽。即守門隸人也。』[20]」從《御覽》中可知，「閽」原指在黃昏的時候關閉大門。由關閉大門引申為關閉大門的人。段注云：「閽人，司昏晨以啟閉者。」[21]（《說文・門部》）意為掌管早晚開門的人；何晏曰「晨門者，閽人也。」黃侃又曰：「晨門，守石門晨昏開閉之隸也。」[22]「閽」指掌管早晚開關門的人。借傍晚關門這個動作引申為掌管早晚開關門的人，可以理解為借代引申。

詞義的借代性引申主要表現為本義與引申義是相關關係，可以為部分與整體或整體與部分，也可以是引申義與本義之間有某種內在的相關性。

（三）因果引申

因果引申，一個詞的本義派生出一個引申義，兩個義項之間的關係若為因果關係，則其引申就為因果引申。如：

「示，天垂象，見吉凶，所以示人也。」《說文・示部》

許慎認為，三垂為日、月、星。人們可以利用它們觀察天象，進而知道時世變化。而「示」為「神事也」。由甲骨文可知，「示」為神

20　張舜徽：《說文解字約注》，頁2916。

21　段玉裁：《說文解字段注》（上海市：上海古籍出版社，1981年），頁987。

22　張舜徽：《說文解字約注》，頁2916。

主之形，是獨體象形字，本義為神主，可用以代表神，古人認為神借助天象向世人顯示吉凶。顯示吉凶為示之引申義，本義和引申義之間存在因果關係。又如：

「尹，治也。」（《說文・又部》）

「尹」的甲骨文作，象手（又）持杖形。杖在古代一般表示權杖，是權力的象徵。而手握權杖的人一般都為管理者，即君主或官員。君主和官員手握權杖一般會用來治理國家。由手握權杖的人引申為手握權杖之人的動作行為，這也是因果邏輯的引申關係。又如：

「右，手口相助也。」（《說文・又部》）

「右」的甲骨文作，象右手之象，與左手之象相對，故其本義為左右手之右手。幫助這一動作一般需要用手來完成，而兩手之中右手相對來說更為靈便，所以由右手引申為幫助、保佑的「佑」。後來，表示「右」的形體寫作了「又」，後人就在形下加了一個指事符號（口），造為字，專表左右之「右」。由表示「右手」到表示「幫助、保佑」為因果邏輯引申。

在因果邏輯引申中，本義和引申義不僅有意義上的相關性，二者與其它引申義最為不同的是它們具有因果關係。

（四）抽象引申

所謂抽象引申，是指有表示具體事物或動作行為的本義引申出的引申義則是表示抽象意義的概念。如：

「元，始也。」（《說文・一部》）

　　唐蘭先生認為「元本作𠑹，元，首也。」董蓮池先生贊同唐先生
的觀點，認為「元」的本義為人頭。這個意義在古代文獻資料中也可
以得到印證，如《左傳・僖公三十三年》中有「（先軫）免冑入狄
師，死焉。狄人歸其元，面如生」；《孟子・滕文公上》中有「勇士不
忘喪其元。」[23]這兩句話中的「元」用的都是其本義「人頭」的意
思。又因為「頭、首」為一個身體的開端，是一個人最重要的部位，
所以引申為「開始」義。再者，古今人們都認為嬰兒出生時，頭先出
為順生，手腳先出為逆生，即寤生，也就是現在所說的難產。人們都
認為頭先出為好，為順，否則就會引起人們的驚慌或恐懼。「寤生」
在《左傳・隱公元年》裡有所記載「莊公寤生，驚姜氏，故名寤生，
遂惡之」。[24]這些也可以證明人們都認為「頭」作為開始才是好的。故
引申為「開始」之義。由「頭、首」引申為「開始」也是由具體義轉
變為抽象義。又如：

　　　　「干，犯也。」（《說文・干部》）

　　桂馥在《說文義證》中，對「干」的解說為「犯也者，戴侗曰：
『蜀本《說文》曰：干，盾也。案戰者執干自蔽以前犯敵，故因之為
干冒干犯。』馥案：《書》『舞干羽於兩階』，《詩》『干戈戚揚』，《方
言》：『盾，自關而東或謂之干』《論語》：『而謀動干戈於邦內』孔安
國曰：『干，楯也』，……皆與蜀本合。」由甲骨文可以「干」字作
𠦝，金文作𢆉，小篆作𢆉。干本為先民田獵時使用的叉狀器，「犯也」
是它的引申義。由表示具體的事物「叉狀捕獵器」引申為抽象意義的
「侵犯、冒犯」，這種引申可稱為抽象引申。

---

23 張舜徽：《說文解字約注》，頁3。
24 郭錫良、唐作藩等：《古代漢語》（修訂本上）（北京市：商務印書館，2010年），頁
　　128。

（五）同狀引申

這裡所謂的同狀引申，是指表示具體事物、形狀或動作行為的本義的引申義仍然表示具體的事物、性狀或動作行為，即一個字的本義和引申義都表示具體的事物或動作行為。如：

「污，穢也」（《說文・水部》）

「污」本義為積水坑。《左傳・隱公三年》：「潢污行潦之水，可薦於鬼神，可羞于王公。」引申有污濁、骯髒義。《左傳・宣公十五年》：「川澤納污。」「穢」本義為雜草叢生，《說文》：「穢，蕪也。」引申亦有污濁、骯髒義。班固《東都賦》：「於是百姓滌瑕蕩穢而鏡至清。」汙為水不潔，穢為草不潔，事物不同而性狀相同，二者構成同狀引申。又如：

「启（啟），教也。」（《說文・攴部》）

「启」的甲骨文為或，是由表示手的「又」或與表示門的組合而成的，表示打開門的意思。《左傳・隱公元年》「夫人將启之」句中的「启」用的就是「启」的本義「打開門」[25]。有的甲骨文又為，在上又加了一個指事標誌「口」，可理解為通過口說教使頭腦開門，即頭腦開竅。因此，「启」由表示「開門」引申為「說教」都是具體的動作行為，是同狀引申。

同狀引申中的本義和引申義之間的關係大都是兩種事物或兩種動作行為具有相似性。如「污」的本義和引申義之間有「污濁、骯髒」的相似點，「启」的本義和引申義之間有「打開」這一相似點。它們

---

25 董蓮池：《說文解字考證》（北京市：作家出版社，2006年），頁122。

之間的相似或相關性可以成為連接本義和引申義之間的紐帶。

　　引申義本來就是詞義運動的主要形式，但是由於詞義運動的多樣性和複雜性，使得漢字引申義的活動規則並不完全統一。然而也正是這種運動的不統一性更能表現語言發展演變的規律。無論是意義的比喻引申、借代引申、因果引申、抽象引申還是同狀引申，都表現了漢字本義與引申義之間密不可分的複雜關係。而掌握它們之間的關係，就是掌握了引申義從本義出發流動的脈絡，這也更有助於完整的漢字意義系統的構建，是全面把握詞義不可缺少的步驟。

四　揭示假借義

　　《說文》中對某些字訓釋的意義既不是本義，也不是引申義，而是假借義。清代王筠在其《說文釋例》中對這個問題作過歸納、分析，王筠認為在《說文》中，凡許慎用以下術語表述的，實際上都是假借。它們分別是「故為」、「故以為」、「以為」、「或說」、「一說」、「或曰」、「一曰」、「《書》以為」、「古文以為」、「籀文以為」、「《史篇》以為」、「杜林以為」、「揚雄以為」、「賈侍中以為」、「亦如是」、「亦如此」等。[26]事實上，這些術語表達的含義較為複雜，不能一概而論。《說文》所訓釋的假借義可分為兩種情況。

（一）本無其字而假借

　　這裡所謂的「本無其字而假借」是指由於表示意義 A 的漢字不存在而借表示意義 B 的字來代替，因此該字在表示意義 B 的同時又表示意義 A。但是相對於該字，意義 A 和意義 B 的性質是不同的。意義 B 是該字的本來意義，而意義 A 只是該字的假借義。如：

---

26 殷寄明：《《說文解字》精讀》（上海市：復旦大學出版社，2006年），頁79。

「今，是時也。」《說文‧厶部》

董蓮池先生認為「今」當係採用改變ㅂ（曰）字字形方向（即將其倒置）的方式造出來的一個字，甲骨文「今」寫作△，倒置後與ㅂ相似，同時篆文今（今）是ㅂ（曰）的倒置。「曰」是說，反過來則為緘口不言，故裘錫圭先生認為「今」大概是「吟」（噤）的初文[27]。「噤，口閉也」（《說文‧口部》），「噤」義正是「曰」的反義。故「今」的本義為口閉，假借為「是時也」之「今」的意義，又因為常常使用這個意義，故人們就另外造了一個從口的「噤」字表示「今」的口閉義，而讓「今」專門表示「是時」義。有些字的假借義與本來意義共存，但是「今」的假借義完全替代了它本來意義的位置，古人稱這種假借現象為「字為借義所奪」。又如：

「員，物數也。」（《說文‧員部》）

「員」的甲骨文作，從鼎（鼎），從〇。〇即「圓」的象形文，為了避免和形近字相混，又在〇下加鼎字為義符，因為鼎大多數是圓口的。鼎後來又變為，又變化為篆文，與貝相混。「員」即圓的初文，本義為圓，「物數也」只是他的假借義。又如：

古，故也。識前言者也。（《說文‧古部》）

「古」的甲骨文作「」，西周金文作「」從田，象盾牌形。裘錫圭先生認為「盾牌具有堅固的特點，所以古人在『田』字上加區別性意符『口』，造成『古』字來表示堅固之『固』這個詞。」[28]也就是

---

27 董蓮池：《說文解字考證》，頁205。

28 董蓮池：《說文解字考證》，頁86。

說「古」是堅固之「固」的古字。許訓「故也」其實只是假借義。

（二）本有其字而假借

　　《說文》中也有「本有其字而假借」的現象，所謂「本有其字而假借」是指存在一個字 X 表示意義 A，但是意義 A 卻捨棄 X 不用而用另外一個字與 X 無關的字 Y 來表示。如：

　　　　「甫，男子美稱也。」（《說文・用部》）

　　「甫」的甲骨文作 ，从屮从田，是「圃」的本字。西周金文作 ，下部類化為「用」。「男子之美稱」是「父」的引申義，而「甫」的本義為「苗圃」。用「男子之美稱」來訓釋「甫」，用的是假借義。在這個訓釋中，「男子美稱」這個意義捨棄「父」字而不用，而選擇一個與自己毫無意義關係的「甫」字來表示，就是典型的「本有其字而不用」。又如：

　　　　「氣，雲气也。」（《說文・气部》）

　　張舜徽從「氣」的甲骨文形體 、金文形體 和篆文形體 三個時期的字形分析中，認為該字的各時期形體均無雲氣之義，「雲气」乃該字的假借義。方述鑫、林小安《甲骨金文文字典》認為「气」的字形 像河流涸竭之形，上下兩橫像河的兩岸，中間一橫位於河床中表示水流已盡，即「汽」之本字。[29]「汽，水涸也。」（《說文・水部》），按照以上學者的論述，「气」與「雲气」無關，「雲气」為「气」的假借義。

---

29 董蓮池：《〈說文解字〉考證》，頁14。

　　據董蓮池先生在《說文解字考證》中的考證結果，《說文》把假借義當作本義進行訓釋的漢字中，已有二十三例用假借義對被釋字詞進行訓釋的情況得到了確切的考證，它們分別為：气、各、嚴、古、博、異、夋、夬、卑、甫、庸、魯、畀、曰、簪、寧、今、員、族、卤、敝、殷、縶、離等。

　　在《說文》中，許慎由於對字形分析的失誤或主觀認識的局限，有時會把字的假借義和引申義混淆。如「烏，孝鳥也。孔子曰：『烏，盱呼也』取其助氣，故以為烏呼。（《說文・烏部》）」在許慎看來，作鳥名的「烏」和感歎詞「烏呼」是有詞義上的關聯的，實際上這是誤以假借為引申。這也是後來學者們應當關注的地方，因為對字的假借義和引申義的正確辨析對正確理解古代文獻有很大的參考作用，同時又能反過來推導或考證字的本義。

第四章
《說文》義訓的失誤研究

一　《說文》字形分析導致的釋義失誤

段玉裁在《說文‧敘》注中指出：「聖人之造字，有義以有音，有音以有形。學者之識字，必審形以知音，審音以知義。」「一字必兼三者，三者必互相求，萬字皆兼三者，萬字必以三字彼此交錯互求。」[1]他在為王念孫《廣雅疏證》所寫的序中，更加深刻地論述了漢字（詞）形、音、義三者之間的關係：「小學（指語言文字之學）有形、有音、有義，三者互相求，舉一可得其三；有古形，有今形，有古音，有今音，有古義，有今義，六者互相求，舉一可得其五。」[2]這裡，不僅強調了對詞的形、音、義要作橫向的綜合分析，而且要注意古今之變，進行縱向的歷史考察。

但是由於時代和歷史條件的局限性，許慎沒有見過甲骨文，同時由於時代的發展，很多字的形體發生變化，意義也會有所變化。許慎在《說文》中所依據的小篆形體並不是漢字的最初形體，因此，依據小篆去尋求漢字的本義本身就是不科學的。在《說文》中，字形分析和漢字釋義存在兩種情況，一是雖然字形分析錯誤，但是漢字的釋義是正確的。這種情況本文暫時不提；二是字形分析錯誤，釋義也是錯誤的。本文主要就第二種情況進行討論。如：

行，人之步趨也。（《說文‧行部》）

1　蘇保榮：《辭書研究與辭書釋義》（北京市：商務印書館，2008年），頁33。

2　蘇保榮：《辭書研究與辭書釋義》，頁33。

　　在甲骨文中，「行」寫作 ✦，象四通的道路之形。而且「行」在早期的用法確有「道路」之義。如《詩經・周南・卷耳》：「嗟我懷人，寘彼周行」，「周行」指大道；《詩經・豳風・七月》：「女執懿筐，遵彼微行」，「微行」指「小路」。[3]引申為行走義。「行」的形體在戰國時仍作 ✦，金文作 ✦，仍然可以見到該字的四通之形。只有小篆的形體 ✦ 已經訛變得看不到原來的形體，誤作正反兩個雙人旁 ✦，從而失去道路之形。

　　馬敘倫曰「《爾雅・釋宮》：『行，道也。』此行之本義也。《詩・小弁》：『行有死人。』」[4]本句中的「行」當為本義「道路」講。又《呂氏春秋・下賢》：「桃李之垂於行者，莫之援也；錐刀之遺於道者，莫之舉也。」[5]在本句中，「行」與「道」是對文，也從另一個角度證明了「行」就是「道路」的意思。

　　在古代漢語中，「徐行曰步，疾行曰趨，疾趨曰走」，而「行」為泛指詞，許慎用「人之步趨也」來解釋「行」的詞義，應當說是煞費苦心的，但所說解的是「行」的引申義，而不是本義。再如：

> 「王，天下所歸往也。董仲舒曰：『古之造文者，三畫而連其中謂之王。三者，天、地、人也。而參通之者，王也。』孔子曰：『一貫三為王。』」（《說文・王部》）

　　「王」的圖畫形為 ✦ 或 ✦，從它的圖畫形狀可以看出「王」字的原始面貌是斧鉞之形，甲骨文相對於象形文字結構更為線條化，因此「王」的形態結構演變為 ✦。在古代，斧鉞是王權的象徵，所以「王」取斧鉞之形。由於董仲舒和孔子對「王」字形的解說都是穿鑿

3　董蓮池：《說文解字考證》（北京市：作家出版社，2006年），頁74。

4　張舜徽：《說文解字約注》（武漢市：華中師範大學出版社，2009年），頁74。

5　張舜徽：《說文解字約注》，頁74。

附會，因此，許慎不加考證而直接引用他們二人的解說對漢字形體進行訓釋，自然是錯誤的。又如：

> 「有，不宜有也。《春秋傳》曰：『日月有食之。』从月，又
> 聲。」（《說文・有部》）

「有」下的「月」本為肉形，非月亮之月，由於小篆字形月亮之月與骨肉之肉近於混同，許慎錯把「有」下的「肉」當成了月亮的月，從而做出了錯誤的解釋。

探求詞的本義，是許慎《說文》義訓研究的基礎性的工作，分析字形是認識詞的本義的重要途徑之一。特別是那些可以求得本字的詞，本義就是憑藉漢字字形分析出來的最早的詞義。在這種情況下，我們若要認識詞的本義，必須熟悉字形結構及結構所表達的意義。《說文》作為探求本義的專著，雖然在過程中沒有嚴格按照同一個原則來訓釋漢字，但是它至今為止仍是我們說解漢字本義的最重要的參考書。

值得注意的是許慎在分析字的形體結構和訓釋詞的意義上，雖然「今敘篆文，合以古籀。博采通人，至于大小，信而有證」[6]，但是有時太過分拘泥於文字形體，同時又因為他所分析的字形是經過甲骨文、金文等多個時代的演變，以至於許慎不能看到文字的發展脈絡，因此也不知道有些字形已經發生訛變。他多以古籀、小篆為漢字的發展的源頭，這也直接影響了他對漢字字形的分析。因此在這些基礎上對漢字作出的訓釋往往是不正確的。「毋」的訓釋即是如此。《說文》四大家之一的朱駿聲就在《說文通訓定聲》中對此已經提出批評，訓詁學稱這種弊病為「望文生訓」，有時也稱「望文生義」。

6　湯可敬：《說文解字今釋》（長沙市：岳麓書社，2010年），頁2180。

二　《說文》體例導致的釋義失誤

著作的編寫格式或文章的組織形式叫體例，它包括內容及編纂規劃、方法等。清代史學家姚永樸在《史學研究法》一書中說：「史之為法大端有二：一曰體（指體裁——引者）；二曰例（指類例——引者）。必明乎體，乃能辨類，必審乎例，乃能屬辭，二者如鳥有兩翼，車有兩輪，未可缺一也。」由此我們可以知道，凡是著述，無論是文學作品還是語言文字作品，都一定要有自己的體例。因為體例是探求一部作品的內容和作者意旨的線索，通過它可以發現作者在該書中的思想體系。它甚至可以說是評價一部文學作品或辭典好壞的憑據之一。如許慎在《說文》部首的「始一終亥」的排序上，就體現了許慎的哲學思想體系。

雖然《說文》在我國語言學歷史上的地位舉足輕重，同時在文字學和訓詁學等其它領域都取得了很大的成就，但是後人要想在語言學和文字學領域走得更遠，就必須用客觀的眼光取去正確面對《說文》這本巨著。《說文》之所以能成為我國傳統字書的代表並占據重要的歷史地位，它的獨特體例是不可忽視的重要原因。《說文》的體例主要包括部首編次例、部中字序例、釋形例、釋音例、釋義例等五個方面，其中它的體例最獨特也是對後世產生影響最大的主要表現漢字部首的歸納運用和對漢字釋義的方式。然而也正是因為《說文》獨特的甚至是史無前例的編纂體例，使得許慎在部首和釋義方式的運用中借鑒不到前人的經驗，所以就不可避免地存在一些問題和局限性，而這些問題和局限性就影響了許慎對漢字的正確訓釋，從而出現錯誤釋義的現象。

（一）漢字部首的歸納運用

許慎在《說文・序》中就明確了他所採用的體例——「其建首

也，立一為耑。方以類聚，物以群分，同條牽屬，共理相貫。雜而不越，據形繫連，引而申之，以究萬原。」[7]他把《說文》所收錄的九三五三個漢字按照「分別部居，不相雜廁」和「方以類聚，物以群分」的原則歸併入五百四十個部首之內，使這九千多個漢字都有系統可言。

　　《說文》是以義立部，而不是以形立部，這就要求它的部首必須是形音義兼備的文字，它下面所屬的字必須與它在意義上發生聯繫。也就是說部首必須能夠在意義上統率該部的屬字。但《說文》把一些不成字的漢字筆劃如丿、丨、乀、丶、亅等也列入部首，這些筆劃本來沒有意義，自然沒有統率作用。《說文》對它們強加解釋，不足為訓。如：

　　　丿：右戾也。
　　　丨：上下通也。
　　　乀：流也。
　　　丶：有所絕止，丶而識之。
　　　亅：鉤逆者謂之亅。

　　由於部首具有表義的功能，因此當對部首的分析解釋出現失誤時，對屬這個部首的漢字進行意義訓釋時也可能會出現錯誤；或者把本不屬該部首的漢字歸入該部首，這個字的釋義也可能出現錯誤。

　　「一」本來只是一個數目，但許慎從他的哲學思想出發，把它解釋為世界的本原。它也由此出發解釋「一」部下所屬漢字，導致這些字的解釋也發生錯誤。如：

7　湯可敬：《說文解字今釋》，頁2183。

元：始也。从一，从兀。

丕：大也。从一，不聲。

許慎是道一元論者，道立於一，一既是萬物的本原，也是萬物的開始，因此他把元歸入一部，並用「始」來訓釋。元的本義是人頭，這個意義在經典中並不鮮見，《左傳》有「狄人歸其元」，《孟子》有「勇士不忘喪其元」，許慎享有「五經無雙」的美譽，對「元」的人頭義並不陌生，但它並沒有做出如此訓釋，跟他對「元」的歸部不無關係。丕的本義是植物的花托，許慎卻以引申義「大」來訓釋，這與他對「丕」的歸部直接相關。

（二）漢字釋義方式的運用

漢代，政治家們希望通過對一些政治概念得名之由的求索，申明其政治倫理與政治實踐的合法性。西漢董仲舒《春秋繁露・深察名號》首開其端，東漢《白虎通德論》推波助瀾。流風所及，延伸到對一般日常事物得名之由的求索，東漢劉熙《釋名》集其大成。許慎難免受到此類時代風氣的影響，在其《說文》中也大量使用了聲訓。《說文》的宗旨是解釋文字本義，聲訓是揭示文字的語源義，二者所解釋的意義不同，解釋的方式也不同。如果能在解釋本義的基礎上旁及語源，不失為一種合理的安排。但許慎在很多時候，直接訴諸聲訓，以語源義排擠了本義，這就違背了全書的宗旨與體例，也影響了釋義的準確性與科學性。如：

馬：怒也。武也。（《說文・馬部》）

酒：就也。所以就人性之善惡。（《說文・酉部》）

馬是一種動物，許慎沒有描寫它的外貌特徵與本質屬性，卻用

「怒也，武也」力圖解釋它的語源。看了他的解釋，人們只能得到馬是很威武的這樣一個粗略的印象，馬到底長什麼樣？能幹些什麼則一無所知。這樣的訓釋不僅能用到馬身上，用到虎、豹、鷹、鵰身上不也很合適嗎？酒是一種飲料，許慎同樣沒有把這種飲料的特質解釋出來，只說了些「所以就人性之善惡」一類很玄虛的話，讓人丈二和尚摸不著頭腦。

　　《說文》主要通過分析字形來說解字義，有時也會引用典籍或通人說對所釋字義加以驗證，這本來是一種比較嚴謹的做法。但如果過分倚重典籍或通人說，反而會對釋義造成干擾，導致誤釋。如：

　　　　啟：教也。从攴，启聲。《論語》曰：「不憤不啟。」（《說·攴部》）

　　商承祚《殷契佚存》：「以手𢻆戶為初意。或增口作啟，或省又作启。𢻆、啟、启異文，本為開門之義，啟發是其引申義，許慎過分倚重《論語》，導致訓解失誤。

　　　　厶：奸邪也。韓非曰「倉頡作字，自營為厶。」（《說文·厶部》）

　　厶、四、自異文，皆為鼻子之象形，許慎過分迷信韓非對字形的分析，導致做出了錯誤地解說。

三　許慎的思想體系導致的釋義失誤

　　漢字是客觀存在的，它的存在是為了表達、記錄或傳承的需要，它本身不帶有任何的階級性和思想色彩，雖然它的形體帶有時代性，

如象形文、甲骨文、金文、小篆、楷書等，但這些時代性只是漢字形體在發展過程中的一種演變，它所表達的本來意義一般不會因為形體的改變而發生改變。然而許慎在對有些漢字進行訓釋時，並不是根據它們的造字義或本來意義，而是把自己的思想認識加諸於漢字的意義上，使得它們的意義不再是客觀的存在，而更多的是附加上了主觀色彩的意義。

許慎的思想認識對釋義的影響主要表現為以下兩個方面。

（一）許慎的哲學思想對《說文》釋義的影響

許慎的《說文解字》是一部字典，但同時又以字典的方式反映了許慎對世界的認識。在本體論上，許慎是個一元論者，他認為宇宙的本原為一，一生成天地，天地的陰陽二氣相合產生萬物。在發展觀上，許慎是一個循環論者。許慎認為，無論自然萬物還是人類，都遵循著「生長—壯大—死亡—復生」這樣一個不斷循環的定律。許慎生活的東漢是一個儒學昌明的時代、王權、禮教思想深入人心。這些都不能不在《說文》的訓釋中有所反映，使得《說文》具有了明顯的時代烙印。

在許慎的哲學思想中，數字（一至九）、天干、地支代表的都是這樣的循環系統，是宇宙具體而微的縮影，因而在《說文》中，所有的數字都是部首，所有的天干、地支字也都是部首。他對數字、天干、地支字都是從哲學意義上而不是從文字意義上進行解釋的。

　　一：惟初太始，道立於一，造分天地，化成萬物。（《說文一·部》）

數字一，再簡單不過的一個字。許慎為什麼不把它解釋為數目字呢？為什麼要把它解釋得如此高深莫測？這不能不從他的哲學思想上

去找原因。許慎同老子一樣，認為道是宇宙的本原，道的表現形式是一。道在時間上無始無終，在空間上無邊無際，萬物內蘊於道，統一於道。這就是所謂的「惟初太始，道立於一」。道是由陰陽二氣構成，陽氣上升為天，陰氣下降為地，天之陽氣與地之陰氣相合從而產生萬物，這就是所謂的「造分天地，化成萬物」。《說文》不僅要做到「六藝群書之詁，皆訓其意」，還要做到「天地、鬼神、山川、草木、鳥獸、昆蟲、雜物、奇怪、王制、禮儀、世間人事，莫不畢載」，而這一切都要裝進他的思想體系當中。明乎此，我們就知道了許慎何以要把「一」部放在全書之首，為什麼要對「一」做出如此玄虛的解釋。再如：

　　　三：天地人之道也。（《說文・三部》）

　　「三」本為象形的表示數字的指事符號。而許慎不解釋為數名，而是採用董仲舒的「天地人之道」之說。張舜徽指出：「三之本義為數名，固矣。然許君說字，於此等處意在闡發道理，多與造字初意不符不足怪也。」[8]所謂「闡發道理」就是闡發天地造人，人於萬物中最貴，人可與天地參的道理，也是闡發天人合一、天人感應的道理。又如：

　　　地：元气初分，輕清陽為天，重濁陰為地。萬物所陳列也。
　　（《說文・土部》）

　　《釋名・釋地》云：「地：底也，其體底下，載萬物也。」張舜徽贊同《釋名》的說法，他認為「顧高底之限，亦必起於以人身為

8　張舜徽：《說文解字約注》，頁29。

準，而後名有所傳。天之名傳于顛，地之名傳于履。」[9]許慎用陰陽五行來解釋「地」的意義，亦是其哲學思想的反映。又如：

> 甲：東方之孟，陽气萌動，从木戴孚甲之象。一曰：人頭宜為甲，甲象人頭。（《說文·甲部》）

　　「甲」的甲骨文是作田或十，在甲骨文中田專用作商王上甲之甲，而十則用為干名以及其它稱甲的先王名。[10]其小篆形體為甲，戴侗認為「甲象艸木戴種而出之形。古文甲，象葉兩歧。」段玉裁曰「孚甲，猶言卵孚之也。凡艸木初生，或戴橦於顛，或先見其葉，故其字象之。下象木之有莖，上象孚甲下覆。」張舜徽又曰「艸木始萌芽時，其種子率裂為二，戴之出土，所以自衛護也，人之被甲似之。故《釋名·釋兵》云：『甲，似物有孚甲以自禦也。』」[11]由此可知，「甲」應該是外層有殼的植物種子。許慎認為對天干地支都是陰陽消長的一個系統，天干對地支之類的字的解釋自然會用陰陽五行的思想。陰陽五行家認為「世界是由五種元素組成，這五種元素稱為五行，即金、木、水、火、土。五行與五方——東、南、西、北、中及五色——白、青、黑、赤、黃相對應，亦與十天干相對應：東方甲乙木，其色青；南方丙丁火，其色赤；西方庚辛金，其色白；北方壬癸水，其色黑；中央戊己土，其色黃。」所謂的「東方之孟」，「孟」是開始的意思，「東方」又為五方之始；「陽气萌動」即所謂的春天陽氣剛剛開始生成和運動。這種解釋與「甲」最初的造字義和本義毫無相關，是許慎的陰陽五行思想的表現。

　　據筆者統計，《說文》中反映許慎哲學思想的漢字主要有「一、

9　張舜徽：《說文解字約注》，頁3328。

10　董蓮池：《說文解字考證》，頁579。

11　張舜徽：《說文解字約注》，頁3584。

二、三、四、五、六、七、九、甲、乙、丙、丁、戊、己、庚、辛、
壬、癸、子、丑、卯、寅、辰、巳、午、申、酉、戌、亥、金、木、
水、火、土、心、肝、脾、肺、腎、鹹、性、情」等。

　　蔡英杰認為「許慎對天干地支的說解，並非游而無根的虛妄之
談，而是有文獻依據且含遠古文化信息的」[12]。同時他還引用西漢史
學家司馬遷和東漢語言學家劉熙對天干地支的解釋來證明自己對許慎
天干地支思想的判斷。因此，雖然許慎的這種訓釋思想體系讓後人不
僅無法正確瞭解其中漢字的本來意義，甚至會對研究者產生誤導作
用，但就其編纂宗旨而言，又具有一定的合理性，這種訓釋背後所蘊
含的深層文化意義也是後人不能忽略和否定的。

（二）許慎的封建倫理思想對《說文》釋義的影響

　　許慎編纂《說文》的根本目的是為當時的政治服務的，在《說
文·序》中他就明確提出「文字者，經藝之本，文字之始」，每一個
封建王朝都有等級制度，只是等級的嚴格程度不同而已。文字作為社
會文化的重要組成部分，這種根深柢固的等級文化必將在文字的形體
或意義中體現出來。

　　如：「王：天下所歸往也。董仲舒曰：『古之造文者，三畫而連其
中謂之王。三者，天、地、人也。而參通之者，王也。』孔子曰：
『一貫三為王。』」

　　董仲舒作為儒學大家，提出「天人感應」說，主張用「天人合
德」的思想來解說經學，並以此來作為治國的依據。許慎在對「王」
的訓釋中，引用了《春秋繁露·王道》中的觀點，今本原文為「古之
造文者，三畫而連其中，謂之王。三畫者，天地與人也。而連其中
者，通其道也。取天地與人中，以為貫而參通之，非王者孰能當

12　蔡英杰：〈《說文》對天干地支的說解芻議〉，《河南科技大學學報》2007年第1期。

是？」[13]即是說，「三橫畫」代表天、地、人，能把天地人連合在一起，而又通達三者的只有「王」可以做到。這種釋義帶有明顯的唯心主義觀點，同時把「王」這個最高統治者的力量無限擴大，又帶有濃厚的封建等級色彩。而「王」的甲骨文字形就是代表權力的「斧鉞」之形，本來的意思僅僅指「統治者」，董仲舒和孔子的觀點都是不正確的。再如：

臣：牽也。事君也。象屈服之形。（《說文·臣部》）

《論語·八佾》：「定公問：『君使臣，臣事君，如之何？』孔子對曰：『君使臣以禮，臣事君以忠。』」先秦時代，君臣關係並非絕對的命令與服從的關係，君要以禮使臣，否則臣可以不服從。到了漢代，君臣關係發生了很大變化，君使臣就如同役使牲畜，所以許慎訓臣為「牽」。這個帶有封建倫理思想的訓釋，反映了當時的時代特色。

父：矩也。家長，率教者。从又舉杖。（《說文·又部》）
婦：服也。从女持帚，灑掃也。（《說文·女部》）

《白虎通》：「父者，矩也。以法度教子。」與《說文》的解釋如出一轍，反映了漢代父親在家庭中的絕對權威地位，父親儼然成為一家之君。班昭《女誡》云：「敬順之道，婦人之大禮也。」又曰：「謙讓恭敬，先人後己，有善莫名，有惡莫辭，忍辱含垢，常若畏懼，是謂卑弱下人也。」可以看作「婦者，服也」的一個極好注腳。妻子要絕對服從丈夫，不光是當時社會的倫理，也是女子對其自身的自覺要求。

---

13 湯可敬：《說文解字今釋》，頁26。

有意思的是，許慎從「臥」這樣一個普普通通的漢字當中，也能看到君臣等級秩序的影子，「臥：休也。從人臣，取其伏也。」從臥床休息當中都能看到臣對君的俯首貼耳，許慎對封建倫理秩序可謂念茲在茲了。

（三）許慎的人本思想對《說文》釋義的影響

許慎認為，天地之間人為萬物之靈，最為高貴。他是站在人類的角度認識事物、評判事物的，對人類有益者，給予熱情禮贊，對人類有害者，則給予無情鞭撻。

　　人：天地之性最貴者。象臂脛之形。（《說文・人部》）

性者，本質、本性，許慎認為人類是自然界中本性最高貴的，從而奠定了他觀察評判事物的人本立場。

　　大：天大，地大，人亦大焉。象人形。（《說文・大部》）

大，金文作 ✶，象正面人形，先民借此表示與小相對的抽象的大義。許慎以人與天地並列為三大，來解釋「大」何以象人形。這裡的「大」已不僅是形體之大，而是包含了尊貴、偉大的意思。人為萬物之靈，為萬物中最高貴者，因此才能與天地並列。這是站在人本位的立場，對人的熱情禮贊。

　　孔：通也。從乞，從子。乞，請子之候鳥也。乞至而得子，嘉美之也。古人名嘉字子孔。（《說文・乚部》）

孔，金文作 ☌，林義光《文源》：「本義當為乳穴，引伸為凡穴

之稱。」許慎的解說貌似無理，其實卻有著深遠的文化背景。《禮記‧月令》：「仲春，玄鳥至，至之日，以太牢祠于高禖，天子親往。」注：「高辛氏之世，玄鳥遺卵，娀簡吞之而生契。後王以為媒官。」先民認為，萬物皆陰陽相感而生，人類亦概莫能外。促進人類陰陽相感的媒介，就是玄鳥。因為玄鳥的到來，能促進人類的繁衍，因此天子要親往致祭。由此也就不難理解，許慎為什麼會認為「孔」是乚（玄鳥）子會意而有通義，有嘉美義。天地之大德曰生，能不嘉美乎？

> 物：萬物也。牛為大物；天地之數，起於牽牛，故从牛。勿聲。（《說文‧牛部》）

王國維認為，物的本義為雜色牛，已得到學界公認。許慎為什麼認為物的本義就是萬物，牛為大物而為萬物的代表呢？且看張舜徽《說文解字約注》的解釋：「數猶事也，民以食為重，牛資農耕，事之大者，故引牛而耕，乃天地間萬事萬物根本。」也就是說，許慎以牛為大物，是從牛與人類生產生活的關係著眼的。

> 羊：祥也。象頭角足尾之形。孔子曰：牛羊之字以形舉也。（《說文‧羊部》）

羊性情比較溫順，對人無害，其肉鮮美，其皮毛可以禦寒，因此被賦予了「吉祥」之義。

> 蚨：青蚨，水蟲，可還錢。从蟲，夫聲。（《說文‧虫部》）

王筠《說文解字句讀》：「青蚨，一名魚伯，以其子母各等，置甕

中，埋東行陰垣下，三日復開之，即相從。以其母血涂八十一錢，亦以子血涂八十一錢，以其錢更互市，置子用母，置母用子，錢皆自還也。」這個看似荒誕不羈的傳說，其實反映了人們急於致富的心理。

> 烏：孝鳥也。象形。（《說文・烏部》）

據說烏能反哺，故被稱之為孝鳥。其實鳥類根本沒有「孝」之類的道德倫理，以烏鴉為孝鳥，其實是人類感情的投射。

> 蜂：飛蟲螫人者。（《說文・蚰部》）
> 蚊：齧人飛蟲。（《說文・蚰部》）
> 虻：齧人飛蟲。（《說文・蚰部》）

蜂、蚊、虻螫、齧的對象並不僅僅是人，但許慎僅訓以「螫人」、「齧人」，蓋從對人的危害著眼而不及他物也。

> 芝：神草也。从艸，从之。（《說文・艸部》）

徐灝《段注箋》：「古人以芝為祥瑞，《本草》云：服之輕身延年，故謂之神草，亦曰靈芝。」芝並非有什麼神性，而是服之輕身延年，有益人的健康，才被稱之為神草。

> 玉：石之美。有五德：潤澤以溫，仁之方也；䚡理自外，可以
> 　　知中，義之方也；其聲舒揚，專以遠聞，智之方也；不撓
> 　　而折，勇之方也；銳廉而不忮，絜之方也。象三玉之連。
> 　　｜，其貫也。（《說文・玉部》）

　　玉不僅光潔溫潤，令人賞心悅目，而且其質地可以和人的美德相比附，因此才得到熱情禮贊。玉的種種品質，其實是人的美德的投射。對玉的讚美，其實是對人的美德的讚美。

　　　　螟：蟲，食穀葉者。吏冥冥犯法即生螟。从虫，从冥，冥亦
　　　　　　聲。（《說文·虫部》）

　　生螟本與吏犯法無關，許慎以為「吏冥冥犯法即生螟」。構建了「吏冥冥犯法」與「生螟」之間的因果關係，雖然牽強，但其實是站在民眾立場，對昏瞶犯法的官吏的譴責。

　　　　蟘：蟲，食苗葉者。吏乞貸則生蟘。从蟲，从貸，貸亦聲。
　　　　　　（《說文·虫部》）
　　　　蟊：蟲，食草根者。从蟲，象其形。吏抵冒取民財則生。（《說
　　　　　　文·蟲部》）

　　同上，許慎構建了「吏乞貸（賄賂）」與「生蟘」、「吏抵冒（貪污）」與「生蟊」之間的因果關係，帶有一定的天人感應色彩，其實是對貪污、收受賄賂的官員的憤怒譴責。

　　總之，無論是許慎對字形分析的錯誤還是對體例歸納的不足還是其自身思想體系認識的局限而導致的漢字釋義失誤，都是由其內在原因的。首先，許慎沒有意識到小篆之前文字的形態演變，而錯把小篆形體作為對漢字釋義的字形依據；其次，由於《說文》中所收錄的漢字數量較多，類型龐雜，許慎又是作為第一個用部首的方法對這些漢字進行歸納分類的開拓者，有些失誤也是可以理解的；再次，由於許慎編纂《說文》的目的就是為封建政治王權服務的，在加上當時盛行「天人感應」和陰陽五行學說，許慎不可能不受到影響，那麼在對漢

字的訓釋中見到他所流露的思想認識也就不難理解了。

　　雖然《說文》中存在這些缺點和不足，但是我們也不能否認《說文》在我國文字學史上的重要位置，我們應該用客觀的眼光去分析研究它，這樣才能在以後的研究中取得更為科學的成果。

結語

　　《說文解字》成書於一千八百多年前，不僅是我國語言學史上第一部分析字形、說解字義、辯識聲讀的字典，而且也是文字學、訓詁學、音韻學研究和古代文獻閱讀必不可少的的一部專書。《說文》自東漢許慎著述以來，幾度成為學界關注的重點，並在隋唐、宋代和清代三次達到研究的高潮。在中國學術史上，以一本書而成一個「學」的，《說文》研究就是其中之一，被稱為「許學」，這些都證明了《說文》的學術價值。

　　本文主要在結合前人研究成果的基礎上，運用歸納匯證法和比較互證法對說文的義訓體例、義訓功能展開了較為系統而全面的研究。筆者從義訓的定義、義訓的方式到義訓的功能及義訓的失誤對《說文》義訓進行研究，力爭使《說文》義訓的研究更為系統全面，也更為科學準確。同時針對《說文》訓釋方式的靈活多變性，筆者分門別類，相對詳細地分析各種義訓的方式，同時就它們的優缺點進行分析歸納。這樣不僅較好地解釋了漢字的意義，同時也為後人在編纂字詞典提供經驗和借鑑。

　　然而由於《說文》所收錄的漢字體系較為龐大，且義訓訓釋方式的多樣性，使得對它們的把握有一定的難度，本論仍有許多可改進之處。

參考文獻

論著

白兆麟　《簡明訓詁學》　杭州市　浙江教育出版社　1984年

陳　紱　《訓詁學基礎》　北京市　北京大學出版社　1990年

辭書研究編輯部　《詞典和詞典編纂的學問》　上海市　上海辭書出
　　　版社　1985年

董蓮池　《說文解字考證》　北京市　作家出版社　2006年

董希謙、張啟煥　《許慎與《說文解字》研究》　開封市　河南大學
　　　出版社　1988年

段玉裁　《說文解字注》　上海市　上海古籍出版社　1981年

桂　馥　《說文解字義證》　北京市　中華書局　1987年

洪成玉　《說文同義詞研究》　北京市　首都師範大學出版社　1995年

黃德寬、常森　《漢字闡釋與文化傳統》　北京市　中國科技大學出
　　　版社　1995年

蔣紹愚　《古漢語詞匯綱要》　北京市　北京大學出版社　2001年

陸宗達、王寧　《訓詁方法論》　北京市　中國社會科學出版社
　　　1983年

陸宗達　《《說文解字》通論》　北京市　北京出版社　1981年

裘錫圭　《文字學概要》　北京市　商務印書館　1988年

宋永培　《《說文》漢字體系研究法》　南寧市　廣西教育出版社
　　　1999年

宋永培　《古漢語詞義系統研究》　呼和浩特市　內蒙古教育出版社
　　　2000年

宋永培　《《說文》與上古漢語詞義研究》　成都市　巴蜀書社　2001年

湯可敬　《說文解字今釋》　長沙市　岳麓書社　2010年

王　筠　《說文釋例》　武漢市　武漢古籍出版社　1983年
王　力　《王力文集》　濟南市　山東教育出版社　1992年
王　寧　《訓詁學原理》　北京市　中國國際廣播出版社　1997年
許　慎　《說文解字（大徐本）》　北京市　中華書局　1963年
殷寄明　《〈說文解字〉精讀》　上海市　復旦大學出版社　2006年
姚孝遂　《許慎與說文解字》　北京市　中華書局　1983年
周大璞　《訓詁學初稿》　武漢市　武漢大學出版社　2008年
朱駿聲　《說文通訓定聲》　武漢市　武漢古籍出版社　1983年
臧克和　《〈說文解字〉的文化說解》　武漢市　湖北人民出版社
　　　　1995年
祝敏申　《說文解字與中國古文字學》　上海市　復旦大學出版社
　　　　1998年
張舜徽　《說文解字約注》　武漢市　華中師範大學出版社　2009年
鄒曉麗　《基礎漢字形義釋源》　北京市　北京出版社　1990年
趙振鐸　《訓詁學綱要》　成都市　巴蜀書社　2003年

期刊論文

班吉慶　〈建國50年來的《說文解字》研究〉　《揚州大學學報　2000
　　　　年第5期
卞仁海　〈十年來《說文解字》研究述評〉　《信陽師範學院學報
　　　　（哲社版）》2003年第2期
薄守生　〈訓詁方法綜述〉　《西昌農業高等專科學校學報》2000年
　　　　第3期
白兆麟　〈試論引申推義〉　《古漢語研究》1994年第4期
白兆麟　〈近十年來中國訓詁學之我見──從十部訓詁學談起〉
　　　　《社會科學戰線》1994年第1期
白兆麟　〈傳統「義訓」之批判與「引申推義」之提出〉　《南京師
　　　　範大學文學院學報》2004年第1期

陳　淩　〈《說文》互訓釋例〉　《學行堂語言文字論叢》2011年

陳琪宏　〈略說《說文解字》的釋義方式〉　《池州師專學報》1995
　　　　年第2期

程　燕　〈淺析「義訓」與「訓詁方法」〉　《語言理論研究》2007年

蔡英杰、李瀟雲　〈試論《說文解字》中的互訓〉　《辭書研究》
　　　　2012年第4期

董蓮池　〈十五年來《說文解字》研究述評〉　《松遼學刊》1994
　　　　年第3期

關俊紅　〈「由反知正」釋義法探析〉　《辭書研究》2008年第4期

郭　倫　〈《說文解字》析形錯誤研究〉　《青年文學家》2009年第
　　　　3期

郭　猛　〈《說文》互訓字義位的傳承與嬗變〉　《傳承》2012年第
　　　　12期

胡曉萍　〈《說文解字》中的聲訓類型〉　《河南科技大學學報（社
　　　　會科學版）》2006年第2期

劉川民　〈《說文段注》辨析同義詞的方式〉　《杭州大學學報》
　　　　1997年第27期

林　慧　〈義訓釋詞方法的沿革〉　《松遼學刊（社科版）》1998年
　　　　第2期

黎輝亮　〈《段注說文》引申義發凡〉　《海南大學學報（社科版）》
　　　　1984年第4期

羅會同　〈《說文》的釋義方式淺析〉　《呼蘭師專學報》2004年第
　　　　2期

李慧賢　〈說文段注對詞義引申的研究〉　《語文學刊》2007年第7期

賴積船　〈《說文解字》的訓釋方法與文化底蘊〉　《漢字文化》
　　　　1999年第1期

李曉春　〈《說文解字》釋義淺析〉　《華東冶金學院學報》（社科
　　　　版）1999年第4期

劉曉南　〈論《說文》釋義部分之本字復出現象〉　《古漢語研究》1993年第3期

倪懷慶　〈略論《說文解字》中的反形字〉　《寧夏大學學報》2011年第5期

潘采田　〈許慎及其《說文解字》的歷史貢獻〉　《齊齊哈爾師範學院學報》1985年第3期

饒尚寬　〈「義訓」質疑——兼論訓詁方法和訓詁形式〉　《新疆師範大學學報》1995年第1期

申小龍　〈《說文解字》系統論〉　《長沙水電師院社會科學學報》1996年第1期

宋永培　〈訓詁方法新論〉　《華東師範大學學報》1998年第4期

談承熹　〈《說文解字》的義界〉　上海《辭書研究》1983年第4期

湯可敬　〈《說文解字》崇高的歷史地位〉　《益陽師專學報》1997年第2期

王禮賢　〈《說文解字》釋義解讀〉　《辭書研究》2007年第4期

王　寧　〈單語詞典釋義的性質與訓詁釋義方式的繼承〉　北京《中國語文》2002年第4期

王　頊　〈淺析《說文解字》的同義詞〉　《湖南醫科大學學報》2008年第5期

王應龍　〈《說文》據形探義誤區舉隅〉　《寶雞文理學院學報》2003年第2期

王硯文　〈淺析《說文解字》中反形字的字義關係〉　《語文知識》2012年第4期

解植永　〈《說文解字》中的不等值訓釋〉　《雲南民族大學學報2005年第4期

姚　朵　〈清代《說文解字》研究綜述〉　《劍南文學》2010年第8期

岳海燕　〈《說文》訓釋方式論析〉　《陝西師大學報》2010年第3期

殷寄明　〈《說文》的特點及釋義之得失〉　《浙江師大學報》1992
　　　　年第2期

楊榮祥　〈《說文》的「否定訓釋法」〉　《古漢語研究》1994年第3期

余　延　〈同義詞研究的新視角〉　《漢字文化》1996年第3期

鄒　酆　〈《說文》的字義辨析〉　《辭書研究》1986年第1期

張履祥　〈論「由反知正」的釋義方法〉　《語文研究》1984年第2期

鍾明立　〈《說文解字》的同義詞及其辨析〉　《貴州文史叢刊》
　　　　1999年第1期

鍾明立　〈段注辨析同義詞的方法〉　《華南師範大學學報》2000年
　　　　第2期

張明海　〈反形字淺論〉　《商丘師範學院學報》2001年第6期

張慶元　〈《說文解字》字本義錯誤舉隅〉　《雲南教育學院學報》
　　　　1998年第1期

張永勝　〈淺析《說文解字》的釋義方法〉　《內蒙古師範大學學
　　　　報》1994年第1）

朱志軍　〈義訓是一種訓詁方法嗎？〉　《河池師專學報》1994年第
　　　　1期

學位論文

姜華豔　《《說文解字》中的反形字研究》　南昌市　江西師範大學
　　　　碩士論文　2011年

劉劍波　《論《說文解字注》的訓詁方法》　福州市　福建師範大學
　　　　碩士論文　2005年

呂朋林　《《說文解字注》詞義引申研究》　北京市　北京大學博士
　　　　論文　1989年

任莉莉　《《說文解字》釋義考證──以王力《古代漢語》常用詞為
　　　　例》　大連市　遼寧師範大學碩士論文　2011年

張風嶺　《《說文解字》釋義方法研究》　濟南市　山東師範大學碩
　　士論文　2006年

修訂版後記

　　本書初版於二〇一八年，至今已逾五年。本書原為蔡英杰主持的教育部人文社科基金會項目，項目組成員有，程少峰、譚樊馬克、王玲娟、張請。由於本書成於眾人之手，加之出版倉促、水平有限，有不少疏誤之處，並沒有達到本書的預期目標。承蒙福建師範大學文學院的支持，本書得以修訂再版。在此，謹向福建師大文學院領導，向具體負責出版事宜的郭靜虹老師，向萬卷樓圖書出版公司和責任編輯呂玉姍女士，以及關心此書的師長、同事、朋友致以衷心的感謝。

　　導師白兆麟先生一直關心本人的學術研究工作，今先生已近米壽之年，謹以此書，為先生壽。本書從選題到寫作，都受到本師黃德寬先生《漢字闡釋與文化傳統》的啟發和影響，謹向黃老師致以衷心的感謝。王寧先生為一代宗師，先生的訓詁學理論和實踐，都使本人獲益良多，謹向王寧先生致以崇高的敬意。

　　由於初期參加編寫的人員現已分散各處，召集起來不易，本次修訂，主要由本人完成，聲訓部分參考了譚樊馬克的意見。不當之處，請讀者提出寶貴意見。

蔡英杰

二〇二三年八月於福州

作者簡介

蔡英杰

　　一九六六年二月生。河南永城人，福建師範大學文學院教授。社會職務：中國語言學會理事。出版著作有六部：《老子注譯與閱讀指導》（中國戲劇出版社，2006年）；《孫子兵法語法研究》（商務印書館，2006年）；《孫子兵法注》（高等教育出版社，2009年）；《中國古代語言學文獻教程》（光明日報出版社，2011年）；《說文解字的闡釋體系及其說解得失研究》（中央編譯出版社，2018年）；《漢語與中華傳統文化研究》（中央編譯出版社，2020年）。發表論文有六十餘篇，其中包括《中國語文》、《中國語言學報》、《古漢語研究》、《辭書研究》、《社會科學戰線》、《思想戰線》、《中州學刊》等著名期刊。

　　項目：國家社科基金一項，教育部人文社科研究基金一項，教育部人文社科後期資助項目一項，省教育廳項目二項，全國博士後基金一項。

　　獲獎：雲南省哲學社會科學成果獎二等獎一項，雲南省哲學社會科學三等獎二項，雲南省教育科學研究優秀成果獎一項，雲南大學優秀教學成果獎一項。榮譽稱號：二〇〇九年入選雲南大學中青年骨幹教師。

本書簡介

　　本書研究的主要內容為《說文》的闡釋體系及其說解的得失。本書把《說文》的闡釋體系分為語言內部的闡釋與語言外部的闡釋。語言內部的闡釋包括：從字形出發進行的闡釋——形訓；從語音出發進行的闡釋——聲訓；從意義出發進行的闡釋——義訓。語言外部的闡釋包括：宇宙生成系統，儒家政治話語系統，人本位系統——把人作為天地間最貴者，從人出發，對漢字進行闡釋的系統。本書根據《說文》的內部闡釋與外部闡釋來闡明《說文》說解的體例，辨析《說文》說解的得失。這樣就可以進一步深入地分析《說文》說解失誤的原因，如哪些是由於誤解字形、字音、字義造成的，哪些是由於文化闡釋的失誤造成的。

福建師範大學文學院百年學術論叢·第八輯 1702H01

《說文解字》的闡釋體系及其說解得失研究（修訂版）

作　　者　蔡英杰等

總 策 畫　鄭家建　李建華

發 行 人　林慶彰

總 經 理　梁錦興

總 編 輯　張晏瑞

編 輯 所　萬卷樓圖書股份有限公司

　　　　　臺北市羅斯福路二段 41 號 6 樓之 3

　　　　　電話 (02)23216565

　　　　　傳真 (02)23218698

發　　行　萬卷樓圖書股份有限公司

　　　　　臺北市羅斯福路二段 41 號 6 樓之 3

　　　　　電話 (02)23216565

　　　　　傳真 (02)23218698

　　　　　電郵 SERVICE@WANJUAN.COM.TW

香港經銷　香港聯合書刊物流有限公司

　　　　　電話 (852)21502100

　　　　　傳真 (852)23560735

ISBN 978-626-386-107-7

2024 年 6 月初版二刷

定價：新臺幣 680 元

如何購買本書：

1. 劃撥購書，請透過以下郵政劃撥帳號：

　帳號：15624015

　戶名：萬卷樓圖書股份有限公司

2. 轉帳購書，請透過以下帳戶

　合作金庫銀行 古亭分行

　戶名：萬卷樓圖書股份有限公司

　帳號：0877717092596

3. 網路購書，請透過萬卷樓網站

　網址 WWW.WANJUAN.COM.TW

大量購書，請直接聯繫我們，將有專人為您服務。客服：(02)23216565 分機 610

如有缺頁、破損或裝訂錯誤，請寄回更換

國家圖書館出版品預行編目資料

<說文解字>>的闡釋體系及其說解得失研究(修訂版)/蔡英杰等著. -- 初版. -- 臺北市：萬卷樓圖書股份有限公司, 2024.06 印刷

　面；　公分. -- (福建師範大學文學院百年學術論叢. 第八輯；1702H01)

ISBN 978-626-386-107-7(平裝)

1.CST: 說文解字 2.CST: 研究考訂

802.21　　　　　113006043